Tonino Benacquista

BLUT UND DOLLAR

Tonino Benacquista

BLUT UND DOLLAR

Eine Mafia-Komödie

Aus dem Französischen von Herbert Fell

carl's books

Die Originalausgabe erschien 2008 unter dem Titel »Malavita encore«
bei Éditions Gallimard, Paris.

MIX
Papier aus verantwortungsvollen Quellen
FSC® C083411
FSC www.fsc.org

Verlagsgruppe Random House FSC® N001967
Das für dieses Buch verwendete FSC®-zertifizierte Papier
Lux Cream liefert Stora Enso, Finnland.

1. Auflage

Umschlaggestaltung: semper smile, München
Satz: Uhl + Massopust, Aalen
Druck und Bindung: CPI books GmbH, Leck
Printed in Germany
ISBN 978-3-570-58541-2

www.carlsbooks.de

Für Claire und Florence
Und auch für Westlake, den größten Don von allen

Eins

Von Unglück und Ungemach war der amerikanische Schriftsteller Frederick Wayne bisher größtenteils verschont geblieben. Nur einmal hatte es ihn ordentlich erwischt – passiert war das allerdings in einem früheren Leben.

Jetzt gerade belauschte er an der Theke eines Bistros das morgendliche Gespräch zweier Frauen, die vom Markt kamen und ihren Milchkaffee schlürften. Eine von ihnen jammerte, ihr Mann gehe fremd. Die Fakten lagen auf dem Tisch, was ihr zu schaffen machte. Fred, der seinen Wortschatz immer gern erweiterte, übersetzte »fremdgehen« wörtlich ins Englische, was aber keinen Sinn ergab. Dann konzentrierte er sich auf den Wortteil »fremd«, und er ahnte, dass dieses »fremd« nichts Gutes bedeutete. Schon seit einiger Zeit war der Frau aufgefallen, dass ihr Mann wieder nett und zuvorkommend zu ihr war. Sie konnte sich das kaum erklären, es war aber so. Als wollte der Kerl, in den sie sich vor siebzehn Jahren verliebt hatte, sie wieder umschwärmen. Bei der Vorstellung zerriss es ihr fast das Herz. »Siehst du«, sagte die Freundin, um ihren Part weiterzuspielen, aber auch um das Gespräch zu beenden, »alles Schlechte hat auch sein Gutes.«

Es war ein milder Wintertag Ende Januar, und Fred machte sich wieder auf den Heimweg in das kleine Dorf Mazenc, wo an einem Hügelhang zwischen den Obstwiesen und den Lavendelfeldern der Provence seine Villa herausragte. Er legte die Einkäufe auf den Küchentisch und notierte, um es nicht zu vergessen, auf den Block an der Wand: »Alles Schlechte hat auch sein Gutes = *A blessing in disguise.*«

Unzufrieden mit seiner Übersetzung, knöpfte er sich das Sprichwort jetzt selber vor, er wollte diesem Auswuchs an volkstümlicher Lebensweisheit Paroli bieten. Mal abgesehen von der neuen Aufmerksamkeit ihres Gatten, wozu sollte ihr Unglück gut sein? Sollte man sich freuen, dass diese Frau jetzt ihre Beziehung mit anderen Augen sehen konnte, oder sollte man sie bedauern, einen Mann zu haben, der dumm genug war, sich erwischen zu lassen? Oder, was noch schlimmer wäre, der eines Abends gentlemanlike und mit eingezogenem Schwanz vielleicht vor sie trat, um ein volles Geständnis abzulegen? Wieder einmal zeigte sich Freds tiefe Verachtung für jede Art von Reue. Wenn er in früheren Jahren Maggie, seine Frau, betrogen hatte, dann hatte er den Anstand besessen, es für sich zu behalten; zudem hatte er zuvor genügend Vorsichtsmaßnahmen getroffen, denn er wollte seine Frau nicht leiden sehen. Und wenn sie ihm dennoch auf die Schliche gekommen war? Dann hatte er ihr ein Lügenmärchen aufgetischt, das so grotesk war wie die Romane, die er jetzt schrieb.

Romane? Nun ja, es handelte sich eher um persönliche Erinnerungen, die er fast eins zu eins in Fiktion übertrug. Amerikanische Schriftsteller, so war es Fred zu Ohren gekommen, lebten erst einmal, bevor sie sich ihren Traum, weiße Blätter zu beschreiben, erfüllten. Sie stammten nicht aus gebildeten Familien. Stattdessen sogen sie Lebenserfahrung um Lebenserfahrung in sich hinein, und erst dann wagten sie es, jene großen Werke zu schaffen, die ihre eigene Geschichte und die ihres Landes lebendig werden ließen. Es waren Jäger, Privatdetektive, Piloten, Boxer oder Kriegsreporter, die eines Tages beschlossen, ihr Leben verdiene es, erzählt zu werden. Und in der Tat, Frederick Wayne reihte sich mit Fug und Recht in diese Autorentradition ein. Denn Fred war nicht immer Frederick Wayne gewesen. Vor fünfzig Jahren hatte er im Staat New Jersey unter dem Namen Giovanni Manzoni das Licht der Welt erblickt. Seine Eltern, Cesare Manzoni und Amelia Fiore, waren Kinder sizilianischer Einwanderer. Und die führten mit großem Erfolg eine Familientradition weiter, die dem goldenen Zeitalter der USA den Stempel der Niedertracht aufdrückte. Giovanni Manzoni war ein direkter und legitimer Nachfahre der *Cosa Nostra*, die auch *Onorata società* oder *Malavita* genannt wurde, ihr gebräuchlichster Name aber, Mafia, löste bei jedem, der sich auskannte, Angst und Schrecken aus.

So dachte schon der junge Manzoni bei dem Wort »Unglück« vor allem an das Unglück der anderen. Und deren Unglück hatte nur einen Zweck: ihm Profit zu verschaffen. Als Kind durchlief er bereits alle wichtigen Etappen, um ein *wiseguy,* ein Mafioso, zu werden. Mit elf Jahren gründete er seine erste Bande, mit zwölf verdiente er sich seine ersten Dollar, mit vierzehn wurde er zum ersten Mal festgenommen, und sobald er strafmündig war, saß er seine erste Gefängnisstrafe ab – an diese drei Monate erinnerte er sich immer wieder gern; sie waren alles andere als unglücklich. Nachdem er dann gelernt hatte, wie man Gelder erpresst, lästige Zeugen beseitigt, die Konkurrenz einschüchtert, Kreditwucher betreibt, krumme Geschäfte macht und bewaffnete Raubüberfälle begeht, ernannte man ihn zum *capo*, zum Boss des Clans.

Begabt wie er war, hätte er der absolute Herrscher über das Mafiaimperium, der *capo di tutti i capi*, werden können, wenn ein traumatisierendes Ereignis ihn nicht dazu gezwungen hätte, sein bisheriges Leben infrage zu stellen. Nach einem Bandenkrieg in New Jersey hatte ihm das FBI zwei Möglichkeiten gelassen: Entweder du verrätst deine Waffenbrüder, oder du verbringst den Rest deines Lebens hinter Gittern.

Das Zeugenschutzprogramm WITSEC versprach ihm eine neue Identität, ein neues Leben. Seiner Frau fiel ein Stein vom Herzen, für sie war das die einmalige Chance, ihren Kindern, Warren, damals sechs, und Belle, damals neun, eine anständige Kindheit zu ermöglichen, mit einer Zukunftsperspektive jenseits des organisierten Verbrechens. Manzoni sagte aus, drei Paten der LCN, wie die Cosa Nostra abgekürzt vom FBI genannt wurde, stürzten, und mit ihnen fünf oder sechs Leute aus ihrem engsten Team, Lieutenants und Handlanger. Um ihre Strafe zu mindern, verpfiffen einige von diesen wiederum andere Mitglieder der Organisation, was eine Kettenreaktion auslöste und schließlich einundfünfzig Gangster hinter Schloss und Riegel brachte.

Die Mafiafamilien setzten auf Giovannis Kopf die Rekordsumme von zwanzig Millionen Dollar aus, und er zog, stets unter dem Schutz des FBI, mehrmals in den USA um, bis man ihn dann nach Frankreich umsiedelte, wo er sich seit rund zehn Jahren versteckt hielt.

Derzeit genügte zu seinem Schutz ein einziger Agent, der ihn und seine Aktivitäten überwachte. Mit dem berühmten Henry Hill, den das FBI seit 1978 beschützte, und dem schrecklichen Fat Willy gehörte Manzoni zum Kreis der berühmtesten Kronzeugen der Welt.

Und da er viel erlebt hatte, führte er einfach die Tradition der amerikanischen Abenteurer weiter, die im reifen Alter ihre Heldentaten erzählen mussten. An manchen Abenden, wenn ein innerer Friede ihn erfasste, erlaubte er sich den Gedankengang, dass das Schicksal ihn nur deshalb in eine Gangsterfamilie hineingeboren hatte, damit er später einmal Schriftsteller wurde. Ja, er musste es sich eingestehen, in seinem Fall galt das Sprichwort: *Alles Schlechte hat auch sein Gutes*. Hatte er doch *Blut und Dollar* und *Das Reich der Nacht* unter dem Pseudonym Laszlo Pryor veröffentlicht. Fred Wayne wäre als Autorenname nicht möglich gewesen, Giovanni Manzoni noch weniger.

Direkt nach dem Mittagessen setzte er sich an seinen Schreibtisch und begann ein Kapitel seines dritten Buches mit einer Anekdote über Alfonso Capone, eines seiner großen Vorbilder. Von den Alten zu lernen, schien ihm wesentlich.

Capone trug in seiner Hosentasche stets ein paar rohe Makkaroni. Wenn eine Besprechung schlecht lief, zerbrach er die Nudeln mit den Fingern, was seinen Geschäftspartner an das Geräusch von zerquetschten Wirbeln erinnerte. Besser also, sich Capones Vorschlag zu fügen.

*

Nachdem Maggie ihr Leben als Gangsterbraut zu Grabe getragen hatte, versuchte sie sich in Gottes Augen reinzuwaschen, indem sie sich um die Armen und Mittellosen kümmerte. Sie hatte alle karitativen Verbände und Hilfsorganisationen gründlich sondiert, und viel hätte nicht gefehlt und sie wäre einer UN-Organisation beigetreten, um den Hunger in der Welt zu bekämpfen. Maggie war mit ihrer Selbstaufopferung bis zum Äußersten gegangen. Ihr Traum war es, eines Tages von dem Makel, Livia Manzoni, eine First Lady des organisierten Verbrechens gewesen zu sein, freigesprochen zu werden. Die anderen Freiwilligen, die sie wie eine Heilige behandelten, ahnten allerdings, dass das Herzblut, das sie in ihr Werk steckte, bald versiegen würde. Schließlich spürte sie selbst: Von der Hand, die sie den Bedürftigen entgegenstreckte, wurde mehr verlangt, als sie geben konnte.

Ihr Mann malte sich mit grausamer Ironie eine Zukunft aus, die auf den Säulen seiner schrecklichen Vergangenheit stand. Jeden Morgen verschwand er in ein leeres Zimmer, das er sein »Büro« nannte, um an dem zu arbeiten, was er seinen »Roman« nannte. Sie hielt nichts von seiner Schreiberei, sie fand sie noch erbärmlicher als sein Gangstertum, aber insgeheim beneidete sie ihn, denn er glaubte an seine neue Berufung und schaffte es auch, sie auszuleben; dabei war er nicht gerade der Schlauste.

Ihrer Ansicht nach besaß jedes Lebewesen auf der Erde ein Talent, das möglichst vielen zugutekommen sollte. Bei manchen drängte es sich von selbst auf, und die Resolutesten unter ihnen lebten es auch aus, doch für die meisten bestand die riesige Schwierigkeit darin, dieses Talent überhaupt zu entdecken. Steckte es in einer Leidenschaft, die sich immer wieder meldete, aber nie befriedigt worden war? War es in einem alten Traum verborgen, den man vergessen hatte? Oder war es eine Begabung, die darauf wartete, erst im reifen Alter entdeckt zu werden? Handelte es sich um ein Hobby, das man fälschlicherweise nicht ernst genommen hatte? Oder war es eine Fertigkeit, von der bisher nur die anderen profitiert hatten?

Maggie empfand sich nicht als Künstlerin, sie sah sich eher als einfache Arbeiterin, die dank ihrer Kraft und Ausdauer aber Außergewöhnliches leisten konnte. Nachdem sie ihre karitativen Tätigkeiten eingestellt hatte, wartete sie im Alltag auf irgendein Zeichen, sei es in ihrer knappen Freizeit oder bei der Hausarbeit. Bis ihr bei einem Sonntagsessen die Erleuchtung kam.

Um sich bei einem Nachbarehepaar für eine Hilfeleistung zu bedanken, hatte Maggie sich mächtig ins Zeug gelegt. Der Hauptgang war kurz davor, serviert zu werden, und ihre kleine Familie ließ es sich nicht nehmen, ordentlich die Werbetrommel zu rühren. Fred behauptete, er habe Maggie wegen ihres Körpers geheiratet, bei ihr geblieben aber sei er wegen ihrer *melanzane alla parmigiana*. Und Belle sagte den Nachbarn voraus, dass sie nach diesem Gericht süchtig werden würden, absolut süchtig, während Warren, den nichts so sehr langweilte wie Nachbarschaftsgespräche, erst bei Tisch auftauchte, als die Auberginen aufgetragen wurden. Die Gäste, die man quasi schon genötigt hatte, das Essen göttlich zu finden, ließen sich aber auch so von der unbekannten Mixtur aus gegensätzlichen Geschmacksreizen gefangen nehmen, bei der das Fruchtige, das Würzige und das Milde eine köstliche Verbindung eingingen.

»Maggie, das ist nicht nur das Beste, was ich bisher in meinem ganzen Leben gegessen habe«, behauptete der Nachbar, »ich werde auch nie mehr etwas Besseres essen.«

»Sagen Sie das nicht in Gegenwart Ihrer Frau, Étienne.«

»Ich bin vollkommen seiner Meinung«, pflichtete diese ihm bei. »Mein Vater war Koch bei Lepage in Lyon. Ach, wäre er doch noch unter uns und könnte Ihre Auberginen probieren.«

Maggie wusste, wie viele Begeisterungsstürme ihre *melanzane alla parmigiana* über die Jahrzehnte ausgelöst hatten – nicht wenige Mafiosi hätten auf die Pasta ihrer eigenen Mamma gespuckt, nur für eine Portion Auberginen von ihr. Beccegato, der Restaurantbesitzer, der die Clanmitglieder der Familien Manzoni, Polsinelli und Gallone bewirtete, hatte seine *parmigiana* von der Karte genommen, nachdem er die von Maggie probiert hatte. Er fiel vor ihr auf die Knie, sie solle ihm das Geheimnis verraten, aber es gab keines:

Rezept und Zutaten waren bekannt. Es brauchte einzig die geschickte Hand der Köchin, um diesen köstlichen, königlichen Vielklang entstehen zu lassen. Dabei war Maggie keine außergewöhnliche Köchin, sie studierte auch keine Kochbücher, improvisierte selten, und die Kunst, aus Resten eine Mahlzeit zu zaubern, pflegte sie auch kaum. Ihr genügte es, die zwei, drei Gerichte gut zu kochen, die ihre Familie, ohne deren überdrüssig zu werden, immer wieder verlangte. So war sie im Lauf der Jahre zu einer außergewöhnlichen Perfektion gelangt.

Warum also weitersuchen, wo alles offensichtlich vor ihr lag, gab es etwas Besseres als Perfektion? Sie war nicht dazu bestimmt, eine Heilige zu werden, noch konnte sie sich vorstellen, als Organisatorin von Wohltätigkeitsveranstaltungen alt zu werden. Warum also die fixe Idee aufgeben, warum nicht das einzige Geschick, das man besitzt, intensiv pflegen? Sollte sie sich nach fünfzig gelebten Jahren dazu entschließen, unterhalb ihrer Möglichkeiten zu leben, ihren Wunsch verleugnen, möglichst alles richtig zu machen, ihre Kraft, Berge zu versetzen, ausbremsen und die Idee aufgeben, bei Gott ordentlich Eindruck zu schinden, um in den Genuss seiner Wohltaten zu kommen?

*

Märchen gibt es nicht, auch nicht für eine Märchenprinzessin. Wie oft nur hatten Belles Eltern ihr das eingebläut. So wollten sie ihr verdeutlichen, dass trotz ihres traumhaften Körpers und ihres Engelsgesichts das Leben sie nicht schonen werde.

Belle war immer schon schön. In ihrem Zuhause in Newark mussten Nachbarn und Freunde bereits zugeben, dass, sogar im Vergleich mit den eigenen Kindern, allein die Tochter der Manzonis die Anmut einer Madonna besaß. »Lasst sie in Werbespots auftreten! Bei der Wahl zur Mini-Miss!«

Belle bekam nicht mehr die Gelegenheit dazu; ihre Prinzessinnen-Kindheit endete jäh mit der Zeugenaussage ihres Vaters beim »Prozess der fünf Familien«. Die Manzonis wurden unter Quarantäne gestellt, sie waren verdammt dazu, im Verborgenen zu leben, ständig waren sie auf der Flucht. Erst nach ihrer Ankunft in Frankreich durfte Belle sich wieder vor aller Augen zeigen, in altem Glanz. Glücklicherweise hatte sie sich ihre Frische und Spontaneität bewahrt, sie war immer noch neugierig und ihrem Vater nicht böse wegen des harten Lebens, das sie ihm verdankten.

Inzwischen stand sie nicht mehr unter dem Schutz von WITSEC, sie hatte ihr Leben als junge, selbstständige Frau begonnen, wie alle anderen Mädchen in ihrem Alter. Aber ob es ihr gefiel oder nicht, sie war nicht wie die anderen. Sie lebte in Paris in einer kleinen möblierten Wohnung in der Rue d'Assas, die sie erst verließ, wenn sie mit ihrem Lernpensum für das Psychologiestudium fertig war. »Wieso Psychologie?«, hatte ihre Mutter gefragt – die Antwort kam prompt. »In Anbetracht der sehr verschiedenen Formen von Stress und nervösen Störungen, unter denen ich seit meiner Kindheit leide, könnte eine theoretische Phase meine schon recht solide praktische Basis höchstwahrscheinlich untermauern helfen.« Belle nahm keine Unterstützung von ihren Eltern an und hatte erst einmal auch jeden Cent abgelehnt, den sie nur wegen ihres Aussehens hätte verdienen können. Dennoch wich sie nach diversen schlecht bezahlten Jobs als Bedienung, bei denen sie von jedem zweiten oder dritten Gast überflüssigerweise auch noch angemacht worden war, von diesem edlen Prinzip ab. Während sie bei einem Ärztekongress die Empfangsdame spielte, erfuhr sie von einer Kollegin, dass sie für das einmalige Posieren für ein Werbeplakat genauso viel verdienen könne wie als Hostess während einer ganzen Automesse.

Das FBI hielt es für unbedenklich, wenn Belle als Model arbeitete, solange ihr Gesicht nicht auf irgendeiner Publikation erschien. In einer Spezialagentur erklärte man ihr, dass man sie für bestimmte Körperteile engagieren könne; für die Hände, für die Beine, für die Brust, allerdings müssten ihre Hände, ihre Beine und ihre Brust auch außergewöhnlich schön sein. Sehr bald wurde der Agenturchefin klar, dass Belle in allen Kategorien mitspielen konnte.

Auf großen Schildern sah man ihren Arm, den sie für die Werbekampagne einer Bank in den Himmel reckte. Ihren Rücken konnte man in Schwarz-Weiß auf einer Lingerie-Werbung bewundern. In einem Spielfilm doubelte sie die Beine der Hauptdarstellerin. Trotz der vielen Angebote nahm Belle nur die an, die sie unbedingt brauchte, um ihre Miete zu zahlen und ihr Studium zu finanzieren. Und jeder Fotograf, mit dem sie arbeitete, fragte sich, warum dieses Model ihr hübsches Gesicht vor der Welt verbarg.

Sie hatte es auch nicht eilig, dem zauberhaften Prinzen zu begegnen, von dem alle kleinen Mädchen träumten. Dabei hätte bei ihrem Aussehen wohl ein Wimpernschlag genügt, und er wäre auf einer weißen Wolke angeflogen.

Umso merkwürdiger war es, dass die wunderbare Belle Wayne sich hoffnungslos in einen gewissen François Largillière verknallt hatte.

*

Belle war die Erste gewesen, die von zu Hause ausgeflogen war. Alle Waynes kehrten, ohne sich abzusprechen und es sich einzugestehen, Fred, der sich unmöglich aufführte, nach und nach den Rücken. Warren hatte das Haus, gerade mal volljährig geworden, verlassen und wohnte in einem kleinen Dorf auf zwölfhundert Meter Höhe, an der Grenze der Départements Drôme und Isère. So hoch oben, auf dem kargen Plateau von Vercors, spürte er, wie sein schweres, dunkles Blut von alten Gemütszuständen gereinigt wurde, die sich seit seiner Kindheit in ihm angesammelt hatten. Die ganze Gewalt, die er ungewollt eingeatmet hatte, verflüchtigte sich; er war mit sich im Reinen, jetzt konnte er ein Mann werden.

Sein neues Leben als Einsiedler sollte aber nicht ewig dauern. Sobald er in der Lage war – und er hoffte, das würde sehr bald sein –, würde seine Freundin zu ihm ziehen. Vor zwei Jahren hatte er sie beim Wechsel auf das Gymnasium von Montélimar kennengelernt.

Er hatte dieses neue Schuljahr wie alle anderen zuvor begonnen. Er stellte sich quer und sträubte sich, er verfluchte sein Alter, dabei war er viel reifer, als seine Jahre vermuten ließen. Kaum hatte er seine Tasche auf einen Stuhl gelegt, kam Lena herein. Er nahm einen letzten Zug von seiner Zigarette und warf sie mit der Geste eines kleinen Machos zum Fenster hinaus. Warren begriff zu spät, dass ihn gerade ein Tier gebissen hatte, dessen warmes Gift sich bereits in seinem Körper ausbreitete.

Lena war das erste vollkommene Wesen, dem er begegnet war. Da waren ihre vollkommenen Augen, die kaum von ihrer Ponyfrisur à la Louise Brooks verdeckt wurden. Und diese Haare passten perfekt zu ihrem vollkommenen Gesicht. Ganz zu schweigen von der feinen und vollkommenen Beule auf ihrer Nase und den nicht wahrnehmbaren Schatten unter ihren Augen, die für den perfekten Blick sorgten. An diesem Morgen war sie wie eine Königin gekleidet. Sie trug ihren weiten schwarzen Pulli mit Zopfmuster, ihre

Jeans waren am Po löchrig, und um den Hals trug sie das perfekte Omatüchlein. Warren versuchte sich an eine rationale Erklärung zu klammern: Zu viel Perfektion verursachte nun mal Herzflimmern.

Ein Aufseher bat ihn, den Anmeldebogen auszufüllen, und Warren zögerte wie jedes Jahr schon bei der ersten Frage: *Name?* Die Ratlosigkeit war ihm ins Gesicht geschrieben. Sein Banknachbar sagte, um sich über ihn lustig zu machen: »Du weißt nicht mehr, wie du heißt?« Es war die Wahrheit. Warren hatte wieder einmal seinen Namen vergessen. Das war kein Gedächtnisproblem, sondern eine Fehlleistung, die auftrat, sobald er seinen Namen irgendwo eintragen musste. Als ob das Trauma seiner Kindheit sich jetzt in all den falschen Namen, die ihm die Richter seines Vaters aufzwangen, eingenistet hätte. Warren war als Manzoni geboren worden, ein Name, der jetzt verboten war und verflucht, verurteilte er doch die, die ihn trugen, zum Tod. Bei ihrer Ankunft in Frankreich hatte man sie Familie Blake getauft, dann Brown, und bei ihrem Einzug in Mazenc hatte ihnen das FBI neue Papiere besorgt auf den Namen ... ja, auf welchen ...?

»Wayne!«, rief er. »Ich heiße Wayne. Warren Wayne.«

War diese Schwierigkeit überwunden, wartete schon die nächste, noch unangenehmere auf ihn. *Beruf des Vaters.* Schließlich trug er »Schriftsteller« ein, was eine weitere Lüge war. Sein Vater war ein Denunziant, ein Verräter, jemand, der andere verpfiffen hatte, ein Petzer und Spitzel, ein berühmter Kronzeuge, der für alle Zeiten anonym bleiben musste, er war ein Mann, der nicht für einen seiner schwachsinnigen Schmöker in Erinnerung bleiben würde, sondern weil er durch seine Zeugenaussage für den Niedergang der Cosa Nostra gesorgt hatte. Seitdem Warren aufs Gymnasium ging, interessierten sich seine französischen Lehrer für diesen Vater, der Schriftsteller war. Ein Vater, eigentlich ein Analphabet, der aber trotzdem Bücher schrieb.

»He, du Unruhestifterin da hinten links, entweder du packst das Telefon weg, oder ich beschlagnahme es.«

Dass jemand sie eine »Unruhestifterin« nannte, ließ Lena bis über beide Ohren erröten, was Warren ausnutzte. Er fragte seinen Nachbarn: »Wie heißt sie, diese Unruhestifterin?«

»Lena Delarue.«

Na klar, Lena Delarue, wie sollte sie auch sonst heißen? Ein Name, der so perfekt zu ihr passte – Warren hätte gern auch so einen.

Wo kommt denn dieses Wesen auf einmal her? Warum fühle ich mich in ihrer Gegenwart so unsicher? Was soll dieses Eindringen in mein Leben? Sie denkt wohl, sie brauche nur eine Tür aufzustoßen, und schon vergesse ich meinen Namen. Seit wann gibt es diese Lena Delarue? Hatte sie vielleicht eine richtige Kindheit? Wie lange wird es dauern, bis sie merkt, dass es mich auch gibt?

*

Mit seiner Schreibmaschine produzierte Fred heute nichts, was ihn zufriedenstellte, also irrte er umher. Er öffnete den Kühlschrank und probierte den Ricotta, den er beim Italiener gekauft hatte, dann ging er in den Garten und setzte sich an den verwahrlosten Pool. Sein Hund Malavita hatte die ersten Sonnenstrahlen für ein Nickerchen am Beckenrand genutzt, bei dem er den alten Zeiten nachtrauerte, als hier noch Menschen im Wasser herumtollten. Malavita war ein Australischer Schäferhund, knorrig, mit kurzen Beinen, er hatte kurzes, aschfarbenes Haar und spitze Ohren, die immer aufgestellt waren. Um den Kindern eine Freude zu machen, hatte Fred ihn aus einem Tierheim geholt. Wie jeder

Mensch, der sich einen Hund zulegen will, hatte auch Fred einen gesucht, der ihm ähnelte. Die Beschreibung an der Zwingertür hatte ihn schließlich überzeugt: *Der Australische Schäferhund ist ein treues Tier, das seinem Herrchen nur Freude machen will.* In Newark hatte Fred sich seine ersten Sporen durch unbedingten Gehorsam verdient, und nichts hatte ihn damals glücklicher gemacht als ein anerkennender Klaps seines Chefs. *Er braucht Auslauf, ist aber gleichzeitig ein großartiger Wachhund, der jedem Menschen allein durch seinen Blick Respekt einflößt.* Zu Beginn seiner Karriere hatte Fred mehr gearbeitet als die anderen, und sein Territorium hatte er mit einer Unerbittlichkeit verteidigt, die ihn bis in die drei Nachbarstaaten berühmt machte. *Er läuft über Wiesen und Felder ohne das geringste Anzeichen von Müdigkeit, selbst tropische Hitze macht ihm nichts aus.* Um sein eigenes Reich aufzubauen, hatte er Pakte mit den Clans von Miami und Kalifornien geschlossen und Geschäftsverbindungen nach Kanada und Mexiko aufgebaut, und nichts, weder Gesetze noch Regeln noch Landesgrenzen, konnten ihn davon abhalten. *Dieser Hund beschützt seine Artgenossen, Fremden gegenüber ist er misstrauisch.* Diese Eigenschaft hatte ihn letztlich vollkommen überzeugt.

Wie alle Kinder waren auch Belle und Warren sofort in das Tier vernarrt, um genauso schnell wieder das Interesse an ihm zu verlieren. So hatte sich Fred zunächst notgedrungen um das Fressen und den Auslauf gekümmert, bis der Hund in ihm sein alleiniges Herrchen sah und beide mit den Jahren gemeinsamen Zusammenlebens ihr seltsames Verhalten immer mehr aneinander angepasst hatten.

Nach einer Zeit in einer dürftigen Pariser Wohnung hatte sie das Zeugenschutzprogramm nach Südfrankreich umgesiedelt, dann in die Normandie, dann ins Elsass, bis man schließlich in dem kleinen Dorf Mazenc in der Nähe von Montélimar ein Haus für sie gefunden hatte, mit dem Versprechen, sie dort eine Weile in Ruhe zu lassen. Hier sah Malavita zum ersten Mal in ihrem Leben ein Schwimmbad – für sie eine Art Grube, in die sich bei schönem Wetter Menschen mit schrillen Schreien stürzten, was einem Lebewesen, das eigentlich für den Busch bestimmt war, ziemlich seltsam vorkam.

Das Haus war inzwischen ziemlich leer geworden. Das Liebespaar hat es jetzt wieder allein für sich, wie Maggie jeden Montagmorgen sagte, bevor sie in den Zug stieg, um sich um ihr kleines Unternehmen zu kümmern. Ein mildes Frühjahrslüftchen am frühen Nachmittag hatte Herr und Hund dazu verführt, sich um ein abgestandenes, mit Blättern bedecktes Wasser zu versammeln. Seit Belle und Warren ausgezogen waren, nahm Fred den Pool nur noch im heißesten Hochsommer in Betrieb.

In ihrer Glanzzeit, als die Manzonis in einer Art Palast im Villenviertel von Newark lebten, konnte der Pool das ganze Jahr über benutzt werden. Fred hatte die lästige Pflicht der Poolpflege an eine Firma abgegeben, die ihm leichtsinnigerweise einen jungen Studenten schickten, schön und braun gebrannt. Der beherrschte sein Metier und war sehr freundlich zu seinen Kunden. Doch Vorurteile sind schwer totzukriegen, und so blieb ein *pool guy* in den Augen von Giovanni Manzoni immer ein *pool guy*, behaftet mit allen Klischees und Fantastereien eines lasziven Bürgertums. Dabei hatte sich seine Frau weder für den *pool guy* noch für einen anderen je interessiert. Ehebruch, das hätte Giovanni als Letztes fürchten müssen, nie bestand Gefahr, dass Maggie fremdging. Zudem war dieser *pool guy* ein anständiger Junge, den die Frauen im Bikini nicht interessierten – er hatte eine Freundin und träumte davon, sie nach dem Studium zu heiraten.

Aber er verkörperte eben den Inbegriff eines *pool guy* – Typ kalifornischer Surfer, mit Waschbrettbauch und brauner Honigkuchenhaut. Das war zu viel an *pool guy* für Giovanni, der ihn an den Haaren packte, in die Garage zog, seinen Kopf in einen Schraubstock spannte und so lange zudrehte, bis der Junge schwor, die Stadt binnen einem Tag zu verlassen. Am nächsten Morgen schickte die Firma einen alten Herrn, kurz vor der Pensionierung, der bedauerte, nie studiert zu haben, denn jetzt werde er wohl als *pool guy* sterben.

Hinter dem Fenster der Bruchbude schräg gegenüber erahnte Fred die Silhouette von Peter Bowles, seinem persönlichen Zerberus, den das FBI ihm zugeteilt und der ihn bei allen Umzügen begleitet hatte, der seine Anrufe abhörte und seine Post als Erster las. Dieser Mann war zu seinem Schatten geworden, er klebte an ihm wie ein schlechtes Gewissen. Bowles hingegen beobachtete diesen Dreckskerl von Gangster, wie er um den Pool stolzierte, während er als aufrechter Vertreter von Recht und Ordnung in diesem Verschlag eingesperrt war, in dem es im Winter gefror und im Sommer brütende Hitze herrschte. Irgendetwas schien da mit dem amerikanischen Rechtssystem nicht zu stimmen.

*

Im Gegensatz zu ihrem Mann hatte Maggie sich immer frei bewegen können. WITSEC ermutigte sie, eigenständig zu werden und allein ihren Lebensunterhalt zu verdienen. Einer regelmäßigen beruflichen Tätigkeit nachzugehen, zeugte von echter Resozialisierung. Das Büro in Washington hatte ihr gestattet, sich in Paris einen Geschäftsraum zu suchen.

So hatte sie ihre bescheidenen Mittel in ein kleines Lokal in der Rue de Mont-Louis, in einem Winkel des elften Arrondissements, investiert. Miese, zweifelhafte Restaurants waren bisher hier zu Hause, das sollte jetzt anders werden. Der Laden stand leer, seitdem eine Pizzakette sich in dem Viertel breitgemacht hatte, die den kleinen Lokalen den letzten Todesstoß versetzte. Trotz dieser Konkurrenz, die mehr als einen Gastwirt entmutigt hatte, wollte Maggie ihr Glück versuchen.

Um die von ihr gewünschte Perfektion jederzeit zu erreichen, wollte sie nur ein einziges Gericht auf die Karte setzen: ihre berühmten Auberginen mit Parmesan; nichts anderes, keine Vorspeisen, keine Desserts, keine Getränke. Diese radikale Entscheidung zwang sie, auf Service im Lokal zu verzichten, es gab nur den Straßenverkauf und die Lieferung nach Hause. Beim Arbeitsamt vermittelte man ihr Rafi, einen seit drei Jahren arbeitslosen Familienvater, der für jeden Job zu haben war, auch wenn er ihn noch nie ausgeübt hatte. Sie gaben den kleinen Gastraum auf, um die Küche zu vergrößern und Platz für ein Zimmerchen mit Schlafmöglichkeit zu schaffen – Maggie wollte nicht noch eine zweite Miete bezahlen. Mit einer gehörigen Portion Naivität eröffnete sie das »La Parmesane«, sie hatte sich im Viertel bei niemandem vorgestellt und besaß keine Geschäftserfahrung. Einige böse Zungen orakelten, dass sie sehr bald Konkurs anmelden werde, das hier wäre reiner Selbstmord.

An diesem Kamikazeunternehmen wollte Maggie diejenigen teilhaben lassen, die es am nötigsten hatten. So engagierte sie Clara, die gerade das Pariser Rathaus als Rentnerin verlassen hatte, um in den Süden zu ziehen, wo auf Senioren angeblich ein goldener Herbst wartete. Als sie an Maggies Laden vorbeiging, stieg ihr der Duft einer Tomatensoße in die Nase, der sie an die Soße ihrer Mutter aus den Abruzzen nordöstlich von Rom erinnerte. Clara packte die Gelegenheit beim Schopfe, schließlich konnte sie mit Maggies Angebot ein neues Leben beginnen, und das in einem Alter, in dem man eigentlich auf den Schrottplatz gehörte. Gemeinsam kontaktierten die beiden italienische Lieferanten, laut Maggie das A und O ihrer Unternehmung, sie rechneten gemeinsam die täglich anfallenden Kosten aus, machten sich mit der Buchführung vertraut und studierten die Gaststättengesetze. Wie zwei Gelehrte, gebeugt über Reagenzglas und Bunsenbrenner, machten sie ihre Tests und Proben, überboten sich gegenseitig in ihrem Einfallsreichtum, um schließlich zu dem gleichen Ergebnis zu kommen, ob sie jetzt dreihundert oder sechshundert Portionen herstellten. Um ihr Team zu vervollständigen, brauchte Maggie noch zwei Fahrer, und sie entschied sich für Sami, einen Vorbestraften kurz vor der Wiedereingliederung, und für Arnold, einen jungen Studenten, der im Leben keinerlei Prioritäten setzte und gerade sein Studium unterbrochen hatte und seit ein paar Nächten auf der Straße schlief.

Jeden Morgen um acht warf Clara einen Blick auf die in der Früh gelieferte Ware und überprüfte die Vorräte. Der Parmesan stammte von einer traditionellen Firma aus der Emilia-Romagna, und der Mozzarella, der für die Zubereitung der *melanzane alla parmigiana* genauso wichtig war, aus der Käserei Ranieri aus Sora im Latium. Die geschälten Tomaten kamen in Gläsern aus Kalabrien, das Olivenöl lieferte ein kleiner Erzeuger aus Perpignan. Maggie begann den Tag mit einem Gang durchs Lager, dann bereitete sie die Tomatensoße vor. Rafi kam kurze Zeit später dazu und begrüßte seine »Tanten«, wie er sie nannte. Er hatte in den Hallen von Rungis die besten Auberginen besorgt, jetzt zog er seine Schürze an und widmete sich dem Gemüse, das er am Vorabend geschält, geschnitten und in Fünferreihen angeordnet hatte, damit es Wasser ziehen konnte. Clara tunkte jeden Auberginenstreifen in ein Bad aus Ei und Mehl, bevor sie ihn in den Ofen schob. Diese Arbeitsgänge waren bis gegen elf beendet. Danach bereitete Clara die Lieferboxen vor, die ersten Bestellungen gingen raus. Die Angestellten der Firmen rundherum hatten die Sandwiches und Salate in den Plastikverpackungen satt, schon seit zehn Uhr bestellten sie, aus Angst nichts mehr zu bekommen. Um Mittag konnten keine Bestellungen mehr entgegengenommen werden, die Enttäuschung stand den zu spät Gekommenen im Gesicht. Maggie und Clara überschritten am Mittag genau wie am Abend niemals die magische Zahl von dreihundert Portionen. Der Erfolg würde ihnen nur treu bleiben, wenn sie niemals in ihrer Qualität schwankten und ihre Speisekarte, die aus einer Speise bestand, niemals änderten. Das Rezept musste das gleiche bleiben, die Lieferanten mussten dieselben sein, der Preis durfte nicht erhöht, der Profit nicht gesteigert werden, trotz des Erfolgs. Ein Jahr später hatte Maggie die Namen derjenigen vergessen, die ihr ein baldiges Ende prophezeit hatten. Rafi konnte seine große Familie wieder ernähren, Clara sparte, um sich eines Tages einen kleinen Bauernhof im Département Ardèche leisten zu können, Arnold studierte wieder und konnte eine Dachkammer im Viertel bezahlen, und Sami hatte das Vertrauen seines Bewährungshelfers zurückgewinnen können. Wie sie alle Tag für Tag ihr Herzblut für die Arbeit gaben, der eine für den anderen einstand, alle einem Ziel untergeordnet, das machte Maggie glücklich, sie fühlte sich für ihre Bemühungen belohnt. Sie würde zwar niemals reich werden, aber sie konnte die Kredite zurückzahlen, den Bankleuten erhobenen Hauptes gegenübertreten und ihr Feldbett gegen eine kleine Stadtwohnung eintauschen. Sie war selbstständig, sie brauchte weder WITSEC noch ihren Mann um einen Cent zu bitten. Niemandem schuldete sie Rechenschaft, ein Erfolg, den man gar nicht hoch genug einschätzen konnte. Doch nach allem, was sie durchgemacht hatte, hätte Maggie eines wissen müssen: Auch die Tage einer Utopie waren gezählt.

*

Für das Cover eines Videospiels hatte Belle in einem schwarzen Body posiert, ihr Gesicht hatte man später am Computer grafisch verändert. Bei der Fotosession war ihr der Erfinder des Spiels, François Largillière, vorgestellt worden, ein freundlicher und sympathischer Typ, der sie nicht mit großen Augen anstarrte und sich auch nicht aufspielte, indem er sie mehr oder weniger offensichtlich anbaggerte. Verführung schien diesen Mann nicht zu interessieren, er unterhielt sich einfach mit ihr, ausführlich und unbefangen, ohne jede Absicht, und das brachte Belle schließlich zu der Überzeugung, dass seine Redseligkeit schlicht Ausdruck seiner Lässigkeit sei.

Die Wahrheit sah aber ganz anders aus: François Largillière war noch mehr als die anderen von ihrer Schönheit überwältigt. Aber er wollte nicht mehr träumen, Feen gab es so wenig wie Prinzessinnen, außer in kitschigen Filmen und schlechten Videospielen, die er niemals konzipieren würde. Falls einem im normalen Leben vollkommen unerwartet eine Prinzessin begegnen sollte, so musste man ihr auf der Stelle aus dem Weg gehen und sie so weit wie möglich wegschieben, um jede Enttäuschung zu vermeiden. Dank dieser Maxime war er er selbst geblieben und hatte sich seinen Sinn für Humor bewahrt.

Sie war es, die ihn wiedersehen wollte. François fiel aus allen Wolken, als er die Stimme des Mädchens wiederhörte, das zu allem Überfluss auch noch Belle – die Schöne – hieß. Die Überraschung verwandelte sich in Argwohn: Sie rief ihn sicher an, um sich etwas von ihm zu erschleichen, aber was? Er traf sich mit ihr auf ein Glas, weil er Gewissheit haben wollte, aber sie bat ihn um nichts, was François Largillière beim zweiten Treffen noch misstrauischer machte. Bei ihrem dritten Rendezvous saßen sie um den Teich im Jardin du Luxembourg herum, dort blieben sie, bis der Park geschlossen wurde, dann teilten sie sich Austern und Weißwein, bevor sie in Belles kleines Einzimmerappartement gingen, das ganz von ihrem Bett dominiert wurde und damit wenig Raum für Unverfängliches ließ. Sie waren beide leicht betrunken, sie kicherten, machten zweideutige Gesten – und auf einmal waren sie nackt.

Doch plötzlich ging Largillière auf Distanz und verkündete, gleich einem Urteilsspruch, *dass er heute Abend keine Erektion bekommen werde.* Dann zog er seine Boxershorts wieder an und begann einen Diskurs über die Durchlässigkeit der Mittelschicht für andere Klassen.

Von dieser Wendung des Geschehens überrascht, fragte sich Belle, wie er zu dieser Erkenntnis kommen konnte, wo sie sich noch nicht einmal berührt hatten. Ein erstes Mal war nun mal ein erstes Mal, da kam es nicht auf eine Glanzleistung an, sondern darauf, dass ihre Körper sich kennenlernten. Erstaunlicherweise ersparte Largillière ihr das übliche Jungengejammer über erschlaffte Männlichkeit. Dafür entschlüpfte ihr ein »Das ist doch nicht schlimm«, was sie sofort bereute, worauf er mit einem »Ich weiß« antwortete. Trotzdem verlor sie nicht die Hoffnung, einem solch wichtigen Augenblick eine gewisse Leichtigkeit zurückschenken zu können, und schlug ihm vor, dass beide bei ihm, in seinem Reich, übernachteten. Sie schlenderten durch ein paar stille Straßen, dann öffnete François die Tür zu seiner Wohnung, die riesig war und leer, die Wände weiß, es gab nicht einen einzigen Dekorationsgegenstand. Bei sich zu Hause agierte er wieder etwas ungezwungener, ohne jedoch das Gespenst des Versagens verjagen zu können. Belle, die an sich und ihren Reizen zu zweifeln begann, fragte, ob er sich in ihrer Gegenwart unbehaglich fühle. Er zögerte einen Moment, bevor er ihr anvertraute, was er empfunden hatte, als er sie nackt sah.

Denn in dem Augenblick hatte er es endlich wahrhaben können, dass ein Mädchen wie sie tatsächlich einen Typen wie ihn wollte. Ihn, der in seinem Leben nichts getan hatte, womit er solch ein Wesen, wie es einem normalerweise nur im Traum begegnete, verdient hätte. Sie war sogar noch viel rührender, ganz auf ihn eingestellt, und schien seinen Körper, der ihm gänzlich unattraktiv vorkam, recht anziehend zu finden. François genügte es, die Hand nach ihr auszustrecken, um zu spüren, dass sie tatsächlich bei ihm war, am selben Ort, zur gleichen Zeit. Schließlich überwand er sich, aber anstatt ihre Schultern und Brüste zu streicheln oder mit den Händen über ihre Hüften zu gleiten, befühlte er ihren Unterarm; er wollte sich sicher sein, dass sie wirklich existierte.

Zwei Wochen später hatte er dieses Himmelsgeschenk akzeptiert und sich in einen ungestümen Liebhaber verwandelt, der stets auf Neue von diesem Körper verzaubert wurde, den er immerzu in seinen Armen halten musste.

*

Sechs lange Monate hatte Warren geduldig darauf gewartet, dass Lena auf ihn aufmerksam wurde. Sechs Monate hatte er versucht, irgendwelche Zeichen zu deuten und sich eine Kriegslist auszudenken, sechs Monate war er seiner Lieblingstätigkeit nachgegangen, Lenas Profil zu bestaunen: von rechts, wenn sie sich neben das Fenster setzte, von links, wenn sie wie angewurzelt neben dem Heizkörper verharrte.

In den Hauptfächern saß sie neben ihrem Klon Jessica Courtiol, trug die doch den gleichen Pullover mit Zopfmuster, die gleichen schwarzen Treter und setzte bei der geringsten Anstrengung den gleichen Schmollmund auf. Doch Lena hatte als Zweitsprache Spanisch gewählt, Jessica aber Deutsch, und so tauschten die beiden Unzertrennlichen jedes Mal vor dem Sprachunterricht Küsschen aus, welch herzzerreißende Abschiede. Lena saß dann neben Dorothée Courbières, ein bisschen zu *girly* für ihren Geschmack, aber begabt genug, um schwierige Sätze zu übersetzen, und cool genug, um einen mit dem Material der geschwänzten Stunden zu versorgen. Jetzt kam der Zufall ins Spiel: Dorothée war krank, oder Lena wurde wegen Abschreibens von Dorothée getrennt, jedenfalls geschah im Bruchteil einer Sekunde ein Wunder, und Warren und Lena saßen nebeneinander. Die wenigen Male, bei denen das bisher passiert war, hatte sie ihren Nachbarn kaum eines Blicks gewürdigt, oder sie hatte die Nase in ihre Arbeitsmappe gesteckt, um die Zeit abzusitzen. Warren hingegen atmete mit dem Bauch, seine Stirn war heiß, und er hatte Angst, rot anzulaufen. Aber dagegen konnte er nichts tun, außer den Kopf auf die Hand zu stützen und sich um einen ungezwungenen Gesichtsausdruck zu bemühen. Er hätte sich gar nicht so anstrengen müssen, Lena nahm ihn ohnehin nicht wahr, der Junge neben ihr existierte nicht für sie, er war ein durchsichtiges Nichts, das die linke Hälfte des Tisches besetzt hatte. Ob das Wort »Sex« mit dem Wort »Sektion« für etwas Abgeteiltes, Getrenntes zusammenhing? Warren überlegte. In der ersten Hälfte der Schulstunde wollte er davonlaufen, in der zweiten wollte er ihr etwas Lustiges ins Ohr flüstern und sie mit einer respektlosen Geste beeindrucken. Stattdessen verfiel er in die bei Heranwachsenden übliche Grübelei über die unüberwindbare Kluft zwischen Jungen und Mädchen. *Sie nimmt mich noch nicht einmal wahr, diese dumme Kuh.* Vom einzigen Wesen, das ihn interessierte, derart ignoriert zu werden, das war eine neue Erfahrung für ihn. Vielleicht steckte ein Sinn dahinter, aber welcher? Manchmal berührten sich ihre Ellbogen, wenn sie ein Lehrbuch aufschlugen; Warren schreckte wie nach einem elektrischen Schlag zusammen, während sie davon nichts mitbekam und ihm lediglich »Welche Seite?« zunuschelte. »Keine Ahnung«, antwortete er kurz angebunden, also fragte sie einen anderen. Was musste er tun, um von Lena Delarues Augen wahrgenommen zu werden? Eine Eins im Aufsatz schreiben? Mit einem Motorroller vorfahren? Breite Schultern wie ein Meisterschwimmer bekommen? Was musste er tun, damit sie ihn endlich als lebendes Wesen betrachtete?

Im Grunde genommen hätte er zahlreiche Möglichkeiten gehabt, um bei ihr Eindruck zu schinden. Er hätte sich während der Schulstunde zu ihr herüberbeugen können, um ihr ins Ohr zu flüstern: *Ich bin von Killern großgezogen worden, verstehst du? Ich konnte ein gestohlenes Auto starten, bevor ich überhaupt sprechen konnte. Ich kann eine Walther P38 mit verbundenen Augen laden, und meinen zwölften Geburtstag habe ich mit meinem Vater in einem Stripteaseclub gefeiert.* Alles Dinge, die der Wahrheit entsprachen, die er aber nicht erzählen durfte; zudem kamen sie ihm gar nicht in den Sinn, denn neben ihr wurde er zu einem Jungen wie alle anderen. Er träumte davon, ein Mädchen mit seinen Leistungen im Laufen und Werfen zu beeindrucken. Die Schulglocke läutete, und Lena raste auf den Gang, um Jessica von der bescheuerten Unterrichtsstunde zu berichten. Warren verfluchte Gott und die Welt, wie hatte er nur diese einmalige Gelegenheit verstreichen lassen können! In der Pausenhalle ging er an vielen Jungs vorbei, die mit einem Mädchen im Arm umherschlenderten.

Diese Kerle hatten mehr Mut als er – dass er ein Manzoni war, half ihm da auch nicht weiter. In früheren Schulen hatte er den kleinen Gangster gegeben, dem man Treue schwor – und die Mädchen waren von ihm beeindruckt gewesen und nicht umgekehrt. Ein Jahr war es erst her, dass ein großes Mädchen aus der Abiturklasse ihn hatte entjungfern wollen: *Ich werde deine erste Frau sein, und nie wirst du mich vergessen. Dein ganzes Leben lang wirst du dich an Béatrice Vallée erinnern.*

Seitdem Warren sich nicht mehr als großen zukünftigen Architekten der Cosa Nostra sah, hatte er all seine Unverfrorenheit, all seine Arroganz verloren, für die anderen war er zu einem gesichtslosen Niemand geworden. Die Lehrer hielten ihn für zu schüchtern, und vor seinen wenigen Schulfreunden nahm er nach Schulschluss regelmäßig Reißaus. Nur einmal hatte er die Einladung zu einem Fest angenommen, er hoffte, dort Lena Delarue zu treffen. Doch Warren wusste nicht, wohin mit sich, er verhielt sich unbeholfen und verkrampft, sein Humor hatte keinen Witz, sein Tanzstil war linkisch, er war unfähig, sich in Gespräche einzubringen. Lena hatte sich köstlich über ihn amüsiert, wie man das in ihrem Alter eben leichtfertig tat.

Zum Glück kam seine Schwester zu Hause vorbei, und Warren konnte, was Mädchen betraf, Dampf ablassen.

»Jetzt hör auf mit dem Geflenne, wie heißt sie?«

»Wer?«

»Die, an die du nicht rankommst.«

»... Lena.«

»Wo liegt das Problem?«

»Ich bin unsichtbar für sie.«

»Seit wann?«

»In zehn Tagen sind es genau sechs Monate.«

Belle versuchte, ihm zu helfen, ohne auf die abgedroschensten Gemeinplätze und Null-acht-fünfzehn-Ratschläge zurückzugreifen.

»Ihr muss endlich klar werden, dass es mich gibt.«

»Du hast nie einen Preis in Mathe gewonnen, für die hundert Meter brauchst du länger als ich, ich finde dich zwar sehr hübsch, aber hauptsächlich, weil du mein Bruder bist. Gut, du besitzt zwar ein Taschentuch mit Blutflecken, das Lucky Luciano gehörte. Aber viel helfen wird dir das bei Lena nicht.«

»Ich hätte da eine Idee, aber ...«

»Ich hasse es, wenn du mich so anstarrst. Was ist deine Idee?«

*

Hinter dem Hügel von Mazenc ging schon die Sonne unter, als Fred aus seinem Liegestuhl stieg, dicht gefolgt von Malavita. Er kehrte an seine Schreibmaschine zurück und war sauer auf Maggie, die den ganzen Tag nicht angerufen hatte. Seiner Meinung nach war es an ihr, ein Lebenszeichen von sich zu geben. Die, die wegfuhren, mussten sich bei denen, die zu Hause blieben, melden, und nicht umgekehrt. Seit Madame in Paris sich um ihren eigenen Laden kümmerte, kehrte sie vor Freitagabend nicht nach Hause zurück; so zogen sich die Tage ab Mittwoch ziemlich in die Länge. Deshalb wünschte Fred sich genau an diesem Tag einen Anruf von ihr. Man könnte einander ein paar nette Worte sagen, und das in der Muttersprache, denn die Gelegenheiten, in dem Dörfchen Mazenc Englisch zu sprechen, waren doch recht gering, und erst recht im Dialekt von Newark, New Jersey. Bis zum Läuten des Telefons würde er gegen sie wettern und sie übelst beschimpfen, ja, seine Wut würde sogar sein Schreiben beeinflussen. Eine Figur, die womöglich den Epilog hätte überleben können, musste vielleicht jetzt mit ihrem plötzlichen Ableben rechnen.

Tatsächlich erfand Fred eine weibliche Figur, Anfang fünfzig, mit Namen Marge, die zwar für die Geschichte vollkommen überflüssig war, die er aber unter schrecklichen Schmerzen und unter ominösen Umständen in den Tod schicken konnte, was den zukünftigen Leser wohl leicht irritiert zum Zurückblättern zwingen würde. Hatte er vielleicht etwas überlesen? Als um 18.00 Uhr endlich das Telefon läutete, verriet Fred sich schon mit dem ersten Satz.

»Du fehlst mir, mein Schatz. Fehle ich dir auch?«

»Fred, ich bitte dich …«

Er verstand. Den Satz »Fred, wir sind nicht allein, werde also nicht zu vertraulich« konnte sie sich sparen. Seit zehn Jahren wurde ihr Telefon abgehört, trotzdem nahm Fred nie ein Blatt vor den Mund, während Maggie nie diesen Peter Bowles vergessen konnte, der mit Kopfhörer dasaß, jederzeit bereit, ihr Gespräch wegen der geringsten verdächtigen Formulierung aufzuzeichnen.

»Diese Typen, Maggie, hören doch nur, was sie hören wollen. Ihnen sind unsere Liebesschwüre scheißegal. Sie interessieren sich für Staatsgeheimnisse, Geheimsprachen und Verschwörungen. Von unseren kleinen Heimlichkeiten wollen sie nichts wissen.«

»Fred, lass das, oder ich lege auf.«

»Das ist dir doch scheißegal, du Arsch? Oder? Dir ist es doch scheißegal, dass mir meine Frau fehlt, weil du selber keine hast. Eine Frau, die man vermisst, das kennst du nur aus Büchern. Und dass man jemandem abgeht, diese Erfahrung hast du Kotzbrocken nie gemacht. Du hast nie jemandem gefehlt, und dir wird auch nie jemand fehlen! Deshalb bist du auch die Idealbesetzung für diesen Job. Wenn du im Dienst stirbst, muss man weder deine Witwe benachrichtigen noch eine Kollekte für deine Kinder abhalten. Der Staat muss keine Hinterbliebenenrente zahlen, du bist für den Steuerzahler ein Schnäppchen. Und dieser warme Duft, den eine Frau hinterlässt, wenn sie aus dem Bett steigt, dieser Duft, der immer gleich bleibt, aber sofort verschwindet, wenn sie woanders schläft … Dieser Duft fehlt mir, verstehst du? Aber das wirst du nie verstehen!«

»Okay, du hast gewonnen, Idiot.«

Maggie legte auf und ließ die beiden unter sich. Sie hatte weder die Zeit noch die Geduld, ihrem Mann zuzuhören, wie er mit Onkel Sam seine Rechnungen beglich. Und so erfuhr er auch nicht die zwei, drei Neuigkeiten, die sie ihm mitteilen wollte. Erst morgen würde sie wieder anrufen.

»Du Miststück!«, schrie Fred und legte auch auf.

Der arme Bowles, den man gerade beleidigt hatte, blieb als Einziger in der Leitung. Er stützte sich mit dem Ellbogen aufs Fensterbrett, um seine Nerven zu beruhigen. Alles, was Fred ihm entgegengeschleudert hatte, entsprach der Wahrheit, was ihn traurig stimmte.

Er war FBI-Agent geworden, wie man Champion wird: mit Glauben an sich und Fleiß. Er war der Jüngste seines Lehrgangs gewesen, zuvor hatte er die Dienstgrade bei der Drogenfahndung DEA durchlaufen und sich sechs Jahre lang bei so manchem Einsatz verdient gemacht. Dann kam es zur Hausboot-Affäre von Sausalito, nördlich von San Francisco. Es ging dabei um die Beschlagnahme von fünf Tonnen Kokain auf einem alten, angerosteten Schiff, das man in eine Unterkunft für Obdachlose umgewandelt hatte. Denen waren bisher keinerlei Drogengeschäfte aufgefallen. Bowles, dem es als Einzigem gelungen war, in die Drogenszene einzudringen, schätzte allerdings während der Razzia die Lage falsch ein und forderte zu spät Verstärkung an. Wegen dieser Unvorsichtigkeit war sein Kontakt zu den Drogenhändlern aufgeflogen, und einer seiner Kollegen wurde während der Schießerei schwer verletzt. Peter war damals vierunddreißig Jahre alt, und seine Chefs gaben ihm die Gelegenheit, in Frankreich Gras über die Sache wachsen zu lassen, er sollte einen Exmafioso überwachen. Oder anders ausgedrückt: Er bekam drei Jahre Fegefeuer, bevor er sich wieder Hoffnung machen durfte, in seinen alten Beruf als Ermittler zurückzukehren.

Seitdem er diesen Posten bezogen hatte, hatte sich sein Tagesablauf kein bisschen verändert: Er stand um sechs Uhr auf, schlüpfte in ein T-Shirt, rannte vierzig Minuten die Berge hoch, dann duschte er, trank einen Kaffee und wartete auf die ersten Lebenszeichen bei den Waynes. Er hörte die ein- und ausgehenden Anrufe ab und begleitete Fred wie ein Leibwächter bei fast allen seinen Unternehmungen – außer wenn der Mistkerl beschlossen hatte, sich für ein oder zwei Stunden in Luft aufzulösen, um ihn aus rein sportlichen Gründen zum x-ten Mal an der Nase herumzuführen. Bowles riss also seinen miesen Job herunter – manchmal hatte er den Eindruck, den Domestiken für einen Gangster zu spielen. Man hatte ihn aufs Abstellgleis geschoben, und mit jedem Tag ertrug er diese Stille und Einsamkeit, Freds Verachtung und seine Beleidigungen etwas weniger. Diese Beleidigungen taten weh, denn sie zielten auf sein Privatleben, und vor allem auf sein Junggesellendasein.

Fred lebte auf seine Weise auch im Zölibat, und auch ihm ging es dabei nicht gut. Er hatte gerade seine schlechte Laune an Bowles ausgelassen, gemeint gewesen war aber Maggie, die es sich in den Kopf gesetzt hatte, ihr eigenes Leben zu leben, ihre ureigenen Pläne zu verwirklichen, wann und wo sie wollte. Fred wollte jetzt etwas Spaß haben und griff zum Telefon, um das Gespenst der Einsamkeit zu verjagen.

»Bowles? Ich werde heute in dem kleinen Gasthof zu Abend

essen, wo es die Gänseleberpastete mit Feigenmarmelade gibt. Wie heißt das Kaff mit dem unaussprechlichen Namen noch?«

»Cliousclat.«

»Genau. Falls du mich wie letztes Mal auf dem Serpentinenweg wieder aus den Augen verlierst: Jetzt weißt du, wo du mich findest.«

Fred kehrte zufrieden an seinen Schreibtisch zurück. Dass in seinem Telefonat mit Bowles eine gehörige Portion Schuldbewusstsein lag, konnte er sich nicht eingestehen, denn das hätte ihm vielleicht den Abend verdorben oder sogar die Nachtruhe geraubt.

*

Kurz nachdem sie das Telefongespräch mit ihrem Mann abrupt beendet hatte, sah Maggie auf ihre Armbanduhr, dann warf sie einen kurzen Blick in das bereits dick gefüllte Auftragsbuch und stellte sich wie jeden Abend zur gleichen Zeit in die Eingangstür, um die Moral ihrer Truppen vor der Schlacht einzuschätzen. Ihr Mann hatte fürwahr schon bessere Tage gesehen, aber sie wusste ihre Besorgnis vor ihrem Team zu verbergen, was sie als Chefin für ihre Pflicht hielt. Das »La Parmesane« wurde allen Hindernissen zum Trotz immer erfolgreicher, die Arbeit war inzwischen effektiv und ökonomisch organisiert – wieso kreuzte gerade jetzt ein Kriegsschiff in diesem ruhigen Gewässer auf, das ihr kleines Boot unbedingt versenken wollte?

Einem gewissen Francis Bretet, dem Geschäftsführer einer Pizzeria, die zu einem international agierenden amerikanischen Konzern gehörte, war das »La Parmesane«, das ein paar Schritte von seinem Laden entfernt lag, bisher gar nicht weiter aufgefallen. Bis zu jenem Telefonanruf des Gebietsleiters Paris/Grande Couronne vor drei Monaten. Der hatte bei ihm einen Umsatzrückgang von neun Prozent festgestellt, während die anderen achtzehn Pariser Filialen ein Umsatzplus von durchschnittlich elf Prozent zu vermelden hatten. Man verlangte eine Erklärung von ihm.

Alle Fast-Food-Läden in der Gegend gehörten wie der seine der Finefood Inc., deren Zentrale in Denver lag. Francis Bretet hatte sich nie um die Konkurrenz gekümmert. Es war ihm nicht aufgefallen, dass seine eigenen Bedienungen und Fahrer ihre Mittagspause auf einer Bank an der Straßenecke verbrachten, den Kopf über eine Alubox gebeugt. Dabei waren die Pizzen und alle anderen Gerichte der Karte für das Personal kostenlos. Das aß aber lieber in diesem seelenlosen Schuppen, der noch nicht mal ein Firmenschild besaß und zudem nur ein Gericht im Angebot hatte: mit Parmesan überbackene Auberginen.

»Habe ich richtig gehört?«

Francis Bretet musste der Wahrheit ins Auge sehen, das »La Parmesane« hatte ihm mit seiner Hausmannskost und seiner eher laienhaften Führung Kunden abspenstig gemacht. Inzwischen hatte er einen Umsatzverlust von vierzehn Prozent zu beklagen.

Als er schließlich ein Minus von siebzehn Prozent erreicht hatte, wurde er in die Europazentrale nach Gennevilliers zitiert, wo die Firmenleitung von ihm Genaueres über den Umsatzrückgang erfahren wollte.

»Zu welcher Firmengruppe gehört das ›La Parmesane‹?«

»Zu keiner.«

»Wie viele Filialen?«

»Nur das eine Geschäft.«

»Mit welchem Angebot locken sie die Gäste in den Laden?«

»Mit Auberginen, überbacken mit Parmesan. Mehr gibt es übrigens nicht.«

»Wie, mehr gibt es übrigens nicht?«

»Auf der Karte gibt es sonst nichts. Keine Getränke, keine Vorspeisen, keine Desserts.«

»…?«

»Es gibt auch kein Fleisch.«

»Auberginen mit was?«

»Mit Parmesan. Das Gericht funktioniert so ähnlich wie Lasagne. Die Teigstreifen werden allerdings durch Auberginenstreifen ersetzt.«

»Wie viele Portionen verkaufen sie pro Schicht?«

»Dreihundert, sechs Euro die Portion, zwei Schichten pro Tag.«

»Um wie viel sind die Verkaufszahlen im letzten Jahr gestiegen?«

»Überhaupt nicht. Sie sind seit einem Jahr gleich.«

»Wollen die ihren Umsatz nicht steigern?«

»Nein.«

»…? Wie viele Angestellte?«

»Zwei ganztags und zwei in Teilzeit.«

»Unmöglich. So macht man keinen Cent Gewinn.«

»Richtig. Sie machen auch keinen Cent Gewinn.«

»Was sind das für Leute?«

»Ich bin gerade dabei, das herauszukriegen.«

»Hat irgendjemand diese Auberginen schon mal probiert?«

»Bis heute niemand.«

Francis Bretet bekam den Auftrag, sich selbst ein Bild zu machen. Seine Äußerungen, *dass es doch Platz für alle geben müsse* und *dass man einem kleinen Unternehmen Mut zusprechen müsse*, wurden von Maggie sofort durchschaut. Sie konnte in seinen Augen lesen, dass er nichts anderes wollte, als sie zur Strecke zu bringen. Sie lud ihn in die Küche ein, gab ihm eine Portion zum Probieren, er zerkaute ein

Stück, schlang es eilig hinunter und verkündete dann: »Das schmeckt gut, entspricht aber nicht dem Massengeschmack. Noch profitieren Sie vom Phänomen der Neugier, aber schon sehr bald wird Ihre Verkaufskurve einen Knick nach unten machen, und Ihr Laden wird leer sein. So sind die Gesetze des Marktes, Madame Wayne.«

Maggie traf diese Warnung nicht unvorbereitet, schließlich hatte sie die Rue de Mont-Louis ausgesucht und sich dieser Herausforderung gestellt. Man hatte sie für verrückt erklärt, als sie das Wagnis einging, neben einem Restaurantriesen ihren Laden zu eröffnen. Sie hatte sogar die Geburt des Riesen vor dreißig Jahren miterlebt, als sie abends mit ihren Freundinnen nach New York zum Tanzen ging. Eines der ersten Lokale hatte in der Mercer Street eröffnet, und die erste Fernsehwerbung zeigte eine riesige Pizza, die eine Großfamilie in Freudentaumel versetzte. Sie erinnerte sich auch an das Auftauchen des Logos, das mittlerweile zu jeder Stadtlandschaft gehörte. Die, die wussten, was eine Pizza ist, zum Beispiel Italiener und deren Nachkommen, setzten nie einen Fuß in ein solches Lokal – was den schnellen Aufstieg zu einem Restaurantgiganten aber nicht verhinderte. Derzeit gab es zwölftausend Filialen auf der Welt, und jeden Tag wurde eine neue eröffnet. Wie konnte die tapfere Maggie mit ihren Auberginen *denen von gegenüber*, wie Clara sie nannte, ins Gehege kommen?

Francis Bretet verließ das Treffen mit Maggie in der festen Überzeugung, das in der Aubergine steckende kommerzielle Potenzial entdeckt zu haben. Keine zwei Wochen später tauchte zwischen Pizzen, gebackenen Hähnchenflügeln, Nudelsalat und Pecannusseis ein Gericht namens *Auberginen-Lasagne mit Parmesan* auf. Das Team vom »La Parmesane« konnte es sich nicht verkneifen, es zu probieren, mehr aus

Neugier als aus Angst vor der Konkurrenz. Es handelte sich um ein reines Industrieprodukt aus wässrigen Auberginen, die man nicht bearbeitet hatte, aus einer säuerlichen Tomatensoße, die man nicht auf kleiner Flamme erhitzt hatte, und aus Parmesanrinde, vermischt mit Emmentaler. Es gab kein Rezept, man hatte die drei Zutaten einfach aufeinandergeschichtet. Wenn man das Gericht, das orangefarben glänzte, aus der Schachtel nahm, roch es nur nach Fett, und es verging einem sofort die Lust, es zu probieren. Die Portion kostete 4,50 Euro, was wegen des abscheulichen Geschmacks maßlos überteuert war. Auf einem Flyer, der in den Briefkästen verteilt wurde, erklärte die Firma den Nährwert der Aubergine, vor allem aber besaß sie die Frechheit, aus ihrem Fraß ein Diätgericht zu machen, Bio-Lasagne genannt.

Maggie, die mit einem Gangster zusammenlebte, für den viele Jahre lang Profitgier der einzige Antrieb gewesen war, verstand durchaus die Logik der Gewinnmaximierung. Wen sie nicht verstand, war die Nahrungsmittelindustrie, die so viel Energie und Geld in Mittelmäßigkeit investierte. Wie viele Lebensmittelingenieure hatten an diesem neuen Produkt mitgearbeitet? Wie viele Maschinen mussten neu konzipiert werden, um die Fabrikation zu optimieren? Wie viele Wissenschaftler hatten sich diese Mischung aus Geschmacksverstärkern und Lebensmittelzusatzstoffen ausgedacht, damit die mindere Qualität der ursprünglichen Zutaten nicht weiter auffiel? Wie viele Werbeleute hatten sich über drei Fragen den Kopf zerbrochen? Erstens: Wie schaffen wir es, aus diesem ekelerregenden Fraß einen Leckerbissen zu machen? Zweitens: Wie können wir dieser Kalorienbombe das Etikett einer leichten, luftigen Speise aufkleben? Und drittens: Wie können wir erfolgreich mit den Begriffen »bekömmlich« und »geschmackvoll« vor einem Publikum hantieren, das nicht mehr weiß, was diese Wörter bedeuteten? Dieser Einfallsreichtum, der nur dazu diente, Geld in fette Speisen und fette Speisen wieder in Geld zurückzuverwandeln, machte Maggie ganz irre. Allerdings war sie viel zu klein, um gegen diesen weltweit erfolgreichen Zynismus anzutreten. Die Schlacht, die sie zu schlagen hatte, war eine ganz andere und verlangte all ihre Kraft: Das »La Parmesane« stand für den einfachen Traum von guter Arbeit und Solidarität. Und der war nicht für Geld zu haben.

*

Unmöglich fand Belle ihren François Largillière, was sie ihm manchmal auch sagte. »François Largillière, Sie sind unmöglich.« Ihn amüsierte das. Er war zehn Jahre älter als sie, lebte allein, war unabhängig und verstand es, sich sein Leben für alles offenzuhalten. Eine Sache warf sie ihm vor allem vor, seinen mangelnden Realitätssinn. Wenn sie wütend auf ihn war, nannte sie ihn einen *Nerd*, ein Wort, das er im Lexikon nachschlagen musste, wo es mit »Begeisterter, aber sozial isolierter Computerfan« erklärt wurde.

Als junger Mann hatte er experimentelle Wissenschaft studiert, um, wie er sagte, »die Mechanismen der Natur und des Lebens zu verstehen«. Dabei hatte er sein Talent für Informatik entdeckt und sich auf künstliche Intelligenz und die Schnittstelle Mensch/Maschine spezialisiert. Für einen Hersteller von Videospielen hatte er neue Kampfkonstellationen entwickelt, was ihn aber bald zu langweilen begann. So opferte er seine ganze Freizeit für die Entwicklung eines eigenen Spiels. Nach vielen hundert Nächten und zahlreichen, viel zu kurzen Wochenenden konnte er der Welt das Konzept von MIND, *Man Interaction Neuronal Designer*, vorstellen. Es handelte sich um ein Internetspiel, das sofort ein Riesenerfolg wurde und das er an seine Firma für ein Prozent der Abonnementeinnahmen weiterverkaufte.

Er wurde ein reicher Mann und konnte sich ein Leben abgeschieden von der Welt und geschützt vor den Exzessen der Menschheit einrichten. Seine Maisonettewohnung, mit Blick auf den Jardin du Luxembourg, verließ er selten, er stand spät auf und begann den Tag in seinem eigenen Fitnessraum, danach surfte er im Internet. Er schickte Mails an seine Freunde, die aber immer weniger wurden, weil er sie nie besuchte. Ein Großteil seiner Geschäftsbesprechungen fand per Videokonferenz statt. Die meiste Zeit hing er vor seinem Computer, jetzt gerade arbeitete er an einer Optimierung von MIND, denn alle zwei Jahre kam eine neue Version heraus. Sein Abendessen bestellte er per Telefon bei Lieferanten der gehobenen Preisklasse, danach arbeitete er bis tief in die Nacht weiter, oder er schloss sich in seinen Projektionsraum ein und sah sich Filme auf einer großen Leinwand an. Vor dem Schlafengehen bat er den Himmel, dass der morgige Tag genauso wunderbar werde wie der vergangene.

»Und das könnte ewig so weitergehen«, prophezeite ihm Belle. »In Anbetracht Ihrer körperlichen Fitness, Ihrer gesunden Ernährung, Ihres stressfreien Alltags und des äußerst geringen Risikos, Opfer eines Autounfalls zu werden, besteht die reale Chance, dass Sie steinalt werden.«

Belle ließ keine Gelegenheit aus, um ihm ihre Aversion gegen Computer und neue Technologien im Allgemeinen und gegen Videospiele im Besonderen kundzutun. Jahrelang hatte sich ihr Bruder Warren als einsamer Krieger gefühlt, der die schrecklichsten Ungeheuer besiegte, wenn er mit seinen Fingern bis zur Bewusstlosigkeit auf eine Tastatur einhämmerte. Diese Spiele waren etwas für Zurückgebliebene, sie machten mit ihren künstlichen Emotionen den Menschen immer aggressiver, der sich von Maschinen konditionieren ließ und eine entfremdende mentale Projektion dem wirklichen Leben vorzog. Hier verabschiedete sich in Belles Augen der Mensch von seiner Menschlichkeit. Largillière, der nie seine künstliche Welt verließ, war der lebende Beweis dafür.

François verteidigte sich, sein Spiel verdumme keineswegs die Massen. Schließlich gebe es bei ihm keine Drachen, keine Kerker, keine Raketenwerfer aus Antimaterie oder fantastische, im Verfall begriffene Universen. Die Spieler von MIND waren keine Kids, die durch vom Bildschirm tropfendes Hämoglobin zu Gewaltexzessen animiert wurden. MIND bot »alternative Fiktionen« an, ganz nach Neigung und Vorliebe des Spielers. Das Spiel könne die emotionalen Reaktionen des jeweiligen Spielers analysieren und ihn in Situationen bringen, wie sie »im wirklichen Leben«, wie Belle sich so schön ausdrückte, auftauchten.

»Es ist ein bisschen so, als ob man dich in einen Film versetzt, der für dich allein geschrieben wurde. Du weißt aber nicht, wie es weitergeht.«

»…?«

»In meinem Spiel kann man virtuellen Figuren begegnen, die nur für die Action zuständig sind. Aber gleichzeitig triffst du auch auf richtige Menschen, die sich wie du eingeloggt haben und mit denen du diskutieren oder einen Teil des Weges gemeinsam gehen kannst.«

»Einen Teil des Weges gemeinsam gehen… Sie wissen schon, was Sie da sagen, Largillière?«

Largillière war von der Heil bringenden Wirkung seines Spiels für alle Eremiten auf der Erde überzeugt. Allerdings machte er auch kein Hehl aus der Tatsache, dass das wirkliche

Leben der ideale Ort war, um einer gewissen Belle Wayne zu begegnen.

*

Um endlich von der wahrgenommen zu werden, die sein Herzflimmern verursacht hatte, war Warren auf eine abstruse Idee verfallen: Er erschien auf Dorothée Courbières Fest mit einem blonden Gift an seiner Seite.

»Wie bringst du mich bloß dazu, das zu tun, was du willst?«, seufzte Belle. »Ich hasse dich dafür.«

»Es ist nicht so, dass mir das Spaß macht. Aber die Umstände verlangen es. Jetzt streng dich ein bisschen an.«

»Du willst tatsächlich, dass wir uns abknutschen?«

»Es wäre ja nicht das erste Mal.«

»Aber damals warst du fünf und ich acht.«

Tatsächlich machte es ihnen einen Heidenspaß, ein Liebespaar zu spielen und ihre tiefe Verbundenheit zur Schau zu stellen. Niemand konnte ahnen, dass hinter ihren verliebten Blicken nur große geschwisterliche Zuneigung steckte, dass die Art und Weise, wie sie sich bei der Hand nahmen, von einem unerschütterlichen Zusammenhalt zeugte, der die für immer miteinander verband, die gemeinsam Schreckliches durchgemacht hatten. Belle schauspielerte perfekter, als sich ihr Bruder hätte träumen lassen. Jeder fand sie liebenswert, alle mochten sie. Ihr Auftritt als Turteltäubchen funktionierte besser als erhofft. Als sie sich mit einem Glas Sangria auf den Schoß ihres Bruders setzte, hätten die anderen Jungs alles getan, um mit Warren zu tauschen. Die Mädchen verwirrte das seltsame, heimliche Einverständnis der beiden, und sie fragten sich, welches Geheimnis dieser gewöhnliche, unauffällige Junge wohl verbarg.

»Geht er nicht auch auf unsere Schule?«

»Hat er nicht einen amerikanischen Namen?«

Dank Belle wurde ihr Bruder wahrgenommen, er tauchte aus der Anonymität auf und bekam durch sie eine Existenz und einen Namen.

»Was willst du mit deiner Lena anstellen, wenn deine blöde Idee tatsächlich funktioniert?«

»Ich will alles von ihr. Bis in alle Ewigkeit.«

»Du bist ja noch nicht mal sechzehn!«

»Sie ist für mich bestimmt, ich fühle es, ich weiß es.«

»Nehmen wir an, sie ist für dich bestimmt, wie du sagst. Was sagst du ihr, wenn sie erfährt, dass ich deine Schwester bin?«

»Eines Tages wird sie mich lieben, wie ich sie liebe. Und dann wird sie mir diesen Trick nicht nur verzeihen, sie wird sogar dankbar dafür sein.«

Belle wollte die Sache etwas beschleunigen und nahm mit einem Bier in der Hand im Schneidersitz in der Runde von Lena, Jessica und Dorothée Platz. Lena, die Belles Weiblichkeit einschüchterte, stellte tausend Fragen über ihr Kleid, ihr natürliches Make-up, ihre samtene Haut und den Sinn des Lebens. Danach wurde sie nach »ihrem Typen« gefragt, der so jung, so zurückhaltend, so ganz anders als sie war. Belle zeigte sich ziemlich pessimistisch, was die Zukunft ihrer Beziehung betraf.

»Einen Typen wie diesen hältst du nicht lange. Ich bereite mich auf meinen ersten Liebeskummer vor.«

Und sie sang ein Loblied auf ihren Bruder, wie auch ihr Herz ihn sah: ein feiner und reizender Kerl, der für sein Alter schon sehr viel mitgemacht hatte und der jetzt vor großen Aufgaben stand. Auch wenn sie nichts aus dem Leben der Manzonis erzählt hatte, hatte sie doch die Wahrheit gesagt.

Lena Delarue, Dorothée Courbières und Jessica Courtiol, sie alle drei suchten jetzt Warrens Silhouette in der Menge.

Schon am nächsten Morgen ergatterte Lena einen Platz an Warrens Tisch. Die Maske des gelangweilten Teenagers, der seinen Platz im Leben sucht, hatte sie abgesetzt, sie blickte wieder wie ein kleines Mädchen um sich, das neugierig auf alles war.

In den folgenden Wochen wurden Schwüre geschworen und Pläne für ein gemeinsames zukünftiges Leben geschmiedet. Ihre junge, leidenschaftliche Liebe war so groß, dass sie, so schien es ihnen, allen Gefahren widerstehen konnte. Selbst denen, die jede junge, leidenschaftliche Liebe in sich birgt. In einem Alter, in dem man fürchtet, das Leben wolle einem so manches vorenthalten, beschlossen sie, nichts auf morgen zu verschieben. Warren wollte genau nach diesem Plan vorgehen:

1. Das Gymnasium abbrechen und eine Ausbildung beginnen.
2. Den Hügel von Mazenc verlassen.
3. Einen Ort finden, um ein Haus zu bauen.
4. Mit Lena dort leben, sobald sie ihren Weg gefunden und sich für ihn entschieden hatte.

Das Bedürfnis, kein Wayne mehr zu sein, kam aus dem starken Wunsch, sich neu zu erfinden. Lenas zärtlicher Blick schenkte ihm die Kraft dazu. Er wollte die Welt vergessen und die Welt bitten, dass sie ihn vergaß.

Er musste nur noch seinen Eltern Bescheid sagen. Aber diesmal würde er es allein tun.

*

Fred saß an einem Tisch im Restaurant »La Treille« und kratzte ein Schälchen Feigenmarmelade leer, das man zur Gänseleberpastete serviert hatte. Jetzt wartete er auf die Scheibe Roquefort, die er in bester Erinnerung hatte. Ein paar Tische weiter probierte Peter Bowles einen Geflügelmagensalat mit Petersilienkartoffeln. Wie üblich hatte er lange die Karte studiert und Fragen zur Zusammenstellung der Gerichte gestellt, auch auf die Gefahr hin, dass man ihn für einen der Amerikaner hielt, die fremden Küchen misstrauten. Doch auch in seinem Heimatland fragte er immer nach, und seine Kollegen trieben ihren Spott mit ihm, wenn sie ihn beim Bestellen imitierten: *Mischen Sie der Soße Glutamat bei? Könnte ich Lasagne ohne Béchamelsoße und Käse bekommen? Ist Ihr Kuchen hausgemacht?* Peter ließ das lieber über sich ergehen, als mit seinem eigentlichen Problem herauszurücken. Er hatte nämlich damals beim Ausfüllen des Gesundheitsfragebogens für das FBI gelogen. Bei der Frage nach Allergien hatte er, aus Angst vor Komplikationen, »keine« angekreuzt. Die genaue Befragung eines Allergologen hätte zu einer Ablehnung seiner Bewerbung führen können – man hatte andere schließlich schon wegen weitaus Geringerem hinausgeworfen. Nachdem er mehrmals lebensgefährlich am Quincke-Ödem erkrankt war, hatte er Milch, Weizenmehl und die Farbstoffe, die die Lebensmittelindustrie nicht immer auf der Verpackung anzeigte, vollkommen von seinem Speiseplan gestrichen.

Jetzt musste er mit ansehen, wie dieser verdammte Kronzeuge mit seinem Menü für 32 Euro und einer Flasche 95er Saint-Julien seinen Cholesterinspiegel pflegte. Er hatte genug Zeit, um sich auf seinem Tabletcomputer eine alte Folge von *Raumschiff Enterprise* von Anfang bis Ende anzusehen. Dann bekam Fred endlich sein Schokoladensorbet. Peter sah zu, wie er sich den Bauch vollschlug, mit den Gästen an den

Nachbartischen plauderte oder ab und zu etwas in sein Notizbuch kritzelte, als wäre er permanent mit seinem Werk beschäftigt. Diese Sorte Mensch, die es verstand, aus jeder Situation das Beste für sich herauszuholen und die ein in die Jahre gekommenes Justizsystem bis zum Gehtnichtmehr ausnutzte, diese Sorte Mensch begeisterte den FBI-Agenten überhaupt nicht. Spitzel zu schmieren und Kronzeugen zu schützen, gut, das gehörte zwar dazu, jedoch fand Peter bei Typen wie Manzoni keine vernünftige Umgangsform. Genau vor drei Stunden hatte dieser Dreckskerl ihn beleidigt – und jemanden richtig hart zu treffen, das beherrschte er aus dem Effeff: *Der warme Duft, den eine Frau hinterlässt, wenn sie aus dem Bett steigt, diesen Duft kennst du nicht.*

Peter sah recht gut aus, war athletisch gebaut und ohne Laster. Er hatte eine Abhandlung über den Sezessionskrieg verfasst und spielte ganz anständig die »Nocturnes« von Chopin. Er war von herzlichem Gemüt, nie hatte er sich einer Frau gegenüber zynisch verhalten, auch nicht gegenüber Prostituierten, die er nach langen Wochen des Observierens in entlegenen Winkeln gern aufsuchte. Und dann gab es da noch Cora, die Hotelbesitzertochter vom Cashmere Hotel in Philadelphia, wo er während eines Auftrags acht Monate gewohnt hatte. Sie war siebenundzwanzig Jahre alt und Erzieherin für autistische Kinder – sie fühlte sich so weich an und duftete so fremdartig. Peters Charme hatte sie verzaubert. Dieser große Kerl mit dem Blick eines Marders, der seinen Mund nur öffnete, um etwas Nützliches oder Freundliches zu sagen. Beim zweiten Rendezvous hatte er sie bei der Hand genommen, beim dritten fand er ihre Lippen. Alles andere schien nur noch eine Frage der Zeit zu sein.

Wie alle seine Kollegen hatte auch er seiner Verlobten zu lange verheimlicht, dass er Polizist war. Nicht, dass er sich dessen schämen müsste, aber er kannte diesen kurzen Augenblick der Verlegenheit zu gut, bei dem sein Gegenüber all seine Natürlichkeit verlor. Vor allem die Reaktion der Frauen fürchtete er, denn deren Neugier, aber auch ihr Misstrauen wurde geweckt: Wie ist das wohl, mit einem Bullen zu schlafen? Cora tat so, als würde sie sich für seine Arbeit interessieren, stellte tausend Fragen, denn sie wollte herausfinden, was gegen ein gemeinsames Leben mit Peter sprach.

Verbrechensbekämpfung verlangte vor allem eine intime Kenntnis des Verbrechens, man musste sich auf dessen Niveau hinunterbegeben, man musste es von Grund auf studieren, es verstehen, seine Logik begreifen. Cora hatte nicht den Mut, den Mann, den sie liebte, sich im Kampf mit diesen vielen perversen Kräften vorzustellen. Und war er standhaft genug, dass diese Gewalt ihn nicht von innen zerfraß? Müsste ihre Familie darunter leiden? Ihre Entscheidung fiel in einer Nacht.

Sie wollte ihn nicht mehr sehen, was Peter sehr verletzte. Dennoch konnte er ihr keinen Vorwurf machen. Noch am Tag davor hatte er selbst in das schandhafte und grausame Gesicht menschlicher Abgründe blicken müssen. An ihrem letzten gemeinsamen Abend weinten sie stille Tränen und sprachen bedauernde Worte, aber das änderte nichts. Selbst wenn jeder dem anderen auf halbem Weg entgegenkommen könnte, würden ihnen schon die allerersten Schritte sehr, sehr mühsam erscheinen.

Überall, wo er jetzt hinging, trug er ein Bild von ihr bei sich. Sie schickte ihm jedes Jahr eine Geburtstagskarte.

»He! Bowles, wovon träumst du?«

Fred deutete aus der Ferne auf den leeren Platz vor ihm und auf die Flasche Armagnac neben ihm, die der Küchenchef bereitgestellt hatte, »damit dem Schriftsteller der Kaffee auch richtig mundet«. Die beiden hatten schon Wochen nicht mehr von Angesicht zu Angesicht miteinander gesprochen. Peter war von dem Angebot überrascht. Sicher war der Vorschlag mit Vorsicht zu genießen.

»Komm und versuch das Zeug. Und behaupte nicht, du wärst im Dienst.«

Mit gemischten Gefühlen verließ Peter seinen Platz. Fred war kein Typ, der gern teilte. Wahrscheinlich hatte er stattdessen etwas mitzuteilen. Dem war auch so.

»Bowles, wie du weißt, bin ich nicht gut im Entschuldigen. Doch es tut mir leid, wozu ich mich heute Nachmittag am Telefon habe hinreißen lassen. Das, was ich gesagt habe, hätte ich nicht sagen dürfen. Das war dumm und ohne Niveau.«

Der FBI-Agent, den eigentlich unerwartete Wendungen nicht überraschen sollten, hatte das nicht erwartet. Eine Entschuldigung? Fred Wayne entschuldigt sich?

»Bowles, und das ist kein schmutziger Trick.«

Unter anderem verachtete Peter Fred wegen seiner Dummheit.

Diese haltlose Dummheit ohne Moral und Verstand, mit der er erzogen worden war und die ihn dazu gebracht hatte, die schlimmsten Abscheulichkeiten zu begehen. Und in dieser Dummheit suhlte er sich mit seiner Schreiberei noch heute, wie ein Schwein in seinem Pferch. Doch diese Dummheit brachte auch Entschuldigungen hervor, die ans Herz gingen. Denn nichts rührte Peter mehr als ein Dummkopf, der sein Unrecht eingestand. Und je größer die Dummheit, desto aufrichtiger die Entschuldigung. Peter stieß mit Fred an, er wollte ihm zeigen, dass die Botschaft angekommen war. Und für einen kurzen Augenblick waren beide in Herzlichkeit einander zugetan, zwei, die sich eigentlich für alle Zeiten verachteten.

*

Nachdem Arnold die zweite Lieferung des Abends ausgefahren hatte, kehrte er zum Laden zurück. Hier war die Küche bereits geputzt, die Geschäftsbücher waren auf dem neuesten Stand. Punkt 22.00 Uhr wünschte sich die kleine Belegschaft des »La Parmesane« eine gute Nacht. Maggie ließ den eisernen Rollladen herunter und setzte sich auf eine Bank, um die einzige Zigarette des Tages zu rauchen. Vor Francis Bretets imposanter Pizzeria wartete ein gutes Dutzend Verkaufsfahrer neben ihren geparkten Motorrollern.

Trotz einer nationalen Kampagne und einer Plakataktion hatte ihre »Auberginen-Lasagne mit Parmesan« nicht den erhofften Erfolg. *Die von gegenüber* verloren seltsamerweise immer mehr Kunden. Francis Bretet war deshalb von seiner Direktion beauftragt worden, Maggie ein sehr großzügiges, unverhältnismäßig hohes Übernahmeangebot zu unterbreiten. Der Vertrag sah die Annullierung ihres Pachtvertrags vor, die Tilgung all ihrer Darlehen, die Übertragung eines alleinigen Rechts an Finefood Inc., ihr Rezept zu benutzen, das Verbot, im Umkreis von fünf Kilometern einer Finefood-Filiale ein Mitnahme-Restaurant zu eröffnen, sowie eine Jobgarantie für alle Mitarbeiter des »La Parmesane« und eine saftige Abfindung für Maggie und Clara, die beiden einen goldenen Ruhestand bescheren würde.

Maggie ließ ihre Mitarbeiter abstimmen, und alle sagten weiter »Ja« zum »La Parmesane«, Wagnis und Abenteuer sollten weitergehen. »Möge der Bessere gewinnen«, entgegnete sie Bretet, ohne sich im Klaren darüber zu sein, dass bei diesem Spiel niemals der Bessere gewinnt.

Was folgte, war eine Kriegserklärung. Der kleine Erfolg des »La Parmesane« war untragbar geworden; dabei waren die siebzehn Prozent Umsatzverlust nicht der entscheidende Grund. Vielmehr machte jemand, der ohne sinnvolle Erklärung das Gesetz der Profitmaximierung missachtete und so die Marktgesetze infrage stellte, die Direktion des Konzerns unheimlich nervös.

»Sie sind sich schon im Klaren darüber, dass Sie versuchen, die Gesetze des Marktes ganz allein außer Kraft zu setzen?«

»...?«

Und da ihm kein weiteres Argument einfiel, fügte er hinzu:

»Haben Sie denn keinen Mann, der von Ihnen Rechenschaft verlangt?«

Maggie versagte es sich, zu antworten: *Bete du zu Gott, dass Giovanni Manzoni nicht eines Tages von dir Rechenschaft verlangt, du Winzling.*

*

Belle lag bäuchlings auf dem Sofa und versuchte ihren Lehrstoff durchzugehen, während François ihren Hals, ihre Lenden und ihren Hintern knetete, immer auf der Suche nach Knochen, die es nicht gab, die er aber trotzdem mit großer Geduld massierte.

Ihre Affäre ging weiter, doch beide lehnten es ab, von Liebe zu sprechen. Sie waren gern zusammen, schliefen gern miteinander, hörten gern einander zu, waren gern zärtlich zueinander und wollten, dass das so lange wie möglich anhielt. Hätte man mehr gewollt, hätte man sich lieben müssen ...

Das Glück war ohne Vorwarnung bei François eingezogen, und er hätte nur leise die Tür schließen und es bitten müssen, bei ihm zu bleiben. Doch jedes Mal, wenn ihre Blicke und Gesten verrieten, dass die Harmonie ihrer Körper nicht mehr zu steigern war, fühlte François sich diesem Abenteuer, das Belle mit ihm leben wollte, nicht mehr gewachsen. Um die Angst, die ihn in diesen Augenblicken überfiel, zu verbergen, redete er wie ein Wasserfall auf Belle ein, was sie verunsicherte. Er wollte seine Welt, die hauptsächlich aus sechs Videobildschirmen bestand, nie mehr verlassen, er wollte in einer ruhigen, unaufgeregten und perfekten Umgebung leben, zu der seine Zeitgenossen mit ihrem Wahnsinn keinen Zugang hatten; er war nur sich und sonst niemandem Rechenschaft schuldig. Er lebte in einem Refugium, wie geschaffen für die, die wie er für das wirkliche Leben kein Talent hatten. Allerdings, und das schob er sofort nach, hatte er auch mit dem wirklichen Leben nicht viel am Hut, er würde sicherlich einen schlechten Liebhaber, einen noch schlechteren Ehemann und einen überforderten Vater abgeben. Das wirkliche Leben hatte ihm seit der Geburt nur ein richtiges Geschenk gemacht, seine Begegnung mit Belle. Doch die würde bald aus seinem Leben verschwinden, so unverhofft und schnell, wie sie aufgetaucht war.

*

Bevor Warren Mazenc verlassen konnte, wartete noch eine sehr schwierige Aufgabe auf ihn: Er musste seinen Eltern reinen Wein einschenken. Er verließ früher als erwartet das Nest, ohne um Geld, Unterstützung oder Rat zu bitten, wobei Letzteres für Maggie und Fred sicherlich am demütigendsten war. Denn er war ihr Sohn, der aber wollte die Begegnung mit der Frau seines Lebens am liebsten ganz für sich allein behalten.

»Ich werde das Gymnasium abbrechen und eine Ausbildung anfangen. Diese Entscheidung ist mir nicht leichtgefallen. Im September geht es los.«

Die Eltern gaben sich Mühe, unaufgeregt zu wirken, und

wollten Genaueres über diese »Ausbildung« wissen, die eher nach einer schweren Erkrankung klang.

»Das ist was Spezielles.«

»Ich mag das Wort ›Ausbildung‹ nicht, aber das Wort ›speziell‹ mag ich noch weniger«, sagte Fred.

»Du weißt, du kannst uns alles sagen«, ergänzte Maggie. »Dein Großonkel Frank zum Beispiel hatte seinen Lebensunterhalt mit Brandstiftungen bestritten. Und seine Auftraggeber verdienten dann am Versicherungsbetrug.«

Warren wich seinen Eltern aus, er dachte schon mit Schrecken an das Gejammer, das folgen würde. Seine Eltern stellten sich wohl die schlimmsten Berufe vor: Akrobat oder Politiker oder Stripper. Alles Berufe, die, weil sie in der Öffentlichkeit ausgeübt wurden, WITSEC ablehnen würde. Bei Warren musste man auf alles gefasst sein.

»Red schon, verdammt noch mal!«

»Ich will Schreiner werden.«

»…?«

»Schreiner?«, wiederholte Fred, um dem Wort einen Sinn zu geben. »Willst du Schränke bauen?«

»Nein, so etwas macht man in der Kunsttischlerei. Ich möchte das Holz bearbeiten, um mit ihm Räume zu gestalten.«

Fred und Maggie sahen sich an und dachten beide das Gleiche: Was haben wir bei unserer Erziehung falsch gemacht?

Warren hätte ihnen nicht erklären können, wie diese Berufsidee entstanden war. Der auslösende Moment lag mehrere Jahre zurück, damals lebten sie noch in der Normandie. Der Junge brauchte Regale für sein Zimmer, und er wandte sich selbstverständlich an seinen Vater, der sich aber taub stellte, war doch schon das Einschlagen eines Nagels für ihn ein Riesenproblem. Voller Ungeduld fragte er danach seine

Mutter, die aber nahm sich wegen ihres Engagements für Hilfsorganisationen nicht die Zeit, ihm zu helfen oder zumindest einen Fachmann anzurufen. Des Wartens überdrüssig, machte Warren sich ganz allein auf den Weg in einen Baumarkt und kehrte mit Brettern, Nägeln, Schrauben und einem Handwerkskoffer zurück. Jetzt konnte er sein kleines Werk beginnen.

Mit einer Engelsgeduld studierte der Vierzehnjährige auf sich allein gestellt die Bauanleitung, dann nahm er Maß, machte ein paar Proben, schnitt die Bretter mit der Stichsäge zurecht und trieb mit der Bohrmaschine die Löcher für die Dübel in die Wand. Das Schleifen bereitete ihm ein sinnliches Vergnügen, verstand er es doch, die rauen Bretter so zu glätten, dass sie sich hauchfein anfühlten. Betreten und kleinlaut, weil er seinen Sohn im Stich gelassen hatte, sah Fred nach, wie dieser zurechtkam. Erinnerungen stiegen in ihm hoch, als er die Werkzeuge sah. Die Bohrmaschine erinnerte ihn an einen Keller in Queens, in dem dieser Typ, der an einen Heizkörper gefesselt war, nach der zweiten Bearbeitung mit dem 16-mm-Bohrer endlich den Mund aufmachte. Die Stichsäge erinnerte ihn an Jürgen, den Zuhälter, der vergessen hatte, seinen Anteil am Verdienst seiner Mädchen abzuliefern. Um die Identifizierung seiner Leiche zu verhindern, wurden ihm Kopf und Hände abgesägt. Das war in der guten alten Zeit gewesen, als noch kein DNA-Test einem das Leben schwer machte.

Fred staunte nicht schlecht: Sein Sohn hatte ganz allein eine Regalwand gebaut. Und die schwankte nicht, hatte er sich doch versuchsweise mit dem Ellbogen daran gelehnt.

»Ich bin stolz auf dich, mein Großer.«

Das war gelogen. Fred war stinkig. Sein Sohn hatte etwas zustande gebracht, ohne im Geringsten seine Hilfe zu benötigen. Der Junge aber war stolz wie Oskar, er hatte etwas mit seinen Händen angefertigt, das jetzt Teil des Hauses war und das diejenigen, die nach ihm hier einziehen würden, weiterbenutzen konnten. Für Warren hatte sich an diesem Tag die Idee der Arbeit mit dem Wunsch verbunden, etwas von Bestand zu schaffen. Wie hätte sein Vater, der Gangster, ihm jemals so etwas beibringen sollen?

Einige Wochen nach seinem Wechsel zum Gymnasium von Montélimar hatte er sich für den Besuch des Handwerksmuseums in Lyon angemeldet. Dort erzählte man ihm von Handwerkern, die ihren Beruf noch auf die alte Art erlernt hatten. Die waren damals durch ganz Frankreich gezogen und hatten bei den besten Handwerksbetrieben Station gemacht, um sich in ihrem Metier zu vervollkommnen. Den Ertrag ihrer Wanderschaft konnte man in ihrem »Meisterstück« bewundern, das mit ihren neu erworbenen Kenntnissen und Fähigkeiten angefertigt worden war. Das Museum besaß mehrere solcher »Meisterstücke«, auch das von Warrens Museumsführer, Bertrand Donzelot, der sein Handwerk so gern ausübte, wie er darüber sprach. Es handelte sich um eine Bogentreppe, unglaublich vertrackt und unglaublich schön. In einem Gespräch abseits seiner Führungsgruppe bombardierte Warren den Meister mit tausend Fragen, die der mit Freuden beantwortete. In der Nähe von Valence, in der Schreinerei des alten Mannes, die sich auf exquisite Parkettböden und Bogentreppen spezialisiert hatte, sahen sie sich wieder. Dem Betrieb mangelte es nicht an Aufträgen, eher an Lehrlingen, die einen solch anspruchsvollen Berufsweg einschlagen wollten.

Maggies erste Reaktion auf den Berufswunsch ihres Sohnes war Fassungslosigkeit. Kannte sie ihren Sohn doch nur vor dem Bildschirm sitzend, bereit, ins dritte Jahrtausend vorzupreschen. Und der verkündete ihnen heute, dass er… Handwerker werden wollte?

»Ich gehe nicht zurück in die Abiturklasse. Stattdessen fange ich meine Ausbildung zum Schreiner in der Berufsfachschule von Montélimar an. Danach gehe ich zu einem Schreinermeister in der Nähe von Valence. Der weiß, wo ich unterkommen kann.«

Freds Antwort ließ nicht auf sich warten. Ein paar Tage später schnappte er sich seinen Sohn zu einem Gespräch unter Männern.

»Wenn du in meine kriminellen Fußstapfen hättest treten wollen, um dort weiterzumachen, wo ich aufgehört habe, dann hätte ich das nicht unterstützt, aber verstanden.«

»…«

»Und wenn du zum FBI hättest gehen wollen, auch das hätte ich verstanden. Du hättest Jagd auf *wiseguys* gemacht, damit Typen wie ich keinen Schaden mehr anrichten. Du hättest es getan, um *mich* zu ärgern. Du hättest genau den gegenteiligen Weg eingeschlagen wie ich. Was aber immerhin eine Art gewesen wäre, auf meinen Spuren zu wandeln. Aber das hier… Holzbretter verlegen…«

Zwei Jahre später hatte er seine Ausbildung an der Berufsfachschule abgeschlossen und war jetzt Lehrling bei Bertrand Donzelot. Sein Leben auf dem Plateau von Vercors spielte sich zwischen einem Fremdenzimmer ab, das er in einer kleinen Siedlung am Waldrand gemietet hatte, und der Holzwerkstatt seines alten Meisters. Sein Körper und seine Muskulatur gewöhnten sich allmählich an einen neuen, disziplinierten Tagesrhythmus, sein Organismus an eine gesunde Lebensweise und seine Sinne an viele Überraschungen. Er stand bei Sonnenaufgang auf und ging bei Sonnenuntergang zu Bett, er widmete sich seiner Arbeit, redete wenig und genoss die wilde Natur, die er nie müde wurde zu erkunden. Die Winter waren so hart, dass man sich mancherorts mit Schlittenhunden fortbewegte, und nicht selten sah man Einheimische Schneeschuhe tragen. WITSEC hätte hier bis zum Ende aller Tage Kronzeugen verstecken können. Ein Killer der LCN, der mit der Kälte auf dieser Höhe zurechtkam, das war nicht vorstellbar. Im Zweiten Weltkrieg war diese Gegend eine Trutzburg der Résistance gewesen, was Warren nach einer gewissen Zeit da oben nicht verwunderte.

*

Bowles leerte mit zwei Schlucken sein Glas Armagnac und knallte es auf den Tisch, als befände er sich an einer Bartheke. Er trank selten, und wenn, dann nur harte Sachen, manchmal gefolgt von einem Bier, um den Mund wieder abzukühlen. Im Dienst trank er nie, mit Ausnahme von heute Abend.

»An einen Tequila bei uns zu Hause kommt er nicht ran«, sagte er, »aber ein Gift, das man hat reifen lassen, weiß auch ich zu schätzen.«

»Eine Aufmerksamkeit des Hauses«, sagte Fred. »Und bitte, schenk dir nach. Ich lade dich ein.«

»Es ist der amerikanische Steuerzahler, der deine und meine Rechnung bezahlt, Wayne.«

»Was meinen Appetit anregt – und dir vergeht er. Das ist der Unterschied zwischen uns beiden. Übrigens, wenn du schon den armen amerikanischen Steuerzahler an den Tisch zitierst, dann vergiss nicht zu erwähnen, dass ich billiger geworden bin. Ich verdiene ein bisschen Geld mit meinen Schmökern, Maggie mit ihrem Laden, und die Kids sind schon länger ausgeflogen, sie liegen Onkel Sam und ihrem Lump von Vater nicht mehr auf der Tasche. Außerdem kommen wir für die Villa, die du wie eine Glucke bewachst, ganz allein auf. Dass deine Vorgesetzten nur eine Besenkammer für dich anmieten, ist wirklich nicht meine Schuld.«

»Warum setzt euch das FBI nicht ein für alle Mal in der Natur aus? Das frage ich mich immer wieder.«

Nach dem Prozess der fünf Familien war es den Führern der LCN trotz eines Kopfgelds von zwanzig Millionen Dollar nicht gelungen, den Verräter zu schnappen und zu bestrafen, wie sie andere vor ihm bestraft hatten. Heute war nach zwölf langen Jahren das Risiko einer Abrechnung nicht mehr so hoch; selbst die gehässigsten und nachtragendsten *capi* vergaßen die Ratte Manzoni allmählich. Warum also einen Überwachungsapparat mit all seiner erkennbaren und verborgenen Logistik aufrechterhalten?

»Ihr vom FBI seid durch die Bank undankbare Menschen«, sagte Fred. »Wie viele Typen habt ihr fallen lassen, nachdem ihr sie wie eine Kuh gemolken habt? Louis Forks Leiche hat man, nur achtundvierzig Stunden nachdem euer Verein ihm den Rücken gekehrt hat, gefunden, und zwar zerstückelt. Ähnlich ist es Carl Kupack ergangen, nicht zu vergessen Paul Lippi, den einer von euch direkt an seinen schlimmsten Feind verkauft hat. Denn auch bei euch *G-Men* gibt es Verräter.«

»Das ist nie bewiesen worden.«

»Sollte ich das nicht besser wissen, Bowles? Dein Kollege hat fünfhunderttausend Dollar für die Sache kassiert. Was glaubst du denn? Als ich noch bei der LCN war, hatte ich eine Liste mit FBI-Agenten, die nicht koscher waren. Ich kannte meine Pappenheimer, deshalb bin ich nie in die Fallen meiner Vorgänger geraten.«

»Das erklärt mir noch lange nicht deine Sonderbehandlung.«

»Nur zwei wissen die Antwort darauf. Das sind ich und dein Chef, Tom Quint. Und wenn der dich nicht ins Vertrauen zieht, warum sollte ich es tun? Es ist ein Abkommen zwischen ihm und mir.«

Der berühmte FBI-Chef Thomas Quintiliani, den alle Tom Quint nannten, hatte persönlich das Schutzprogramm des Zeugen Manzoni, seiner Frau und Kinder organisiert. Er hatte sie nach Frankreich geschickt, ihnen einen neuen Namen gegeben, sie überwacht und öfters mal umgesiedelt. Seitdem hielt sich Quint in Europa auf, denn die Akte Manzoni konnte man einfach nicht abschließen. Der französische Geheimdienst DST hatte dem FBI erlaubt, die Familie eines amerikanischen Kronzeugen auf französischem Territorium anzusiedeln, dafür hatte Quint ihnen als Gegenleistung eine Schulung im Zeugenschutz angeboten. Es handelte sich dabei um ein neues Programm, das in mehreren Ländern Europas gerade aufgebaut wurde.

»Ich bin cleverer als alle Ausbilder von Quantico zusammen, ich werde also noch lange von euch Jungs umsorgt werden. Und nach dir, Bowles, werde ich noch andere verschleißen.«

Der Burgfrieden hatte nur ein Glas lang gehalten. Peter hatte diesen nicht enden wollenden Kleinkrieg satt. Er wollte nach Hause und seinen Kollegen Marcus im Personalbüro anrufen. Er sollte ihm sagen, wann er endlich mit Ablösung rechnen konnte.

*

Fred saß mit einem letzten Glas in der Hand vor einem Holzfeuer und fühlte sich zu einsam, um in sein leeres Bett zu steigen. An einem Abend wie diesem wäre wegen Maggies Abwesenheit jede andere auch gut genug gewesen. Denn er brauchte weder Liebe noch Sex, er sehnte sich nach weiblicher Sanftheit. Je älter er wurde, desto weniger konnte er ohne sie leben. Er hatte zu einer Clique von Flegeln gehört, jetzt war er froh, dass er seine Zeit nicht mehr in der Gesellschaft von Männern verbrachte. Wie viele Abende hatte er mit seiner Crew Poker gespielt, Spaghettischüsseln geleert und Puffs besucht; dabei waren sie mit den Jahren immer dickbäuchiger und missgelaunter geworden. Wenn es Streit mit einer anderen Gang gab, traf man auf die gleichen missgelaunten und dickbäuchigen Kerle, und man musste so tun, als wäre man befreundet, und sich brüderlich umarmen – die reinste Bestrafung. Diese Witze, die so primitiv waren wie diejenigen, die sie erzählten, und diese Besäufnisse mit immer denselben Typen, die nicht nach Hause gehen wollten – Fred hatte dazugehört. Heute dankte er dem Himmel, dass die Abende passé waren, an denen jeder seine Überfülle an Testosteron loswurde, indem er alle Frauen der Erde wie Huren behandelte oder die erstbeste krankenhausreif schlug. In den letzten Jahren hatte er ihre Gesellschaft immer mehr gemieden. Damit sie sich nicht auf den Schlips getreten fühlten und nicht misstrauisch wurden, hatte er ihnen etwas von familiären Problemen vorgeflunkert. Tatsächlich aber sah er sich zu Hause mit Livia einen Film an oder hatte ein Rendezvous mit einer seiner Geliebten im schönsten Hotelzimmer von Newark; dabei mussten sie sich nicht unbedingt lieben, er hatte einfach Verlangen nach ihrer Gegenwart, ihrem Duft, ihrer Stimme, die durch die Nacht klang, und ihrer Nacktheit, die keine Hintergedanken kannte. Ihr intimes Beisammensein sah einer innigen Liebe täuschend ähnlich. Und plötzlich musste er nicht mehr den gewalttätigen Macho spielen, es ging nicht mehr darum, neue Territorien zu erobern oder zukünftige Opfer auszunehmen. Giovanni verschob das alles auf morgen, in der Hoffnung, dass dieses Morgen nie kam. Und wenn er jetzt viele Jahre später darüber nachdachte, warum er damals vor Gericht erschienen war, seine Kollegen verpfiffen und die Tür zur Cosa Nostra zugeschlagen hatte, dann wusste er, dass der Keim dazu sicher in einer Nacht, die er allein mit einer Frau verbracht hatte, gesät worden war.

Bevor er zu Bett ging, setzte er sich vor seine Schreibmaschine, nahm sein Notizbuch heraus, in dem er alles festhielt, was ihm durch den Kopf ging, spannte in den Wagen ein Blatt mit der Überschrift »Zu beachten« ein, das zu drei Vierteln schon beschrieben war, und trug die Ernte des Tages ein.

- Versuchen, die Wörter »Trübsal« und »Fluch« in den Text einzubauen.
- Außerdem den Satz: »Ein Gift, das man hat reifen lassen, weiß auch ich zu schätzen.«
- Vor morgen Abend unbedingt über die verfluchte Seite 28 hinauskommen.

Zwei

Dieses Jahr hatten die Waynes Weihnachten nicht zusammen gefeiert, was für Fred ein deutliches Zeichen gewesen war. Maggie hatte es nicht übers Herz gebracht, ihre Mitarbeiter an Heiligabend im Stich zu lassen: Alle fünf hatten sich um ein paar Flaschen Wein versammelt und die Tür des »La Parmesane« für die Penner und Obdachlosen des Viertels geöffnet – ein unvergesslicher Abend. Belle, ihrerseits, hatte François Largillière erlaubt, Weihnachten in ein heidnisches Fest zu verwandeln, was sie keineswegs bereuen musste. Warren war zu den Delarues eingeladen worden, fürwahr eine symbolträchtige Geste für den zukünftigen Schwiegersohn. Und Lenas Vater hatte gesagt: »Die Familie ist jetzt vollzählig, wir können anfangen.« Fred hatte mit dem Hund zusammen Heiligabend gefeiert, der ein Viertel Pute serviert bekam.

Am ersten Februarwochenende gab es ein Wiedersehen. Maggie kam als Erste am Freitagabend an und hatte nur einen Wunsch: zwölf Stunden schlafen. Eine erste Enttäuschung gab es für Fred, als sie, ohne sich umarmen zu lassen, ins Wohnzimmer raste, um ein Telefonat zu führen und ihre Post zu öffnen. Mechanisch schluckte sie zwei Löffel der feinen Erbsensuppe hinunter, zu der Fred das Rezept in einem der Magazine gefunden hatte, die zu lesen sie heute keine Zeit hatte. Ihr Handy klingelte während des Abendessens, und sie meldete sich so schnell, dass Fred gar nicht dazu kam, seiner Empörung Luft zu machen.

»Wieso gibt es keine Viererboxen mehr? Und im Lager hinter den Spinelli-Kartons? Gib mir mal Rafi …«

Fred zuckte mit den Achseln, als sie den Tisch verließ, um das Gespräch mit halblauter Stimme weiterzuführen.

»Hast du deine Mitarbeiter darüber informiert, dass auch du ein eigenes Leben hast?«

Statt einer Antwort erinnerte ihn Maggie an die Zeit, als er als frischgebackener Clanchef nie vor fünf oder sechs Uhr in der Früh nach Hause kam.

»Und warum? Hast du etwa gearbeitet? Nein, du bist mit einer Bande von Knallköpfen in schmutzigen Spelunken herumgehangen, in denen es nach Zigarren und Eau de Cologne gestunken hat.«

Zum wiederholten Mal fragte sie ihn, warum er es ihr übel nahm, dass sie sich in das Abenteuer »La Parmesane« gestürzt hatte. Er wagte nicht, das auszusprechen, was er auf dem Herzen hatte, und so umgab er sich mit einer Mauer des Schweigens. Natürlich war er böse auf sie, weil sie ihn auf einmal, so spät noch in ihrer Ehe, allein ließ. Aber das war nicht der Hauptgrund. Vor allem war er ihr böse, weil sie sich eine berufliche Unabhängigkeit geschaffen hatte, die vielleicht der Vorbote für eine viel radikalere war. Mit ihrem Geschäft in Paris legte sie den Grundstein für ein neues Leben, ein Leben nach Fred.

In der Stunde darauf wartete er auf eine zärtliche Geste von ihr, die nicht kam. Dann verdrückte sie sich ohne Vorankündigung in ihr Zimmer, was ihn besonders hart traf. Gekränkt ging er in sein Arbeitszimmer, wo er eine Passage schrieb, in der seine Hauptfigur ihren sexuellen Frust an zwei Prostituierten, die zu allem bereit waren, ausließ. Fred staunte nicht schlecht, wie viel Fantasie er auf diesem Gebiet besaß, denn er beschrieb Situationen, die er nie selbst durchlebt hatte. Ab zwei Uhr morgens schuf er, angetrieben von einer rachsüchtigen Eingebung, die vom Wodka unterstützt wurde, reine und echte Pornografie. Bis zum Sonnenaufgang sollte seine Inspiration anhalten.

Elf Tage lang hatte er nicht mit seiner Frau geschlafen, die nunmehr seine einzige Partnerin war. Wie hätte er in einem Dörfchen mit hundert Einwohnern und einem Bowles, der den lieben langen Tag auf der Lauer lag, auch jemals *fremdgehen* können? In seiner besten Zeit hätte es diese Probleme nicht gegeben. Er hätte Jenny angerufen, seine langjährige Freundin für gewisse Stunden, die ihn gern beglückte, ohne Fragen zu stellen, und die er mit Geschenken überhäufte, um sich vorzugaukeln, dass er sie nicht bezahlte. Dann war da noch die schöne Matilda, die unnahbare, göttliche Matilda. Seit er sie im Twin Club in den Armen von Amadeo Cortese, dem König des East End, zum ersten Mal gesehen hatte, träumte er von ihr. Natürlich mit allem Respekt, den die Geliebte eines *capo* verdiente; so streifte er ihren Handrücken nur mit einem flüchtigen Kuss. Dabei hätte er große Lust gehabt, die Dame von allen Seiten zu begutachten und sie vor versammelter Mannschaft zum Juchzen zu bringen. Als Amadeo ums Leben kam, wagte sie es, bei der Beerdigung zu erscheinen. Die Witwe, vor dem Sarg stehend, spuckte ihr ins Gesicht. Wie bei allen Exgeliebten von Mafiosi begann jetzt der Abstieg. Sie nahm einen Teilzeitjob in einem Blumenladen an und zog in eine heruntergekommene Einzimmerwohnung am Rand von Newark. Giovanni Manzoni traf sie wieder, angeblich um ihr seinen Respekt zu bekunden und ihr zu versichern, *dass sie immer auf ihn zählen* könne. Eine Woche später schliefen sie miteinander, nachdem sie zuvor eine Flasche französischen Champagner geköpft hatten, der von nun an ihr Hausgetränk war.

Fred gab einer der beiden Prostituierten die Gesichtszüge von Matilda, und dieser simple Trick inspirierte ihn noch mehr. Er beschrieb mit seinen Worten zwei, drei komplizierte Nummern, die er mit ihr immer wieder probiert hatte. Als er das Geschriebene durchlas, hatte er zwar immer noch nicht mit seiner Frau geschlafen, dafür hielt er aber vier Seiten in der Hand, deren Glut und Hitze ihm imponierten. *Alles Schlechte hat auch sein Gutes.*

Um acht Uhr, der Tag lugte schon durch die Vorhänge, streckte Maggie sich, sie war frisch und ausgeruht nach der langen Nacht. Sie wollte Fred in den Arm nehmen und ihm die Zärtlichkeiten zukommen lassen, auf die er am Vorabend hatte verzichten müssen. Er aber war kurz davor, einzuschlafen, so drehte er ihr den Rücken zu und sagte: »Ich habe hart gearbeitet und bin total platt, mein Schatz.«

*

Der TGV aus Paris brachte Belle um 11.40 Uhr nach Montélimar. An den Wagen gelehnt, wartete ihre Mutter auf dem Parkplatz. Seitdem das »La Parmesane« in Gefahr war, hatte Maggie jedes Mal ein schlechtes Gewissen, wenn sie sich von ihrer Truppe entfernte. In der Rue de Mont-Louis im elften Arrondissement von Paris wurde sie notwendiger gebraucht als auf dem Hügel von Mazenc. Belle war überrascht, nicht ihren Vater zu sehen, der sie normalerweise abholte, immer in Begleitung von Bowles.

»Er schläft«, sagte Maggie. »Er hat sich die ganze Nacht lang für Stephen King gehalten.«

Kaum zu Hause angekommen, ging Belle in das gelbe Zimmer, in dem der Plunder ihrer Kindheit und Jugend aufbewahrt wurde. Es gab aus jeder Stadt, in der die Manzonis gelebt hatten, mehrere Gegenstände, nur aus Newark fast nichts, außer einer Stoffmaus mit Namen Groggy, die sie seit ihrer Geburt begleitete. Sie legte sich aufs Bett und überprüfte ihr Handy, in der Hoffnung, eine Nachricht von Largillière vorzufinden. Doch dieser Dreckskerl meldete sich nie. Er wollte, wenn sie sich eines Tages trennten, die Telefonate mit ihr nicht vermissen. Als hätte sie je von ihm verlangt, dass er seinen Lebensstil wie auch immer änderte oder dass er sich wie auch immer ihr gegenüber verpflichtet fühlte. Im Gegenteil, sie akzeptierte ihn mit all seiner Wunderlichkeit, und Gott allein wusste, warum diese manchmal finstere Züge annahm. Als sie auf ihre leere Mailbox blickte, hasste sie ihn seit dem Aufwachen heute zum hundertsten Mal, dabei war es erst Mittag.

Fred war aufgestanden, und Belle stürzte sich in seine Arme und zog ihn ins Esszimmer, damit sie bis zum Mittagessen ungestört miteinander plaudern konnten. Sofort bemerkte er einen Schatten von Traurigkeit im Gesicht seiner geliebten Tochter.

»Erzähl mir, wie es dir geht«, sagte er. »Ich will nur schlechte Nachrichten hören, falls es bedauerlicherweise welche gibt. Du weißt, ich kann schlechte Nachrichten in gute verwandeln, das kann ich immer noch, mein Mädchen.«

»Es gibt keine schlechten Nachrichten.«

»Doch, du hast abgenommen. Und das bedeutet, dass du unglücklich bist.«

»Aber nein. Ich habe nicht abgenommen und bin auch nicht unglücklich.«

»Hast du einen Freund, der dich leiden lässt?«

»Worauf bist du aus?«, fragte sie und lief rot an. Ihr Vater hatte ins Schwarze getroffen.

»Falls das eines Tages passieren sollte …«

»Ich weiß, Papa, du hast mir schon genau beschrieben, was

du mit ihm anstellen würdest. Du beginnst, glaube ich, mit den Knien.«

»Das Knie reagiert ausgezeichnet auf Knüppel oder auch auf ein Bleirohr. Wenn man den Kerl seitlich gut trifft, dann bewegt er sich für den Rest seines Lebens wie auf einer schwankenden Schiffsbrücke. Danach bearbeite ich seinen Magen mit einem Sack Orangen. Kennst du die Behandlung mit einem Sack Orangen?«

»Ja, Papa. Man packt fünf Orangen in ein Stück Wäsche und schlägt damit in den Bauch. Das verursacht innere Blutungen, die man äußerlich nicht sieht.«

»Schließlich kümmere ich mich um seine Zähne. Nach meiner klassischen Zahnsteinbehandlung ruft er: *Au, au, au, aua.* Was so viel bedeutet wie: *Ich bitte um Verzeihung.*«

»Papa ...«

»Wenn dir irgendwer wehtut, werde ich zu diesen Mitteln greifen. Das schwöre ich dir. Sag ihm das.«

Trotz des Ernstes in seinem Ton bereitete es Fred ein Vergnügen, sich vorzustellen, wie er einen Lümmel, der sich an seine Tochter herangewagt hatte, zerfledderte. Und auch Belle lächelte, Brutalität hin oder her, bei dem Gedanken an einen in seine Einzelteile zerlegten François Largillière. Auch wenn man ihn danach wieder zusammensetzen musste und bei ihm für alle Zeiten unten durch war.

Maggie, den Gartenschlauch in der Hand, beobachtete Vater und Tochter heimlich von Weitem und bedauerte, nichts von ihrem Getuschel zu verstehen. Ohne Begeisterung kümmerte sie sich um den Garten, den sie hatte verwahrlosen lassen. Die Tamarisken ließen den Kopf hängen, der Feigenbaum hatte dieses Jahr wenig Ertrag gebracht, die Rosenstöcke würden wohl den Winter nicht überleben, und der weiße Oleander war bereits abgestorben.

»Samstags kommt doch immer der Pizzalieferwagen vorbei. Geh und kaufe vier«, bat sie Fred. »Dazu einen Salat, das reicht.«

Das war ein Vorschlag, über den er besser nicht diskutierte. Fred nahm den Hörer ab, wählte aber keine Nummer, sondern wartete auf das gewohnte Klicken.

»Bowles? Ich gehe Pizza kaufen. Ich kann das allein tun, aber entscheide du. Wenn du nicht mitkommst, soll ich dir dann eine mitbringen?«

Der FBI-Agent wusste, dass Fred sich in Anwesenheit seiner Familie mit Scherzen zurückhielt.

»Eine Pizza ›Vier Jahreszeiten‹, ohne Käse.«

Eingehüllt in seine lederne Anglerjacke, machte Fred sich in die Dorfmitte auf, wo die Straßen nach Montélimar und Dieulefit sich kreuzten. Im Bistro kaufte er zwei Pastis, die er und der Pizzaverkäufer trotz der Kälte am Lieferwagen stehend genossen. Das war eine Art Ritual, sommers wie winters.

»Sieh an, der Schriftsteller«, sagte der Pizzabäcker und wischte sich Schweiß und Mehl von der Stirn. »Sie schimpfen auf meine Pizza, aber trotzdem kommen alle wieder.«

»Ihr Teig ist besser geworden, aber der Belag lässt noch zu wünschen übrig.«

Fred war es gelungen, dass die kleine Gemeinde von Mazenc ihn akzeptierte. Sie sah in ihm einen Künstler, der sich in seinen Elfenbeinturm eingeschlossen hatte, Tag und Nacht mit seinem Werk beschäftigt. Aber er war auch der nette Kerl, der mit den Klatschtanten tratschte, den Säufern zuprostete und Omas Hündchen streichelte. Pierre Foulon, der Pizzaverkäufer, war einer der Wenigen, deren heimliches Einverständnis er wirklich suchte.

»Bald, Herr Schriftsteller, werden Sie an meiner Pizza nichts mehr auszusetzen haben.«

»Haben Sie sich für einen Kurs bei Di Matteo in Neapel eingeschrieben?«

»Nein, im Gegenteil, ich muss aufhören.«

»... Wirklich?«

»Wirklich.«

»Ich nehme alles zurück, was ich gesagt habe. Ihre Pizzen sind großartig, vor allem die Calzone.«

»Das ist kein Scherz, ich höre auf.«

Fred ahnte, dass er bald etwas Schlimmes zu hören bekommen würde.

»Es geht nicht mehr. Ich muss den Lieferwagen verkaufen.«

»Aber wieso? Es ist noch nicht so lange her, da haben Sie mir erzählt, dass man Sie allmählich fast überall in der Gegend kennt.«

»Das stimmt.«

»Hören Sie, meine Frau betreibt in Paris ein ähnliches Geschäft wie Sie: Essen zum Mitnehmen, so etwas in der Art. Falls Sie Probleme mit der Buchhaltung haben, kann sie Ihnen vielleicht ein paar Ratschläge geben.«

Pierre Foulon war als Fernfahrer jahrelang kreuz und quer durch Europa kutschiert. Was ihn aber eines Tages zermürbte, war die Aussicht, seine jüngste Tochter nicht aufwachsen zu sehen. Also traf er einen risikoreichen Entschluss, er kündigte und setzte alles auf einen Traum aus Mehl und Tomatensoße. Er kaufte sich einen Lieferwagen, besorgte sich eine Lizenz, und nach einem schwierigen Beginn wurde er in den sieben, acht Dörfern, die er jede Woche anfuhr, der »Pizzamann«. Er kam jeden Abend zur gleichen Zeit nach Hause, um mit seiner Kleinen zu spielen, die seiner Sardellenpizza nicht widerstehen konnte.

»Nein, es gibt keine Probleme mit den Geschäftsbüchern.«

Fred konnte jetzt keinen Rückzieher mehr machen. Warum nur hatte er ihm seine Hilfe angeboten? Der andere würde sie bestimmt liebend gern annehmen.

»Wo liegt also das Problem?«, fragte er, ohne dass ihn die Antwort wirklich interessierte.

Um sein Projekt finanzieren und die Raten für den Lieferwagen und den Ofen zahlen zu können, hatte Pierre Foulon seinen einzigen Besitz, eine große Dreizimmerwohnung in Montélimar, vermieten müssen. Er selbst war mit seiner Familie auf das Land gezogen, wo ein neues Leben für sie begann. Doch die finanzielle Situation blieb heikel, in manchem Monat fehlten mehrere hundert Euro.

Warum nur langweilen uns die Leute mit Bergen von Details, wenn sie uns von ihren kleinen Sorgen berichten? Fred fand es unschicklich, sich einem quasi Unbekannten anzuvertrauen und ihm sein ganzes Unglück zu präsentieren.

»Der richtige Ärger hat vor einem Jahr begonnen«, fuhr er fort.

Sein Mieter zahlte mit einem Schlag die Miete nicht mehr. Pierre Foulon versuchte sich zu gedulden, mit dem Mieter zu sprechen, ja, er schlug ihm sogar vor, ihn mit einem Minimum an Komfort kostenlos in einer Scheune unterzubringen, aber der Mieter lachte ihm nur frech ins Gesicht.

Fred hörte ihm nicht richtig zu, er hoffte inständig, dass der Pizzamann endlich den Teig in die Hand nahm. Die beiden Calzone, die beiden Napoletana und die »Vier Jahreszeiten« ohne Käse machten sich nicht von selbst. Er hatte nicht vor, den Nachmittag hier zu verbringen, außerdem konnte man, verdammt noch mal, sich beklagen und gleichzeitig Teig kneten.

»Ich habe versucht, ihn rauszuklagen. Aber man hat mir von Amts wegen gesagt, dass man mitten im Winter niemanden auf die Straße setzen kann. Aber das Beste wissen Sie noch nicht. Der Kerl hatte Geld wie Heu! Er hat zudem Pokerpartien veranstaltet, bei mir zu Hause!«

Wo würde Fred jetzt seine Pizza herbekommen, wenn Pierre Foulon seinen Job an den Nagel hing? Er hatte zwei, drei Pizzerien in Montélimar ausprobiert, aber keine hatte ihn überzeugt. Und eine tiefgefrorene Pizza kam nicht infrage. Was also tun?

»Die Nachbarn haben mir von Wasserschäden und Arbeitslärm berichtet. Da war meine Ruhe dahin. Ich wollte mich in meiner Wohnung umsehen, wusste aber, dass ich dazu kein Recht hatte. Zum Glück hatte ich noch einen Zweitschlüssel.«

Die Pizzen selber backen? Dafür musste man ausgestattet sein. Ein klassischer Herd erzeugte zu wenig Hitze. Vielleicht einen Pizzaofen in den Garten stellen? Der verlangte aber genauso viel Pflege wie ein Pool, ganz abgesehen von der Erlaubnis, die man einholen musste, also jede Menge Ärger und Arbeit.

»Ich bin nicht dazu gekommen, die einzelnen Schäden festzustellen, denn dieser Mistkerl hat die Polizei gerufen. Er hat sogar wegen Hausfriedensbruch Anzeige gegen mich erstattet. Unser Recht gestattet ihm das.«

Pierre Foulon war zu Gefängnis und einer Geldstrafe von fünfzehntausend Euro verurteilt worden.

»Hoffentlich stellt mich mein früherer Arbeitgeber wieder ein. Nur damit ich meine Schulden bezahlen kann.«

»Haben Sie an die Leute gedacht, denen Ihre Pizza fehlen wird? Sie müssen durchhalten, es gibt sicher eine Lösung. Und wenn Sie diese Prüfung bestanden haben, werden Sie sehen, dass alles Schlechte auch sein Gutes hat.«

Wozu sollte dieses Unglück eines Tages gut sein?, fragte sich der gute Mann.

»Die einzige Sache, die mich über Ihren Weggang hinwegtröstet, ist die Tatsache, dass es von nun an keine Pizza Hawaii mehr gibt. Ananas auf einer Pizza. Igitt, igitt ...«

*

Wenn Warren nach Hause zu seinen Eltern kam, dann war von seinem angestammten Humor, der ihn seit der Kindheit vor allen Kränkungen des Lebens wie ein Panzer schützte, nichts mehr zu spüren. Weder machte er ironische Bemerkungen über die literarischen Ambitionen seines Vaters noch über die geschäftlichen seiner Mutter; stattdessen fragte er sich, ob es an der Zeit wäre, seine Liaison mit Lena bekannt zu geben. Er hielt sie noch immer geheim, denn er fürchtete, dass seine Eltern ihm von einer frühen Verlobung genauso abraten würden wie von seiner Berufswahl. Als sie ihm Salat anboten, hätte er ihnen erzählen können, dass er sich in eine Vegetarierin verliebt hatte, die Algen und Tofu zubereiten konnte. Als sie von einer Gewittergefahr am späten Nachmittag sprachen, hätte er erwähnen können, dass seine Freundin eine panische Angst vor dem Donner hatte und dass er sie deshalb heiraten musste. Aber als sein Vater ihn vorwurfsvoll fragte, warum er die Kruste von der Pizza nicht aß, als seine Mutter sich über die zu hohen Sozialabgaben beklagte und seine Schwester immerzu mit ihrem Handy herumspielte, da beschloss Warren, dies sei nicht der richtige Augenblick. Ob er je kommen würde? Er sehnte sich nach dem Ende der Mahlzeit, danach wollte er sofort nach Montélimar verschwinden, um sich bis zum Abend an seine Geliebte zu schmiegen. Doch kaum war er aufgestanden, da meinte sein Vater: »Heute Nachmittag hilfst du mir, den Pool wieder in Ordnung zu bringen. Man muss das Wasser ablaufen lassen und ihn reinigen. Eine Menge unbekannter Pflanzen und Tierchen wartet auf uns.«

Fred benutzte den Pool als Vorwand, um mit seinem Sohn allein sein zu können, und Warren hatte nicht den Mut, sich von seinem Vater, kaum angekommen, wieder davonzuschleichen. Fred wollte wissen, ob er immer noch darauf bestand, *ein jämmerlicher Parkettschleifer* zu werden.

»Dein Urgroßvater regierte Atlantic City zu der Zeit, als der große Al das Verbrechersyndikat gegründet hat. Dein Großvater besaß das absolute Vertrauen von Luciano. Ich, dein Vater, habe eine Armee gegründet und mit ihr die ganze Ostküste erobert. Und du willst mit dem Hobel in der Hand vor den Chefs katzbuckeln?«

Diese Art von Gespräch war der Grund, warum Warren sich auf dem Hügel von Mazenc rar machte. Er versuchte nicht mehr, sich zu rechtfertigen, ihn erstaunte nur noch, wie ein Vater mit der Zukunft seines Sohnes umsprang. Ein Vater, mit dem es unmöglich war, die beiden großen Ereignisse seiner Jugend zu teilen.

Den Rest des Nachmittags sprachen sie kein Wort mehr, sie ließen das faule Wasser ablaufen, saugten und putzten unter Malavitas Beobachtung und Bowles Aufsicht aus der Ferne, der den Kopf aus dem Fenster seiner winzigen Behausung reckte. Um seinem Sohn wieder etwas näherzukommen, fragte er ihn verstohlen, als er in sein Zimmer gehen wollte: »Wann bringst du mal eine Braut mit?«

Da war sie plötzlich, die Gelegenheit, auf die Warren seit Monaten gewartet hatte. Jetzt könnte er seine Liebe zu einem Mädchen gestehen, das nie mehr – und das stand fest – aus seinem Leben wegzudenken war. Aber er bekam nicht die Zeit, Fred ins Vertrauen zu ziehen, denn der redete einfach weiter: »Braut, du verstehst, das darfst du nicht wörtlich nehmen. Denk an deinen alten Vater, den man hier eingesperrt hat. Niemand besucht ihn, niemand. Bring also Mädels mit, die können im Pool oben ohne herumhüpfen. Große und kleine, braune und blonde. Alle, die dir gefallen. Enttäusche mich nicht. Ich zähle auf dich, mein Sohn!«

*

Bei Einbruch der Nacht liebten Fred und Maggie sich und sprachen endlich miteinander.

»Entschuldige, dass ich dich den ganzen Tag wie einen Hund behandelt habe.«

»Das bin ich von meiner Hündin nicht anders gewöhnt.«

Es blieben ihnen noch vierundzwanzig Stunden unter demselben Dach, also ließen sie die wichtigen Themen Arbeit, Familie, FBI Revue passieren. Dann schliefen sie ein Stündchen, bis ein schlechter Traum Fred aus dem Schlaf riss, er drehte sich um und bearbeitete sein Kopfkissen, was Maggie wiederum aufweckte.

»Du wirst doch jetzt nicht den Schriftsteller spielen wollen?«

Die großen Augenblicke der Inspiration wie gestern Abend waren eher selten, Fred gelüstete es im Moment überhaupt nicht nach Arbeit. Keine fiktive Figur, sondern ein Mensch aus Fleisch und Blut suchte ihn heim. Dabei war keines seiner zahlreichen Opfer aus dem Jenseits aufgetaucht, um ihm den Schlaf zu stehlen. Nein, um drei Uhr in der Nacht machte ihm das Gesicht von Pierre Foulon ein schlechtes Gewissen. Ein Typ, dem er nichts getan hatte, im Gegenteil. Sie nannten sich »Schriftsteller« und »Pizzamann«, prosteten sich zu, meistens alberten sie herum, und heute hatte Fred sich sogar seine Sorgen angehört. Der Kerl durchlebte gerade eine schwierige Phase, aber wer hatte hier auf Erden nicht sein Kreuz zu tragen? Warum träumte er von Personen, die vollkommen unwichtig waren, die nur zum Dekor gehörten und die von einem Tag auf den anderen verschwinden konnten, ohne dass es jemandem auffiel.

Doch es half alles nichts, der Schlaf kam nicht wieder. Ob er sich eine DVD ansehen sollte, mit Kopfhörern auf den Ohren? Doch es gab wenige Filme, die ihn einschlafen ließen. Vielleicht ein Schlafmittel? Doch nichts fürchtete er mehr als den dumpfen Zustand, in den einen Medikamente versetzen konnten. Was also tun?

Die Antwort war bald gefunden. Fred zog aus seinem Nachttisch einen Roman, Taschenbuchausgabe, von siebenhunderteinunddreißig Seiten, gute dreihundertachtzig Gramm schwere Literatur. Er hatte ihn gewogen, so wie er auch seine eigenen Romane wog, sobald er sie geliefert bekam. Dieser Roman war richtig dick, mit kleiner Schrift und eng beschriebenen Seiten. Ein richtiges Buch eben.

Fred hatte mehr Zeilen geschrieben, als er gelesen hatte. Es war also an der Zeit, sich den Klassikern zuzuwenden, um zu verstehen, warum sie welche geworden waren. Die Entscheidung, ein Buch zu Ende zu lesen, das ein anderer geschrieben hatte, war nicht ohne Zögern und Zagen gefallen. Während eine innere Stimme ihm einflüsterte, dass er für seine Abneigung gegen das Lesen nichts könne, erinnerte ihn eine andere daran, dass seine Kinder schon in jungen Jahren Bücher ohne ein einziges Bild darin (!) gelesen hatten. Niemand hatte sie dazu zwingen müssen, es machte ihnen einfach Spaß! Und auf diesen Spaß hatten Milliarden von Menschen ein Anrecht, zu jeder Zeit und an jedem Ort. Das machte aus ihnen noch keine Intellektuellen oder Literaturfreaks, es waren einfache Gelegenheitsleser, die in ein Buch eintauchten und diese innere Reise genossen. Unbeweglich saßen sie stundenlang da, überschritten die Grenzen ihrer eigenen Fantasie und ließen sich vom Autor dahin führen, wohin dieser sie führen wollte; und sie verlangten nach mehr. *Warum also nicht ich, verdammt noch mal?* Nach einundfünfzig Jahren des Nachdenkens traute er es sich endlich zu, ein Buch aufzuschlagen und es bis zur letzten Seite zu lesen. Er, der in den Augen von Normalsterblichen Außergewöhnliches leisten konnte, wie das Verprügeln von Motorradfahrern, die die Einfahrt zu einem Parkplatz blockierten, oder das In-die-Luft-Jagen einer Benzinsäule, er sollte vor einem simplen Buch kapitulieren?

Die Auswahl des Buches, das waren dann schöne, aufregende Momente. Um sich als Leser, der er nie gewesen war, zu profilieren, wollte er ganz oben anfangen. Es musste ein Schmöker her, den man aufschlug, wie man eine Kirche betrat, ein machtvoller Roman, mit dem man die Menschen in zwei Gruppen einteilen konnte: die, die ihn gelesen hatten, und die, die ihn nicht gelesen hatten. Die ersten Namen, die ihm einfielen, waren Hemingway und Steinbeck. Das Image des Ersteren gefiel Fred: Er war ein Macho, er liebte das Boxen, den Stierkampf, das Gefecht und den Krieg. All das, woraus man einen guten Roman zimmern kann. Aber Hemingway, der war auch ein nationales Denkmal, eine Institution, und derart bekannt, dass keine Notwendigkeit bestand, ihn zu lesen. Ja, so erging es manchem großen Schriftsteller. Steinbeck war auf seine Art auch ein Monument, aber nicht so offensichtlich, er war raffinierter und hatte richtig schwierige Sachen geschrieben wie *Von Mäusen und Menschen*. Aber wenn er infrage käme, warum nicht auch Faulkner? Oder irgendein anderer? Fred sah in einem Lexikon nach, um sich Klarheit zu verschaffen. William Faulkner hatte *Wilde Palmen* geschrieben, aber auch *Schall und Wahn*, das er Steinbeck zugeordnet hatte, wohl eine eigenartige Verwechslung mit *Früchte des Zorns*. Fred hätte aber auch darauf gewettet, dass Hemingway und nicht John Steinbeck *Jenseits von Eden* geschrieben hatte, was er aber nicht lesen musste, hatte er doch den Film gesehen. Bei den Werken von Faulkner stieß er auf einen Titel, der ihm unbekannt war, der aber durchaus das Rennen machen konnte: *Als ich im Sterben lag.* Ein Buch, das *Als ich im Sterben lag* hieß, konnte sich Fred sehr wohl als Lektüre vorstellen. Er hatte so viele Typen sterben sehen, vielleicht wäre es nicht uninteressant, einmal den Standpunkt des Pechvogels, der abkratzte, kennenzulernen. Fred hätte viel für einen ähnlichen Titel gegeben. Er sah sich schon im Bistro von Mazenc sitzen, der Roman lag vor ihm, und der Wirt hinter ihm fragte: »*Als ich im Sterben lag*, wovon handelt das Buch, Herr Wayne?« Ja, wovon handelte es denn?

Das, was Fred in der Inhaltsangabe las, schreckte ihn eher ab. Es ging um eine Farmersfamilie, die in einem Karren den Leichnam ihrer Mutter transportierte. Fred hatte eine ähnliche Geschichte schon einmal erlebt und hatte, auch wenn die Umstände ganz andere waren, keine Lust, dass beim Lesen dieses Buches all die schlechten Erinnerungen wieder hochkamen. Amelia Manzoni, geborene Fiore, war im Schlaf an einer schweren Lungenembolie gestorben, was die Feststellung des Todeszeitpunkts schwer machte. Der hätte auch keine Rolle gespielt, hätte Amelia ein paar Tage vor ihrem Tod nicht Besuch von ihrem Bruder Tony bekommen, der bei ihr hundertfünfzigtausend Dollar versteckte, die aus dem Raubüberfall auf einen Diamantenhändler stammten. Die Polizei durchsuchte die Wohnung und fand das Geld, nicht aber Tony, der sich nach Kanada abgesetzt hatte. Der Kommissar, der die Untersuchung leitete, verlangte eine Autopsie. Vielleicht gab es zwischen dem plötzlichen Tod und der Geldsumme einen Zusammenhang. Cesare, der Vater, versuchte die Polizei davon zu überzeugen, dass alles reiner Zufall war. Allerdings musste er eine Reihe von Verfügungen und Beschlüssen abwarten, bis man die Leiche endlich freigab. Während dieser Wartezeit von drei Tagen hatten sich die Fiores bei den Manzonis einquartiert, und dieses Zusammengepferchtsein hatte zu immer größeren Spannungen und heftigeren Ressentiments geführt. Die Freigabe der Leiche war wie eine Erlösung, alles ging an einem Vormittag über die Bühne. Onkel Tony, noch immer auf der Flucht, gelang es, seiner älteren Schwester die letzte Ehre zu erweisen, die hundertfünfzigtausend Dollar musste er aber in den Wind schreiben.

Fred verwarf die drei Autoren, mit ihnen würde er nicht glücklich werden. Jetzt wollte er es mit Dos Passos versuchen, der Name klang so wunderschön: Dos Passos. Diesen Namen würde er auf Teufel komm raus in seinen Gesprächen unterbringen. In einer Bibliografie blieb er beim *42. Breitengrad* hängen, bis er bemerkte, dass die komplette Trilogie gut tausend Seiten dick war. Vielleicht *Manhattan Transfer*, »ein Fresko über die Entstehung von New York«. Ein Fresko über die Entstehung von New York? Er kam aus New York, und zu erfahren, wie aus New York New York wurde, brannte ihm nicht gerade unter den Nägeln. Dass aus New York übrigens New York geworden war, das verdankte es zu einem geringen Teil ein bisschen auch ihm. John Dos Passos war bereits vergessen, jetzt nahm Fred Scott Fitzgerald unter die Lupe, der unglücklicherweise ein Buch mit dem Titel *Zärtlich ist die Nacht* geschrieben hatte. Fred konnte sich nicht dazu entschließen, *Zärtlich ist die Nacht* zu lesen, nachdem er *Als ich im Sterben lag* aussortiert hatte. Wenn John Dos Passos *Als ich im Sterben lag* geschrieben hätte und dieses Buch nicht die Geschichte einer Familie erzählen würde, die die Leiche ihrer Mutter loswerden wollte, dann wäre Freds Problem kurz und schnell gelöst gewesen. Wie nur, um alles in der Welt, sucht ein richtiger Leser seine Bücher aus?

Aber dann eines Abends, er sah sich gerade auf dem National Geographic Channel eine Dokumentation über das Leben der Wale an, wurde es ihm mit einem Schlag klar: Er würde *Moby Dick* von Herman Melville lesen.

Moby Dick, war das nicht die Geschichte von dem Typen, der einem Wal hinterherjagt? Das Buch versprach Abenteuer, Menschen, die über sich hinauswuchsen, garniert mit dem Duft der großen weiten Welt, was wollte man mehr? Der Roman hatte Generationen von Lesern verzaubert, die weniger gebildeten genauso wie die gebildeten. Im Lexikon stand, der Autor habe sein ganzes Leben lang unter der Vorstellung gelitten, sein Werk werde zu seinen Lebzeiten von niemandem anerkannt. Fred war diese Angst durchaus nicht unbekannt. Das sprach doch alles sehr für Melville.

Jedoch war es in Montélimar unmöglich, *Moby Dick* auf Englisch zu bekommen, und seine Frau zu bitten, ihm die Originalversion aus Paris mitzubringen, da zögerte er. Maggie, die sich von Anfang an über die literarischen Ambitionen ihres Ehemanns lustig gemacht hatte, würde sich sicher nur sehr ungern bitten lassen und ihm obendrein ihre Spötteleien nicht ersparen. Also fragte er Bowles, da er selbst sich mit dem Internet nicht auskannte, ihm das Buch im Netz zu besorgen.

Eine Woche später war das Päckchen in seinem Briefkasten, doch er versteckte es leicht verängstigt, ohne es zu öffnen, in seinem Nachttisch. Mehrere Tage suchte er immer wieder nach Ausreden, warum er die Lektüre des Buches auf später verschob, ja, er verdoppelte sogar seinen Arbeitsrhythmus, damit er weder Zeit noch Kraft für *Moby Dick* mehr hatte. *Schlag, verdammt noch mal, das Buch auf, und Melville sorgt für den Rest.*

In dieser schlaflosen Nacht, in der sich seine Frau an ihn kuschelte, war es endlich so weit. Er machte seine Nachttischlampe an, setzte sich auf und las geradewegs den ersten Satz des ersten Kapitels:

Nennt mich Ismael.

Das wäre geschafft! Fred las Herman Melville. Er wagte sich an die Lektüre von *Moby Dick*.

In einer schwarzen Nacht, erhellt vom rosafarbenen Schein seiner Nachttischlampe, schiffte sich Fred zum ersten Mal in seinem Leben für eine lange Reise ein, die mit den Worten *Nennt mich Ismael* begann.

Wie viele Hindernisse hatte er seit seiner Kindheit überwinden müssen bis zu dieser ersten Seite eines Romans? Bei den Manzonis zu Hause gab es keine Bücher, man las nur Tageszeitungen, vor allem, wenn man wissen wollte, wie es einem verhafteten oder vor Gericht stehenden Familienmitglied ging. Wie oft hatte sein Vater hinter der Zeitung hervorgeschaut und gesagt: »Jetzt verstehe ich, warum unser Cousin Vinnie nicht mehr ans Telefon geht. Er hat sich in Joliet für zwei Jahre einsperren lassen.« Der kleine Gianni hatte bis zur Grundschule warten müssen, bis er sein erstes richtiges Buch sah. Aber kaum hatte er das Alphabet erlernt, musste er auf die Straße zurück und seine erste Bande gründen. Sein Entlassungszeugnis wurde an die Präfektur von Newark geschickt, und von da an waren die Schule und all die schönen Dinge, die man ihm dort beigebracht hatte, Geschichte.

Doch anstatt sich in den folgenden Jahren damit zu begnügen, um alle Bücher einen Bogen zu machen, posaunte er für jeden, der es hören wollte, seine tiefe Abneigung gegen die Literatur hinaus. Zum ersten Mal verfluchte er ein Buch, als er von Polsinelli gebeten wurde, sich um einen kleinen

Tiefbauunternehmer sizilianischer Herkunft »zu kümmern«, der zu jeder Art krimineller Organisation Abstand hielt. Jedes Mal, wenn er den Namen eines Mafioso hörte, spuckte er auf den Boden und lehnte die Abmachungen, die ihm die Sendboten des *capo* vorschlugen, ab. Dabei verlangte man nichts Großes von ihm. Er sollte auf bestimmten Baustellen arbeiten, auf anderen nicht, im Gegenzug würde es ihm nie an guten Kunden fehlen, und seine Baustellen wären immer geschützt. Er lehnte den »Schutz« seiner Glaubensgenossen ab, beschimpfte sie in der Öffentlichkeit und erstattete sogar Anzeige wegen versuchter Einschüchterung. Das hinderte Gianni aber nicht daran, ihm das Schulterblatt zu brechen, wie man einem Huhn einen Flügel herausdreht. Der Kerl gab nicht klein bei, im Gegenteil, er erstattete wieder Anzeige, diesmal wegen Körperverletzung, und gab der lokalen Presse ein Interview: Er werde vor diesen Schlägern nie in die Knie gehen und erwarte, dass sein Land, die Vereinigten Staaten von Amerika, der Gerechtigkeit zum Sieg verhalfen. Eine Woche später erhielt Gianni den Auftrag, den kleinen mutigen Unternehmer zu beseitigen, man wollte ein Exempel statuieren. Das sollte auf klassische Weise geschehen: zwei Mann und ein Wagen, ein Fahrer und ein Killer, der das Opfer aus allernächster Nähe erledigen sollte. So hielt man es schon in der guten alten Zeit der Syndikate, und so wäre auch jedem sofort klar, wer hinter dem Verbrechen steckte: die LCN, die Cosa Nostra. Jimmy Lombardo und Giovanni Manzoni warteten auf den Mann vor einer Bar, in der er jeden Freitagabend mit seinen Arbeitern ein Bier trank, bevor er nach Hause ging. Jimmy tauchte hinter dem Steuer eines alten Fords, den er vor zwei Stunden gestohlen hatte, genau in dem Moment aus einer Sackgasse auf, als der Kerl die Straße überquerte. Absolut synchron verpasste Gianni dem Kerl drei

Kugeln in die Herzgegend, und ein Mustang raste an diesem späten Herbstabend durch die Straßen von Newark.

Die schlechte Nachricht gab es am nächsten Tag: Der Kerl hatte überlebt.

Gianni hätte weinen können, als er den Artikel auf der ersten Seite des *Daily Newark* las. Es gab auch ein Foto des wie durch ein Wunder Geretteten, der schon wieder bei Sinnen war und beinahe lächelte. Für Gianni war das ein Ding der Unmöglichkeit: Drei derart präzise Schüsse in die Herzgegend überlebte niemand. In der Abendausgabe wurde das Geheimnis gelüftet. Die drei Kugeln hatten in der Tat getroffen: Die erste drang in den linken Brustmuskel auf Achselhöhe ein, die beiden anderen schlugen in einen Gegenstand, in Leder eingebunden, der in einer Tasche seines Blaumanns gesteckt hatte. Der Gegenstand war dick genug gewesen, um zwei Kugeln vom Kaliber 6,35, abgefeuert aus fünf Meter Entfernung, abzufangen.

Gianni musste den Satz mehrmals lesen, um zu glauben, was da stand. *Ein Gegenstand, in Leder eingebunden.*

Ein Buch?

Sollte es ausgerechnet ein Buch sein? Ein Scheißschmöker? Diese Staubfänger in den Bibliotheksregalen, auf den Couchtischen und in den Buchhandlungen, in denen es nach Moder roch? Ein Ding, das man in der Tasche eines Studenten erwartete, aber nicht im verdreckten Blaumann eines verdammten Bauarbeiters, der nach einem Kneipenbesuch auf dem Weg nach Hause war.

Wider Erwarten war genau das die Wahrheit. Der Unternehmer hatte in seinem Leben nicht viel gelesen, mit Ausnahme des italienischen Buches *Anniù suli non tramonta mai* von Aguile Lungharelli, dem einzigen Schriftsteller, der wie er in dem kleinen Hafenstädtchen Ficarazzi, »in dem die Sonne niemals unterging«, geboren war. Dieses Buch erinnerte ihn mehr als jeder Dokumentarfilm an seine alte Heimat, denn es erzählte kaum romantisierend von seinen Dorfeinwohnern, es schilderte mit Liebe die karge Landschaft und die steinigen Berge über dem Meer. Der Chef hatte das kostbare Buch einem seiner Arbeiter geliehen, der aus demselben Dorf wie er stammte, und der hatte es ihm genau an dem Tag, an dem Gianni an der Straßenecke mit einer Knarre auf ihn gewartet hatte, zurückgegeben.

Der Mann hatte dieses Buch bis dahin schon sehr geliebt, doch nach der Lebensrettung wuchs seine Liebe ins Unermessliche, er verehrte es wie eine Reliquie. Er ließ es von einem Priester segnen und errichtete in seinem Wohnzimmer einen kleinen Altar, auf dem es thronte; die Nachbarn standen Schlange, jeder wollte einmal eine Seite des Glücksbringers umblättern. Die Legende von dem Mann, dem ein Buch das Leben gerettet hatte, war geboren. Niemand wagte sich fortan näher als hundert Schritte an den durch ein Wunder Geretteten heran. Er war der einzige Mann italienischer Abstammung in Newark, der der Cosa Nostra die Stirn geboten hatte und sich jetzt einen friedlichen Lebensabend unter Palmen leisten konnte.

Nach der erlittenen Demütigung, über die sich alle *wiseguys* mit großem Vergnügen lustig machten, verfluchte Gianni die Bücher, er verfluchte alle Bücher der Welt. Wozu sollten zu Beginn des dritten Jahrtausends all diese Abermilliarden von Büchern gut sein? Warum mussten so viele Bäume für die langatmige Beschreibung von Landschaften und Gesichtern, die nicht einmal existierten, abgeholzt werden? Brauchte man solche Beschreibungen im Digitalzeitalter noch? Warum sollte man sich mit einer dreißig Seiten langen Beschreibung eines Turmes, der sich zur Seite neigt, langweilen, wo doch, verdammt noch mal, jeder den schiefen Turm von Pisa sowieso kannte. Ein einziges Foto genügte, und man vergaß ihn nie wieder! All diese mit unnützen Details und haarsträubenden Geschichten vollgestopften Romane, jeder einzelne Satz darin konnte durch das wirkliche Leben widerlegt werden! Was konnte man überhaupt aus Büchern lernen, das einen nicht schon das Leben lehrte?

Gianni fand es erstaunlich, dass jeder Mensch auf der Erde zumindest ein Buch gelesen haben soll, also sogar der zurückgebliebenste Handlanger aus seiner Truppe. Eines Tages überraschte er Jimmy, den er wie einen Bruder liebte, mit einem Polizeiroman.

»Ich lese gern, das entspannt mich.«

Er hatte gesehen, wie bei seinen eigenen Kindern Bücher immer mehr zum Teil ihres Lebens wurden. Die kleine Belle versteckte sich im Garten ihres Hauses in Newark mit einer Gedichtsammlung. Sie wusste schon, was ein Reim ist, und hatte sogar selbst welche fabriziert: So hatte sie *human race* auf *pretty face* gereimt, was trotz allem die Bewunderung ihres Vaters hervorrief. Dabei hatte Giovanni vor der Poesie noch weniger Respekt als vor der Prosa. Die Poesie erzählte nichts, sie warf mit Bilderfolgen um sich und stellte Wörter nebeneinander, die darum nicht gebeten hatten. Das alles sollte zu Herzen gehen, dabei war dieser ganze Lyrismus nur ekelerregend. Der Manzoni, der er war, fühlte sich allein schon von dem Wort »Poesie« persönlich angegriffen. Vergeblich versuchte seine Frau ihm klarzumachen, Gedichte seien so etwas wie Lieder ohne Musik – für ihn steckte in allen ein ziemlich perverser Kern. Was war das für eine Welt, in der man beim Aufsagen eines Gedichts in Verzückung geriet?

Warren hatte Essays über die Anfänge der Mafia bis in die Jetztzeit gelesen. Essays! Mit zwölf Jahren wusste er mehr über die Geschichte, die Vorgehensweisen, die Rituale, die Symbole und die Organisation der großen Bruderschaft als sein Vater.

»Du, Papa, ich wusste gar nicht, dass das Wort MAFIA aus dem dreizehnten Jahrhundert stammt, und zwar aus der Zeit, als die Sizilianer sich gegen die französische Besatzung aufgelehnt haben. Das Wort ist eine Abkürzung von *Morte Ai Francesi Italia Anela.* Was soviel heißt wie: ›Italien wünscht den Franzosen den Tod.‹«

»...?«

Im gleichen Alter hatte Warren das neue Evangelium der Mafiosi nicht nur gesehen, sondern auch gelesen: Mario Puzos *Pate,* der aus brutalen Psychopathen Gangster machte, die zu Legenden verklärt wurden. Während Warren das Buch las, schottete er sich vollkommen vom Rest der Welt ab. Anstatt mit den Jungen seines Viertels auf der Straße zu spielen, sperrte er sich in sein Zimmer ein, bereit, jeden zum Teufel zu jagen, der ihn von der Lektüre des Buches abhalten wollte. Fred und Maggie mussten sich allmählich damit abfinden, dass ihr süßer kleiner Junge kein süßer kleiner Junge mehr war; irgendetwas hatte ihn verändert. Dem Tätscheln und Hätscheln seiner Mutter wich er immer mehr aus, stattdessen bewunderte er zusehends seinen Vater. Der war der Chef eines Clans, der betrieb dunkle, großspurige Geschäfte, das hatte er jetzt begriffen. Sein Papa war einer von denen, die er aus Büchern kannte.

Allmählich akzeptierte Gianni seine monströse Besonderheit: Er war weit und breit der einzige Mensch, der noch nie ein Buch gelesen hatte. Und das verschaffte ihm, verdammt noch mal, eine Menge Zeit. Und in der handelte er, anstatt sich den Hintern auf einem Stuhl platt zu sitzen und sich zu zwingen, an all die schwachsinnigen Wendungen und die verquere Psychologie einer Geschichte zu glauben. Er, Giovanni Manzoni, *lebte* Tag für Tag einen Roman. Romane zu lesen, war etwas für Hohlköpfe, für die, die glaubten, Forellenangeln hätte etwas mit Abenteuer zu tun, für die, die einen geplatzten Reifen für einen Schicksalsschlag hielten, für die, die Steuern zahlten, nur weil man sie mit ein wenig Nachdruck dazu aufforderte, für die, die Angst vor allem hatten, sogar vor der Angst selbst, für die das Leben eine Furcht einflößende Angelegenheit war, die zudem tödlich endete, kurzum für alle, die ihr tristes Leben vergaßen, wenn sie sich mit einer Figur aus Papier identifizieren konnten.

Nennt mich Ismael.

Gut, das war ein erster Satz. Aber warum eigentlich nicht so anfangen? Der Kerl stellt sich vor, kurz und schmerzlos. Später ist noch genügend Zeit für all die Sachen auf hoher See mit diesem Wal, der keinen in Ruhe lässt. Man brauchte den Mut zur Einfachheit, dachte Fred. Eine Ewigkeit hatte er nach dem ersten Satz seines zweiten Buches *Das Reich der Nacht* gesucht, anstatt ganz natürlich zu beginnen:

Nennt mich Laszlo Pryor.

Melville hatte das Recht, so anzufangen, Fred nicht. Fred besaß übrigens überhaupt keine Rechte. Als er mit dem Schreiben begann, hatte seine Familie sich darüber lustig gemacht. Das musste er ertragen, er konnte sie ja nicht zum Teufel jagen. Eines Tages schnappte er einen Satz von Warren auf, er war der grausamste von allen: »Papa? Ein Roman? Ein Affe, der planlos auf die Tasten schlägt, hätte mehr Chancen, eine Fortsetzung von *Wem die Stunde schlägt* zu schreiben.« Fred nahm das Bild wörtlich und sah sich als Schimpansen, der angestrengt sein Gesicht verzieht, die Finger in der Luft, aus Angst eine Taste zu treffen, egal welche. Jedes Mal, wenn er es wagte, sich mit seiner Schrottschreibmaschine und einem Packen Papier einzuschließen, tauchte dieses Bild vor ihm auf. Man ersparte ihm nichts, sein verrückter Traum machte der Familie auch Angst. Es war nicht nur die Angst, dass er seine Vergangenheit als Gangster ausgrub und seine Erinnerungen an die Jahre als blutrünstiger Schläger zu Papier brachte, es gab da eine viel tiefere Angst, die niemand definieren konnte. Fred durfte nicht schreiben, denn das war unschicklich, es passte nicht in die Logik der Dinge und zur Ordnung der Welt. Hinter der Groteske wartete nämlich die Gemeinheit, es war die gleiche, die seine Zeit als Mafioso bestimmt hatte, dieses absolute Fehlen eines Gemeinschaftssinns, dieses Ignorieren der Gesetze, stattdessen schuf er sich seine eigenen, zum persönlichen Gebrauch. Schon auf der ersten Seite nahm er seine Leser als Geiseln, wie früher die Kunden einer Bank. Ob das Resultat irgendeinen interessieren würde, spielte dabei kaum eine Rolle. Die Grenze des Erträglichen war bereits überschritten, und das wiederholte sich jeden Tag, bedenkenlos, ohne dass sich eine zarte Stimme in seinem Inneren geregt hätte: *Pass auf, du Unglücklicher! Weißt du nicht, dass schon Millionen vor dir es auch versucht haben, aber nur ganz wenige dieser großen Herausforderung gewachsen waren? Mit ihrem langen Atem und ihrem stilistischen Talent erschufen sie von Kapitel zu Kapitel Erhabenes und bereicherten so das menschliche Erbe. Aber alles, was du zu sagen hast, kommt nie an die Schönheit eines leeren Blatts Papier heran. Lass ihm also sein strahlendes Weiß und seine Reinheit, es ist der beste Dienst, den du der Literatur erweisen kannst.* Von all dem hörte er nichts, und er hämmerte weiter mit seinen wohlgenährten Fingern auf die Tasten. Die Typen schlugen aufs Papier, und Wörter entstanden und berührten einander, meist in der Nacht und im Geheimen; waren es nach Freds Meinung genug, verpasste er ihnen den Titel *Roman*. Nie träumte er davon, in das Pantheon der Literatur aufgenommen zu werden, nie dachte er daran, literarisch Bedeutendes, das auch Bestand hatte, zu schaffen. Er hielt sich für größer als alle Bücher, sein Leben verdiente es, erzählt zu werden. Er war überzeugt davon, dass ein Leben wie seines noch nie den Weg in ein Buch gefunden hatte. Sicher war die Welt voller braver Schüler, die ein Komma an die richtige Stelle setzen konnten, aber hatten sie etwas zu erzählen? Er, Fred Wayne alias Laszlo Pryor, hatte derart wahre und schockierende Geschichten auf Lager, dass die Literatur höchstpersönlich Angst davor hatte, sich mit ihnen rumschlagen zu müssen.

Nennt mich Ismael.

Fred hatte nicht den Mut besessen, eines seiner Bücher in der ersten Person zu beginnen. Ein *Ich* als Erzähler hatte er sich untersagt, das *Ich* war dem persönlichen Tagebuch vorbehalten, und Tagebücher schrieb man in karierte Hefte, und immer mit der Hand. Fred aber wollte *ein richtiges Buch* schreiben, in Druckschrift und mit gleich breiten Seitenrändern rechts und links. Einen Roman schreiben, das verlangte vor allem einen akkuraten Umbruch, die getippten Seiten sollten so schön aussehen wie später im gedruckten Buch. Ging ein Wort über den Zeilenrand hinaus, war die ganze Zeile im Eimer, sie musste neu geschrieben werden. Der symmetrische Aufbau war eine Manie von ihm, sie bestimmte seine Art zu schreiben. Sie zwang ihn, zu lange Adverbien, hässlich aussehende Silbentrennungen und Zeichensetzungen zu vermeiden. Er wählte die Wörter nach ihrer Größe aus, endeten sie nicht an der richtigen Stelle in der Zeile, ersetzte er sie durch andere. So kam er, nach monatelangem Üben in dieser Disziplin, zu dem Schluss, dass man das Gleiche mit verschiedenen Wörtern ausdrücken konnte. War es das, was man als »Stil« bezeichnete?

Fred hatte sich nie um seinen Schreibstil gekümmert. Auf die erste Seite folgte die zweite, dann die nächste; er hatte sein Leben erzählt, wie es ihm in den Sinn gekommen war; er hatte den Text nie korrigiert, die Ereignisse folgten einfach aufeinander, Wiederholungen oder Abschweifungen waren nie ein Problem, eine Ohrfeige war eine Ohrfeige, eine Kugel im Bauch war eine Kugel im Bauch, denn am Ende zählte wie im richtigen Leben nur das Resultat. Die Gesetze der Syntax ignorierte er wie früher die des Strafgesetzbuchs, um Redewendungen kümmerte er sich so wenig wie um die Form. Wenn sein Sohn versuchte, ihm eine kurze Lektion in Sachen Stil zu erteilen, verstand er nur Bahnhof. Deshalb wählte Warren eines Tages ein Beispiel, mit dem er bei seinem Vater auf offene Ohren stieß.

»Stell dir vor, du wärst immer noch *capo* und müsstest einen Typen kaltmachen. Welche Methode würdest du wählen? Die von Paulie Frances oder die von Anthony Parish?«

»Das sind zwei grundverschiedene Schulen. Anthony ist ein Rationalist, seine Vorgehensweise ist sehr klar und einfach, fast natürlich. Er wird sich immer den Typen genau da schnappen, wo der am wenigsten damit rechnet. So geht die Sache am schnellsten über die Bühne. Für Paulie hingegen ist die Marschroute manchmal wichtiger als der Zweck des Ganzen. Er wechselt oft die Waffen und würde niemals auf die gleiche Art einen weiteren Mord begehen. Er ist erfinderisch, er erfindet das Töten immer wieder neu.«

»Siehst du, und genau das ist Stil.«

Wider jedes Erwarten hatte dieses Gespräch Fred zum Nachdenken angeregt. Seitdem durchforstete er sein Unterweltvokabular nach Wörtern scharf wie Rasierklingen, suchte nach Metaphern für Bluttaten und beschrieb die moralischen Leiden, als wären es körperliche.

Doch – Stil hin, Stil her – was wirklich zählte, waren der Inhalt der Geschichte und das Bedürfnis, sie zu Papier zu bringen. Die Erinnerungen an ein Leben voller Niedertracht ließen ihn noch nicht los, manchmal trafen sie ihn wie die Salven eines Maschinengewehrs.

Um 3.50 Uhr beschloss er mit halb geschlossenen Augen, sich von diesen Erinnerungen, guten wie schlechten, nicht mehr terrorisieren zu lassen, und er wandte sich wieder der Figur zu, die sich gerade vorgestellt hatte.

Nennt mich Ismael.

Darüber schlief er ein. Das Licht brannte, und das Buch lag auf seinem Bauch.

*

Als er erwachte, war das Bett neben ihm leer. Fred machte sich tastend auf die Suche nach seinem Buch und fand es auf dem Fußboden. Dann zog er seinen Morgenmantel an, ging in die Küche, ohne jemandem zu begegnen, und trank den Rest lauwarmen Kaffees, der in der Kanne war. Er blieb einen Augenblick im Zustand der Schwerelosigkeit, dann kamen langsam seine Sinne wieder: *Es ist Sonntagmorgen, sie bleiben bis heute Abend.* Der Hund leistete ihm Gesellschaft und legte die Schnauze auf das Knie seines Herrchens.

Belle, mit Einkaufstüten beladen, betrat die Küche und küsste ihren Vater auf die Stirn.

»Ich war mit Mom auf dem Markt.«

Sie verstaute die Einkäufe im Kühlschrank und fragte ihren Vater: »Papa, du liest?«

»…?«

»Du liest Melville? Du?«

Belle zeigte auf das Buch, das ihr Vater, noch nicht ganz wach, an die Kaffeekanne gelehnt hatte. Tatsächlich wollte er die Lektüre an der Stelle fortsetzen, an der er sie abgebrochen hatte, er wollte die schwere Hürde des ersten Satzes nehmen, auch auf die Gefahr hin, dass der ganze Sonntag draufging.

»Ich brauche das Buch für meinen Roman«, sagte er. »Es ist schwer zu erklären.«

»Und wo bist du?«

»Am Anfang.«

»Du wirst sehen, das Buch wird nach zweihundert Seiten richtig gut.«

Fred streckte sich ausgiebig, was kam da für eine Anstrengung auf ihn zu! In Belles Bemerkung spürte er mehr Bewunderung für Melville als für sich. War sie sich überhaupt darüber im Klaren, was zweihundert Seiten für einen Typen wie ihn bedeuteten?

Warren tauchte aus dem Nichts auf, er war frisch rasiert und schicker angezogen als gestern Abend, was ungewöhnlich für ihn war.

»Ich fahre kurz nach Montélimar. Zum Mittagessen bin ich zurück.«

Er verließ die Küche so schnell, wie er sie betreten hatte, für einen Augenblick erstarrte er aber.

»Papa, was sehe ich da? Ein Buch?«

»…«

»Ist das *Moby Dick*? Papa liest *Moby Dick*?«

Fred zog es vor, nicht zu antworten, und ließ das Buch in der Tasche seines Morgenmantels verschwinden.

»Warum quälst du dich mit dem Buch ab, es gibt doch den Film. Der stammt sogar aus deiner Zeit, er ist mit Gregory Peck. Er spielt den Ahab.«

»Wen?«

»Gregory Peck.«

»Nein, die Rolle.«

»Kapitän Ahab.«

Fred war zwar bereits einem gewissen Ismael begegnet, aber keinem Ahab. Was wollte man an diesem frühen, noch nebelverhangenen Morgen von ihm? Er hatte die Anker noch nicht gelichtet, er war noch nicht einmal auf das Schiff geklettert, er kannte gerade mal den Namen des Erzählers.

Warren war zu sehr in Eile, um sich weiter um seinen Vater zu kümmern. Auf der Allee, die keinen Namen hatte, begegnete er seiner Mutter, die telefonierte. Er verließ das Dorf, so schnell es ihm sein VW-Käfer erlaubte. Ja, gestern Abend hatte er sich große Mühe gegeben, in Mazenc zu bleiben, aber jetzt war es ihm unerträglich, Lena keine zwanzig Kilometer entfernt von sich zu wissen und sie nicht zu treffen. Zumal er eine große Neuigkeit für sie hatte.

Vor drei Tagen, als er durch den Wald von Vercors gegangen war, hatte er eine außergewöhnliche Idee, eine Idee, die vielleicht der erste Schritt zu ihrem gemeinsamen Leben als Paar war. Warum, so hatte er sich gefragt, sollte er eine Steinruine restaurieren, anstatt mit dem Holz aus den Wäldern ringsum ganz allein sein eigenes Chalet zu bauen? Seit er hier oben lebte, hatte er von allem etwas entdeckt: Es gab Rundstämme, Flachhölzer und Pfahlholz. Was ihn am meisten begeisterte, war die Vorstellung, dass sein Haus aus dem Material bestand, das er Tag für Tag bearbeitete. Sein Chef hatte ihm von einem Unternehmen erzählt, das aufgeben musste, weil es die notwendigen Genehmigungen nicht bekommen konnte. Jetzt verkaufte die Gemeindeverwaltung eine riesige Menge Holz, das irgendwann verfaulen würde, für einen Apfel und ein Ei. Bertrand Donzelot hatte ihm sogar angeboten, es für ihn zu kaufen, Warren könnte ihm, wenn er flüssig wäre, das Geld zurückzahlen. Man musste also nur noch ein Grundstück suchen und sich Geld von einer Bank leihen.

Doch Lena gab ihm bei seiner Ankunft keine Gelegenheit, seine große Neuigkeit zu verkünden.

»Warum hast du mich nicht zu deinen Eltern eingeladen? Das wäre die Gelegenheit gewesen!«

Warren reagierte verlegen. Er behauptete, in Mazenc wäre die Stimmung schlecht. Das nächste Mal würde es bestimmt klappen.

»Du schämst dich für mich.«

»Was sagst du da, mein Engel?«

»Warren, du schämst dich für mich. Versetze dich an meine Stelle, und du wirst sehen, es gibt keine andere Erklärung.«

Er musste zugeben, dass ihre Zweifel berechtigt waren. Lenas Eltern hatten Warren quasi wie einen Sohn aufgenommen, und er hatte in ihrem Bruder Guillaume einen Verbündeten gefunden. Er schlief unter ihrem Dach, durchstöberte ihren Kühlschrank, holte seinen Serviettenring aus der Schublade und packte zu Weihnachten Geschenke unter ihrem Christbaum aus.

Als er zum allerersten Mal bei ihnen zu Abend gegessen hatte, wollte Lena es ihm leicht machen: »Sei ganz natürlich. Sie sind ganz einfache Menschen.« Ein Satz, der genau das Gegenteil erwarten ließ, Warren spürte eine harte Bewährungsprobe auf sich zukommen. Tatsächlich beobachtete er die anderen den Abend über genau, um ihre Gesten zu imitieren. Er saß neben der Hausherrin, die die Kinder *Maman* nannten. Als sie ihm die Vorspeise anbot, bemerkte er Lenas Stirnrunzeln, er griff nach der Platte, damit Madame Delarue sich als Erste bedienen konnte, wie es die Etikette verlangte. Den Roquefort auf der Käseplatte, den niemand anschnitt, probierte er auch nicht, stattdessen schnitt er sich ein dünnes Stück vom Comté ab. Auf ein zweites Stück Kuchen verzichtete er, wie alle anderen auch. Man sprach eine

Zeit lang über Mozart und *Figaros Hochzeit*, die in der Oper von Lyon aufgeführt wurde. René Delarue gab allerdings zu bedenken, dass derselbe Regisseur schon die *Zauberflöte* in den Sand gesetzt hatte. Alle plauderten sie mit Vergnügen über das Thema, Guillaume erwähnte Mozarts d-Moll-Fantasie, Warren hätte alles für einen solchen Einwurf gegeben. Doch nein, er hatte über Mozart nicht das Geringste mitzuteilen, zwar hatte er wie alle den Film *Amadeus* gesehen, doch die Bemerkung »Was für ein Genie, der Typ!« verkniff er sich. Wo der Name Warren Wayne herkomme, fragte man ihn, und er antwortete: »Aus New Jersey, aber das ist schon verdammt lang her.« Alle lachten über seine Antwort, Warren wusste nicht so recht, warum. Als sie vom Tisch aufstanden, um ins Wohnzimmer zu gehen, nahm Lena ihn unauffällig bei der Hand und flüsterte ihm ins Ohr, *dass er sich gut geschlagen* habe.

Warren fühlte sich in einer Familie, die eher Probleme löste, als welche zu schaffen, wohl. Neben den Delarues nahmen sich die Manzonis wie ungehobelte Amerikaner aus, wie Emigranten, die laut wurden, wenn sie jemanden überzeugen wollten, und die eher das Werk von Frank Costello kannten als das von Mozart. »Warren, du schämst dich für mich«, dieser schreckliche Satz von Lena stimmte überhaupt nicht. Im Gegenteil: Er schämte sich für seine Eltern.

Die erste Zeit hatte er die angeblich zahlreichen Reisen seiner Eltern in die USA vorgeschoben, danach bemühte er je nach Umstand eine Depression der Mutter, das schwierige Ende von Vaters Roman oder diverse familiäre Angelegenheiten, die intern geregelt werden mussten, als Ausflucht. Mit der Zeit ging ihm natürlich die Fantasie aus, seine Ausreden wurden immer unglaubwürdiger, und er verfluchte den Tag, an dem er damit angefangen hatte.

»Was ist es diesmal? Lassen sich deine Eltern scheiden, oder hat sich deine Schwester ein Bein gebrochen?«

Jede Lüge war für Lena von da an eine Beleidigung, die ihre gemeinsame Zukunft gefährdete.

»Wenn dir irgendetwas peinlich ist, sag es, mein Schatz. Oder glaubst du, ich kann deine Eltern nicht so akzeptieren, wie sie sind oder wie du denkst, dass sie sind?«

»Natürlich kannst du das, mein Engel. Aber mein Vater ist ein ziemlich... merkwürdiger Mensch.«

»Na und? Er hat niemanden umgebracht, soweit ich weiß.«

Wenn Warren sich nicht auf die Zunge gebissen hätte, hätte er wohl so geantwortet: »Ich wünsche niemandem, dass er meinem Vater vor die Füße läuft, und noch weniger, dass er mit ihm frühstücken muss. Er schlürft nämlich jeden Schluck Tee hinunter und schmatzt, wenn er das Brot, das er zuvor eingetunkt hat, in sich hineinstopft. Schopenhauer hält er für einen Rennfahrer, und wenn er einer Frau begegnet, schaut er als Letztes in ihr Gesicht. Sein rüpelhaftes Benehmen ist aber noch das Harmloseste: Er ist ein Killer. Ich meine das nicht symbolisch, mein Vater hat tatsächlich Leute umgebracht, und nicht im Krieg, sondern zu einer Zeit, als es seinem Land richtig gut ging. Er hat getötet, um bis in die Puppen schlafen zu können. Er gehört zu der Art von Menschen, die gefährlich sind. Er macht nie das, was er sagt, aber immer das, was er denkt. Autorität verschafft er sich mit Pistolenkugeln. Gott hätte gut und gern zwei, drei Gebote zusätzlich für ihn ganz allein erlassen müssen.«

Niemals hätten Lena und ihre Familie einen solchen Schwiegervater akzeptiert. Jeder Form von Gewalt standen sie hilflos gegenüber. Und wenn dann doch jemand einen Diebstahl beging, dann tat er das, weil er arm war. Und wenn einer zum Mörder wurde, dann wegen seiner schrecklichen Kindheit.

Und wenn zwei sich prügelten, dann war keiner von ihnen vollkommen im Recht oder Unrecht, die Wahrheit lag nämlich wie immer in der Mitte. Und wenn zwei Nationen auf Konfrontationskurs gingen, dann zeigte ihnen zu guter Letzt die Diplomatie eine vernünftige Lösung auf. Sie glaubten an die Gerechtigkeit und dachten, dass das schlechte Gewissen den Menschen wieder auf die rechte Bahn wies. Die kleine Lena war mit Weisheiten wie »Dem Boshaften ist seine eigene Boshaftigkeit Strafe genug« oder »Der Klügere gibt nach« groß geworden. Warren wunderte sich immer wieder über ihre Ahnungslosigkeit. Wie unbedarft sie wirklich war, zeigte sich an dem Tag, an dem sie Besuch von Einbrechern bekamen. Es wurde fast nichts gestohlen, außer einem Familienerbstück, einem kleinen Tisch aus der Zeit Napoleons III. Dieses Möbelstück war Herr und Frau Delarues ganzer Stolz gewesen, jetzt wurde es Auslöser für ein kleines Drama. Lena standen die Tränen in den Augen, sie sprach von »Verletzung der Privatsphäre«. Dabei war es weder der Marktwert noch der sentimentale Wert des gestohlenen Tisches, der sie so traurig stimmte, es war vor allem die Vorstellung, dass jemand es gewagt hatte, in ihr behagliches Zuhause einzudringen. Und warum das Ganze? Für ein paar Geldscheine, die den Besitzer wechselten.

Wie konnte da Warren Lena gestehen, dass sein Vater in einem früheren Leben Typen lebend in Beton eingegossen hatte und sich dabei lediglich fragte, ob der Chinese an der Ecke wohl noch geöffnet hatte. Dass er Viertel in Schutt und Asche gelegt hatte, um seine Einnahmen bis zum Monatsende aufzubessern? Und dass er die Delarues, wenn er bei ihnen eingebrochen wäre, dazu gebracht hätte, ihm den Standort eines Safes zu verraten, den sie gar nicht hatten?

Selbst wenn Lena im Überschwang ihrer großen Liebe zu Warren gesagt hätte, »du hast keinerlei Schuld an den Verbrechen deines Vaters«, hätte sie doch immer der Gedanke gequält, dass ihr Geliebter der direkte Nachfahre eines Gewaltverbrechers war. Warren wollte nie eine derartige Verunsicherung in ihrem Gesicht erblicken müssen. Und die Vorstellung, dass seine Schwiegereltern in ihm einen Nachfahren von Al Capone sehen könnten, machte ihm Angst. Und da war da noch die Gefahr der Blutrache. Schließlich schwebte er als Sohn eines Italieners, der die Cosa Nostra verraten hatte, durchaus in Lebensgefahr. Belle und Warren hatten das so gut wie vergessen, aber wie konnten sie diese Gewissheit mit Unschuldigen teilen?

Warren hatte das Problem zu lange vor sich hergeschoben. Lena hatte inzwischen genug von seinem mangelnden Vertrauen. Bald würde sie auch genug von ihm haben.

»Du willst einen Liebesbeweis von mir, mein Engel?«

»…?«

»Hiermit verspreche ich dir feierlich, dass ich meine Familie nur mit dir an meiner Seite wiedersehen werde.«

Lena war überrascht, lachte kurz auf und ließ sich von ihm um die Taille fassen.

*

Der Sonntag in Mazenc nahm eine unerwartete Wendung. Clara hatte Maggie gerade mit einer langen Liste schlechter Nachrichten versorgt, die sich leicht zu einer Katastrophe auswachsen konnten. Der Mozzarellahändler, der morgen liefern sollte, hatte abgesagt mit der Begründung, ein neuer Kunde habe sich exklusiv seine gesamte Produktion gesichert, und das zu einem Preis, den man nicht toppen konnte. Außerdem hatte der Parmesanlieferant aus der Emilia-Romagna einen Anruf von einem Typen erhalten, der die finanzielle Solidität des »La Parmesane« in Zweifel zog und dem

Händler zu verstehen gab, dass der Laden kurz vor der Zahlungsunfähigkeit und der Insolvenz stehe. Clara hatte vergeblich versucht, ihn zu beruhigen. Überdies, und das war das Schlimmste, war Rafi mit leeren Händen aus den Hallen von Rungis zurückgekehrt: Die besten Auberginen hatte ein Kunde vorbestellt, der von nun an jeden Morgen den ganzen Lagerbestand aufkaufen wolle, ohne je über den Preis zu verhandeln. Rafi hatte dann in letzter Minute bei einem Gemüsehändler auf dem Boulevard de Charonne minderwertige Ware zu einem überhöhten Preis gekauft.

»Ich steige in den Zug und komme«, sagte Maggie.

Das war alles kein Zufall, Maggie konnte eins und eins zusammenzählen. Neue Lieferfirmen zu finden, war nicht einfach, man musste ihre Waren testen und von ihnen als Kunde angenommen werden, das verlangte Zeit und Kapital, was sie beides nicht hatte. Sicher könnte sie ihren Qualitätsanspruch herunterschrauben und trotzdem täglich den gleichen Umsatz erzeugen. Doch genau diese Art von Logik widerte sie an, denn so führten ihre Feinde ihr Geschäft.

Ob sie sich geschlagen geben sollte? Sie hatte keine Lust, sich für ein Auberginengericht ein Magengeschwür einzuhandeln oder wegen eines Ladens in eine Depression zu verfallen. Sie konnte den Schlüssel auch unter die Fußmatte legen und sich fortan um ihren kleinen Garten kümmern.

Ein paar Meter weiter lag Belle im großen Salon auf dem Sofa und versuchte sich vergeblich auf ihr Lehrbuch zu konzentrieren. Warum vergeudete sie ihre Zeit mit einem gewissen François Largillière? Der erklärte laut und deutlich, nicht für sie geschaffen zu sein und dass er auch nicht an die Anziehungskraft von Gegensätzen glaube. Warum gab sie sich mit einem Verrückten ab, der sie ansah, als wäre Gefahr im Verzug? Der ihr vorwarf, zu intensiv leben zu wollen?

Soll der Idiot doch in seinen zwölf Zimmern, vor seinen sechs Fernsehern versauern.

Nach dieser klugen Entscheidung erhielt sie einen Anruf von besagtem Idioten.

»Belle, Sie fehlen mir.«

In ein winziges Zimmer mit unverputzten Wänden, das man auch für eine Nonnenzelle hätte halten können, hatte Fred sich zurückgezogen. Hier wartete er auf das Mittagessen, hier nahm er heimlich seine Lektüre wieder auf, denn hier schimpfte ihn niemand einen Schwachkopf, der sich in ein intellektuelles Abenteuer stürzte, das jenseits seiner geistigen Fähigkeiten lag.

Nennt mich Ismael.

Da haben wir's, dieser verdammte Gregory Peck! Ob der Held jetzt Ismael, Ahab oder Herr Soundso hieß. Er sah das Gesicht von Gregory Peck vor sich und wurde es nicht mehr los. Das alles hatte er Warren, diesem Dreckskerl, zu verdanken.

»Fred …? Wo steckst du?«

Warum ließ man ihn nicht in Ruhe? Maggie ging in jedes Zimmer im ersten Stock, sie wollte ihn aufspüren. Auch sie konnte sich sicherlich eine Bemerkung, die er nicht verdient hatte, nicht verkneifen. Und das nur, weil er, das Ungetüm, der Banause, ein Buch lesen wollte. Nicht einmal die Unschuldsvermutung ließ man bei ihm gelten, nicht einmal die Möglichkeit, sich auf etwas Neues einzulassen, wurde ihm gewährt.

»Es gibt Probleme mit dem Laden, ein Notfall. Den Zug um 12.06 Uhr kriege ich noch. Es tut mir leid. Essen ist für drei Tage im Kühlschrank.«

Gleich anschließend betrat Belle das Zimmer und umarmte ihren Vater.

»Ich fahre mit Mom. Das nächste Mal bleibe ich länger, aber heute … Warren hat gerade angerufen, er isst in Montélimar zu Mittag und fährt dann gleich zu sich nach Hause. Er umarmt dich.«

Zehn Minuten später – der plötzliche allgemeine Aufbruch war über ihn hinweggeweht – fand Fred sich in einer absoluten Stille wieder, die ihm so vertraut geworden war. Erschöpft lag er in seinem Kämmerchen mit dem Buch in der Hand.

Er stand auf und ging zu seiner Schreibmaschine. In der Abgeschiedenheit, die ihn umgab, tippte er ein paar Sätze, die ihm eine plötzliche Traurigkeit zugeflüstert hatte. Wenn seine Familie ihn nicht brauchte, dann brauchte er sie auch nicht mehr. Er konnte seine ganze Zeit jetzt dem widmen, was sein Lebensmittelpunkt geworden war: dem Verlangen zu schreiben. Mit dem zweiten Kapitel kam er einfach nicht voran. Also entweder jetzt oder nie!

Moby Dick musste noch warten.

Malavita kroch aus ihrem Versteck, sie wollte sich im Arbeitszimmer ihres Herrchens ausruhen und sich vom Klappern der Schreibmaschine in den Schlaf wiegen lassen.

Drei

Die Adresse der Wohnung herauszufinden, die der Pizzamann Pierre Foulon in Montélimar besaß, war kein Problem. Schon zu der Zeit, als Gianni Manzoni sich um zahlungsunwillige Schuldner kümmern musste, war das Auskundschaften der Adresse der einfachste Teil des Jobs gewesen. *Ich weiß jetzt, wo du wohnst, du Arschloch.* Meistens wusste er es noch nicht, wenn er diese Drohung aussprach, aber in der Regel war es nur noch eine Frage der Zeit. Privatdetektive narren und sich ihrer Methoden bedienen war eines seiner vielen Talente. In Newark kannte er einige, die meisten waren ehemalige Polizisten, die gegen gute Bezahlung den einen oder anderen Tipp gaben. Übrigens war das Geschick der Cosa Nostra, mit der sie Privatpersonen aufspürte, das Problem Nummer eins des Zeugenschutzprogramms. LCN hatte ihre Informanten bei der Polizei, beim Fiskus, bei allen öffentlichen Dienstleistern, manchmal kamen die Informationen sogar direkt vom FBI. Tom Quintiliani war es gelungen, aus WITSEC eine eigenständige Abteilung innerhalb des FBI zu machen, sodass selbst die meisten seiner Vorgesetzten nicht wussten, unter welchem Namen und wo auf dem Globus Manzoni gerade lebte.

Fred notierte sich Name und Adresse des rabiaten Mieters, der seinen Kumpel, den Pizzabäcker, quälte: Jacques Narboni, 41 Rue Saint-Gaucher, Montélimar. Punkt 21.00 Uhr, er war gerade dabei, das Knabberzeug für den großen Abend vorzubereiten, rief er seinen Beschützer an.

»Bowles, kannst du was für mich tun? Für dich wär's vielleicht auch von Vorteil.«

»Das klingt nicht vielversprechend. Worum geht es?«

»Ein Problem mit meiner Schüssel, ich bekomme Eurosport nicht mehr herein. Und wenn die bis halb eins heute Nacht nicht repariert ist, dann wird sich hier, wie du weißt, ein Drama abspielen.«

Peter kannte dieses Drama zu gut. Er war auf seine Weise seit zwei Tagen darin involviert.

»Hast du, seit du auf der Welt bist, je einen Super Bowl verpasst?«, fragte Fred.

Der G-Man konnte sich die Antwort ersparen. Er liebte American Football, und so weit er sich zurückerinnern konnte, bewegten und begeisterten ihn wie den Rest des Landes die Heldentaten der Footballspieler. Und heute Nacht trafen um 0.30 Uhr, 18.30 Uhr Ortszeit, im Dolphin Stadium in Miami die Chicago Bears und die New York Giants zum großen Finale aufeinander.

»Letztes Jahr haben 141 Millionen zugeschaut. Ein Rekord, der heute Abend sicher gebrochen wird. 141 Millionen, Peter, und wir beide sind nicht dabei? Ist das vorstellbar?«

Peter hatte keinen Fernseher, er sah sich die amerikanischen Kanäle übers Internet auf seinem Computer an. Normalerweise wurde das Match wechselweise von NBC, CBS oder FOX ausgestrahlt, doch dieses Jahr hatte die NBC wegen Problemen mit den Werberechten beschlossen, auf die Übertragung im Internet zu verzichten. Peter hatte sich damit abgefunden, stattdessen sollte ihn sein Freund Marcus in Washington per Telefon über das Spiel auf dem Laufenden halten.

»Wieso bist du dir so sicher, dass ich deine Antenne reparieren kann?«

»Ihr Typen vom FBI seid doch auch alles Tüftler, das gehört zu eurer Ausbildung dazu. Quint kann zum Beispiel aus einer Mikrowelle eine Zeitbombe basteln. Ich erzähle dir das, weil ich es selbst gesehen habe. Willst du mir etwa dieses Finale vorenthalten? Willst du *uns* etwa dieses Finale vorenthalten?«

»...«

»Erzähl mir nicht, das wäre gegen die Vorschriften. Es gibt keine Vorschrift, die es irgendeinem Amerikaner verbietet, den Super Bowl anzuschauen. Selbst das Gesindel, das in den übelsten amerikanischen Gefängnissen, in San Quentin, Attica und Rikers, verfault, all diese Killer und Psychopathen, dürfen das Match aller Matches sehen. Und du, du nicht?«

»...«

»Mach, was du willst. Der Kick-off ist um 0.30 Uhr. Ich lasse die blaue Tür offen.«

Fred hatte nicht lange warten müssen. Eine Stunde später hatte Peter die richtigen Stecker mit den richtigen Buchsen verbunden.

»Danke, Peter. Dieser blöde Warren wollte wohl irgendeine Sendung aufnehmen und hat mich mit diesem Chaos allein gelassen. Setz dich in den Sessel, ich gehe aufs Sofa, falls dieser verdammte Köter mir Platz macht.«

Fred stellte auf den Beistelltisch eine Salatschüssel, bis zum Rand gefüllt mit Nachos, dazu Schälchen mit verschiedenen Crackern und Soßen. Bowles war schlecht gelaunt, er saß in dem Sessel wie ein Patient im Wartezimmer des Zahnarztes.

»Keine Angst. Was auch passiert, du bleibst der Gute und ich der Böse. Aber du und ich, wir beide könnten bei diesem Spiel für zwei Stunden wieder einfache Amerikaner werden. In dem schönen Land, in dem wir beide geboren sind, werden heute Abend alle Gräben zugeschüttet, es gibt keine Unterschiede mehr zwischen Arm und Reich, Weiß und Schwarz, es gibt nur noch Anhänger der Giants oder der Bears. Ich bin Fan der Giants, weil sie aus New Jersey kommen, und du, weil du die Bears hasst. Im Angesicht des Feindes gibt es keine Guten und Bösen mehr, es gibt nur noch Fans, die ihre Kräfte bündeln müssen, wenn sie gewinnen wollen. Das wird für lange Zeit die einzige Gelegenheit für uns beide sein, auf der gleichen Seite zu stehen. Was darf ich dir anbieten?«

»Eine Cola light, falls du eine hast. Sonst Wasser.«

»Beim Super Bowl? Wenn du bei dir zu Hause in Virginia wärst oder auch in deinem Rattenloch gegenüber, würdest du da auch Wasser trinken? Ich habe Bier, Wodka, Tequila, einen J. T. S. Brown, ich kann dir sogar eine Margarita mixen.«

»Du hast Tequila?«

Als sie das letzte Mal gemeinsam in einem Restaurant waren, hatte Fred Peters kleine Schwäche für Tequila bemerkt und deshalb Maggie gebeten, aus Paris eine Flasche mitzubringen.

»Gut, aber nur einen kleinen Schluck«, sagte Bowles.

Mit dem Glas in der Hand stellten sie Prognosen über den Spielverlauf an, erst als die ersten Töne der amerikanischen Hymne erklangen, schwiegen sie. Fred fühlte sich nicht mehr berechtigt, von der Hymne eines Landes ergriffen zu werden, das ihn verurteilt und verjagt hatte. Er vermied den Blickkontakt mit Peter, der darauf verzichtete, die Hand auf sein Herz zu legen. Er war aber äußerst erregt, die Landeshymne ließ seinen Körper erzittern. Beim letzten Takt des *Star-Spangled Banner* kippte er in einem Zug sein zweites Glas Tequila hinunter, während hunderttausend Zuschauer im Stadion von Miami schrien und jubelten.

Das Spiel begann, und die beiden Männer begleiteten die

Partie mit *Ohs!* und *Ahs!*, manchmal auch mit dem überall verständlichen *Fuck it* oder *What the fuck*.

»Diesen Hopkins kenne ich nicht«, sagte Fred, während er in den Chips herumwühlte.

»Der kommt von der Uni in Colorado Springs. Seit er bei den Giants ist, spielt er Linebacker.«

Fred griff wieder zur Tequilaflasche, und Peter machte seine Nun-ist's-aber-genug-Geste erst, als sein Glas wieder ordentlich gefüllt war. Der Hund, den dieses unerwartete geschäftige Treiben verwirrt hatte, verzog sich in den ersten Stock, der hysterische Tonfall des Kommentators ging ihm auf die Nerven.

Die I-Formation wird von Peter Grossmann, dem Quarterback der Bears, angeführt … Aber Paris Jackson fängt den Pass im Flug! Jetzt ist er bei der 40-Yard … bei der 30-Yard … bei der 20-Yard-Linie wird er aber vom Flügelstürmer der Giants gestoppt.

»Scheiß Verteidigung!«, rief Fred und sprang auf.

»Ein Pass von Calvillo, der zur Line of Scrimmage abgelenkt wird … und der Ball landet genau in den Händen von Okele, dem Cornerback. Niemand ist jetzt zwischen ihm und der Torlinie. Das wird ein Touchdown!

Beide stießen zur gleichen Zeit einen Jubelschrei aus, und Fred füllte erneut die Gläser, um auf die ersten gewonnenen Punkte anzustoßen. Um nicht weiter mit leerem Magen zu trinken, beugte sich Peter über die Schale mit den Crackern, zog einen heraus, betrachtete ihn eingehend und entdeckte dabei feine Spuren von Käse. Also legte er ihn wieder unauffällig zurück und versuchte es jetzt mit den Chips und einer pikanten Soße. Selbst der Alkohol hatte es nicht geschafft, Peters Bemühen um eine allergiearme Ernährung zu stoppen.

Die gelbe Fahne des Schiedsrichters. Strafstoß für die Giants, die gerade fünf Yards verloren haben.

»Bowles? Wann haben die Bears den Titel zum letzten Mal gewonnen? 85? Oder 86?«

Doch Peter war nicht mehr da. In der einunddreißigsten Spielminute war er beim vierten Glas widerstandslos eingeschlafen. Fred sah auf seine Armbanduhr: 1.05 Uhr.

Er hob eines von Peters Augenlidern hoch, der inzwischen schnarchte, dann griff er nach der Tequilaflasche, goss den Rest in den Ausguss und spülte sie mehrmals aus, bevor er sie wieder auf den Beistelltisch stellte. Am Nachmittag hatte er ausgerechnet, wie viel Valium er ungefähr in eine Flasche Tequila geben musste, um einen FBI-Agenten, der achtzig Kilo wog, in Tiefschlaf zu versetzen. Falls er um drei Uhr alles erledigt hätte, blieben ihm noch immer gute zehn Stunden, bis Peter wieder aufwachte. Fred stellte den Ton des Fernsehers leiser, zog seine Jacke an und ging in die Küche. Aus der Besteckschublade nahm er ein Fleischmesser, das so schön und ebenmäßig war, dass er es schon öfters auf das Schneidebrett geworfen hatte, das neben dem Gewürzregal hing. Doch er legte das Messer zur Seite und griff nach einem Stößel, der, richtig platziert, ein unheilbares Gehirntrauma hervorrufen konnte. Auch ihn legte er zur Seite und verließ mit leeren Händen das Haus. Die Waffen, die er so liebte, blieben in der Küche.

*

Fred parkte am Boulevard Aristide Briand, wo ein Café seine Gäste zu einem letzten Glas einlud. Um 1.30 Uhr machte er sich mit dem zerknüllten Zettel, auf den er die Adresse notiert hatte, in Richtung Stadtmitte auf. Dabei begegnete er niemandem. In der Rue Saint-Gaucher, in der stattliche vier- und fünfstöckige Häuser standen, drückte er auf den Türöffner der Nummer 41 und gelangte in einen mit Stuck und

Kupfer verzierten Eingangsbereich. Unter den vier Namensschildern entdeckte er das von Jacques Narboni. Auch die nächste Zugangstür war offen, er stieg die Treppe zur vierten und letzten Etage hoch, blieb ein wenig vor der einzigen Wohnung auf diesem Absatz stehen und klopfte ein paar Mal an eine zweiflügelige Tür.

Nach Pierre Foulons Beschreibung gehörte sein Mieter zu den Typen, die die Nächte mit ihren Kumpeln trinkend in einer Kneipe verbrachten und vor Sonnenaufgang nach Hause zurückkehrten, um noch einige Runden zu pokern. Fred begutachtete die Stufen, die zu einer Art Halbgeschoss führten, das als Speicher diente. Von dort konnte man mit einer Stufenleiter über eine Luke auf das Dach gelangen. Er machte es sich zwischen einer zusammengerollten Matratze und ein paar Holzgestellen so bequem wie möglich, dann blockierte er mit einem verstaubten Eckschränkchen den Treppenlichtschalter, der Rest war nur noch eine Frage der Geduld. Fred kannte solche Situationen zuhauf. Warten, das konnte er. Das hatte er gelernt. Manchmal wunderte er sich beinahe über diese Art von Beharrlichkeit. Die wollte gar nicht zu einem legitimen Sohn der Cosa Nostra passen.

Er und seine Kumpel waren zweifellos wegen ihrer krankhaften Ungeduld zu Gangstern geworden. Schon als Kind schien es ihnen undenkbar, einen normalen Lebensweg einzuschlagen, bei dem man als Erstes eine Ausbildung macht, um einen Job zu bekommen. Hat man den dann endlich, kommt man gerade so über die Runden, bis man irgendwann befördert wird. Danach hofft man, eine großzügige Bank zu finden, die einen als solvent einstuft. Bis eine Frau einen endlich ranlässt, muss man zwei bis drei sittsame Rendezvous durchstehen, und im reifen Alter zählt man die Jahre, die einen noch von der Rente und dem herrlichen Pensionärsdasein trennen. Ein *wiseguy* wartete nicht. Er bat keine Bank um Kredit, er raubte sie aus; er ging auf direktem Weg zu einer Nutte, um seinen Spaß zu haben; er erhob keinen Anspruch auf Lohn, Rückerstattungen und Rente, er ging nicht zum Sozialamt, um seine Stütze einzuklagen. Wieso konnte er dann plötzlich warten und warten, sobald es sich um einen Auftrag handelte?

Fred hatte Tausende von Stunden damit verbracht, einem »Kunden« aufzulauern – wie ein FBI-Agent übrigens auch. Wenn der sich versteckte, um einen Verdächtigen zu schnappen, war das das gleiche Geduldsspiel, dem sich auch der mieseste Halunke unterwerfen musste. Natürlich hatte Fred sich auch zu Tode gelangweilt, wenn er sich beispielsweise den Hintern in einem Auto breit saß, in der Hoffnung, dass jenes Gesicht bald auftauchte, in das er zu schießen hatte. Die angepinkelte Hauswand gegenüber gehörte genauso zum Warten wie die Pappbecher mit lauwarmem Kaffee, die Patiencen, die auf dem Armaturenbrett gelegt wurden, die Schläfrigkeit, die einen Hals über Kopf überfiel, und der steife Nacken, der vom Starren in den Rückspiegel kam. Tauchte der »Kunde« endlich auf, so durchlöcherte man ihn wie ein Sieb mit einem Seufzer der Erleichterung. Wenn der Job unglücklicherweise danebenging, dann landete der *wiseguy* auf direktem Weg für drei Monate, drei oder auch dreißig Jahre im Gefängnis, dort lag er auf der Pritsche, schaute an die Decke und träumte von all den Dummheiten, die er an seinem ersten Tag in Freiheit begehen würde. Ein Typ von der LCN hatte – Gipfel der Ironie – bis zum Ende seines Lebens hundertmal mehr in seinem Leben gewartet als irgendein unbescholtener Bürger. Zudem stand den wenigsten von ihnen ein Platz im Altersheim zu.

Heute Abend bekam Fred in seinem Verschlag Hilfe, um sich die Wartezeit zu verkürzen. Er drehte sich zur Seite, um eine bequemere Position zu finden, steckte die Hand in die Seitentasche seiner Hose und zog sein Exemplar von *Moby Dick* heraus. Vor ungefähr fünfhundert Seiten war er endlich an Bord der *Pequod* gegangen, mit dem gleichen Selbstvertrauen und der gleichen Lust, seine Kräfte zu messen, wie der junge Ismael. Er hatte die Insel von Nantucket, Massachusetts, verlassen und ließ sich von den Winden treiben, ohne zu wissen, ob sie ihn in einen guten Hafen führten. Und keinesfalls ließ er sich von dem wankenden Schiff den Schneid abkaufen: Wenn man an Bord gegangen war, war man an Bord gegangen, egal, welche Unbilden des Wetters auf einen warteten. Fred hatte sich für alles interessiert: für die Gestalt des Schiffes, für die Aufteilung der Arbeit unter der Besatzung, für die Gesetze der Seefahrt, die tiefen Geheimnisse der Cetologie und der Harpunen-Schmiedekunst, ja sogar für die der Herstellung von makellosen Hanfseilen. Er hatte einen eigenen Kosmos kennengelernt, dank der technischen Exkurse, die Melville in seinem Verlangen nach Ausführlichkeit für notwendig erachtet hatte.

Nach ein paar Tagen auf See ließ ein großer Abwesender noch immer auf sich warten. Dabei hatten die Matrosen, die ihn kannten, schon mehrmals seine geheimnisvolle Aura heraufbeschworen. Eines Nachts dann erschien auf der Brücke, gestützt auf ein Bein aus Walknochen, der Kapitän Ahab. Warren hatte recht, er war der wahre Held, denn er war der Schwärmer und Träumer, er war bereit, die aberwitzigsten Befehle zu erteilen, um persönlich Rache zu nehmen. Eine Rache, von der er besessen war und die ihn blind machte.

Nachdem sie in Buenos Aires für längere Zeit den Anker ausgeworfen hatten, brach die *Pequod* jetzt zum Indischen Ozean auf. Sie war zuvor anderen Schiffen begegnet, hatte mehrere Pottwale gejagt, aber nie den richtigen.

Tag für Tag hatte Fred Kapitel um Kapitel gelesen, jetzt hatte er an die fünfhundert Seiten umschifft wie ein Seemann das Kap Hoorn. Fünfhundert Seiten für einen Mann, der nie zuvor ein Buch gelesen hatte. Dabei war er auf hoher See abhandengekommen, hatte die Orientierung verloren, sich im Kreis gedreht, war in Stürme geraten und beinahe ertrunken. Wenn das Boot in See stach, krallte sich Fred an der Reling fest, dabei hielt er immer Kurs und wartete darauf, dass ein starker Wind aufzog, der die Segel antrieb. Seine Zähigkeit wurde belohnt, in der Ferne konnte er schon das Ufer erahnen.

Seit seinen ersten erfolglosen Versuchen trug Fred den dicken Wälzer immer mit sich herum. Mit der Zeit schenkte ihm das Buch Wissen, und es bereitete ihm Vergnügen – was das Mindeste war, was man von einem Kerl wie Melville am Ruder erwarten durfte. Ein paar Tage lang gefiel ihm die Vorstellung, dass in seiner Hosentasche vier Ozeane, ein weißer Wal und ein Kapitän mit einem unbeugsamen Willen zu Hause waren.

Ach, hätte er all das zu seiner Zeit als *wiseguy* auch schon gekannt! Lesen! Die traurige Umgebung vergessen, sich wegstehlen und losziehen. Auf dem Rücken eines Pferdes den Wilden Westen erobern, während man sich in einem besetzten Haus in der Bronx einen abfriert. Der besseren Gesellschaft von Boston einen Besuch abstatten, bevor man mit einer Latino-Gang eine Rechnung begleicht. Mit einer feinen Dame Europa bereisen, während der Mistkerl von Kollege auf der Rückbank vor sich hin schnarcht.

Heute Nacht wurden die Buchseiten spärlich von einem Lichtstreifen erhellt. Fred setzte seine Lektüre auf Seite 565 fort, die *Pequod* kreuzte gerade ein anderes Schiff, die *Samuel Enderby*, dessen Kapitän auch Opfer von Moby Dicks Grausamkeit geworden war. Der gab Ahab einen östlichen Kurs vor, und die *Pequod* machte sich auf die Jagd nach ihrer Beute. Fred ließ sich von der Dramatik der Handlung gefangen nehmen, er fühlte sich als Teil der Besatzung. Er spürte, wie die gewaltigen Wogen, die den Männern auf der Brücke Angst einjagten, auch ihn durchrüttelten. In dem finsteren Dachboden, in dem er sich niedergelassen hatte, schob er Wache mit den Matrosen. Als sie japanisches Gewässer erreichten, summte er die erdachte Melodie eines Seemannsliedes, dessen Text er kannte. Sein Wortschatz wurde mit jeder Seite größer, gerade kletterte er vom Mastkorb aufs Hinterschiff, ohne die Begriffe Mast und Segel durcheinanderzubringen. Er hätte selbst die Segel gehisst, wenn Kapitän Ahab ihn darum gebeten hätte. Seine Reise ging weiter, bis die Männer im Ausguck auf Seite 694 ausriefen: »Ein Buckel, riesig wie ein Schneehügel, das ist Moby Dick!«

Nach einer Wartezeit, die nicht hatte enden wollen, kam es jetzt zum Duell. Und Fred würde dem Teufel, den Ahab so oft in seinem Wahn beschrieben hatte, endlich in die Augen sehen.

Doch ein dumpfes Lärmen aus der Ferne, das garantiert vom Festland kam, schrittweise sich näherte und an die ausgreifenden Bewegungen einer Armee erinnerte, die mit ihrem festen Tritt den Boden vibrieren ließ, erreichte Fred bei seinem Wellenbad. Die Erdanziehung war so stark, dass sie ihn an Land warf. Woher kamen diese schrecklichen Erschütterungen? Ach ja, sie kamen aus der Wirklichkeit. Die Wirklichkeit mit ihrem Super Bowl, ihrem Tequila, ihren unbezahlten Mieten, ihrem Pizzamann, ihrer Stadt Montélimar, ihrem gelben Lichtstreifen und dem Treppenflur weiter unten. Und wer verursachte diesen Höllenlärm? Menschen. Menschen, denen Blut durch die Adern floss, keine erfundenen Matrosen, kein Ahab, kein Ismael, kein Queequeg und kein Starbuck. Menschen, die schwer an ihrem irdischen Gewicht trugen, die Fleisch auf den Knochen hatten und überdies besoffen waren, Lebewesen, wie es sie zu Milliarden gab, das gängige Modell ohne jedes Geheimnis.

Fred, der sehr viele Pokerpartien zu dieser Uhrzeit gespielt hatte, kannte wie kein Zweiter die Gewohnheiten der Spieler: Als Erstes würden sie sich ein frisches Bier genehmigen, um ihre Innereien durchzuspülen, dann würden sie sich unbehelligt eine Zigarre anzünden und sich anschließend zu ihrem gewohnten Platz am Tisch begeben. Einer mischte die Karten und legte den Mindesteinsatz fest, ein Zweiter erhöhte ihn resolut auf fünfzig, ein Dritter sagte: »Mittag ist spätestens Spielschluss«, und ein Vierter fragte: »Spielen oder quatschen wir?«. Fred verließ seinen Speicher und folgte dem Letzten auf dem Fuß, er gab ihm einen Klaps auf den Nacken, um ihm klarzumachen, dass noch ein weiterer Spieler Einlass begehrte. Bevor die Gruppe reagieren konnte, hatte er schon den Riegel vorgeschoben, und die vier waren verwundert, dass sie auf einmal zu fünft waren.

In dem Zustand, in dem Fred sich gerade befand – er fühlte sich wie ein verhinderter Held –, hätte ein einziges erbärmliches Opfer nicht genügt, seinen Tatendrang zu stillen. Er dankte dem Himmel, dass vier Männer von seiner Statur ihm gegenüberstanden, vier streitlustige Kerle, die bereit waren, mit ihren fetten Pranken um sich zu hauen, vier Dummköpfe, die die Tatsache, dass sie zu viert waren, sich in Sicherheit wiegen ließ. Einer von ihnen gab ein Brummen von sich und ging einen Schritt auf den Eindringling zu. Fred verpasste ihm einen Schlag ins Gesicht, der Arme ging zu Boden. Dann verteilte er ein paar Faustschläge auf Kinn und Kiefer sowie ein paar Fußtritte in Bauch und Schritt. Diverse Gegenstände gingen zu Bruch, als er sie auf Schädeln und Rücken, die sich ihm darboten, zertrümmerte. Als alle am Boden lagen, stieß er die umstehenden Möbel auf sie. Als Krönung bat er noch darum, weniger Lärm zu machen, damit die Nachbarn in Ruhe weiterschlafen könnten. Die vier fragten sich jetzt, in welchen Albtraum sie geraten waren und wie in aller Herrgottsfrühe ein derartiges Scheusal hier auftauchen konnte.

Fred fühlte sich besser, bedauerte aber, dass sie sich nicht gewehrt hatten. Seine Mitmenschen niederzuschlagen, war die einzige Tätigkeit, die ihn wirklich entspannte. Seit der Mensch in Stamm und Sippe lebte, hatte er nichts Besseres erfunden. Hatten etwa Zen-Meditationen oder Paintball, eine neuartige Methode des Stressabbaus, etwas Gleichwertiges zu bieten? Seit er als Kronzeuge durchs Leben ging, unterdrückte Fred wie jedermann seine Aggressivität, so gut er konnte. Selten hatte er Gelegenheit, sie in Raufereien auszuleben. Denn kaum jemand wagte es, in seiner Gegenwart laut zu werden, nie artete ein Streit in das Polieren von Fressen aus. Zu allem Überfluss war Fred immer von einem bewaffneten Leibwächter umgeben, der den schwarzen Gürtel in allen Kampfsportarten besaß und wie ein Soldat der Special Forces trainiert war, was die Chance, ein paar Schläge auf die Schnelle zu verteilen, erheblich senkte. Was für ein grausames Paradox: Der schlagkräftigste Schutzengel auf Erden wachte über einen Mann, der als Einziger keinen brauchte.

Einer der Typen schaffte es auf die Knie und tastete sich in Richtung Küche, auf der Suche nach einem stumpfen Gegenstand. Fred packte ihn an den Haaren und stieß ihn mit dem Kopf gegen die Kante einer Schublade. Sofort bedauerte er seine Aktion, vielleicht hatte er gerade den Schuldner bewusstlos geschlagen. Deshalb fragte er die drei, die noch bei Bewusstsein waren: »Wer von euch zahlt seine Miete nicht?«

Zwei, denen Blut aus den Wunden lief und die sich vor Schmerz wanden, blickten zu dem Dritten, und Jacques Narboni hob schließlich die Hand. So fragten ihn seine Kumpel mit aller Vorsicht: »Jacquot, du hast deine Miete nicht gezahlt?«

»Schon seit mehreren Monaten nicht«, ging Fred dazwischen. »Leert alle eure Taschen aus.«

Überfordert von der Absurdität der Situation, blieben die Männer wie festgefroren auf dem Boden liegen, unfähig, irgendetwas zu tun, es sei denn mit dem Ärmel das Blut abzuwischen, das ihnen vom Gesicht rann. Sprachlos, wie sie waren, bewegte keiner seine Hand in Richtung Brieftasche.

»Ihr wollt mir doch nicht weismachen, dass ihr Poker mit dem Scheckheft spielt. Ich will all euer Bargeld, hier auf dem Tisch. Und der, der einen einzigen Schein vergisst, wird bis zum Ende seiner Tage nur noch durch den Mund atmen.«

Fred schüttete einen Krug Wasser in das Gesicht des Bewusstlosen, damit er sich an der Kollekte beteiligen konnte. Die Stapel der Banknoten wuchsen und erreichten schließlich die Höhe seiner *Moby-Dick*-Ausgabe.

»Jetzt zu dir, Jacquot, ich werde dir sagen, was dir passiert, wenn du, erstens, die Anzeige gegen meinen Freund, den Pizzabäcker, nicht zurückziehst, wenn du, zweitens, heute Morgen nicht ausziehst, wenn du, drittens, der Polizei von meinem Besuch erzählst, und wenn, viertens, mein Freund, der Pizzabäcker, Opfer von irgendwelchen Vergeltungsmaßnahmen wird.«

Um ihm zu zeigen, dass es ihm ernst war, zog Fred mit einer schnellen, heftigen Bewegung Jacquots Ohr zu seinem Mund, was den vor Schmerz aufschreien ließ. Ohne dass die drei anderen etwas mitbekamen, schilderte er ihm mit leiser Stimme, was ihn erwartete, wenn er einen der vier Punkte nicht beachtete. Dabei beschrieb er die zu erwartenden Schäden seiner in Mitleidenschaft gezogenen inneren Organe derart realistisch und minutiös, dass es Jacquot grün und blau vor Augen wurde und er den ganzen Alkohol, den er in der Nacht zu sich genommen hatte, ins Waschbecken ausspie, nachdem Fred sein Ohr losgelassen hatte. Fred hatte sich bei seiner extensiven Schilderung von Melvilles detailliertem Bericht über das Zerlegen eines Wals anregen lassen.

Jetzt warf er einen letzten Blick auf die vier Unglücklichen, die geschlagen und besiegt ihre Pokerpartie verschieben mussten. Sicherlich war die Besatzung der *Pequod* nach ihrem großen Tête-à-Tête mit Moby Dick in einem ähnlichen Zustand. Mit dieser Gewissheit verließ er bald darauf den Schauplatz.

*

Am acht Uhr betrat Fred als Erster das Postamt von Mazenc. Er wählte aus dem Angebot das passende Päckchen aus, mit dem er Pierre Foulon das Geldbündel zukommen lassen wollte. Einen Zehneuroschein behielt er, damit er das Geld per Express wegschicken konnte.

Peter Bowles schlief noch immer zusammengekrümmt in seinem Sessel. Der Mann, der von Berufs wegen einen sehr leichten Schlaf hatte, kroch durch die Abgründe der Finsternis auf der Suche nach einem Ausgang, den er nicht fand. Fred nahm eine Decke und breitete sie über ihn, dann goss er sich ein volles Glas Bourbon ein, um gegen die Müdigkeit noch ein wenig anzukämpfen. Er schaltete den Fernseher wieder ein und suchte Eurosport: Die Giants hatten das Spiel 34:15 gewonnen, dank einer Aktion des jungen Grossmann, der mit einem außergewöhnlichen Pass von der 30-Yard-Linie einen Treffer erzielt hatte.

Er stellte den Ton ab und nahm in der gleichen Position wie am Vorabend wieder auf dem Sofa Platz. Nachdem diese Idioten gestern Nacht seine Lektüre unterbrochen hatten, lechzte er danach, beim entscheidenden Moment auf Seite 694 wieder einzusteigen: Moby Dick tauchte am Horizont auf!

Ahab hatte sein ganzes Leben auf diesen Augenblick gewartet. Man könnte sogar sagen, dass die Begegnung mit der Bestie – für ihn die Verkörperung des vollkommenen Bösen – die Apotheose, der Höhepunkt seines ganzen Lebens war.

Nach einer dreitägigen Jagd wurde Ahab von dem Seeungeheuer unter Wasser gezogen und verschwand mit ihm. Zurück blieben ein zerstörtes Schiff, das unterging, und eine Mannschaft, die das Abenteuer mit dem Leben bezahlte. Einzig Ismael überlebte auf einem Sarg, den er als Floß benutzte, die Reise.

Fred legte das Buch beiseite und schloss die Augen. Dieses Ende schien ihm vorzüglich zu passen, er mochte sich kein anderes vorstellen. Es ergab Sinn und berührte einen wesentlichen Punkt der menschlichen Existenz; doch hatte er im Moment nicht die Kraft, weiter darüber nachzudenken. Eines wusste er aber genau, der Roman erzählte von ihm persönlich in all seinen Lebensabschnitten.

Einst war er der junge Ismael gewesen, der sich auf ein Abenteuer einließ, ohne zu wissen, ob er jemals zurückkehren würde. Er gehorchte anderen Gesetzen als denen der Menschen und bewunderte seine Vorgesetzten, um zu gegebener Zeit auch wieder an ihnen zu zweifeln. Wie gut verstand er doch den jungen Ismael.

Einige Jahre darauf hatte sich Fred in Ahab verwandelt. Er bestimmte alles an Bord, seiner Besatzung gegenüber verhielt er sich mal gerecht, mal grausam. Seine Entscheidungen erwartete man voller Angst, aber auch mit Zuversicht.

Er war die Entschlossenheit, die Stärke, manchmal auch der Wahnsinn in Person. Halsstarrig war er wie keiner, denn keiner hatte eine Vision wie er. Er konnte Menschen dirigieren.

Doch dann, im dritten Abschnitt seines Lebens, geschah das Unglaublichste: Er wurde zu Moby Dick. Von jenseits des Atlantiks schlug ihm ein unglaublicher Hass entgegen. Seit seinem Verrat jagte man ihn. Die abgehärtetsten Harpuniere setzten alles daran, ihn einzufangen.

Fred streckte sich, legte den Roman auf den Tisch und schlief nach dieser zu ereignisreichen Nacht endlich ein.

*

Schlag dreizehn Uhr fuhr Peter Bowles hoch. Als Erstes sah er auf die Uhr, dann auf den laufenden Fernseher, auf seinen auf dem Sofa liegenden Gastgeber und schließlich auf die leere Tequilaflasche. Ein paar Sekunden später öffnete auch Fred die Augen.

»Bowles, ich habe eine gute und eine schlechte Nachricht für dich. Die schlechte, du verträgst keinen Alkohol, die gute, die Giants haben gewonnen.«

Bowles bewegte sich wie ein Zombie in Richtung Spiegel, dort blickte er in ein ausdrucksloses Gesicht, das der Schlaf zerfurcht hatte.

»... Was ist passiert, Fred?«

»Was sollte deiner Meinung nach passiert sein? Zieh dir bitte niemals mehr eine ganze Flasche Tequila rein.«

»So etwas mache ich nicht ... Ich nicht ...«

»Du erinnerst dich wirklich an nichts mehr? Beim dritten Glas wären wir beinahe Freunde geworden. Auch dank Mulens Treffer. Erinnerst du dich wenigstens an den großartigen Touchdown? Nein? Dann hast du nicht mehr aufgehört, von deiner Collegezeit zu schwärmen, und wolltest deine kleinen

Freundinnen von früher anrufen. Zum Glück konnte ich dir das ausreden. Und dann bist du plötzlich ohne Vorwarnung eingeschlafen.«

»Ich brauche eine Dusche. Du willst nicht sofort außer Haus?«

»Nein, lass dir Zeit. Ich bleibe heute drinnen.«

»Fred, mir ist das peinlich ...«

»Keine Angst. Quint erfährt nichts von dem Abend. Ich weiß nicht mal, ob er Football mag.«

Bowles stammelte ein klägliches Danke und verließ das Zimmer. Fred reckte sich ausgiebig, er war bereit für ein weiteres Schläfchen, diesmal aber in seinem Bett. Seine innere Ruhe verlangte nach mehr Schlaf. Er griff nach *Moby Dick* auf dem Beistelltisch und drehte das Buch in alle Richtungen, es war nutzlos geworden, er musste es loswerden, wie er früher eine Leiche loswerden musste. Dafür gab es spezielle Orte. Bücherfriedhöfe. Er stieg die Treppe hoch, zur Bibliothek im ersten Stock. Die Zeremonie dauerte nur so lange, bis er einen Abstellplatz für sein Buch im Regal gefunden hatte. Da er überzeugt war, dass er *Moby Dick* heute zum letzten Mal sah, strich er mit dem Zeigefinger über den Buchrand, gedachte Ahabs ein letztes Mal und dankte Herman Melville, dass er ihm geholfen hatte, heute Nacht das Kap zu umsegeln. Zwischen dem Roman und Fred war eine derartige Vertrautheit entstanden, dass er nicht einmal mehr das Bedürfnis verspürte, sich dessen zu rühmen. Ob er ein Meisterwerk gelesen hatte, wusste er nicht; aber er wusste, er hatte *Moby Dick* zu Ende gelesen! Nie hätte er geglaubt, dass er in seinem Alter, nach den vielen Leben, die er gelebt hatte, etwas finden würde, dass ihn noch stärker machen konnte.

*

Lenas Ultimatum zwang Warren zu einem baldigen Treffen mit Captain Tom Quint. Keine wichtige Entscheidung wurde ohne den getroffen, der die Familie seit ihrem ersten Tag im Zeugenschutzprogramm begleitete. Maggie, Belle und Warren hatten es ihm zu verdanken, dass sie anständige amerikanische Bürger geworden waren, die bald den französischen Pass erhalten könnten, wenn sie sich weiterhin, ohne aufzufallen, problemlos integrierten. Als Belle nach Paris gezogen war, hatte Quint sie in ihrem Appartement besucht und mehrmals mit ihr gegenüber ihrer Uni zu Mittag gegessen. Er wollte ihre neue Umgebung kennenlernen. Als Maggie das »La Parmesane« eröffnete, war er am ersten Tag zur Stelle und gab ihr ein paar Tipps für den Umgang mit den Behörden. Quint konnte stolz auf sich sein: Außer dem unberechenbaren Fred hatten die Manzonis endlich ihren Platz im Leben gefunden und bewiesen so die Effizienz des Zeugenschutzprogramms.

»Warren, was verschafft mir die Ehre? Ich glaube, wir sehen uns ohnehin bald. Nächstes Wochenende bin ich in Mazenc, um mich mit deinem Vater zu treffen. Bist du auch da?«

»Ich habe es vor. Aber ich komme nicht allein.«

»Hast du etwa eine aufregende Neuigkeit für mich?«

»Erinnerst du dich an Lena, die ich im Gymnasium kennengelernt habe?«

»An deine ›kleine Freundin‹, wie du sie genannt hast?«

In aller Ausführlichkeit erzählte Warren ihm die Geschichte, die ihn bis heute mit dieser kleinen Freundin verband.

»Ich weiß nicht, warum. Doch von Anfang an habe ich geahnt, dass es mit diesem Mädchen etwas Ernsthaftes wird. Warren, ich freue mich für dich.«

»Und du sagst mir nicht, dass das alles überstürzt ist? Mich jetzt schon verloben? Mit der Erstbesten? Das kann doch nur eine Enttäuschung werden, die ich bereuen werde. Wo ich doch mein ganzes Leben noch vor mir habe.«

»Das würde ich nie wagen. Wenn mich damals, als ich mich hoffnungslos in meine Frau verliebt hatte, jemand vor ihr gewarnt hätte, wäre ich stinkesauer geworden. Ich war zu der Zeit kaum älter als du, aber das Leben hat mir recht gegeben. Ich hatte immer Vertrauen zu dir und deiner Schwester. Von Jahr zu Jahr habe ich gesehen, wie ihr euch weiterentwickelt. Und wegen eurer besonderen Lebensumstände besitzt ihr mehr Erfahrung als ein Großteil der jungen Leute. Ich kann das aus meiner Sicht sehr gut beurteilen. Warren, ich respektiere deine Wahl.«

Diese Worte klangen wie Musik in den Ohren des verliebten jungen Mannes. Gerade jetzt brauchte er das Vertrauen eines Älteren. Unter dem Siegel der Verschwiegenheit weihte Warren Tom in sein Dilemma ein, ohne groß ins Detail gehen zu müssen: Wenn er Lena nicht bald seiner Familie vorstellte, würde er sie verlieren. Aber wie präsentierte man einen Vater, der nicht vorzeigbar ist?

»Ein neues Familienmitglied zu begrüßen, ist etwas Schönes, aber deine Familie ist nicht wie die anderen. Ich wünsche dir, dass Lena deine Frau und die Mutter deiner Kinder wird. Doch das Risiko, sie so früh in das Zeugenschutzprogramm einzuweihen, ist sehr groß.«

»Am besten wäre wohl nie.«

»Traust du dir zu, die Frau, die du liebst, nie in dieses Geheimnis einzuweihen?«

»Ich befürchte vielmehr, dass wir als Paar uns von diesem Knall nie erholen würden.«

Warren musste dem nichts hinzufügen. Tom kannte den

Jungen in- und auswendig, er hatte ihn aufwachsen, fallen und wieder aufstehen sehen; er war wie ein kleiner Soldat, der sich nie beklagte. Ein Junge, der den Schmerz der Verbannung ertragen hatte, dem der Lebensstil und der Erfolg seinen Vaters mächtig imponiert hatten, der aber begriff, dass ein Leben im Inneren einer kriminellen Organisation nur Angst und Schrecken bedeutete. Ein Junge, der mit der altüberlieferten Tradition der *Onorata società* gebrochen hatte, um das Leben eines freien Mannes zu führen.

»Ich sage dir jetzt etwas Schreckliches: Am besten wäre es, ich würde ihn für tot erklären. Die Rolle eines Waisenknaben zu spielen, ist viel einfacher, als als Sohn eines Monstrums durchs Leben zu gehen. Lena wusste schon, bevor wir uns kennengelernt haben, dass mein Vater Amerikaner und Schriftsteller ist. Sie hatte sogar ein Buch von ihm gelesen.«

»*Blut und Dollar*?«

»Nein, *Das Reich der Nacht*. Sie hat es aber nicht fertig gelesen. ›Wie kommt dein Vater auf all diese Grausamkeiten?‹, hat sie mich gefragt.«

Tom träumte einen Augenblick. Auch für ihn wäre Freds Tod eine Erleichterung. Er hätte von seinem ärgsten Feind nichts mehr zu befürchten, er müsste ihn nicht mehr überwachen, und die Mitglieder der LCN würden sich nun gegenseitig zerfleischen, hielten sie Fred doch weiterhin für quicklebendig und dabei, eine ruhige Kugel zu schieben. Welch ein Triumph das für WITSEC wäre. Und Tom selbst könnte viel öfter mit der Genugtuung in die USA reisen, diesen Dreckskerl, der ihm zwölf Jahre lang nichts erspart hatte, überlebt zu haben.

»Wie gehen wir vor? Der kleine Junge in mir sieht schon, wie du alle Probleme, die mein Vater macht, aus dem Weg räumst.«

»Diesmal brauche ich Zeit zum Nachdenken.«
»Du lässt mich aber nicht im Stich?«
»Habe ich das je getan?«

*

Maggie versuchte nicht mehr, ihre Leute mit einer vorgespielten guten Laune auf Biegen und Brechen zu beruhigen. Den ganzen Tag über musste sie an ihre Reserven gehen, die sie nicht mehr hatte, so wie es immer schwieriger wurde, die Probleme des »La Parmesane« zu verheimlichen. Nach der Fahnenflucht ihrer wichtigen Lieferanten hatte sie zwar neue gefunden, aber deren Ware war weniger gut und zu teuer für ihre bescheidenen Mittel. Niemand hatte bemerkt, dass die Qualität ein wenig gesunken war, mit Ausnahme von Clara, die sie ins Vertrauen gezogen hatte. Mit der Zeit hätte sie diesen Tiefschlag verkraften können, wären da nicht – wie erwartet – weitere gefolgt.

Francis Bretet besuchte sie im Laden und schlug ihr eine »Lösung« vor – er wagte tatsächlich, dieses Wort zu gebrauchen: »Es gibt höchstwahrscheinlich eine Lösung für Ihr Problem, Madame Wayne.« Was er ihr vorschlug, war ganz einfach der Verkauf ihres Ladens in Form einer bedingungslosen Übergabe, diesmal aber ohne das geringste Entgegenkommen.

Maggie lehnte ab. Kurze Zeit später bekam sie nach einer anonymen Anzeige Besuch vom Gesundheitsamt. Zwei Beamte nahmen unter die Lupe, was man unter die Lupe nehmen konnte. Sie überprüften die Temperatur der Produkte, die Risiken einer Unterbrechung der Kühlkette, sie sammelten Stichproben für eine Laboranalyse ein, kontrollierten das Verpackungssystem, die Tiefkühlung und das zum Braten benutzte Öl, sie durchsuchten den hinteren Geschäftsraum, Kühlschränke und Keller und inspizierten Spülbecken, Toiletten und das Mitarbeiter-WC. Sie fanden weder Nagetiere noch Insekten, kein Produkt war verdorben oder entsprach nicht den geltenden Vorschriften, sie konnten keine Ordnungswidrigkeit feststellen, noch bestand irgendeine Gefahr für die Kunden. Das Gesundheitsamt hatte am »La Parmesane« nichts auszusetzen – was Maggie bereits vorher gewusst hatte.

Ein paar Tage danach besuchte sie das Gewerbeaufsichtsamt, nach einer »informellen Information« war es auf der Suche nach Gesetzesverstößen. Die Kontrolleure fragten die Belegschaft aus und sahen sich Arbeitsverträge und Lohnabrechnungen an. Sie durchforsteten alle Räume, kontrollierten die Prüffristen der Feuerlöscher, die Belüftung und die Einhaltung der Sicherheitsvorschriften. Auch hier war dem »La Parmesane« nichts vorzuwerfen.

Dass wenig später das Finanzamt bei ihr auftauchte, war für Maggie keine Überraschung mehr. Die Umsatzsteuer- und Gewerbesteuererklärung wurden genauso überprüft wie die Bankauszüge, die Mietzahlungen, die Verträge mit den Lieferfirmen, die Kreditkosten, die Darlehen, die Kontoüberziehungskosten, die Inventarlisten, die Aufstellungen von Einnahmen, Ausgaben und Gebühren. Dem »La Parmesane« wurde eine seriöse Geschäftsführung attestiert, es gab keine Forderung zur Steuernachzahlung.

Allen Kontrolleuren, die sich während dieser hektischen Zeit die Klinke in die Hand gaben, bot Maggie von ihren *Melanzane alla parmigiana* an: Sie erntete nur Komplimente.

Auch wenn sie all diese lästigen Überprüfungen überstanden hatte, so empfand sie sie doch als zutiefst ungerecht, zudem hatten sie ihr die Zeit geraubt, in der sie andere Probleme hätte lösen können. Ihr Selbstvertrauen sank, sie wurde dünnhäutiger. Eines Abends weigerte sie sich, die telefonische Bestellung eines Kunden anzunehmen, der jeden Tag anrief. In einer Anwandlung von Paranoia verdächtigte sie ihn, ihr Geschäft vor dem Hauptansturm leerkaufen zu wollen, um so die Kundschaft zu vertreiben. Der Typ fiel aus allen Wolken, als er die Anschuldigung hörte. Er war doch einfach nur süchtig nach ihren Auberginen mit Parmesan; er übertrieb es sicher damit, aber er arbeitete nicht für die Konkurrenz. Maggie machte diese Erklärung keineswegs friedfertiger: *Wenn das die Wahrheit ist, dann sind Sie dabei, sich Ihr eigenes Grab zu schaufeln. Unsere Produkte sind zwar von allerbester Qualität, aber kein Magen auf der Welt verträgt jeden Tag diese Menge an Käse und Tomatensoße. Wie, das geht mich nichts an? Und ob mich das etwas angeht, meine Küche macht doch niemanden krank.* An diesem Abend blieb sie noch eine Weile auf der Bank sitzen und blickte in der Dämmerung auf Francis Bretets Fressfabrik, die auf Hochtouren lief. Unter ihre finsteren Gedanken mischten sich Bilder von brutaler Gewalt. Maggie wusste, dass es sinnlos war, sie zu unterdrücken. Sie wartete darauf, dass sie verschwanden.

*

Kaum hatten sie sich wild geliebt – wie man sich eben liebt, wenn man die Ewigkeit von drei Tagen voneinander getrennt gewesen war –, schaltete François Largillière den Beamer über seinem Bett ein. Wie andere eine Zigarette rauchten oder einschliefen, so liebte er in den Sexpausen nichts mehr, als Bilder an sich vorbeirauschen zu lassen, ohne ihnen dabei zwangsläufig Aufmerksamkeit zu schenken. Wieder einmal fragte sich Belle, warum der Mann, den sie liebte, unfähig war, ihr leidenschaftliches Liebesspiel in einer zärtlichen Umarmung ausklingen zu lassen. Überdies mochte Largillière nur Actionfilme, die jede Intimität sofort abtöteten. Er liebte erlesene Splatterfilme, Science-Fiction und Fantasy, vorausgesetzt, es floss Blut, doch am liebsten sah er Gangsterfilme, die Grausames mit Gefühl verbanden. Filmgenres, für die Belle sich überhaupt nicht begeistern konnte, und so endete es immer damit, dass sie sich an ihn kuschelte und einnickte, bevor sie sich wieder von Neuem umschlangen oder Largillière mit einem extravaganten Vorschlag für den Rest der Nacht aufwartete.

»Belle, kennen Sie den *Paten*?«

»Den *Paten*?«

»Ja, von Francis Ford Coppola.«

François legte die DVD ein. Er gehörte zu der schlimmen Sorte von Filmliebhabern, die bedenkenlos die Handlung kommentierten, ihre psychologische Problematik erläuterten oder den Dialog fast lippensynchron aufsagten. Da er sich sicher war, dass Belle keinen der Filme, die er für Meilensteine der Filmgeschichte hielt, kannte, fühlte er sich verpflichtet, ihr eine Einführung in den Film noir zu geben. Auch war er überzeugt, dass man Frauen für dieses Genre generell mehr sensibilisieren müsse.

»Ja, ich weiß, was Sie sagen wollen. Das sind doch nur Geschichten von Gangstern, die sich gegenseitig umbringen. Aber, aufgepasst, es geht um viel mehr!«

Es ging nämlich um schreckliche, aber bewunderungswürdige Schicksale, es ging um Bruderkrieg, Blut, Ehre, Tränen und Tod, in einem Wort, es ging um Emotionen! Es ging um die Metaphysik des Verbrechens, und es ging um Testosteron, das war lyrische Kunst und Lobgesang der Rache in einem, einfach großartig! Man denke nur an die Szene, in der die gegnerische Familie Vito Corleone im Krankenhaus umbringen will, oder an die Rückkehr nach Sizilien mit dem Tod der Braut, an die von Michael orchestrierte Bartholomäusnacht des Verbrechens und vor allem an die letzten Bilder des Films, wenn der Vater unter den Augen seines Enkels stirbt. Was für ein tiefer seelischer Schmerz! Belle ließ diese Laudatio als Verliebte geduldig über sich ergehen, François' Begeisterung für Kult gewordene Dialoge und Szenen amüsierte sie. Beim *Paten* steigerte sich seine Schwärmerei sogar ins Pathetische. Seit seiner Jugend war das so, er identifizierte sich vollkommen mit den Gangstern, es war der süße Traum von einer strahlenden Männlichkeit, den die meisten Männer träumten: Man brauchte Eier, aber auch Herz, um sich in einem Mafiaclan einen Platz zu erobern.

Für Belle war das der Gipfel der Ironie, schließlich war François Largillière das perfekte Gegenteil eines Gangsters. Er lebte zurückgezogen, kannte keine der üblichen kleinen Dramen seiner Zeitgenossen, und wenn er doch einmal etwas außerhalb seines Viertels zu erledigen hatte, schlich er mit gesenktem Blick unauffällig durch die Straßen. Er war erst zweimal in seinem Leben umgezogen, in fünf der zwanzig Pariser Arrondissements hatte er nie einen Fuß gesetzt.

»Hören Sie sich das an! Wenn er sagt, *go to the mattresses*, dann heißt das wörtlich übersetzt, *zu den Matratzen gehen.* Es klingt wie eine Kriegserklärung. Die Redewendung stammt aus dem alten Italienisch und geht auf eine Gewohnheit von Soldaten zurück. Wenn die sich in verlassenen Häusern verbarrikadierten, schützten sie Fenster und Türen mit Matratzen.«

François täuschte sich, aber Belle verzichtete darauf, ihn zu korrigieren. Der Ausdruck ging auf Flüchtlinge zurück, die um Aufnahme baten und mit geliehenen Matratzen auf dem Boden schliefen.

»Sehen Sie den Schauspieler da, das ist Robert Duvall. Er

ist der Einzige aus dem Corleone-Clan, der kein Sizilianer, sondern Ire ist. Doch Vito behandelt ihn wie einen Sohn. Er ist der *consigliere*, der Berater des Clans.«

Belle machte große Augen, sie spielte die Ahnungslose und stellte dumme Fragen, um François in seinem schulmeisterlichen Vortrag zu bestärken. Er nannte alle Mafiosi mit Vornamen, er sprach von Sonny, Vito, Tom und vor allem von Michael, dem Helden, dem verlorenen Sohn und Erben des Imperiums, der Legende, gespielt von Al Pacino. Er sprach von Michael wie von einem Vertrauten, in dessen innere Dramen er eingeweiht war und dessen manchmal blutige Entscheidungen er verstand, wurden sie doch von einem außergewöhnlichen Sinn für Ethik und Ehre getragen. Ach, wie schön war es, Belle an seiner Schwärmerei teilhaben zu lassen!

Wie sollte da die süße und zauberhafte Belle, diese Göttin der Reinheit und Unschuld, zum Spielverderber werden? Sollte sie ihn von der Leiter, auf der er ganz oben saß, stürzen und ihn aus dem Paradies der bösen Jungs vertreiben? Wie ihm gestehen, dass sie diesem Film schon vor ihrer Geburt im Bauch ihrer Mutter gelauscht hatte? Dass man ihn ihr in die Wiege gelegt hatte wie eine Rassel oder einen Teddybär. Wie oft war die kleine Belle auf die Knie ihres Vaters geklettert, als der sich mal wieder diesen Film, den er nie leid wurde, mit seiner traurigen Musik anschaute. Eine Musik, mit der man sie in den Schlaf sang und die sie wie *Jingle Bells* vor sich hin summte, eine Melodie, die sie gelernt hatte, noch bevor sie sprechen konnte, und die sie niemals mehr loswerden würde. Wie François erzählen, dass ihr eigener Pate, der sie zum Taufbecken getragen hatte, Anthony De Biase hieß und der *consigliere* des Manzoni-Clans gewesen war? Anthony, dieser besonnene Mann, der in einer einfachen Besprechung einen Krieg vom Zaun brechen oder beenden konnte. Sie hätte so viele aufzählen können, die niemand in der Öffentlichkeit kannte, die aber wirkliche Legenden der LCN waren und ihre Stirn geküsst hatten. Wie viele Hände, die sie in den Schlaf gewiegt haben, hatten getötet, wie viele gnadenlose Mörder hatten sie zur »schönsten Kreatur auf Erden« erklärt, wie viele Launen hatte man ihr durchgehen lassen, weil sie die Tochter des Bosses war? Die Gestalten, die ihr François bewunderte, waren die Phantome ihres Lebens, sie hatten ihr eine Kindheit als Prinzessin geschenkt. Welches kleine Mädchen, das jetzt erwachsen war, konnte schon mit solchen Erinnerungen aufwarten?

»Achtung! Jetzt kommt Vitos berühmter Satz: *Ich werde ihm einen Vorschlag machen, den er nicht ablehnen kann.*«

Wie François klarmachen, ohne ihn zu enttäuschen, dass alle Personen, die er verehrte, heute nur noch Teil einer Folklore waren, dass es Mafiosi wie die Corleones heute nicht mehr gab und dass schon Gianni Manzoni, ihr eigener Vater, deren Spielregeln nicht mehr befolgte.

Es war spät in der Nacht, als der Film endlich zu Ende war, die beiden umklammerten sich und genossen die harmonische Stille, bis François Largillière, bevor er in den Schlaf sank, noch etwas zu sagen hatte: »Was ich jetzt schon allen, die Ihre Stelle einst einnehmen werden, vorwerfe, ist, dass sie nicht Sie sind.«

*

Alle Anrufe für die Waynes wurden über Peter Bowles' Telefon weitergeleitet. Wenn er den Anrufer identifizieren konnte, leitete er ihn an Waynes Anschluss weiter, das Gleiche galt für Gespräche, die rausgingen. Fred wusste, wie er Peter umgehen konnte, um ein vertrauliches Gespräch zu führen. Das Problem heutzutage war ein anderes: Er hatte keine vertraulichen Gespräche mehr mit irgendwem zu führen.

Gegen zehn Uhr in der Früh, er machte sich gerade mit einer Tasse Tee in sein Arbeitszimmer auf, erschien auf dem Display seines Apparats der Name seines Verlegers. Renaud Delbosc rief nur an, wenn er gute Gründe hatte, nie fühlte Fred sich mehr als Schriftsteller als im Plausch mit ihm.

»Guten Tag, Laszlo, ich bin's, Renaud.«

»Renaud! Bevor Sie von sich berichten, was gibt's Neues von mir?«

»Sie werden ins Japanische übersetzt.«

»Ins Japanische?«

»Ich habe auf der Frankfurter Buchmesse einen Herrn Nakamura kennengelernt. Sein Verlag ist ungefähr so groß wie meiner, und ein ähnlicher Geist weht dort. Er verlegt ausländische Kriminalromane, aber höchstens zwei oder drei pro Jahr. Er macht nur Bücher, die ihm am Herzen liegen, und er glaubt, dass Ihre außergewöhnlichen amerikanischen Mafiageschichten bei den Japanern einschlagen werden.«

Renaud Delbosc hatte sein kleines Verlagshaus gegründet, nachdem er lange Zeit bei einem Großverlag gearbeitet hatte. Zwei oder drei renommierte Autoren waren ihm gefolgt und hatten seinem Unternehmen in der Szene Vertrauen verschafft. Sein Eklektizismus hatte nach und nach zu einem Verlagsprogramm geführt, bei dem der exotische Roman und der elitäre Essay, der blutrünstige Thriller und die literarische Kostbarkeit vom Ende der Welt Seite an Seite nebeneinander existierten. Für seine Auswahl kannte Renaud Delbosc nur ein Kriterium: Das Buch musste Renaud Delbosc gefallen.

»Wenn mich mein Gedächtnis nicht täuscht, ist das die dritte Übersetzung von *Das Reich der Nacht*. Und in Frankreich werden wir bald zehntausend Exemplare verkauft haben. Das ist in unserer Zeit beachtlich. Ich habe Autoren gekannt, Laszlo, die mussten mit weit weniger zufrieden sein.«

Fred spürte, dass diese Übersetzung für seinen Verleger nur ein Vorwand war. Tatsächlich wollte er herausfinden, ob der dritte Roman Fortschritte machte. Um diese Frage noch etwas hinauszuschieben, fragte er nach den genauen Verkaufszahlen des ersten Buchs.

»*Blut und Dollar* macht bald die fünfzehntausend voll und wird ins Spanische übersetzt. Dort prüft man gerade *Das Reich der Nacht* und fragt, wie weit Sie mit dem dritten sind.«

»Ich arbeite dran, ich arbeite dran ...«

Er arbeitete tatsächlich daran, aber dieses Manuskript, das noch keinen Titel hatte, war bei Seite 48 ins Stocken geraten. Fred hatte den Anfang immer wieder gelesen, doch die Hoffnung, dass es eines Tages eine Seite 49 geben würde, schien ihm bisher unbegründet. Seit Fred mit dem dritten Teil seiner Memoiren begonnen hatte, bemühte er sich, die gleiche Selbstverständlichkeit, die gleiche Dringlichkeit, sie niederzuschreiben, wiederzufinden. Er hatte derart darauf gepocht und es derart laut hinausgeschrien, ein Schriftsteller zu sein, dass auch diejenigen, die es gar nicht wissen wollten, es immer wieder zu hören bekamen. Ob die anderen Schriftsteller auch so reich an Erinnerungen waren, dass sie ein Leben lang damit schriftstellern konnten, oder ob sie sich alles ausdachten und aus den Fingern sogen? Fred erinnerte sich mit Wehmut an den Tag, an dem er Tom Quint verkündet hatte, sein erster Roman sei fertig.

»Ein Roman! Das Nichtstun ist dir zu Kopf gestiegen, Fred.«

Tom Quint hatte wie die Mitglieder der Familie Manzoni mit dieser späten Berufung so seine Probleme. Aber als dann der Analphabet zweihundertsechsundachtzig vollgeschriebene Seiten mit kaum vorhandener Interpunktion vorlegte, musste auch er der Tatsache ins Auge sehen: Von nun an gab es das Buch *Blut und Dollar*, und es war der Büchse der Pandora nicht unähnlich. Niemand wollte sie öffnen und die unheilvollen Kräfte freilassen.

Aus Gründen, die offensichtlich waren, war Tom der erste Leser dieser finsteren Autobiografie gewesen, die ihm mit ihren vielen Details, Namen und Tatsachen einen Schrecken einjagte.

»Du beschreibst als Insider zwanzig Jahre Geschichte der LCN. Du nennst nicht nur alle deine alten Kollegen voll beim Namen, du ersparst uns auch kein Detail über ihre Herkunft oder über ihre jeweilige Methode, Leichen zu beseitigen.«

»Was hältst du von der Passage, in der ich erzähle, wie Dominick Mione und ich aus dem Supermarkt am Ende der 55. Straße Kleinholz gemacht haben?«

»Für diese Art von Poesie fehlt mir jeglicher Sinn.«

»Jetzt sag nicht, dass du über die Methoden der LCN im Kampf gegen die Konkurrenz nichts gelernt hast. Und die Passage über die gefakten Wetten auf der Hunderennbahn und dann das irrsinnig spannende Rennen mit Lampo, meinem Windhund? Und die anschließende Keilerei mit den Chinesen, die uns mit der Machete in Stücke zerlegen wollten.«

»Ein großer Autor wäre uns so vorenthalten worden, aber ich hätte dich für alle Zeiten vom Hals gehabt. Von zwei Übeln soll man immer das kleinere wählen, wie der Franzose sagt.«

»Du bist aber arg streng. Gib's zu, genau wie Maggie bringt dich allein schon der Gedanke, dass ich es gewagt habe, zu schreiben, auf die Palme. Ihr hättest es am liebsten gesehen, wenn bis zum Ende meiner Tage Gewissensbisse an mir nagen und ich von einer Krankheit aufgefressen werde, die mich dazu verdammt, umherzuirren, ohne Erlösung zu finden.«

Stattdessen hatte Fred Wayne Giovanni Manzoni ausgegraben, einen modernen Helden ohne Skrupel, Dieb aus Verpflichtung und Mörder aus Berufung.

»Dass du eine solche Show abziehst und dich mit deinem elenden Treiben zu einem Lausebengel herunterstilisierst, erstaunt mich nicht sonderlich. Letztendlich kann man dein Manuskript als ein Dokument der großstädtischen Grausamkeit lesen oder als eine Gebrauchsanweisung für Gangster oder als gelungene Zurschaustellung deiner eigenen Dummheit. Viel schlimmer als das, was du beschreibst, ist das, was du nicht beschreibst. Nicht alle Abscheulichkeiten, die du begangen hast, zählst du auch auf, weil du nämlich trotz allem weißt, was sich schickt und was sich nicht schickt, was noch pittoresk oder schon ekelhaft ist. Über deine Akte reiner Barbarei schweigst du dich aus. Schließlich soll dieser Schlägertyp mit dem großen Herzen nicht in den Schmutz gezogen werden.«

»Glaubst du, ich kann mein Leben in einem einzigen Buch beschreiben? Das reicht noch für einige Bände, du wirst staunen.«

»Du vermeidest alles, was Maggies Zorn auf dich ziehen könnte. Auch das nenne ich feige. All das, was sie vermutet hat, aber lieber nicht wissen wollte: dein Zimmer bei Madame Nell, ganz zu schweigen von den römischen Nächten mit deinen Helfershelfern.«

»Bei diesen römischen Nächten, wie du sie nennst, konnte man nicht gerade selten Bullen, Politiker und manchmal auch deren Frauen treffen. Allerdings, das muss ich zugeben, war nie ein FBI-Agent dabei. Du hast sicher nie einen Fuß in einen Puff gesetzt.«

»Razzien und Hausdurchsuchungen haben mir vollkommen gereicht. Meine jungen Kollegen durften die Abhöreinrichtungen und Überwachungskameras installieren oder die Mädels als Informantinnen gewinnen. Wir haben mehr Aufzeichnungen von deinen Eskapaden, als es Porno-DVDs in deinem Videoclub gibt.«

Tom hatte in einem Punkt recht: Fred hatte sich über seine sexuellen Abenteuer nicht sonderlich ausgelassen. Einerseits wegen Maggie, andererseits aus Angst vor Repressalien. Genauso hatte er die Zeit des Drogenmissbrauchs ausgeblendet, schließlich war er immer darauf bedacht gewesen, dass seine Kinder clean blieben. In dem Buch ging es ja auch nicht um seine privaten Laster, sondern um die alltägliche Machtausübung im Herzen der Cosa Nostra. Sein Leben als Verräter, der sich versteckte, bekam hier einen anderen Sinn, seine Zeit bei der Mafia wurde nicht wehmütig verklärt, sondern diente als Rohmaterial, um für künftige Generationen diese Verbrecherwelt auferstehen zu lassen – wären Melville und Hemingway anders vorgegangen?

Fred hatte ein Buch zur Welt gebracht, und die Idee, es zu veröffentlichen, ließ ihn nicht mehr los. Tom musste sich als Diplomat beweisen, schließlich sollte die Büchse der Pandora nicht in seinem Gesicht explodieren. Fred war es nämlich zuzutrauen, jedem in den Rücken zu fallen und seinen literarischen Brandsatz an alle Verleger und Pressehäuser in Europa und Amerika zu schicken, mochte das Zeugenschutzprogramm dabei auch flöten gehen.

Captain Quint hatte seine Chefs in Washington darüber informiert, die das Buch, nachdem sie kurz in Panik geraten waren, lasen. Komischerweise beunruhigte sie die Tatsache, dass ein Manzoni von seinem Leben als Ganove erzählte, nicht wirklich; dass aber darin die Namen von Politikern auftauchen könnten, die einmal direkten oder indirekten Kontakt mit der LCN hatten, das bereitete ihnen Sorgen. Diese Sorgen lösten sich jedoch in Luft auf, und so ließen sie Tom freie Hand, der sich nun mit einer Schmähschrift von zweihundertsechsundachtzig Seiten, verfasst von seinem ärgsten Feind, herumschlagen musste. Mehrere Monate dauerte das zähe Ringen und Tauziehen. Fred erklärte sich bereit, Passagen zu überarbeiten, alles, was identifizierbar war, zu verschleiern, Physiognomien zu ändern, selbst von Personen, die er eigenhändig in Stücke zerlegt hatte. Er änderte Orte und Namen, verlegte Ereignisse in Städte, in die er nie einen Fuß gesetzt hatte, erfand neue Zusammenhänge, sodass selbst die berühmtesten Episoden schwer identifizierbar waren. Nachdem der G-Man all seine Kürzungen und Korrekturen durchgesetzt hatte, war das Buch statt zweihundertsechsundachtzig nun dreihunderteinundzwanzig Seiten dick.

»Denken wir pragmatisch, Tom. Wenn mein Buch veröffentlicht wird, werde ich für die amerikanische Regierung billiger.«

»Du meinst, du findest für dein Buch nicht nur einen Verleger, nein, du wirst auch noch Geld damit verdienen?«

»Der Versuch ist's wert, nur um dich zu widerlegen. Falls jedoch niemand meinen Schmöker haben will – das schwöre ich dir –, so sage ich mich von meinen literarischen Ambitionen los und werde der brave kleine Sünder, der sich, um Buße zu tun, in die Erde eingräbt.«

»Du brauchst als Autor ein Pseudonym.«

»Habe ich schon. Laszlo Pryor.«

»Wie bitte?«

»Das ist mein Pseudonym. Klingt doch wie der Name eines Schriftstellers.«

»Wieso Laszlo Pryor? Hat der Name eine bestimmte Bedeutung?«

»Laszlo, das klingt ein bisschen slawisch und geheimnisvoll. Ich weiß nicht, warum, aber ich hatte immer das Gefühl, dass glaubwürdige Schriftsteller geheimnisvolle Slawen sind. Und Pryor, weil ich ein Fan des Films *Zum Teufel mit den Kohlen* mit Richard Pryor bin.«

Nichts davon traf zu. Ein Laszlo Pryor existierte sehr wohl – er arbeitete als Mädchen für alles in einer Bar in Newark, dem Bee-Bee. Fred hatte den Namen wegen seines Klangs gewählt, aber auch, weil er zu diesem seltsamen Kauz immer eine besondere Beziehung gehabt hatte. Laszlo Pryor und Giovanni Manzoni, das waren die dunkle und die helle Seite derselben Medaille, und deshalb hatte Fred keine Lust, ihn Tom gegenüber zu erwähnen.

»Du darfst deinen Verleger nie treffen und nicht das kleinste Interview geben.«

»Tom, das ist kein Problem für mich.«

»Ich mache mir ohnehin keine Sorgen, denn niemand wird sich für die Ergüsse eines schreibwütigen Analphabeten interessieren. Wie sollte ein Verleger auf die Idee verfallen, für dich Geld auszugeben? Welcher Holzfäller würde es je wagen, ein Stück Wald abzuholzen, damit eine derartige Albernheit auf Papier gedruckt werden kann?«

»Wenn das kleine Wunder passiert, musst du dich nie mehr über mich beklagen. Ich werde der glücklichste Kronzeuge sein, dein Vorzeigekronzeuge – in der Blüte meiner Jahre werde ich den Höhepunkt meines Lebens als Verräter erreichen.«

Über seine Quellen verschaffte Tom sich einen Überblick über das Verlagswesen in Frankreich. Trotz seiner anfänglichen Überheblichkeit war Fred kurz davor, den Mut zu verlieren, denn die Suche nach einem Verleger gestaltete sich beinahe zu einem Ding der Unmöglichkeit. Tom agierte dabei als der rechtmäßige Vertreter eines Autors, der anonym bleiben wollte. Von den paar Verlegern, auf die sie sich geeinigt hatten, antwortete nur ein einziger, Renaud Delbosc, und das, Monate nachdem er das Manuskript von *Blut und Dollar* von Laszlo Pryor erhalten hatte.

Renaud Delbosc sagte Tom offen und ehrlich, wie es ihm mit der Lektüre des Textes ergangen war. Er fand den Stil »simpel und chaotisch«, das Buch im jetzigen Zustand nicht verlegbar, es müsste von Grund auf neu geschrieben und danach sorgfältig übersetzt werden. Hingegen hatte ihn die große Genauigkeit der Actionszenen überrascht, er sprach von einer befremdlich »choreografierten Gewalt«, die keine Grenzen kannte, beinahe unglaubwürdig, schien sie doch jeden Bezug zur Wirklichkeit verloren zu haben.

»Keine Sekunde hält man die Szene für glaubhaft, in der der Held und seine Bande ein Haus in der Bronx räumen, in dem sich eine Gang Puerto-Ricaner verschanzt hat. Oder diese haarsträubende Passage, bei der Victor Gilli auf einem Autofriedhof einen Buick zusammenpresst mit vier Typen darin, die ihn angeblich beim FBI verpfiffen haben.«

Victor Gilli hieß in Wirklichkeit Vincent Di Gregorio, und es war auch kein Buick, sondern ein Chevrolet Silverado gewesen. Doch die vier Typen fand man tatsächlich in einem Metallblock, der auf weniger als einen Kubikmeter zusammengepresst worden war, und sie hatten in der Tat vertrauliche Informationen über den Gregorio-Clan nicht nur an das FBI, sondern auch an Don Polsinelli, einen gegnerischen *capo*, weitergegeben. In Freds Memoiren las sich die Szene wie eine künstlerische Performance, wie der flüchtige Moment der Osmose von Fleisch und Metall, woraus am Ende, beim Verlassen der Presse, eine moderne Skulptur entstand, eine bildhafte Grabstätte menschlicher Eitelkeit.

»Keine Sekunde glaubt man daran«, wiederholte sich Delbosc, »aber diese Einbildungskraft, diese Raffinesse, was für ein feiner Sinn für das abscheuliche Detail, was für ein Übermaß an Grausamkeit. Ich weiß nicht, wer sich hinter dem Namen Laszlo Pryor verbirgt, und ich weiß auch überhaupt nicht, ob ich diesen Menschen kennenlernen will, aber ich weiß, dass ich ihn verlegen will. Ich möchte ihm einen Vertrag für eine Veröffentlichung in meiner Taschenbuchreihe vorschlagen, ohne Vorschuss versteht sich. Ich denke an eine kleine Auflage von dreitausend Exemplaren, ohne Werbung. Wir vertrauen auf die Mundpropaganda und sehen, was passiert.«

Blut und Dollar erschien in dem Jahr, in dem die Waynes nach Mazenc zogen. Tom, der Bevollmächtigte, unterzeichnete die Verträge, führte die Telefongespräche und bekam die wenigen Zeitungskritiken zugeschickt. Es gab zwei weitere Auflagen, das Buch verkaufte sich im ersten Jahr achttausendmal, was eine beachtliche Zahl war und den kleinen, unabhängigen Verlag auf die Idee brachte, es – warum nicht? – mit einem weiteren Laszlo Pryor zu versuchen.

Bevor das erste Manuskript jedoch gedruckt werden konnte, lag vor Renaud Delbosc noch eine Heidenarbeit. Fred ließ sich dazu überreden, ein paar Stellen abzuschwächen, dabei ging es nicht um Zensur, sondern um die Ausgewogenheit des Textes. Tom, der weder Zeit noch Lust hatte, sich mit diesen Feinheiten herumzuschlagen, ließ Autor und Verleger direkt miteinander arbeiten. Was die Person Laszlo Pryor betraf, so hatte er sich mit Fred darüber verständigt, dass es sich um einen hohen amerikanischen Beamten handele, der seinen Ruhestand in der Provence verbrachte und der sich dem Schreiben zugewandt hatte, eher um die Zeit totzuschlagen, als um damit eine Karriere zu verfolgen. Da hatte es wahrhaft schon Ungewöhnlicheres gegeben.

»Dieser Herr Nakamura würde Sie gern kennenlernen, wie

wir alle. Ich habe ihn über unsere Anonymitätsvereinbarung informiert, und auch er wird sich daran halten.«

Fred träumte schon von seiner japanischen Leserschaft. Mit ein bisschen Glück würden sich die furchterregenden Barone der japanischen Mafia, Yakuza genannt, auf seine Prosa stürzen und – man weiß ja nie – einiges dazulernen. Irgendwann einmal, so sagte er sich, müsste jemand per schriftlicher Verordnung die große ökumenische Internationale der Mafia ausrufen.

Fred fühlte sich aber zu alt, um dafür die Voraussetzungen zu schaffen. Er kehrte lieber zu seinem dritten Opus zurück, das vielleicht sein letztes werden sollte.

Vier

Nachdem er die kurze Lagebesprechung in Bowles' Höhle hinter sich gebracht hatte, ging Tom über die Allee ohne Namen bis zur Eingangstür der Waynes, die wie immer offenstand. Der Duft von Fleisch und Kräutern, dazu ein Knistern auf kleiner Flamme, ließ ihn für einen Augenblick in der Küche haltmachen. Beinahe hätte er den Deckel gelüftet, um zu sehen, was darunter vor sich hin köchelte.

»Wage es nur ja nicht!«, rief Fred, der aus der Speisekammer kam, den Arm voller Flaschen. »Das Essen wird eine Überraschung.«

Die beiden sahen sich in die Augen, es folgte ein fester Händedruck, der ihnen mehr über die Stimmung des anderen verriet als ein Lächeln. Sie spielten das Wiedersehensritual durch wie die guten Freunde, die sie nicht waren. Fred bat Tom in den Garten, dort warteten Tee und Kekse auf sie.

»Ich dachte, es ist noch ein bisschen früh für die exzellenten Weine aus der Gegend hier. Und draußen wird es gerade richtig angenehm.«

Die Aprilsonne entfaltete ihre erfrischende Kraft, als Tom den drei Jahrhunderte alten, geschwungenen Weg aus weißem Stein entlangging, der noch immer in gutem Zustand war. Er nahm im Garten an dem Tisch aus Teakholz Platz, dem Regen und Kälte zugesetzt hatten, und betrachtete mit Bewunderung die Rückseite des Hauses. Wie gern würde Karen, seine Frau, in einem solchen Haus leben. Sein Blick blieb an dem Glockenturm hängen, dem Überrest eines Klosters, der mit Efeu bewachsen war. Da waren die blau gestrichenen Fensterläden über drei Etagen, der etwas erhöhte Pool, um die Badenden vor neugierigen Blicken zu schützen, und der große Raum im Erdgeschoss, in dem man das ganze Dorf empfangen konnte. Karen hätte das alles gefallen.

»Du hast was getan seit meinem letzten Besuch.«

Fred zeigte auf die ebenerdige Küche unten, die vor allem im Sommer praktisch war, so musste man nicht ständig von oben nach unten laufen.

»Tee mit Zitrone?«

»Einfach nur Tee.«

Der Spezialagent Thomas Quintiliani musste sich über das Gehalt, das er bekam, nicht beklagen. Er konnte seine Söhne auf die Universität schicken und der Familie ein Haus in einer vornehmen Wohngegend in Tallahassee, Florida, kaufen. Seine Frau führte dort zwischen Garten und Nachbarn ein einfaches, ruhiges, meist zurückgezogenes Leben. Doch ihre Sehnsucht nach dem alten Kontinent, den sie während ihres Architekturstudiums kennengelernt hatte, verbarg sie nicht, allerdings machte sie sich keine großen Hoffnungen, jemals dorthin zurückzukehren. Und nun lebte auch noch ein Exgangster in der Provence, und zwar in einem geschichtsträchtigen Bauwerk, das man mit modernstem Komfort ausgestattet hatte. Nach Paris und zu seinen jeweiligen Familienmitgliedern waren es mit dem Zug drei Stunden, während Tom seine Familie nur dreimal im Jahr sah.

»Täusche ich mich, Fred, aber seitdem du hinter diesen alten Mauern lebst, hat sich dein Lebensstil geändert. Erlesene Weine, Tee. Mir scheint, du hast sogar ein Buch gelesen.«

»Wäre es nicht eine Schande, im Land der Weine gepanschtes Zeug in sich hineinzugießen? Tee habe ich schon immer getrunken, doch jetzt bin ich auf grünen japanischen Tee umgestiegen, der soll gut für die Prostata sein. Ja, und ich habe *Moby Dick* gelesen wie jedermann. Das ist aber keine Meldung nach Washington wert.«

»Du bist nicht mehr derselbe, seit du hier wohnst. Du trittst anders auf.«

Sie begannen ein Gespräch über Mobilität und Sesshaftigkeit, wobei der Sesshaftere seinen Mangel an Bewegung bedauerte – und umgekehrt; schließlich landeten sie bei den Gemeinplätzen über den Gang des Lebens, das Schicksal und das Alter, das schon an die Tür klopfte. Es war ein großes Vergnügen, als ob man statt des alten Feindes einen alten Freund wiedertraf, auf dessen Geständnisse und Berichte über Fehltritte man mit Spannung wartete. Doch dafür war die Zeit noch nicht gekommen, selbst wenn die Pistolen geladen waren und darauf warteten, gezückt zu werden, selbst wenn die Messer gewetzt waren und darauf warteten, beim ersten falschen Wort gezogen zu werden, selbst wenn man eine Rakete in der Hinterhand hatte, mit der man ein Dorf in der Provence dem Erdboden gleichmachen konnte, Tom und Fred schlürften ihren Sencha-Tee und beteten an diesem lauen späten Frühlingsnachmittag Banalität um Banalität herunter.

Der FBI-Captain bemerkte, wie Bowles, sein Untergebener, sich hinter seinem Fenster reckte und streckte, als wäre er gerade aufgewacht.

»Er hat wohl ein kleines Nickerchen gemacht, nachdem du seine Aufgabe übernommen hast«, sagte Fred. »Dieser Mensch macht nachts kein Auge zu, weil er glaubt, ich könnte mich in nächtliche Eskapaden stürzen wie damals in der Normandie.«

»Und wie funktioniert euer Zusammenleben hier?«

»Er ist zurückhaltend, schweigsam, für meinen Geschmack

ein bisschen arg ›britisch‹. Ein Itaker wie Caputo oder Di Cicco wäre mir lieber gewesen. Mir graut schon vor unserem Ausflug morgen nach Paris. Acht Stunden mit Bowles allein in einem Wagen, schlimmer kann Alleinsein kaum sein.«

Einmal pro Jahr hatte er die Verpflichtung, unter Beaufsichtigung von WITSEC bei der amerikanischen Botschaft zu erscheinen, um das einzige Dokument zu verlängern, das für die französische Verwaltung seine Existenz bewies, seinen Pass. Fred verreiste eigentlich nie, doch Tom wollte stets auf einen plötzlichen Ortswechsel vorbereitet sein. Bei jedem seiner Besuche nahm man seine Fingerabdrücke und fotografierte ihn, bei einem Namenswechsel – der kam in der Regel alle drei Jahre vor – musste er seinen alten Pass zurückgeben. Wegen seines Sonderstatus arrangierte man für ihn einen Spezialtermin, in der Regel sonntags in aller Früh, damit er so wenigen US-Staatsbürgern wie möglich begegnete. Fred gab die notwendigen Auskünfte, die Adresse aber verschwieg er. Die durften nur Tom, Bowles und der große Boss im Büro in Washington kennen.

Tom vermied, so gut es ging, öffentliche Verkehrsmittel, die Hin- und Rückfahrt nach Paris legte man im Privatwagen zurück. Fred und Peter würden sich Samstag am späten Nachmittag auf den Weg machen, gegen Mitternacht im Hotel ankommen, um sechs Uhr morgens in der Botschaft erscheinen, und so gegen Abend wieder in Mazenc sein. In diesem Jahr hatte Tom Quint aus Gründen, die Fred keinesfalls kennen sollte, es so arrangiert, dass ihr geheimnisvolles Tête-à-Tête am gleichen Wochenende stattfand wie anderntags Freds Besuch in der Pariser Botschaft.

»Bowles ist ein sehr guter Mitarbeiter, der seinen alten Arbeitsbereich wieder braucht. Bis zum Jahresende werde ich einen Jungspund aus Quantico zu dir abkommandieren.«

»Eine Frau? Wie wär's mal mit einer Frau! Unter den fünfzehntausend FBI-Agenten wirst du doch eine Frau für mich auftreiben können. Ich werde nichts vor ihr verbergen, und wenn sie gut gebaut ist, darf sie im Pool baden.«

»Red keinen Unsinn, bevor du die Weißweinflasche überhaupt aufgemacht hast. Füll lieber die Teekanne in deiner neuen Sommerküche mit heißem Wasser.«

*

Um acht Uhr durfte Tom endlich den Deckel des Topfes lüften, unter dem es seit dem Nachmittag köchelte. Und siehe da, ein länglicher Hackbraten, der verführerisch duftete, kam zum Vorschein.

»Die Italiener haben einen Namen dafür, ich weiß das, Fred.«

»Polpettone! Jetzt sag nicht, deine Mutter hat das nie gemacht.«

»Meine Mutter stammt aus einer Fischerfamilie in Kalabrien. Sie hat nie gelernt, wie man Fleisch kocht.«

Fred stellte die Flamme ab, hob den Hackbraten auf einen Holzblock und schnitt ihn in Scheiben. Genau in der Mitte bildete die Füllung ein schönes gelbes, mit Petersilie gefülltes Medaillon, das den Koch offenbar stolz machte.

»Es sieht ganz einfach aus, aber es verlangt ein bisschen Geschicklichkeit.«

Trotz des wunderbaren Aromas, das eine ebenso wunderbare Mahlzeit versprach, hätte Tom lieber im erstbesten Lokal auf neutralem Boden zu Abend gegessen, denn dort gäbe es für ihn keine Gesetze der Gastfreundschaft zu beachten. In der Vergangenheit hatten die beiden Männer in den extremsten Situationen miteinander zu tun gehabt. Da war die Gewalt in den frühen Gangstertagen, die Hetzjagd auf Fred und seine Festnahme. Dann trafen sie sich in den Besuchszimmern verschiedener Gefängnisse und teilten die vom FBI ausgesuchten Schlupflöcher, in denen man vierundzwanzig Stunden aufeinanderhing und einander hasste, wie man den schlechten Kaffee hasste, den es zu trinken gab. Dann waren sie kreuz und quer durch Amerika geflogen, um dem Zugriff der LCN zu entgehen. Nach dem Prozess der fünf Familien schafften sie unter hohen Sicherheitsvorkehrungen und extremem Zeitdruck den Sprung über den Atlantik und erkundeten einen neuen Kontinent. Sie entdeckten Paris, später das französische Land, immer unter Toms strenger Aufsicht, der Fred bewachte wie einen Staatschef. Und nun, zwölf Jahre später, dieser Empfang, diese falsche Gastlichkeit, selbst dass Fred ihn bekochte, störte Tom. Es könnte jetzt ein wenig schwierig werden zwischen ihnen, auch wenn ihr geheimer Pakt, der schon immer auf wackligen Beinen stand, auch diesmal halten würde.

»Versuch nicht, dich nützlich zu machen, Tom. Sag mir lieber, was du von diesem Tröpfchen Viognier hältst.«

Tom hielt sein Glas Weißwein gegen das Licht. Vor sieben Uhr abends trank er nie, und selten mehr als zwei Gläser Wein zum Abendessen. Harte Sachen, selbst Cocktails, untersagte er sich, und Bier gab es sogar an heißen Tagen keines. Er lebte inzwischen vollkommen diszipliniert, das Vergnügen, betrunken zu sein, kannte er nicht mehr. Seine einzige Droge war das Überwachen.

»Viognier, sagtest du? Vor fünf Jahren hättest du noch nicht mal das Wort aussprechen können.«

»Diese bescheuerte französische Sprache hat sich mittlerweile in mir festgesetzt wie ein Krebsgeschwür. Manchmal passiert es mir sogar, dass ich Wörter benutze, die ich gar nicht verstehe. Ich habe sie einfach auf der Straße oder im Fernsehen aufgeschnappt. Meine Kinder reden französisch mit mir, und Maggie sehe ich gar nicht mehr oft genug, um sie im Newarker Straßenslang anschnauzen zu können. Es gibt niemanden mehr, den ich beschimpfen kann, selbst Bowles nicht, der alles in den falschen Hals kriegt. Und wenn man niemanden mehr in einer Sprache beleidigen kann, was bleibt dann von ihr noch übrig? Das Schlimmste aber kommt noch: Als ich mich neulich verbrannt habe, habe ich *Aïe* statt *Au* geschrien. Da ist doch alles zu spät, oder?«

Bei Tisch begannen sie sofort mit dem Hauptgang und seinen *contorni:* Paprika mit Knoblauch, gedünsteter Spinat und Brokkoli. Tom, der normalerweise im Flugzeug aß oder den Room Service bemühte, genoss mit Freuden die Vorzüge der häuslichen Küche. Mit Wehmut dachte er an Karens kleine, leckere Gerichte und ihre Kunst des Würzens, die sie inzwischen aufgegeben hatte. Als sie in New Orleans gelebt hatten, ließ sie sich in die Geheimnisse der Cajun-Küche einweihen. In Tallahassee hatte sie sich die Küche des tiefen Südens zu eigen gemacht. Selbst für die Fischrezepte von Quintilianis Mutter konnte sie sich begeistern. Doch seitdem Tom in Europa lebte und die Kinder das Haus verlassen hatten, begnügte sie sich damit, eine Tomate aufzuschneiden und sie allein auf ihrer weißen Holzterrasse zu verspeisen.

Fred und Tom plauderten schon eine Weile, die heiklen Themen vermieden sie. Doch schon bald tappte Fred mitten in ein Tabuthema. Er hatte seine Portion Fleisch fast aufgegessen und wandte sich nun der amerikanischen Außenpolitik zu, bemerkte, dass »unsere Jungs« bald mal wieder, wohin auch immer, in den Krieg ziehen würden. Tom wies ihn darauf hin, dass man ihm die bürgerlichen Ehrenrechte aberkannt hatte und dass er sich deshalb zur amerikanischen Politik nicht äußern dürfe.

»Wie? Ich darf noch nicht mal mehr eine Meinung haben?«

»Du, eine Meinung? Irgendjemand hat mal gesagt: Mit der Meinung ist es wie mit dem Arschloch, jeder hat eins. Behalt also deine Meinung für dich, Manzoni, vor allem wenn es um Vaterlandsgefühle geht. Schließlich hast du einmal mit dem Sternenbanner deine Gucci-Schuhe poliert.«

Wieder bedauerte Tom, dass sie nicht an einem neutralen Ort zusammensaßen. Einen Menschen zurechtweisen, der ihn eingeladen hatte, das gehörte nicht zu seinen Gewohnheiten, auch wenn gewisse Sachen in seiner Gegenwart nicht hätten ausgesprochen werden dürfen. Fred war als Exmafioso sicher der Letzte, der Vorträge zur internationalen Politik halten durfte. Bis zum Jahr 2001 waren zwei Drittel des FBI mit dem Kampf gegen das organisierte Verbrechen beschäftigt gewesen, ein Drittel mit dem Kampf gegen den Terrorismus. Danach hatte sich das Verhältnis umgekehrt.

So viel Bestimmtheit überraschte Fred, für einen Augenblick saß er da mit offenem Mund. Er schwieg und gab damit zu, dass er zu dem Thema nichts zu sagen hatte. In der Tat war er nur Patriot, wenn es für ihn von Vorteil war, und falls er irgendwann einmal gegen einen Krieg gewettert hatte, dann war das beim Kartenspiel im Hinterzimmer einer Bar vor einem Fernseher gewesen: »Ihr tötet uns den letzten Nerv mit eurer Scheißokkupation und euren Börsenkursen auf Bloomberg TV!« Wenn Fred zu den Waffen griff, dann, um sein Schutzgeldrevier, nicht, um sein Vaterland zu verteidigen. Nur die Konflikte innerhalb der LCN lagen ihm am Herzen. Fred hielt seine Leute für nicht weniger mordlüstern und die Tränen ihrer Frauen für nicht weniger bitter als die der Kriegswitwen.

»Eigentlich hast du recht, Tom. Ich bin für das Thema nicht der ideale Gesprächspartner.«

Fred hatte nie an die Politik geglaubt, weil er nie an die Zukunft geglaubt hatte. Ein *wiseguy* lebte für den Augenblick, von Tag zu Tag, jeder Tag war ein kleiner Sieg, den man abends bei Beccegato oder im »Bee-Bee« begoss. Ein *wiseguy*, der in seinem Bett starb, war entweder ein Genie oder ein Versager. Als er gegen die LCN aussagte, war er kein *wiseguy* mehr, aber nicht, weil er seine Freunde verraten hatte, sondern weil er Zukunftspläne schmiedete wie der brave, Steuern zahlende Mann von der Straße.

Statt Erklärungen abzugeben, versetzte er lieber Schläge unter die Gürtellinie, deren Effektivität hatte sich schon so manches Mal erwiesen.

»Ich habe aufgehört, an die Politik zu glauben, als die Politik begann, an mich zu glauben. Ach, Tom, du kennst dieses große Glückgefühl nicht, wenn ein Gouverneur dir um jeden Preis ein bestimmtes Foto abkaufen will und wenn er dir von da an in einem feinen Restaurant die Hand schüttelt. Selbst euer großer Schutzheiliger, J. Edgar Hoover, hat schon mit so manch legendärem *capo* Linguine gegessen.«

»Früher wäre ich dir in die Falle gegangen, aber heute Abend hindert mich dein Gesang zum Thema ›Die Politiker haben mir aus der Hand gefressen‹ nicht daran, deine wunderbare Küche zu genießen. Was mich bei euch Typen von der LCN immer verblüfft hat, war die Begeisterung des *wiseguy* für den *wiseguy*. Alle anderen Kriminellen beklagen sich, dass sie kein normales Leben führen können, mit ganz gewöhnlichen Eltern und normalem Lebenslauf; stattdessen hätten sie die Arschkarte gezogen und wären so auf die schiefe Bahn geraten. Ihr Mafiosi aber sagt dem Himmel Dank, dass ihr so seid, wie ihr seid; ihr glaubt, Gnade sei im Spiel gewesen, und die Schutzpatrone Nitti, Capone und Luciano hätten sich bei eurer Geburt über eure Wiege gebeugt. Nicht einmal auf der Anklagebank habe ich einen Mafioso die Rechtmäßigkeit seiner Karriere bei der *Onorata società* infrage stellen hören. Selbst im schlimmsten Knast gibt der Mafioso den Auserwählten, der seine ordentliche Portion Spaghetti mit Sinatra im Hintergrund hinunterschlingt. Und wenn ihr dann eines Tages euren letzten Atemzug macht, dankt ihr Gott, dass er euch das Leben eines anständigen Bürgers erspart hat.«

»Das Leben eines anständigen Bürgers? Schon als kleiner Junge wusste ich, dass ich dafür kein Talent habe. Als ich mir mit sieben, acht Jahren Fragen zum Leben, zu den Menschen und zu meiner Zukunft gestellt habe, weißt du, was ich da gemacht habe? Ich bin die Hügel im Kearny Park hochgestiegen, weil man von da auf ganz Newark blicken kann. Ich sah mir jeden Häuserblock, jede Straßenlaterne genau an und stellte mir das Menschengewimmel vor, das sich überall in der Stadt ausbreitete. Was konnte da alles passieren, wie verschieden waren die Menschen, die da aufeinandertrafen, und durch welches Wunder funktionierte dieses heillose Durcheinander? Ich hielt mich für winzig und unfähig, meinen Platz in dieser Welt, die mich nervös machte, zu finden. Ich wollte wissen, wo mein Weg hinführt, welche Abzweigung ich nehmen soll, welches Schicksal an der nächsten Straßenecke auf mich wartet. Alle Kids fragen sich das. Sogar du hast dich das gefragt.«

»Du weißt gar nicht, wie recht du hast. Ich war auf dem Chrysler Building.«

»Es gibt aber einen Unterschied zwischen uns. Da, wo du einen anständigen Menschen gesehen hast, der zur Arbeit geht, habe ich einen armen Typen gesehen, der das Tal der Tränen durchwandert. Ein lieber und guter Opa für dich war für mich ein alter, verbitterter Mann, dem im Leben zu viel danebengegangen war. Ein Liebespaar für dich war eine eifersüchtige Frau und ein betrogener Ehemann für mich. Hinter jedem Pfaffen verbarg sich für mich ein Untersuchungsrichter, hinter jedem Lehrer ein Besserwisser und hinter jedem Bullen ein Bulle. Und heute? Wir haben uns beide nicht geändert: Für dich ist ein Mensch bis zum Beweis des Gegenteils zunächst mal gut. Für mich ist er schlecht von Natur aus, auch wenn er seinem Nächsten mal zur Seite steht.«

»Wenn du die beiden Wörter ›anständiger Mensch‹ aussprichst, hat man den Eindruck, es handle sich um eine Beleidigung. Dabei habt ihr *wiseguys* euch nie die Zeit genommen, erwachsen zu werden. Euer IQ ist der eines zwölfjährigen Kindes, euer moralisches Empfinden und der Respekt anderen gegenüber sind entsprechend. Ihr seid wie Kinder, die davon besessen sind, ihre Bedürfnisse zu befriedigen. Schuldgefühle kennt ihr dabei kaum. Jeden, der das Unglück hat, zwischen euch und eure Spielzeugkiste zu geraten, erwartet der Tod. Eure Grausamkeit ist die eines Kindes, das einem Schmetterling die Flügel ausreißt, nur um zu sehen, wie das geht. Manchmal geschieht es, dass auch euch hartgesottenen Typen die Tränen kommen, und ihr weint wie hilflose Kinder, die eine Entscheidung nicht verstehen. Bekommt ihr aber Lob von euren Chefs, dann platzt ihr vor Stolz wie artige Kinder, die von Erwachsenen gebauchpinselt werden wollen. Um Klartext zu reden, Fred, du bist in meinen Augen nicht das, was ich einen Mann nenne.«

»Da bin ich ja noch mal gut davongekommen«, sagte Fred lächelnd, »normalerweise vergleichst du mich mit einem Tier. Ich bin zutiefst gerührt. Vielleicht ein bisschen Obstsalat?«

»Selbst gemacht?«

»Selbstverständlich. Wenn ich dich nicht kennen würde, könnte ich glauben, dass du mich beleidigen willst.«

Er stand auf und räumte mit Toms Hilfe den Tisch ab. Der wartete noch immer auf das eine Gesprächsthema, dem Fred nicht müde wurde auszuweichen.

»Eines Tages wirst du erkennen, dass du mir die schönsten Augenblicke deiner Karriere verdankst. Und an diesem Tag, Tom, wirst du dich bei mir bedanken.«

»Ich sage schon jetzt Danke. Du bist zweifellos für alle Zeiten der Typ, gegen den ich meinen schönsten Sieg errungen habe. Seit du ausgesagt hast, ist die Cosa Nostra im Vergleich zu früher nur noch eine Ruine, die bald einstürzen wird.«

Tom war einer der Architekten dieses Zusammenbruchs gewesen, und seine Beharrlichkeit war belohnt worden – man hatte ihn mit Karen ins Weiße Haus eingeladen, wo er mit dem Präsidenten im Oval Office von Angesicht zu Angesicht plaudern durfte.

Fred brauchte jetzt etwas Hochprozentiges und schlug vor, während draußen das flache Land in der Finsternis verschwand und im Dorf, das bald schlafen ging, die letzten Lichter angezündet wurden, einen Grappa einzunehmen.

»Du weißt genau, dass ich so etwas nicht trinke, aber wenn du einen guten Tee hast, bin ich gern dabei.«

»Da musst du die Schränke oben durchsuchen. Maggie hat alles da, was du brauchst, aber wo, weiß ich nicht.«

Einige Minuten später bestaunten sie die provenzalische Nacht, der eine mit einer Tasse Eisenkrauttee, der andere mit einem Gläschen Schnaps in der Hand. Sie schwiegen einen Augenblick wie alte Freunde, denen die pure Anwesenheit des anderen genügt. Damit Fred endlich das Wort ergriff, sang Tom in die Stille hinein, ohne den geringsten Hintergedanken, eine kleine Lobeshymne.

»Ich beneide dich ehrlich um diese Aussicht, um diesen Frieden hier. Manchmal, wenn ich im Flughafen mit einem unangenehmen Zeitgenossen skype oder erfahre, dass mein Flug Verspätung hat, denke ich an dich. Ich stelle mir vor, wie du dir hier den Wind um die Nase wehen lässt oder wie du vor einem schönen Kaminfeuer sitzt. Irgendwann, so sage ich mir dann, muss ich mir ein paar Fragen stellen.«

Wider Erwarten kam diese kleine Rede bei Fred überhaupt nicht gut an. Tom stellte sich als jemanden dar, der nur so vor Aktivität strotzte und eine ungeheure Verantwortung auf sich nahm, während Fred als Rentner, der er geworden war, nur noch sein Bettzeug ausschüttelte. Seit dem Beginn ihrer Unterhaltung hatte er mehrfach versucht, das Gespräch auf seine Arbeit als Schriftsteller zu bringen, doch Tom hatte auf keine der Anspielungen reagiert. Dass er für ihn als Autor noch immer nicht existierte, erboste ihn mehr als alles andere.

»Wenn du das nächste Mal an mich denkst, dann stell dir bitte meine Schreibmaschine mit im Bild vor. Sie ist immer in meiner Nähe, und wenn ich sie mal kurz verlasse, dann nur, um mit klareren Gedanken zu ihr zurückzukehren. Wenn ich nicht hier wohnen würde, würde ich bestimmt nicht so viel arbeiten. Hier kann ich mich vollkommen konzentrieren. Die Außenwelt blende ich aus, und so gelange ich zum Wesentlichen, der Rest ist eine Frage von Geduld.«

Stundenlang hatten sie das Thema vermieden, wieso gerade jetzt, wo der Schweinehund dabei war, die Katze aus dem Sack zu lassen? Tom wurde zusehends entnervt. Und was fiel ihm ein, sich an Begriffen wie Arbeit, Geduld und Konzentration hochzuziehen, wenn es um seine lächerliche Schreibmanie ging? Tom fiel es nicht leicht, in einer Welt zu leben, in der es sinnlose Dinge wie vakuumverpacktes Fett gab und in der Dienste angeboten wurden, die niemand brauchte. Rätselhaft, wie Freds Geschreibsel einen Verleger überzeugen konnte. Doch die Bücher waren sehr wohl gedruckt worden, zwei an der Zahl, beide um die zweihundertfünfzig Seiten dick, ein jedes zum Preis von zwölf Euro, erhältlich in jeder Buchhandlung und im Internet. Man konnte sie anfassen, aufschlagen und ins Feuer werfen, das änderte nichts an der Absurdität, dass es sie gab.

»Von ein paar sogenannten Gewissheiten musste ich mich verabschieden«, fuhr Fred fort. »Ich habe immer gedacht, dass für jede schöpferische Tätigkeit ein Chaos notwendig ist. Ein Irrtum.«

Tom spürte, wie in ihm eine Wut hochstieg, wie sie nur Fred provozieren konnte. Es war seine Reaktion auf diese Mischung aus Dummheit und Arroganz, die sich, um das Fass zum Überlaufen zu bringen, auch noch für große Kunst hielt.

»Tom, hast du *Das Reich der Nacht* gelesen? Findest du nicht, dass ich seit *Blut und Dollar* Fortschritte gemacht habe?«

Tom bat ihn mit flehendem Blick, nicht auf einer Antwort zu bestehen.

»Du kannst mir alles sagen. Du musst mich nicht schonen.«

»Du weißt sehr wohl, dass ich *Das Reich der Nacht* gelesen habe. Ich bin ja gezwungenermaßen dein erster Leser. Frag mich nicht, was ich davon gehalten habe.«

»Und wenn ich dich darum bitte?«

»...«

»...«

»Um es salopp auszudrücken: Ich finde es zum Kotzen. Ich verstehe nicht viel von Literatur, aber eines weiß ich, du hast keine geschrieben. Nachdem ich das Buch gelesen hatte und bevor es unschuldigen Lesern zum Fraß vorgeworfen wurde, haben in meinem Auftrag vier Agenten in Washington dein Manuskript unter die Lupe genommen. Gab es Codes und geheime Botschaften zu entschlüsseln, wurden existierende Personen beim Namen genannt, gab es Situationen, die zu genau beschrieben waren, und so weiter? Man muss sich das vorstellen, die vier, in ihren Sesseln zusammengesunken, lesen laut und deutlich in einem Raum, der sonst dem Brainstorming dient, Passagen aus deinem Roman vor. Dabei kugeln sie sich vor Lachen und rufen: ›He, Jungs, das müsst ihr euch anhören!‹ Ihr Gelächter lockt die Mitarbeiter der angrenzenden Büros an. Selbst wenn sie heute davon erzählen, können sie sich ein schadenfrohes Grinsen nicht verkneifen.«

Fred blieb ruhig sitzen, das Glas in der Hand. Er brachte kein Wort zu seiner Ehrenrettung heraus.

»Ich habe versucht, hinter das Geheimnis deines Buchs zu kommen«, fuhr Tom fort. »Es gibt so viele, die schreiben und einen Verleger suchen. Warum hattest gerade du Erfolg, der du eine Metapher für ein Tier mit Fangarmen hältst? Nun, ich habe mir die französische Übersetzung von *Blut und Dollar* am Flughafen von Nizza gekauft, und bis zur Landung in Catania hatte ich das Buch durch und das seltsame Gefühl, nicht den gleichen Text gelesen zu haben. Da war ein kleines Wunder passiert. Dein Verleger, der weniger dumm ist, als ich dachte, hat sich des immensen Talents deines Übersetzers bedient, der mit den Stiefeln eines Kanalisationsarbeiters durch deinen Wörterpfuhl gewatet ist, um den Wust deiner verkorksten Sätze, die so gern von animalischer Gewalt erzählen wollen, in eine präsentierbare Form zu überführen. Außerdem hat er den Text von seinen schrecklich holprigen Lyrismen befreit, jetzt gibt es nur noch ganz einfache Sätze, die in ihrer scheinbaren Arglosigkeit den Horror, den sie beschreiben, manchmal unerträglich werden lassen. Also weder der geheimnisvolle Laszlo Pryor noch Gianni Manzoni oder Fred Wayne haben *Blut und Dollar* und *Das Reich der Nacht* geschrieben. Es waren dein Verleger Renaud Delbosc und ein gewisser Louis Moinot, dein Übersetzer. Sollte der Typ je arbeitslos werden, verschaffe ich ihm sofort eine Stelle in der Dechiffrierabteilung des FBI.«

Fred hielt sich wie ein angeschlagener Boxer aufrecht, doch schon der nächste Windstoß hätte ihn umwerfen können. Und Tom war noch nicht fertig, er bereitete gerade den letzten Uppercut vor.

»Zum Glück wird diese Hochstapelei ein Ende haben. Schon dein zweites Buch dreht sich im Kreis, du hast nichts mehr zu erzählen, und deine Anekdoten sind nur noch Seitenfüller. Auch die lange Reihe deiner Gemeinheiten ist endlich, und wenn du deinem Leser die hundertste Art, wie man eine Leiche verschwinden lässt, vorgeführt hast, sitzt du auf dem Trockenen. Da bleibe ich ganz ruhig: Es wird kein drittes Buch von Laszlo Pryor geben.«

Obwohl seine Wut maßlos war, war Fred nicht so töricht, sich zu einem körperlichen Angriff auf Thomas Quintiliani hinreißen zu lassen; dessen Möglichkeiten zurückzuschlagen waren unbegrenzt. Seine Chefs vom Büro hätten ihm volle Rückendeckung gegeben und ihm erlaubt, jede ihm notwendig erscheinende Entscheidung zu treffen. Zudem hatte er vor niemandem, der ihn körperlich anging, Angst, er beherrschte zwei, drei Kampfkunstarten so gut, dass man ihn in allen Dōjōs der Welt mit dem Titel »Sensei« anreden würde.

»Ich übertreibe zweifellos ein bisschen. Außerdem bin ich kein Literaturkritiker.«

»Als Enkel eines kalabrischen Fischers schlägst du dich ganz gut. Gott weiß, wie oft du mich, seit wir uns kennen, besucht hast. Aber so wehgetan wie heute hast du mir noch nie.«

Captain Quint stellte seine Tasse auf der grauen Steinbank

ab, auf der sicher über die Jahre schon Hunderte Nonnen gesessen hatten, und sah zum fernen Sternenhimmel über der Ebene. Dass er den Abbruch ihres Gesprächs riskiert hatte, ärgerte ihn. Schließlich stand der interessante Teil der Unterhaltung noch aus. Fred, der bereits zu Boden gegangen war, gab dem Gespräch die erhoffte Richtung.

»Du kannst dein Notizbuch zücken, Tom.«

Und Tom griff in seine Jackentasche.

»Es war Louie Cipriani, der uns bei der Unterschlagung der Finanzmittel für die Bellevue-Siedlung beraten hat. Das Ganze wurde als ›Affäre Pareto‹ bezeichnet. Du erinnerst dich.«

Tom schrieb mit, so schnell er konnte. Nichts durfte ihm entgehen, auch wenn er im Augenblick noch nicht alle Details einordnen konnte, die Fred ihm heute preisgeben wollte.

»Louie spielte auch den Mittelsmann, als das Bankhaus Beckaert mit uns ins Geschäft kommen wollte. 75 Prozent des Gewinns aus der Affäre Pareto hatten die gewaschen.«

Tom spitzte die Ohren. Denn eine Zwischenfrage zu stellen, war unmöglich. Wenn Fred beim Ausplaudern war, musste man auf Anhieb alles kapieren und niederschreiben. Nie hätte er es erlaubt, dass seine Stimme auf Band mitgeschnitten wurde.

»Der Bankier hieß Fitzpatrick, an seinen Vornamen erinnere ich mich nicht mehr, aber es ist bestimmt kein Problem, bis zu ihm vorzustoßen. Der war so glücklich, mit uns Geschäfte zu machen, dass er, der Bankier!, mich gebeten hat, seine Gewinne zu reinvestieren.«

Dieser Pakt war der Grund dafür, dass Gianni Manzoni schon so lange unter dem Schutz von WITSEC stand. Was er während seines Prozesses ausgesagt hatte, hatte gereicht, um ihn mehr als zehn Jahre zu decken. Doch er wusste, dass Onkel Sam ihn eines Tages wie eine heiße Kartoffel fallen lassen konnte. Damit das nicht passierte, hatte sich Fred ein Gegenmittel zugelegt. Er verpfiff nur noch häppchenweise. Das war seine Lebensversicherung.

»Louie und er machten gemeinsam Ferien auf dem Dreimaster der Bank. Louie hat die Polsinelli-Gang auch zum Überfall auf die National Cityrail angestiftet. Zunächst hatte er uns den Überfall vorgeschlagen, doch wir waren uns nicht sicher, was ein Fehler war. Dagegen der Überfall auf den Farnell-Geldtransporter, das waren wir.«

Tom schrieb und schrieb, ein Jahr hatte er darauf warten müssen.

»Ihr beim FBI habt immer gedacht, Nathan Harris sei der vierte Mann gewesen. Zu Unrecht ist der Arme im Knast gelandet. Lasst ihn aus San Quentin frei, und entschuldigt euch bei ihm. Unser vierter Mann war Ziggy De Witt.«

»Ziggy De Witt? Der Skipper?«

»Zu der Zeit war er noch sesshaft. Er war der Trottel, der den Fahrer niedergemäht hat. Dabei hatte ihn niemand darum gebeten. Er hatte die Nerven verloren. Danach hat er sich ein ziemlich kompliziertes Ding ausgedacht. Es ging darum, Diamanten aus Südafrika gegen Kokain aus Kolumbien einzutauschen. Die ganze Transaktion lief über Segeltypen, die nach Geld stanken und keine Ahnung hatten, was sie da transportierten. Was für Idioten.«

»Wir sind uns doch einig, dass neben euch beiden noch Anthony Parish und Jeffrey Hunt bei der Sache dabei waren?«

Fred nickte und sprach weiter.

»Wo wir gerade davon sprechen, ich muss dich auf einen weiteren eurer Irrtümer hinweisen: Nach der erbärmlichen Razzia, die das FBI auf der Hunderennbahn von Rhode Island veranstaltet hat und die in einem Blutbad endete, haben die Zeitungen den Tod dreier Mitglieder der LCN gemeldet. Für die Minsk-Brüder stimmt das, für Bernie Di Muro nicht. Der war nämlich ein Büroangestellter und hat in seinem ganzen Leben noch nicht mal einen Apfel geklaut.«

Wenn Fred beim Auspacken war, dann gehörte stets der Hinweis auf ein, zwei Justizirrtümer dazu – was für Tom mehr als peinlich war.

»Seine Familie beklagt sich heute noch, denn jedes Mal, wenn in ihrem Viertel eine miese Sache passiert, verdächtigt man sie. Du schreibst nicht mehr mit, Tom? Das gibt wohl nicht viel her? Soll ich dir lieber erzählen, wer 31 Prozent des Pallenberg-Stadions finanziert hat?«

»…«

»Ja, das ist dir lieber. Diese 31 Prozent kamen von Roysun Co., einer Firma, die ich mit Artie Calabrese und Delroy Perez gegründet hatte. Der Firmensitz war ein Briefkasten in einer Hausruine in der West Market Street.«

Tom trieb es den Schweiß ins Gesicht. Seit zehn Jahren brütete das FBI über dieser Affäre, ohne einen Millimeter voranzukommen.

»Von mir kamen zehn Prozent, von Calabrese elf, die stammten aus seinem Handel mit Geländewagen, und die restlichen zehn Prozent steuerte Delroy mit Vergnügen bei, allerdings mussten seine achtzig Heroindealer dafür auf der Straße Überstunden leisten. Meiner Meinung nach müssten deine Kollegen von der Drogenfahndung dem Keller im Haus 1184 in der Tilbury Road in Newark einen Besuch abstatten. Dort lagert er den Stoff zwischen, der aus Bogota kommt. Du verstehst bestimmt, dass wir uns in dem Stadion ein bisschen wie zu Hause gefühlt haben. Ich hatte das ganze Jahr über einen Logenplatz. Artie, Delroy und ich waren sogar dabei, als der scheidende Präsident dort seine letzte Rede gehalten hat. So weit, so gut, Tom. Das war alles für dieses Jahr.«

Captain Quint würde in diesem Jahr nichts Neues mehr erfahren. Fred dosierte die Menge an Informationen sehr genau, schließlich dienten sie dazu, dass WITSEC sich weiterhin um ihn kümmerte.

»Wir treffen uns in einem Jahr wieder. Wenn du mich von nun an wie einen Freund behandelst, erzähle ich dir die ganze Geschichte des Karibik-Blocks. Versprochen. Ich habe seine Anfänge miterlebt, und er scheint von Jahr zu Jahr besser zu florieren.«

Dieses Mal wagte Tom doch eine letzte Frage.

»Hast du nichts über Joey d'Amato?«

»Joey d'Amato, der Psychopath?«

»Ich bin bereit, für jede Information über diesen Scheißkerl zu zahlen.«

»Ich habe wenig mit ihm zusammengearbeitet, ein richtiger Spinner. Selbst uns hat er Angst eingejagt. Hat man in letzter Zeit etwas von ihm gehört?«

»Er wird in drei Monaten entlassen. Mir gefällt der Gedanke, dass er dann draußen ist, überhaupt nicht.«

Fred wusste, warum. Unter den *wiseguys* aller fünf Familien hatte damals die Nachricht die Runde gemacht, dass Joey d'Amato fünfzehn Jahre für einen bewaffneten Raubüberfall bekam. Beim Prozess hatte er die rechte Hand gehoben und geschworen, den Typen, der ihn eingebuchtet hat, fertigzumachen. Captain Thomas Quintiliani war dieser Typ.

»Es tut mir leid, ich habe nichts über ihn.«

»Schade«, sagte Tom, er steckte sein Notizbuch ein und wollte sich sofort an die Arbeit machen.

Obwohl Fred die Abfolge seiner »Offenbarungen« genau festgelegt hatte, war das heutige Treffen ein richtiger Reinfall. Er hatte sich vorher Notizen gemacht und über die Wirkung jeder einzelnen Information spekuliert. Doch mit jedem

Tag, um den das jährliche Treffen mit Tom näher gerückt war, war er dünnhäutiger und missmutiger geworden. Nicht dass er sich um das Schicksal von Delroy Perez oder Ziggy De Witt scherte, doch es drehte ihm den Magen um, in seine alte Rolle als Verräter zu schlüpfen, er fühlte sich dabei als Täter und als Opfer. Für die Handvoll Leute, die er gerade verraten hatte, würde das Leben von heute auf morgen aus den Fugen geraten, und keiner von ihnen wüsste, welcher Fluch sie da getroffen hatte. Sehr bald würde ihnen aber klar werden, dass sie verpfiffen wurden, aber von wem? Viele Namen kämen ihnen in den Sinn, aber nicht der von Giovanni Manzoni, war doch der größte Verräter aller Zeiten seit zwölf Jahren unauffindbar. Keiner von ihnen konnte ahnen, dass er Opfer von Freds Langzeitstrategie geworden war und dass andere ihnen folgen würden; auch die würden sich plötzlich und unerwartet hinter Gittern wiederfinden. Einige von ihnen hatte Fred gerade zwischen zwei Schlückchen Grappa niedergemäht, gut, er hatte nicht wirklich abgedrückt – aber irgendwie schon. Weitere Männer würden fallen. Auch solche, denen Fred nichts vorzuwerfen hatte, ganz im Gegenteil. Einige von ihnen hatten ihm die Hand gereicht, einer hatte ihn gar einmal gewarnt und so sein Leben gerettet, kein Einziger hatte ihm geschadet. Fred hatte sie gerade für fünf, zehn, zwanzig Jahre ins Gefängnis geworfen. Ein paar davon würde Tom ebenfalls zum Verrat anstiften; mit kleinen Fischen fängt man die richtig dicken. Auf der anderen Seite des Atlantiks teilte man die Geschichte der Cosa Nostra in eine Zeit vor und eine Zeit nach Manzoni ein. Fred hatte noch ein paar Kugeln parat, abfeuern würde er sie alle in den Rücken.

»Es wird Zeit, dass ich mich verabschiede«, sagte Tom. »Ich habe einen anstrengenden Tag hinter mir, und du hast einen Reisetag vor dir. Der *polpettone* war ausgezeichnet.«

»Warum bleibst du nicht über Nacht? Eines der Zimmer oben ist deines. Du kannst auch einen ganzen Flügel mit Bad und allem belegen.«

Nach dem Tisch auch ein Bett anzubieten, war Freds Art, die Schlacht mit erhobenem Haupt zu beenden.

»In Bowles' Einzimmerwohnung gibt es nicht den geringsten Komfort. Und schlafen kannst du auch nicht, er schnarcht.«

»Er schnarcht? Fred, woher weißt du das?«

»Hm … Alle Leute schnarchen, wenn sie etwas getrunken haben.«

»Bowles trinkt?«

»Mach, was du willst, Tom, und gute Nacht.«

Der Captain verließ das Haus. Die Aussicht auf eine beengte Nachtruhe wie in früheren Zeiten erfreute ihn nicht gerade. Aber er durfte ohnehin nicht schlafen, musste er doch so schnell wie möglich die Informationen weiterleiten, die er gerade erhalten hatte.

*

Der heutige Tag war anstrengend gewesen, der morgige versprach noch beschwerlicher zu werden. Fred wollte gerade in sein Zimmer gehen, als er Maggies Silhouette aus dem Bad auftauchen sah und zurückschreckte.

»Bist du das?«

»Ich habe schon den Abendzug genommen«, sagte sie, den Körper schon im Federbett eingewickelt.

Tatsächlich hatte sie ihren Laden zugesperrt, um bei ihrem Mann Zuflucht zu suchen. Diesmal hatte Francis Bretet wirklich gewonnen. Über einen Mittelsmann hatte die Gruppe Finefood Inc. dem Immobilienhändler ein Kaufangebot für das Anwesen in der Rue de Mont-Louis gemacht, in dem sich das »La Parmesane« befand. Statt ihr eine Verlängerung des Pachtvertrags anzubieten, hatte man sie aufgefordert, den Laden in Kürze zu räumen. Goliath wandte eine Technik an, die des Pentagons würdig gewesen wäre, um einen im Sterben liegenden David zur Strecke zu bringen. Nachdem Maggie die Geschäftstätigkeit eingestellt und ihren Angestellten versprochen hatte, eine Lösung zu finden, hatte sie, wie es sich gehört, als Letzte das sinkende Schiff verlassen. Das Abenteuer »La Parmesane« schien zu Ende zu sein.

Ihr Kampf gegen die Rücksichtslosigkeit und die Arglist ihrer Konkurrenz hatte sie erschöpft, auch zweifelte sie an den gesunden Grundlagen ihres Unternehmens. Wie naiv war sie gewesen! Hatte sie doch geglaubt, ihr bescheidenes Plätzchen in einem Wirtschaftsdschungel verteidigen zu können, in dem zum Teil grausamere Gesetze galten als früher beim Manzoni-Clan. Auch wenn sie sich überhaupt nicht in der Rolle des Opfers gefiel und sie sich Niederlagen grundsätzlich erst dann eingestand, wenn sie alles in ihrer Macht Stehende versucht hatte, war sie von einer derartigen Feindseligkeit angewidert und bereit zur Kapitulation.

Ihrem Mann streckte sie die Hand entgegen, sie wollte ihn ins Bett ziehen und sich an ihn schmiegen. Seine Arme wollte sie spüren, wenn sie ihren Körper umfassen, die Stirn wollte sie an seine Brust betten. Die Zärtlichkeit seiner Frau machte Fred gute Laune, und so bemerkte er von ihrer Verzweiflung nicht das Geringste, er ließ die Hände zu ihrer Hüfte hinabgleiten und wagte sich bis zum Po vor. Maggie ließ ihn einen Augenblick, dann befreite sie sich vorsichtig aus seiner Umklammerung. Doch Fred gab nicht so schnell auf; mit einer eindeutigen Geste gab er ihr zu verstehen, dass er sie nackt sehen wollte. Der Kampf dauerte ein paar Minuten und endete mit einem beiderseitigen Lachanfall. Er kannte sie zu gut und wusste, dass er ihr Zeit geben musste, bis sie wieder zu ihm zurückkam. Um die Wahrheit zu sagen, auch ihn plagten Sorgen, auch er war müde, sodass es ihn keine sonderliche Mühe kostete, ihr Liebesspiel zu vertagen. Er nahm eine ausgiebige Dusche, die Muskeln und Nerven entspannte, und legte sich neben seine Frau, um diesen Tag vor einem eingeschalteten Fernseher ohne Ton zu vergessen.

»Ich war unten mit Quint.«

»Ich habe gesehen, wie ihr die Fensterläden zugezogen habt.«

»Warum hast du nicht Guten Abend gesagt?«

»Ich hatte das Gefühl, ihr wärt lieber unter euch. Oder habe ich mich getäuscht?«

Sie wünschten einander eine gute Nacht, doch angenehme Gedanken, die sich in Träume verwandeln ließen, wollten ihnen partout nicht kommen. Sie wälzten sich im Bett hin und her, manchmal trafen sich ihre Blicke wieder, und sie sahen sich mit Augen, die nicht zufallen wollten, an.

»Siehst du, wir hätten vögeln können«, sagte Fred und grinste.

Maggie war versucht, ihm von ihren Problemen zu erzählen, sie konnte sowieso nicht schlafen. Wem sonst, dachte sie, als ihrem Bettgenossen, der mit ihr durch dick und dünn ging? Ihre beste Zeit war besser gewesen als die beste Zeit aller anderen Paare, und ihre schlimmste schlimmer. Dieses Paar hatte beinharte Proben bestanden und aus ausweglosen Dramen herausgefunden, jetzt lagen sie Seite an Seite in diesem Bett und fanden beide keinen Schlaf. »Man macht mich fertig, Fred!« Das hätte sie ihrem Mann um zwei Uhr in der Nacht gern in die Ohren geheult. Und auch wenn Fred über die Rückkehr seiner Frau nicht unglücklich war, so würde er es doch nie dulden, dass man sie respektlos behandelte, sie zum Weinen brachte und das zerstörte, was sie mit ihren Händen aufgebaut hatte. Doch leider kannte sie die einzige Antwort ihres Mannes auf solche Misslichkeiten: alles, was störte, aus dem Weg zu räumen.

Als Erstes würde er Francis Bretet ordentlich vermöbeln, bis dieser preisgab, wer sein Auftraggeber war, und der Arme würde bald reden, nachdem er ein paar seiner Zähne hinuntergeschluckt hatte. Danach würde Fred den Firmensitz aufsuchen und sich ganz allein den Weg zum Personalchef freikämpfen. Der würde sich fragen, was dieser Wahnsinnige wohl wollte, und warum die Security – vier Mann, die etwas benommen auf dem Parkplatz herumhingen – ihn hereingelassen hatte. Nachdem ihn Fred mit Benzin besprengt hatte, würde er sich plötzlich sehr hilflos vorkommen und Fred persönlich zum Aufsichtsrat bringen, der, nachdem er mit dem Kopf gegen einen Heizkörper geknallt war, gestehen würde, dass er alle Befehle aus Amerika bekam. Ein wenig später würde in Denver, Seattle oder Pittsburgh, im letzten Stockwerk des Wolkenkratzers, in dem Finefood Inc. residierte, der Big Boss dieses Wirtschaftsimperiums einen Verrückten heranrasen sehen, der ihn bei den Füßen zum Bürofenster zog und sagte: »Bist du der Chef, oder gibt es noch einen über dir?«

Der bedauernswerte Kerl wäre zwischen zwei Angstschreien genötigt, Nein zu sagen, und Fred, der jederzeit bereit war, ihn aus dem sechzigsten Stockwerk fallen zu lassen, würde ihn als Nächstes fragen: »Bist du wirklich entschlossen, meiner Frau Maggie das Geschäft zu vermiesen?« Und der Mann, der noch nie einen Fuß auf den alten Kontinent gesetzt und noch nie etwas von Maggie oder dem »La Parmesane« gehört hatte, würde seinen Folterknecht flehentlich um Verzeihung bitten. Schlussendlich wieder entspannt, würde Fred das Gebäude mit ein paar Millionen Dollar in einem Müllsack verlassen. So weit die Methode Manzoni.

»Hätte ich doch statt Grappa auch einen Tee getrunken.«

»Komm, ich mache dir einen.«

Eine Viertelstunde später lagen sie im Pyjama und Morgenrock gegenüber dem leeren Kamin auf den Sofas des großen Salons.

»Eisenkrauttee soll müde machen.«

»Man muss daran glauben, wie bei allem.«

»Er schmeckt nicht so schlecht.«

Nach ein paar Schlucken fügte er hinzu: »Oder werden wir alt?«

Dieses improvisierte Beisammensein stimmte Maggie milde, und sie war kurz davor, Fred mitzuteilen, dass ihr Pariser Abenteuer beendet sei. Sie würde das »La Parmesane« in guter Erinnerung behalten, sie konnte stolz darauf sein, gerade weil sie es nicht mehr als die Jüngste aufgebaut hatte. Niemand aber sollte von dem Terror, vor dem sie letztendlich kapituliert hatte, etwas erfahren. Genauso wenig wie von der Bitterkeit, die sie von nun an für lange Zeit in ihrem Herzen tragen würde.

Gerade wollte sie die Stille unterbrechen, da kam Fred ihr zuvor.

»Ich weiß, dass du das alles albern findest, aber Quint hat wieder einmal versucht, mich zu demütigen. Er hat über meine Bücher gesprochen und behauptet, dass dieses schändliche Treiben bald ein Ende finden wird, weil ich nichts mehr zu erzählen habe. Und dieser Mistkerl hat recht.«

Sie hatte eine Sekunde zu lange gezögert. Maggie hatte nicht damit gerechnet, sich in dieser typischen Paarsituation wiederzufinden, in der man sich entscheiden musste, ob die Probleme des anderen Vorrang vor den eigenen hatten.

Wie oft war ihnen das passiert: Ein jeder glaubte die eigenen kleinen, aber dennoch furchtbaren Wehwehchen gegen die Lappalien des anderen aufrechnen zu müssen. Bei Fred und Maggie hörte sich dieser Wettstreit so an: »Der Wagen ist abgeschleppt worden« gegen »Ich habe Halsweh«, »Was für ein beschissener Tag« gegen »Der Kerl ruft einfach nicht an«, »Mein Gott, bin ich müde« gegen »Mein Gott, bin ich im Stress«, und so weiter. Maggie bedauerte, nicht die Erste gewesen zu sein, die ihre Waffe zückte. Jetzt schwieg sie und hörte diesem Egoisten zu, den sie wegen seiner erbärmlichen stilistischen Probleme bemitleiden sollte, während sie ein menschliches Drama durchlebte, von dem er nicht das Geringste mitbekam.

»Ich hatte mir vorgestellt, mit dem Stift in der Hand alt zu werden. Überall in der Welt würde ich gelesen werden, und das könnte von mir aus bis in alle Ewigkeit so weitergehen. Doch *Das Reich der Nacht* ist vielleicht mein letztes Buch. Ich habe nichts mehr zu sagen, außerdem bin ich ein schlechter Erzähler. Niemand kann mich in meiner Muttersprache lesen. Und du, du widersprichst dem natürlich nicht.«

Dazu konnte Maggie nur schweigen. Es kränkte sie, dass Quints Kritik ihn mehr verletzte als ihre.

»Mein Stil ist zum Kotzen, und meine Erinnerungen sind aufgebraucht. Jetzt verstehe ich, warum ich mich mit der Figur Ernie im Kreis drehe, ich kann nichts mehr aus ihr herausholen.«

»Von welchem Ernie redest du?«

»Von Ernesto Fossataro. Er hat die Limousine an unserem Hochzeitstag gefahren.«

»Wie könnte ich ihn vergessen, er konnte sie kaum lenken.«

»Er erscheint auf Seite 46 des Buches. Ich erzähle, wie ich

ihn in die Rechtsmedizin begleite, um seinen Bruder zu identifizieren.«

»Das sagt mir nichts.«

»Ernie und ich haben uns mächtig aufgeregt, weil der Bruder keinen Kehlkopf mehr hatte.«

»Wie bitte?«

»Der Beamte hat uns Pauls Körper ohne Kehlkopf präsentiert. Daraufhin ist Ernie durchgedreht, er hat rumgebrüllt, dass er erst weggeht, wenn jemand den verfickten Kehlkopf von seinem Bruderherz auftreibt. Die Bullen sind gekommen und haben ihm versichert, dass sie die Leiche ohne Kehlkopf gefunden hätten.«

»Erspar mir die Details.«

»Ich erzähle das, und dann, dann nichts mehr. Ernie verschwindet aus dem Buch. Wie viel Zeit habe ich investiert, um sein Äußeres zu beschreiben. Du wirst dich nicht erinnern, aber Ernies Äußeres zu beschreiben, ist keine Kleinigkeit. Ich hatte ihn schön in seine Umgebung eingebaut und fast schon lieb gewonnen. Und jetzt lasse ich ihn im Regen stehen, weil sein Leben uninteressant ist.«

»Und sein Tod? Du könntest von seinem Tod erzählen.«

»Noch nicht mal das! Ernie ist im Krankenhaus an einem geplatzten Aneurysma gestorben. Ich erinnere mich an unser allerletztes Gespräch. Ich hatte ihn lange nicht gesehen und ihn gefragt: ›Ernie, wie geht's?‹ Und das hat er geantwortet: ›Nicht so gut, ich hab Kopfweh.‹ Und ich habe mich gefragt: ›Warum erzählt mir der Arsch das?‹ Ich habe ihm diese Frage doch nur aus Höflichkeit gestellt, wie man das hundertmal am Tag tut. Und er erzählt mir von seinem Kopfweh? Will er mir von seiner Sauftour gestern Abend berichten? Oder will er, dass ich ihm Aspirin besorge? Ich hatte die ganze Woche das FBI am Hals, und er erzählt mir von seinem Scheißkopfweh. Dann hat er gesagt: ›Meine Mutter und meine Schwester sind an einem geplatzten Aneurysma gestorben. Das liegt in der Familie, ich habe Angst, dass es mich auch erwischt.‹ Von meinen Problemen mit den Feds konnte ich ihm nichts erzählen, also habe ich ihn und sein Kopfweh im Geist dahin geschickt, wo der Pfeffer wächst. Nicht mal zwei Wochen später habe ich erfahren, dass er gestorben ist.«

Maggie war also nicht die Einzige, die von Fred, was das Klagen betraf, in die zweite Reihe verwiesen wurde.

»Anstatt Memoiren zu schreiben, die wie ein Roman daherkommen, könntest du es doch mit dem Gegenteil versuchen.«

»...?«

»Du hältst dich doch für einen Romanschreiber. Versuch, Ernies Leben zu verlängern.«

»So tun, als wär er nicht tot?«

»Stell dir vor, seine glänzende Karriere innerhalb der Organisation wäre weitergegangen, und jetzt erfinde allen möglichen Unfug, den er treibt. Was war seine Spezialität?«

»Schutzgelderpressung. Einen Markt schützen und die Konkurrenz ruhigstellen. Er und seine Leute konnten einem das Territorium um das Doppelte vergrößern.«

Die Tasse an den Lippen, hielt Maggie kurz inne. Dutzenden von Ernies war sie begegnet. Sie machten alles Mögliche, durchaus noch Schlimmeres als Schutzgelderpressung. Doch der Ausdruck »die Konkurrenz ruhigstellen« kam ihr vor wie eine Offenbarung, und ihre Augen blickten gar nicht mehr unschuldig drein.

»Dann geh in diesem Feld in die Tiefe«, sagte sie.

Das Leben von Ernie verlängern?, fragte Fred sich wieder. Also nicht in alten Erinnerungen kramen, sondern sich etwas ausdenken. Etwas Neues erfinden, anstatt dem Leser altes Zeug anzudrehen. Die Toten erwecken, damit sie wieder Dienst taten. Die von uns Gegangenen ehren, indem man sie auf dem Höhepunkt ihrer Kunst beschrieb. Die Gestrigen aus ihrem Erdloch befreien, haben sie doch zum organisierten Verbrechen von heute noch vieles beizutragen. Was für Möglichkeiten gab es da, sofern Fred totem Material Leben einhauchen konnte. Statt verstaubter Anekdoten atemberaubende Neuentwicklungen. Keiner sagte mehr: »Mit mir ist's vorüber«, sondern: »Macht euch in die Hosen, denn hier bin ich wieder.« Vielleicht hatte deshalb ein perverser Gott eine angerostete Schreibmaschine losgeschickt, ließ sich mit ihr doch eine Geheimgesellschaft zum Leben erwecken. Nicht mehr die glorreiche Vergangenheit ausgraben, sondern die Geschichte einfach weiterspinnen. Dafür sorgen, dass das, was nicht mehr war, wieder ist. Ein ideales Bild des Reiches der Nacht schaffen, anstatt seinen Niedergang zu beklagen. Genau das war die Aufgabe, die auf Gianni Manzoni wartete: Fred Wayne alias Laszlo Pryor hatte die Pflicht, sich die wunderbarste Zukunft der Cosa Nostra auszudenken!

»So ist das, Maggie. Da trinkt man ein Leben lang harte Sachen mit mindestens vierzig Prozent. Und mit jedem Glas fühlt man sich unbesiegbarer, man redet schneller und man blickt weiter in die Ferne. Und dann trinkt man eines Abends eine Tasse Tee, und plötzlich sieht man alles klar und sprüht nur so vor Ideen. Warum hast du mir das alles nicht früher gesagt?«

Maggie hörte ihm nicht zu. Wörter wie »Reich«, »Kehlkopf«, »Pizza«, »Ernie«, »Konkurrenz«, »Bretet«, »Schicksal«, »La Parmesane«, »Methode« und »Schutzgeld« hatten einen unentwirrbaren Knoten gebildet, über den nachzudenken sie nicht die Zeit bekam, schob Fred sie doch mit gespielter Schroffheit über Flure und Treppen. Sie ließ es geschehen, da sie wusste, dass das Geziehe auf dem Bett ein Ende finden würde. Sie rissen sich wie in alten Zeiten die Kleider vom Leib, ihre Herzen und Sinne brannten, was für ein Tatendrang zu dieser späten Stunde! Fred warf sich auf sie und verschlang ihren Körper nicht nur mit Blicken, und Maggie umklammerte den Mann, den sie liebte, als schwebte sie mit ihm über dem Nichts. Sie wurden durch den Raum geschleudert und landeten auf dem Bettvorleger, auf dem ihre Lippen, Arme und Beine erneut zueinanderfanden. Die Ekstase hatte ihnen wider Erwarten erfolgreich aufgelauert.

Maggie vergoss aus Dankbarkeit eine kleine Träne, manchmal hatte sie nämlich den Moment verflucht, in dem sie diesem Gianni Manzoni begegnet war. Und jetzt, in diesen Sekunden, war er ihre Vergangenheit und Zukunft. Ein Mann, den sie bei Tagesanbruch verraten würde, doch bis zu den ersten Sonnenstrahlen war es noch hin.

*

Durch die Allee ohne Namen steuerte Peter den Wagen, sein Chef hinter ihm war mit dem reibungslosen Ablauf des Wochenendes beschäftigt, das er minutiös durchgeplant hatte. Fred erschien mit einem kleinen Rucksack über der Schulter.

»Hat diese Pilgerfahrt zur Botschaft noch einen Sinn? Was soll ich mit einem Pass, wenn ich der sesshafteste Mensch auf Erden bin?«

»Sie sehen dich halt gern einmal pro Jahr, und so glauben sie, sie hätten dich unter Kontrolle. Und mit einem Pass sind wir für eine eventuell doch einmal spontan notwendige Abreise immer gerüstet. Mir wäre es lieber, du bekämst einen normalen Pass. Denk daran, wie viel Zeit wir schon bei der Passkontrolle vergeudet haben.«

Es war schon nach 18.00 Uhr, Captain Quint drängte Fred, in den Wagen zu steigen.

»Tom, ich vertraue dir das Haus an.«

Eine recht unschuldig anmutende Bitte, die Captain Quint am liebsten nicht gehört hätte. Fred winkte Maggie zu, die am Fenster ihres Schlafzimmers stand. Als der Wagen weg war, wechselte sie mit Tom einen betretenen Blick.

Vierundzwanzig Stunden nonstop mit dem Holzkopf Fred – Peter war gerüstet. Er hatte sich geschworen, die Fehler der Vergangenheit zu vermeiden, als da waren: ihn ans Steuer oder tanken zu lassen oder ihm zu erlauben, beim Room Service des Hotels extravagante Bestellungen aufzugeben, und so weiter. Er hatte zwölf Stunden geschlafen und fühlte sich in Höchstform. Außerdem hatte er ein paar CDs aufgenommen, um Plaudereien mit seinem Fahrgast aus dem Weg zu gehen.

»Bowles? Ich hoffe, dass du uns nicht sechs Stunden lang mit klassischer Musik quälst. Ich habe ein Anrecht auf fünfzig Prozent Programmgestaltung, oder?«

Der Wagen fuhr den Hügel hinunter, die Sonne ging bereits unter.

»Von klassischer Musik bekomme ich Gänsehaut. Nicht ohne Grund verwendet man sie in Horrorfilmen. Nimm zum Beispiel *Psycho*.«

»Das ist keine klassische Musik. Sie wurde extra für den Film geschrieben.«

»Jetzt sag mal, Bowles, nach wie vielen Jahren wird eine Musik klassisch?«

Peter stieß einen Seufzer aus. Die Reise würde genauso anstrengend werden wie die vorige.

*

Während der Wagen des FBI-Agenten auf dem Weg zur Autobahn war, bog der von Warren auf das Bahnhofsgelände von

Montélimar ein. Neben ihm saß eine ziemlich aufgeregte Lena, die endlich zu den Waynes eingeladen worden war und in Erwartung des großen Augenblicks die tausend Grüße ihrer Eltern rekapitulierte. Die frohe Erwartung seiner Liebsten, dass es endlich für sie nach Mazenc ging, ließ Warren hoffen, dass der Fluch, der seit seiner Geburt auf ihm lastete, seine Kraft verlieren würde. Belle, die im Bahnhofsrestaurant saß und auf sie wartete, winkte dem roten Käfer ihres Bruders. Die Mädchen küssten einander auf die Wange und erinnerten sich sofort an ihre einzige Begegnung, an jenen berühmten Abend, an dem Belle in den Armen ihres Bruders aufgetaucht war.

»Ihr beide seht euch ähnlich«, sagte Lena.

»Belle hat alles abbekommen, die Schönheit und das schlaue Köpfchen. Für mich hat sie nicht viel übrig gelassen.«

Zu der mit Tom verabredeten Zeit lenkte er den Wagen in die Allee ohne Namen. Lena war kaum ausgestiegen, da fragte sie schon, ob der Glockenturm über ihnen zum Haus gehöre. Um ihre Aufregung zu verbergen, zeigte sie sich von allem begeistert und folgte Warren ins Wohnzimmer, wo Maggie sie erwartete.

»Sie sind noch schöner, als man Sie mir beschrieben hat.«

Lena wusste nicht, was sie darauf sagen sollte, und fiel Maggie spontan um den Hals, was für Heiterkeit sorgte.

Belle entfernte sich ein wenig, sie warf einen Blick auf ihr Handy, das sie aber sofort wieder einsteckte: Largillière hatte nicht einmal eine SMS geschickt, um sich für sein Verhalten gestern Abend zu entschuldigen. Sie ärgerte sich, in aller Ausgiebigkeit seinen Hirngespinsten gelauscht zu haben, anstatt ihn zum Teufel zu jagen. Wieso besaß er so viel Fantasie, wenn es darum ging, ihr den Mut zu rauben? Mit einer erstaunlichen Genauigkeit hatte er ihr die beiden Kinder beschrieben, die sie niemals haben würden. Kleine Wesen, gemacht aus Licht und Schatten, entstanden aus der Großherzigkeit ihrer Mutter und der Engherzigkeit ihres Vaters. Er hatte ihre Gesichter genau beschrieben, eine bizarre Mischung aus François' Duckmäuserei und Belles Schönheit. Selbst ihre voraussichtlichen Macken und Komplexe hatte er aufgezählt. Das war Largillière pur, Largillière *at his best*.

»Belle, bringst du unserem Gast ein Glas?«

Das ältere Kind hatte er Luigi getauft, das jüngere Margot. Selbst einen Tag aus dem Leben von Madame und Monsieur Largillière und ihren beiden Kindern hatte er ihr geschildert, vierundzwanzig Stunden voll des Wahnsinns, die mit Feuerwehr und Polizeieinsatz endeten. Für Luigi sagte er eine Zukunft in der Fremdenlegion voraus, während auf Margot, die mit der Schönheit ihrer Mutter nicht mithalten konnte, wohl das Schicksal einer Hexe à la Walt Disney wartete. Eigentlich ein recht skurriler Vortrag, spräche da nicht verdeckt ein Mann von seinem Pessimismus, von seinem Rückzug und Verzicht, von seiner Unfähigkeit, eine Frau glücklich zu machen.

»Belle, schneidest du für uns den Flammkuchen auf?«

Vielleicht wäre es aber auch reizvoll, an der Seite eines Typen wie François Largillière sein Leben den Bach runtergehen zu lassen?

Maggie fragte sich beim Tischdecken, ob ihr von jetzt bis zum Servieren der Vorspeise noch genügend Zeit blieb, sich in eine ordentliche Schwiegermutter zu verwandeln. Als Warren ihr mitgeteilt hatte, dass er jemanden kennengelernt habe, war Maggie erleichtert gewesen: Ihr Sohn konnte sich also in jemanden verlieben. Doch dann kam sofort der Nachsatz: Er will mit der *Frau seines Lebens* auch zusammenleben. Warum beging er einen so vorhersehbaren Fehler, wo er doch bisher um alle Dummheiten einen großen Bogen gemacht hatte?

Bevor sie Platz nahmen, blickte Lena auf den leeren Stuhl.

»Kommt Monsieur Wayne nicht? Arbeitet er vielleicht noch?«

»Meine kleine Lena«, sagte Maggie, »Monsieur Wayne ist Schriftsteller. Der beendet zuerst ein Kapitel, bevor ihn irgendein Gesetz der Gastfreundschaft interessiert.«

Wenn dieses Essen organisiert worden war, damit Lena ihre Schwiegereltern kennenlernte, dann hatte sie dabei vor allem auf eine Sache gehofft, nämlich diesem großen Mann zu begegnen. Die wenigen Male, an denen Warren über ihn reden musste, war er nervös, manchmal auch mürrisch geworden, schließlich hatte er auf dem schnellsten Weg das Thema gewechselt. Lena hatte im Internet recherchiert, aber weder ein Foto noch ein Interview mit Laszlo Pryor gefunden, auf der Seite seines Verlegers gab es so gut wie keine biografischen Angaben, er selbst behauptete, ihn nie getroffen zu haben. Seitdem war dieser Mann, der Bücher schrieb, die ihr zu gewalttätig waren, für sie zu einem richtigen Mythos geworden. Ein Mythos, an dem sie nicht rühren durfte – bis Warren diesen Abend organisiert hatte.

»Unser lieber Papa lebt nicht wirklich mit uns, er lebt nicht in der realen Welt«, sagte er. »Die meiste Zeit bewegt er sich in seinem ausgedachten Universum, das ihm zugänglicher ist als unseres. Wenn er uns die Freude macht aufzutauchen, dann ist das für ihn ein illusionäres Intermezzo, er betrachtet uns wie virtuelle Wesen, unterhaltsam zwar, aber ohne wirkliche Ausstrahlungskraft.«

»Aber nein, im Gegenteil«, sagte Belle. »Manchmal ist er mit seinen Gedanken ganz woanders, aber er kennt die reale Welt wie kein Zweiter. Er ist der Fachmann für Reales. Er ist alles andere als ein Träumer oder Spinner.«

»Liebe Lena, nehmen Sie sich vom Caesar's Salad und lassen Sie die beiden reden. Fred weiß, dass Sie da sind. Er ist ein bisschen verlegen, schließlich sind Sie die erste Schwiegertochter in seinem Leben.«

Lena wusste nicht mehr, ob man sie veralberte oder ob schräger Humor bei den Waynes die übliche Konversationsform war. Keiner von ihnen war um eine Antwort verlegen, sie sprachen mit einer zurückhaltenden Ironie, die aber wie ein Wespenstich saß. Zu gern hätte sie den Vater kennengelernt, zweifellos die Schlüsselfigur in dieser sehr speziellen Familie.

Endlich erschien Tom Quint, geschniegelt und gebügelt, mit fast straffem Krawattenknoten, und bat um Entschuldigung für seine Verspätung. Er ging zu Belle und umarmte sie.

»Wie geht es dir, mein Schatz?«

»Wir haben uns schon Sorgen gemacht.«

Dann tätschelte er Warrens Kopf und bat ihn, ihm diese charmante Person vorzustellen, die neben ihm saß. Lena lief rot an, stand auf, sagte ihren Vornamen und hielt dem eleganten Mann, der sie mit seinen klaren Augen anlächelte, die Hand entgegen. Tom setzte sich neben Maggie und griff nach der Salatschüssel.

»Meine Lieben haben es Ihnen sicher gesagt: Wenn ich in meinem Arbeitszimmer bin, verliere ich jeden Sinn für die Zeit. Ich glaube, ich werde meinen Arbeitsrhythmus ändern. Moravia hat angeblich von sechs Uhr in der Früh bis Mittag geschrieben. Und danach genoss er sein Leben mit dem sicheren Gefühl, seine Pflicht erfüllt zu haben.«

Lena, die seinem Charme schon verfallen war, wurde für ihre monatelange Wartezeit belohnt. Und Maggie, Belle und Warren fanden den neuen Fred und seinen verblüffenden Auftritt einfach tadellos.

*

Autobahnraststätte Zum Weißen Hund. Nach Lyon bestand Fred auf einer Pause, Peter könne derweil tanken. Im Schnellrestaurant warf Fred einen kurzen Blick auf die lokalen Spezialitäten und ging dann zur Kühltruhe mit den Sandwiches. Seine Vorliebe für dreieckiges Toastbrot meldete sich nur auf der Autobahn, und zwar mit jeweils zwei Sandwiches alle fünfhundert Kilometer. Aber die richtigen bei dieser Riesenauswahl zu finden, das verlangte sehr viel Sorgfalt.

»Ich hoffe, wir werden nicht wie üblich zwanzig Minuten verlieren«, sagte Peter.

»Reicht es nicht schon, dass ich mir in Paris den Bauch nicht vollschlagen darf? Jetzt willst du mir auch noch dieses kleine Vergnügen verderben. Komm, ich gebe einen aus, auch du musst essen.«

Peter, der immer streng auf seine Ernährung achtete, musste nicht lange überlegen. Nachdem er die Liste der Zutaten und Farbstoffe auf den Etiketten gelesen hatte, landete er wie gewöhnlich beim getoasteten Weißbrot mit Schinken.

Zurück auf der Autobahn, gelang es Fred mehr als vier Kilometer lang den Mund zu halten, während eine Mozartsonate durch das Innere des Wagens schwebte. Für Peters Geschmack währte die Atempause allerdings viel zu kurz.

»Eine Frage, die ich mir immer wieder stelle. Wie entdeckt ihr FBI-ler eure Berufung?«

»…?«

»Bei vielen von uns *wiseguys* haben oft die Eltern schon den Beruf ausgeübt, da stellt sich die Frage natürlich nicht. Wie heißt es so schön in der Marseillaise: *Wir werden des Lebens Weg weiter beschreiten, wenn die Älteren nicht mehr da sein werden.*«

»…«

»Ich rede nicht vom kleinen Streifenpolizisten, dessen Vater oft auch schon Bulle war, ich rede von euch, den G-Men. FBI-Agent zu werden, wird einem ja nicht in die Wiege gelegt. Also?«

»Ich bin mir nicht sicher, ob ich Lust habe, dir zu antworten.«

»Es gibt nur eine Antwort: Deine Berufung verdankst du dem Kino.«

»Was soll das jetzt heißen?«

»Als Kind hast du Filme gesehen mit Typen in 1A-Maßanzügen, Ray-Ban-Brillen auf der Nase und Knopf im Ohr. Und die sagten Sätze wie: ›Spezialagent Bowles vom FBI, wir übernehmen die Ermittlung, Sheriff.‹ Da hast du zu träumen angefangen, oder täusche ich mich?«

»Eines ist sicher. Filme mit Typen im gestreiften Anzug und mit roter Krawatte, die Sachen sagen wie ›Gießt mir diesen Kerl in Beton‹ und sich dabei mit Cannelloni den Wanst vollschlagen, die haben in mir keinerlei Träume geweckt.«

»Jetzt rück schon damit raus, Peter. Welcher Film war es?«

Peter machte eine eindeutig ablehnende Geste. So weit käme es noch, vor einem Kronzeugen seine Berufswahl zu begründen oder auch nur, um die Langeweile zu vertreiben, darüber zu schwatzen. Dabei hätte er auf die Frage ernsthaft antworten können. Eine Folge von mehreren kleinen Ereignissen hatte ihn zum FBI gebracht. Er hätte von seinem ausgeprägten Sinn für das Gesetz, für das über allem stehende Bundesgesetz gesprochen. Dieses Gesetz war für ihn das adäquate Mittel im Kampf gegen das Verbrechen. Er hätte vielleicht von jenem traurigen Studentenfest erzählt, wo er betrunken und um mit seinen Freunden mitzuhalten, eine Mischung aus Kokain und Heroin inhaliert hatte, wegen der er sich die ganze Nacht übergeben musste. Vielleicht hätte er auch vom Tod zweier guter Freunde erzählt, die wenige Monate später an einer Überdosis starben. Auch auf die Gefahr hin, dass ein Manzoni zu kichern begonnen hätte, hätte er von seinem unerklärlichen Mitgefühl für alle Opfer erzählt und von seinem starken Wunsch, ihnen stets Gerechtigkeit widerfahren zu lassen. Er hätte ihm erklärt, wie das FBI mit seinen großartigen Methoden, seiner unerbittlichen Genauigkeit und zähen Geduld ihn begeistert hatte, sah er in diesen drei Dingen doch den Grund für die Überlegenheit gegenüber allen anderen Formen der Verbrechensbekämpfung.

Doch nie wäre er auf die Idee gekommen, von Schwarzweiß-Filmen, einem kleinen Bildschirm und einem Kanal zu erzählen, der nur altes Zeug aus den Sechzigerjahren in Endlosschleife wiederholte. Das hatte er nämlich vergessen. Diese Ästhetik aus einer anderen Zeit und die Magie dieser Serie, die ohne spritzendes Blut und Spezialeffekte auskam. Und hier hatte Fred recht, auch der junge Peter war wie alle anderen von Bildern fasziniert, bevor Vorstellungen von Gut und Böse, von Moral und Arbeit überhaupt eine Rolle spielten.

Der Held, den er als Kind über alles bewunderte, hieß Eliot Ness. Der hatte 1930 in Chicago eine Spezialeinheit im Kampf gegen Al Capones Alkoholhandel gegründet. Das Gesicht von Robert Stack, der in der Serie *Die Unbestechlichen* diese Figur verkörperte, hatte sich einen Ehrenplatz in Peters Kinderherz erobert. Stack spielte den abgebrühten Typen, der wenig redete und lieber handelte und so Capone schließlich nach Alcatraz verfrachtete. Seine Art, jeder Form von Korruption zu widerstehen, sich von nichts und niemandem einschüchtern zu lassen, unbeirrbar seinen Weg weiterzugehen, obwohl man ihm schon oft den Tod angedroht hatte, das faszinierte Peter damals. Und heute erinnerte er sich nicht mehr daran.

*

»Daddy, du solltest wissen, dass Lena die Gewalt in deinen Büchern nicht mag.«

Lena warf Warren einen ärgerlichen Blick zu, doch er ließ sich nicht beirren.

»Sie findet, dass es schon zu viel Gewalt auf der Welt gibt. Da müsse man nicht noch eins draufsetzen. Für sie ist ein Buch ein Kunstwerk, das keineswegs die niederen Instinkte des Lesers ansprechen sollte, nein, es sollte das Beste im Menschen zur Geltung bringen.«

Tom war nicht darauf gefasst, auf eine Frage, die ihn so wenig anging, zu antworten. Er kannte die reale Gewalt besser als die in Büchern, und mehr als alles andere verachtete er Gianni Manzonis angeblich literarische Vergangenheitsbewältigung, mit der er sich reinwaschen wollte.

»Lena, Sie haben recht, ich bin mir selbst nicht sicher, ob ich die Vorliebe meiner Zeitgenossen für diese Form von Rohheit teile. Aber – und so ist es nun mal – ich bilde mir ein, dass es sinnvoll ist, seinem natürlichen Gewaltpotenzial in fiktiver Gewalt ein Ventil zu verschaffen. Eines Tages werde ich wissen, ob ich der Öffentlichkeit gedient oder womöglich schlafende Hunde geweckt habe.«

Tom spielte heute Abend eine Rolle, zu der ihm seine Vorgesetzten niemals die Erlaubnis erteilt hätten. Aber eine Entscheidung musste gefällt werden, und nichts reizte Tom mehr, als für unlösbare Probleme Lösungen zu finden. Und die Lösung, die sich aufgedrängt hatte, war die, dass er sich einen Abend lang als Frederick Wayne ausgab, Lena vorgestellt wurde, um dann für viele Jahre angeblich in die USA zu verschwinden, weil er dort an einem Werk über die Geschichte der amerikanischen Kriminalität schrieb. Lena würde keine Fragen mehr stellen. Hinter dem mysteriösen Monsieur Wayne verbarg sich für sie ihr Traumschwiegervater, der dann aus plausiblen Gründen abwesend und unauffindbar wäre, aber im Geist seiner Lieben weiterlebte. Jede von Toms Gesten beeindruckte Lena, sie sah in ihm eine Art lässigen Helden, der, ohne sich persönlich wichtig zu nehmen, seiner Arbeit als Schriftsteller allererste Priorität zuwies. Eine Haltung, die sie respektierte, ja sogar bewunderte.

Die Waynes entdeckten derweil einen völlig unbekannten Tom, einen mit ungeahnten schauspielerischen Fähigkeiten, der nie aus der Rolle fiel und gern improvisierte. Im Eifer des Gefechts legte er kurz die Hand auf Maggies Schulter und nannte sie »meine Frau«. Zwei Wörter, eine Geste, die von der Zuneigung eines Mannes zu seiner Frau sprachen. Von Warren und Belle kaum wahrgenommen, Maggie aber beunruhigte dieses »meine Frau« sehr. Für sie blieb die Zeit kurz stehen, sie sah in Tom nicht mehr den fiktiven Ehemann für einen Abend, sondern einen Partner, der sie fast schon eine Lebenszeit lang begleitete. In diesem Augenblick hätte sie ihre eigene Geschichte in den Armen des FBI-Captains Quint umschreiben können.

Livia, wie sie damals mit Vornamen hieß, war Giovanni zufällig begegnet und hatte sich allem und jedem zum Trotz in ihn verknallt. Kriminelle reizten sie damals nicht mehr als heute. Sie stammte aus einer sizilianischen Arbeiterfamilie, ohne eine Verbindung zur LCN oder zur Polizei. Statt einen Manzoni kennenzulernen, hätte sie sich auch mit einem Quintiliani zusammentun können, in dem die gleiche Energie steckte. Statt ihren Geliebten auf seinem verschlungenen Weg in die Kriminalität zu begleiten, hätte sie mit der gleichen Beherztheit auch dem kleinen New Yorker Inspektor, der davon träumte, eine FBI-Marke zu tragen, zur Seite stehen können. Ihr Leben wäre genauso bewegt gewesen, mit der gleichen alltäglichen Besorgnis, immer bereit, hinter jeder Verspätung ihres Mannes Pistolenschüsse und eine Einlieferung ins Krankenhaus zu vermuten. So wie sie mit Gianni und der Cosa Nostra in einer Dreiecksbeziehung gelebt hatte, die vor Bett und Schlafzimmer nicht haltmachte, so hätte sie auch mit Tom und seinem FBI in einem Dreieck leben können. Sie wäre im Namen des Rechts an seiner Seite geblieben, so wie bei Gianni im Namen der *Omertà*. Zwanzig Jahre lang hätte sie Angst davor gehabt, dass Männer mit ernstem Gesicht an ihre Tür klopften, um ihr mitzuteilen, dass Tom bei der Erfüllung seiner Pflicht verstorben sei, genau wie sie die Mitteilung gefürchtet hatte, Gianni sei ohne Verlust seiner Ehre gestorben. Sie hätte als Witwe die gleichen Tränen geweint. Zu sehr hatte sie unter der Narretei der Männer gelitten, die niemals aufhören konnten, Räuber und Gendarm zu spielen.

»Hast du meine Brokkoli probiert?«, fragte sie Tom. Jetzt hatte sie ihn also geduzt.

Maggie stellte sich das Glück ihrer Eltern vor, hätte sie ihnen vor langer Zeit einen gewissen Tomaso Quintiliani vorgestellt. Ein Kerl, der gegen das Gesindel kämpfte, das Arme und weniger Arme bis aufs Blut aussaugte, zuvorderst die große italienische Gemeinde in und um New York. Wie wären sie am Tag ihrer Hochzeit stolz gewesen, ihre Livia in den Armen dieses anständigen Mannes zu sehen! Er war ein Junge vom Land, aber von der guten Sorte, ein Sohn von Immigranten, der stolz war, Amerikaner zu sein, und der wie sie an die Werte seines Landes glaubte. Das Schicksal hatte sich anders entschieden: Heute war Maggie geächtet, ihr Vater hatte sie verstoßen, und er würde sterben, ohne ihr verziehen zu haben. Übrigens war es Tom Quint, der ihr von Zeit zu Zeit Neues von ihrer Familie berichtete. Ein Bruder lebte in Scheidung, und ihre Mutter lag im Krankenhaus, aber niemand hatte versucht, Livia zu benachrichtigen: In ihren Augen war sie gestorben an dem Tag, an dem sie im weißen Kleid an der Seite von Gianni Manzoni die Kirche betreten hatte.

Nie hatte sie im Geringsten an Tom ein sexuelles Interesse gehabt, so wie sie nie Lust verspürt oder das Bedürfnis gehabt hatte, Fred zu betrügen. Das entsprach unzweifelhaft der Wahrheit, deshalb durfte sie sich doch wenigstens einen Abend lang als Frau Quintiliani fühlen, nur in Gedanken und nur aus Spaß. Zudem war an dieser Vorstellung nichts Ungeheuerliches; für sie war er immer schon ein schöner Mann gewesen, mit gesunder Lebensweise und guten Manieren, der auf seinen Körper achtete und nachdachte, bevor er handelte. Sie hatte schon immer eine Schwäche für Männer gehabt, die von einer Frau nicht umsorgt werden mussten. Tom konnte seine Diensthemden besser bügeln als die Reinigung an der Ecke, er stellte auch nie Fragen wie »Was gibt's zu essen?«, »Auf welchen Knopf muss ich drücken?« oder »Welche Hosengröße habe ich?«. Maggie schätzte darüber hinaus seine zurückhaltende Art und seine Fähigkeit, mit Worten zu beruhigen und im richtigen Moment das Richtige zu tun. Er war für ihre Familie immer da gewesen, in guten wie in schlechten Zeiten, besonders natürlich in den schlechten. Nur Gott weiß, was aus der Familie Manzoni geworden wäre, hätte er ihr Schicksal in die Arme eines anderen gelegt.

Maggie bemerkte, mit welcher Leichtigkeit ihre Kinder in dieser obskuren Komödie mitspielten, wie sie Tom ganz selbstverständlich »Papa« nannten, genau wie sie ihn mit »mein Schatz« ansprach. Sicher hatten sie recht, all das als ein Spiel zu begreifen und nicht als furchtbaren Betrug und Verrat. Mithilfe des Weins vergaß Maggie nach und nach ihr schlechtes Gewissen, das den Tag über für Magenprobleme gesorgt hatte, und sie fand sich damit ab, dass diese Maskerade für das Glück ihres Sohnes notwendig war. Wenn zwei sich liebten, dann blieb ihr das nicht verborgen. Maggies Zweifel waren verflogen: Warren und Lena würden ein Stück des Lebenswegs gemeinsam gehen. Deshalb würde sie alles tun, um dieser Liebe eine Chance zu geben, auch wenn man dabei einen Schwiegervater ausschließen musste, den wahrscheinlich ohnehin niemand haben wollte.

»Wie haben Sie sich kennengelernt, Monsieur Wayne und Maggie? Ich darf doch Maggie zu Ihnen sagen, Madame Wayne?«, fragte Lena.

Tom und Maggie sahen sich verstohlen an und überließen einander gern den Vortritt, sich eine Geschichte auszudenken, die ihre gemeinsame hätte werden können.

*

»Oft, Peter, frage ich mich, was es mit der Macht der Fiktion auf sich hat. Das habe ich auch schon, lange bevor ich selbst Romane geschrieben habe, getan.«

Kurz vor Chalon-sur-Saône fuhr Bowles mit konstantem Tempo auf der rechten Fahrspur, das rhythmische Spiel der Blinklichter dirigierte seinen Blick. Ihr Gespräch über die Fähigkeit des Kinos, unbewusst in uns Sehnsüchte zu wecken, war etwas auf Abwege geraten, gerade stellte Fred ein paar gewagte Thesen über die Identifikation mit fiktiven Figuren auf. Peter hörte ihm zu, ohne dem selbst ernannten Mann vom Fach Glauben zu schenken.

»Wenn wir ins Kino gehen, dann wollen die Guten, dass die Guten, und die Bösen, dass die Bösen gewinnen. Die Sache wird dann kompliziert, wenn ein guter Schuhmacher sich einen Film ansieht, in dem der Bösewicht ein Schuhmacher ist. Denn dann passiert etwas, das stärker ist als er. Der gute Schuhmacher wird sich nämlich jetzt alle möglichen

Entschuldigungen für den bösen Schuhmacher auf der Leinwand ausdenken, denn er kennt den alltäglichen Stress der Schuhmacher, er kennt den Blues, der jeden Schuhmacher befällt, und der ihn manchmal zu weit gehen lässt.«

Ohne seine Ausführungen zu unterbrechen, griff Fred nach der Einkaufstüte auf dem Rücksitz, befreite sein Sandwich von der Verpackung und bot Bowles an, seines ebenfalls auszupacken.

»Ganz anders«, fuhr er fort, »reagiert ein kleiner Erpresser, der im East End sein Unwesen treibt. Er wird sich mit dem Superbullen im Film identifizieren, weil der in derselben Stadt wie er geboren ist: nämlich in Bismarck im Staat North Dakota. Seit er in New York lebt, hat er niemanden getroffen, der in Bismarck, North Dakota, geboren ist. Er schämt sich sogar zu sagen, dass er dort geboren ist. Und wenn er den Bullen auf der Leinwand sieht, der gegen die Unterwelt kämpft, dann passiert wie oben wieder etwas, das stärker ist als er. Er hält diesem Ehrgeizling mit seinen noblen Idealen die Stange, weil er wie er in Bismarck, North Dakota, geboren ist. Ist der Film zu Ende, treffen wir unseren Erpresser auf der Straße wieder, wo er ein paar Leuten ein paar Knochen bricht, um ein paar Dollar einzutreiben.«

Anders als noch am Vorabend befürchtet, ging Bowles die Unterhaltung mit Fred nicht auf die Nerven. Die Frage nach dem Einfluss des Fiktiven auf die Realität hatte seine Neugier geweckt.

»Ich verstehe, dass du mir den Film nicht verraten willst, der aus dir einen G-Man gemacht hat. Aber du würdest drei Plätze in meiner Achtung gutmachen, wenn du mir folgendes Geheimnis anvertraust: In welchem Film war der Böse und nicht der Gute dein absoluter Favorit? Jeder hat doch so einen Film.«

»Ich pfeife darauf, in deiner Achtung zu steigen, aber die Frage ist interessant.«

Peter ließ sich Zeit zum Nachdenken und biss in das Sandwich, das Fred ihm hinhielt. Der verschlang mit ein paar Bissen eine Hälfte seines Schinken-Käse-Sandwichs, das er enttäuschend fand.

»In den Bond-Filmen«, sagte Peter, »bin ich immer auf der Seite von James Bond. Außer in *Der Mann mit dem goldenen Colt*. Der Böse heißt in dem Film Francisco Scaramanga und ist der beste Profikiller der Welt, er ist eine derartige Legende, dass seine Gegenspieler sogar an seiner Existenz zweifeln.«

Fred hatte keinerlei Erinnerung an den Film, aber er freute sich, dass Peter das Spiel ernst nahm. Während er ihm zuhörte, starrte er die beiden Sandwichhälften in seinen Händen an und fragte sich, ob Bowles mit seinem einfachen Schinken-Sandwich nicht die bessere Wahl getroffen hatte.

»Eine Million Dollar verlangt er für einen Mord, noch nie hat er einen versemmelt. Er lebt auf einer paradiesischen Insel, zusammen mit einem wunderbaren Geschöpf. Stell dir vor, das Ende des Films schaue ich mir nicht mehr an, ich kann nicht mit ansehen, wie Bond ihn tötet. So bleibt Scaramanga für mich immer am Leben.«

Fred zögerte kurz, dann entschied er sich für die zweite Hälfte von Peters Sandwich und hielt Peter, ohne es ihm zu sagen, sein Schinken-Käse-Sandwich hin. Der aß es mechanisch auf, so sehr war er mit der Aufzählung von Details aus Francisco Scaramangas Leben beschäftigt, dass er den Unterschied zur ersten Sandwichhälfte nicht bemerkte.

Fred trank einen Schluck Wasser und setzte das Spiel mit dem gleichen Ernst wie Peter fort.

»Bei mir ist es Gene Hackman in *French Connection*. Er

spielt da einen Bullen, wie ich ihm gern einmal im Leben begegnet wäre. Wenn er sich in den Kopf setzt, keinen Gangster mehr entwischen zu lassen, dann tut er das mit seiner ganzen Kraft und Zielstrebigkeit. Es wird zu einer fixen Idee von ihm, die ihn sein ganzes Leben lang begleiten wird, weil Popeye Doyle, wie Hackman in dem Film heißt, viel verrückter ist als der verrückteste Gangster, weil es für Popeye Doyle nur diese Art von Leben gibt. Wenn ich also sehe, wie er schneller rennt als diese kleinen Ganoven, wenn ich sehe, wie er den *wiseguys*, die trotz allem meine Brüder sind, die Fresse poliert, wenn ich sehe, wie er diese Brut verfolgt, ihr zusetzt, sie tyrannisiert und malträtiert, dann rufe ich Bravo und verlange nach mehr!«

Peter gestand sich ein kleines Lachen zu, diese Spontanität hatte ihn überrascht. Er ließ sich von Fred seine Wasserflasche reichen und trank ein paar Schlucke, bis er ein Prickeln auf der Zunge bemerkte.

»Fred, willst du mir Wasser mit Kohlensäure unterjubeln?«

Nein, das wollte er nicht, es handelte sich um ein stilles Wasser, trotzdem wurde das Prickeln stärker. Fred machte derweil weiter wie bisher, ohne Peter seine Aufmerksamkeit zu schenken.

»Ich kenne niemanden bei der LCN, der diesen Film geliebt hat. Um der Wahrheit die Ehre zu geben, du bist der Erste, dem ich davon erzähle ... Peter? Alles in Ordnung?«

Nichts war in Ordnung. Peter fuhr jetzt langsamer, er fasste sich an die Stirn, eine kleine Hitzewallung überkam ihn, Fred öffnete das Fenster.

»Du bist bleich wie ein Leintuch ... Halt an ... Was ist los mit dir?«

Peter fürchtete sich vor dem, was als Nächstes passieren würde, aber da brannte es schon in seinem Hals, seine Zunge schwoll an, und es pumpte heftig in den Venen. Er parkte den Wagen auf dem Sicherheitsstreifen und beugte sich hinunter zu den Sandwich-Verpackungen, die vor Freds Füßen lagen.

»Welches hast du mir gegeben?«

»Gegeben? Was gegeben?«

»Welches Sandwich, verdammt noch mal!«

Fred war es gewöhnt, dass die Kerle vom FBI ihn anschnauzten, er hatte irgendetwas Schlimmes getan, aber was?

»Was meinst du damit, welches Sandwich? Das da, in der blauen Verpackung, ist deines. Kannst du mir erklären, was los ist?«

Je mehr die Angst in Peter aufstieg, desto mehr verstärkten sich auch die Symptome. Sein Mund stand halb offen, er litt unter Atemnot. Er verglich die beiden Etiketten und hielt Fred die rote Verpackung hin.

»Welches Sandwich hast du mir gegeben? Antworte, schnell!«

»Mir scheint, dass ... Jetzt wo du mich fragst ... Ich glaube ...«

»Fred, verdammt noch mal!«

Wie konnte etwas Harmloses wie das Austauschen eines Toastbrotes derartige Folgen haben?

»Ich wollte deines probieren.«

»... Ich habe eine Laktose-Allergie, du gottverdammter Idiot!«

Und der G-Man, dessen Augen vorstanden, tastete mit beiden Händen seinen Hals ab.

»Ich bekomme ein Quincke-Ödem. Ruf sofort den Notarzt an!«, schrie er und hielt ihm sein Handy entgegen.

Was Fred jetzt sah, glich einem Albtraum. Peters Zunge war auf einmal doppelt so dick. Er streckte sie ihm gerade entgegen.

»Aber … Hast du nicht ein Gegenmittel dabei? Tabletten, ein Serum … Irgendetwas, was das hier stoppt … Asthmatiker haben Salbutamol dabei … Diabetiker Insulin …«

Peter war nicht mehr in der Lage herumzudiskutieren. Stattdessen dachte er voller Wut: »Ich kontrolliere sehr genau alles, was ich esse, du widerlicher Dreckskerl. In zehn Jahren ist mir kein einziger Fehler passiert! Wie konnte ich ahnen, dass ich es mit einem Verrückten zu tun bekomme, der zu so etwas fähig ist!« Seit er beim FBI war, schämte er sich für seine Allergie, denn als Agent hatte man keine Leiden oder Probleme, die einen Auftrag gefährden konnten. Und Fred Wayne war der Letzte, dem er von seiner Allergie hatte erzählen wollen. Der war hinterhältig genug, um daraus irgendeinen Vorteil zu ziehen oder ihn aus reinem Sadismus zu vergiften, nur um dabei zu sein, wie ein FBI-Agent gegen den Erstickungstod kämpft – wie er gerade.

»Scheiße, ruf an!«

Seine erstickte Stimme brachte nur noch Grunzlaute hervor, und Fred, der nun auch in Panik geraten war, rief den Notarzt an. Er schaffte es sogar, das Wort »Quincke-Ödem« zu wiederholen, die Telefonistin von der Unfallstation fragte ihn nach Einzelheiten.

»Ich kann ihn Ihnen nicht geben, das Sprechen fällt ihm zu schwer, außerdem flucht er nur noch …«

»Beschreiben Sie ihn mir.«

»Seine Stirn liegt auf dem Steuer, sein Hemd trieft vor Schweiß, und vor allem hängt seine Zunge heraus wie in einem Zeichentrickfilm, wie bei einer Katze, die vergeblich einer Maus hinterhergehechtet war. Und dann habe ich den Eindruck, dass seine Wangen und sein Kinn allmählich anschwellen. Das erinnert mich auch an einen Film, aber an welchen?«

»Bei welchem Kilometer sind Sie?«

»Bei welchem Kilometer? Hier ist es finster wie in einem Bärenarsch. Was wollen Sie von mir hören?«

Fred folgte den Anweisungen, er stieg aus dem Wagen und ging bis zum ersten Stationszeichen, etwas fünfzig Meter weiter.

»Wir sind bei Kilometer 384 auf der A6 Richtung Paris.«

Dann versprach ihm die Telefonistin, dass ein Rettungswagen so schnell wie möglich kommen werde. Fred ging zu Peter zurück, der kaum noch Luft bekam.

»In fünf Minuten sind sie da, Peter, in fünf lächerlichen Minuten!«

Er legte die Hand auf Peters Schulter und drückte ihn fest: »Ich bin da, hab keine Angst.« Er suchte nach aufmunternden Worten und Gesten, fand aber keine, stattdessen brach plötzlich eine Bilderflut über ihn herein. Er sah rote Badeanzüge auf prachtvollen Körpern, kalifornische Strände, Meereswellen, Ertrinkende und edelmütige Rettungsversuche von schönen Helferinnen im Bikini. Im aktuellen Fall halfen ihm diese Erinnerungen an *Baywatch* nicht weiter. Seine Panik wurde immer größer, ein »Bleib bei mir, Peter!« verkniff er sich, stattdessen versuchte er, ihn bis zum Eintreffen der Ambulanz wach zu halten.

»Es ist wirklich kein Glück, wenn man mit einer Käseallergie nach Frankreich versetzt wird. Jetzt verstehe ich besser, warum du die Lasagne verschmähst, die Maggie dir netterweise kocht. Sie verwendet einen Mozzarella allererster Qualität, den sie speziell aus einem Kaff im Latium ankarren lässt. Aber vielleicht reagierst du nur allergisch auf Kuhmilch, und nicht auf Büffelkuhmilch. Man weiß bei diesen Sachen nie, die Grenzen sind da sehr fließend. Mein Kumpel Bartolomeo, in deinen Kreisen unter dem Namen ›Bart der Affe‹ bekannt, war allergisch, ohne zu wissen, auf was. Bei einem Essen schmeckte ihm alles bestens, und hopplahopp, nach nur zwei Minuten dachten wir, er hätte einen Baseballhandschuh verschluckt. Er hat Tests und den ganzen Kram über sich ergehen lassen, bis man schließlich festgestellt hat, dass er auf eine dieser chemischen Schweinereien allergisch ist, die man aus Schweinemark herstellt, um Soßen einzudicken oder Marmelade haltbar zu machen. Man gibt das Zeug zum Beispiel auch in Wackelpudding, und deshalb wissen wir, dass Bart als Erwachsener noch Wackelpudding geliebt hat, bekam er doch bei Belles Taufe einen Anfall, an den wir uns alle noch erinnern. Ein andermal genügte in einem chinesischen Restaurant ein Löffelchen Pekingsuppe, und er bekam einen Erstickungsanfall wie du jetzt. Daraufhin ist er in die Küche gestürzt und hat dem Koch angedroht, ihn in einen Topf mit heißer Brühe zu stecken, wenn er ihm nicht sofort sagt, was er in seine Scheißsuppe getan hat. Am Ende wurden beide mit einem Krankenwagen abtransportiert. Wieder mal ein Abend, der im Arsch war.«

Im Rückspiegel sah Fred das Blaulicht des Krankenwagens näher kommen, er schloss die Augen und stieß einen Seufzer der Erleichterung aus. Seine linke Hand drückte noch immer auf Peters Schulter.

*

Warren füllte Lenas Glas nur noch zur Hälfte. Der allerjüngste Neuzugang der Familie Wayne verlor allmählich ein bisschen die Kontrolle über seine Gefühlslage, feierliche Grundsatzerklärungen wechselten sich mit eindeutigen Liebesbekundungen für ihren Geliebten ab.

»Meine Eltern sind, was das Heiraten betrifft, ein bisschen altmodisch, sie wollen ein großes Fest«, sagte Lena und hielt Warren ihr Glas zum Nachfüllen hin.

»Entschuldigt, aber meine Verlobte ist betrunken.«

»Überhaupt nicht. Meine Eltern haben sehr jung geheiratet, und bis zum heutigen Tag habe ich sie kein einziges Mal streiten gehört, auch nicht zum Spaß, auch wenn alle um sie herum meinen, dass ein Donnerwetter ab und zu guttut. So sind sie halt, meine Eltern, und ich liebe sie, gerade weil sie die Regeln widerlegt haben, mit denen man seit Ewigkeiten Paare drangsaliert, damit ihre Beziehung nicht in die Brüche geht. Ich liebe sie, so wie sie sich lieben, sie sind friedfertig und teilen alles miteinander, ich liebe ihre originelle, einfache Art, uns zu zeigen, wie sehr sie sich mögen. Ach, Maggie, wie gern würde ich sie Ihnen vorstellen!«

Maggie verstand jetzt sowohl Lenas Übereifer als auch den ihres Sohnes. Wenn ihre Eltern so waren, wie sie sie beschrieb, wenn ihre Kindheit so konfliktfrei und glücklich gewesen ist, dann will man als Kind so schnell wie möglich ihrem Beispiel folgen. Und vielleicht sogar schon bald selbst Kinder in die Welt setzen, die man genauso zärtlich lieben wird, wie man selbst geliebt wurde.

Die Spannung zu Beginn des Abends hatte sich in eine angenehme Euphorie verwandelt. Der Coup von Captain Quint, der wie alle Intrigen schwer aufzudecken war, hatte teuflisch gut funktioniert. Maggie, Belle, Warren und Tom verband nun ein Geheimnis: Da war diese Familie, die es nur für diesen einen Abend gab und die sie gerade deshalb nie vergessen würden. Eine Familie, die ihre Existenz einzig einem Mann von tadelloser Moral verdankte.

*

Nach einer Kortison- und einer Adrenalinspritze wurde Bowles auf eine Trage gelegt, um ihn in den Krankenwagen zu hieven.

»Sie nehmen ihn mit?«

»Er hat einen anaphylaktischen Schock, wir bringen ihn ins Krankenhaus Saint-Laurent.«

»Und ich, was mache ich?«, fragte Fred. Plötzlich war er sich selbst überlassen.

»Sie können Ihren Wagen nicht hierlassen. Das Krankenhaus ist ungefähr zwanzig Kilometer entfernt, ich gebe Ihnen die Adresse, fahren Sie in Chalon raus.«

Fred sah die Ambulanz mit gellender Sirene wegfahren. Er selbst fuhr langsam, holte aus seiner Tasche Bowles' Telefon, versuchte, eine Nummer zu wählen, blockierte aber stattdessen die Tastatur. PARIS/AUXERRE/BEAUNE stand auf einem Schild, unter dem er gerade durchfuhr.

Wie lange war es her, seit er hinter dem Steuer eines Wagens gesessen hatte, frei, sich überall hinzubewegen, die ganze Nacht vor sich, trunken wie ein Jugendlicher, der seine ersten Schritte in die absolute Freiheit genoss? Die Versuchung zu fliehen hatte Fred nie verlassen. Wegfahren, verschwinden, frische Luft einatmen, nach rechts Richtung Paris abdampfen, in einer Bar mit Animiermädchen ein paar Bourbons in sich hineinkippen, um in aller Früh nach Norden aufzubrechen. Ja, warum nicht in den Norden, nie hatte man den auf der Liste. Mein Gott, war das schön, hinter dem Steuer in finsterer Nacht in die Zukunft zu schauen!

Dennoch hielt er auf einem Rastplatz an, er trank einen heißen Kaffee, lehnte sich an eine Telefonzelle und dachte in Ruhe darüber nach, wie es nun weitergehen sollte. Würde ein Ausflug nicht zu neuen Sanktionen führen? Und das alles, weil WITSEC sich nicht entblödete, aus Menschen Laborratten zu machen, die nicht über sich selbst entscheiden durften. Letztendlich war das Programm ein Experiment, man wusste noch nicht, ob es auf lange Sicht lebensfähig war. Fred glaubte, keine Wahl zu haben, als er Tom anrief: Er hatte die Länge seiner Leine abgemessen und sie für zu lang befunden. Die Mailbox verwies ihn auf Bowles' Nummer. Wo steckte dieser Arsch von Quint, wenn man ihn einmal brauchte? Wie gern hätte er eine kleine Rede gehalten, nur um zu hören, wie es am anderen Ende der Leitung immer stiller wurde: »Tom? Hier ist Fred. Bowles ist im Krankenhaus, und ich habe große Lust, mir in einer Hurenkneipe die Birne vollzuhauen.« Er rief zu Hause an, dort meldete sich auch keiner, auch Maggies Handy blieb stumm. So viel Stille beunruhigte ihn.

Er fuhr bis zur nächsten Ausfahrt und wendete. Es war 21.30 Uhr.

*

Der Abend zog sich in die Länge, kurz vor Mitternacht servierte Maggie das Dessert, während Tom im Keller nach Champagner suchte. Lena nutzte die Gelegenheit, um ihre Begeisterung für seine Person kundzutun.

»Wie stolz Sie sein müssen, einen Schriftsteller in der Familie zu haben. Ich mag meinen Vater sehr, aber er arbeitet in der Kundenberatung eines Shoppingcenters. Auch wenn er seinen Job gut macht, Träume hat er damit bei uns keine geweckt.«

Maggie sah das Licht des Anrufbeantworters blinken. Wer rief zu dieser Stunde an einem Samstagabend an? Doch sie vergaß die Frage wieder, Tom kam mit einer Flasche zurück, die er in Händen hielt wie ein Hausherr, der sich um das Wohl seiner Gäste sorgt.

»Maggie, ich muss Ihnen etwas gestehen«, fuhr Lena fort, »bevor ich hierherkam, habe ich Sie mir wie eine italienische Mamma vorgestellt. Doch das Gegenteil ist der Fall.«

Während Maggie mit der x-ten Anekdote antwortete, bog

Fred mit Bowles' Wagen in die Allee ein. Er war müde von dem, was er in den letzten vierundzwanzig Stunden mitgemacht hatte: sein aufreibendes Gespräch mit Tom, die Nacht der Bekenntnisse mit Maggie, die Fahrt nach Paris, die von Peters Erstickungsanfällen durcheinandergebracht worden war. Jetzt wollte er herausbekommen, warum bei ihm zu Hause niemand ans Telefon ging. Er betrat das Haus, in der Küche entdeckte er Reste einer Hammelkeule auf dem silbernen Tafelgeschirr, er bog in den Gang, der zum Wohnzimmer führt, und vernahm Fetzen eines Gesprächs.

»Warren ist sicher der italienischste von uns allen«, sagte Maggie. »Seine Pasta ist besser als meine, er pfeift Verdis Opern, und er kann sogar mit den Händen reden.«

Fred erkannte in der Ferne die Stimme seiner Frau, auch die seiner Kinder, die eigentlich gar nicht hier sein sollten. Er ging langsamer und beschloss, an der Tür zu lauschen.

»Mit den Jahren, liebe Lena, wird Ihnen das auch auffallen. Es ist eine Veranlagung, die sich mit der Zeit immer mehr durchsetzt. Nehmen Sie zum Beispiel meinen Mann. Er kann fluchen wie ein sizilianischer Schmuggler, dabei war er noch nie dort.«

Ein Abendessen? Ohne ihn? Und wer war diese liebe Lena?

»Es ist die reine Wahrheit«, fügte Belle hinzu. »Papa und Warren verraten sich viel eher als wir, sie können es kaum verbergen, dass sie im Grunde ihres Herzens Spaghettifresser sind.«

»Das stimmt nicht!«, protestierte Warren. »Papa fällt zweifellos gern in frühere Verhaltensmuster zurück, aber ich habe mich, als wir in Amerika gelebt haben, immer voll und ganz als Amerikaner gefühlt. Jetzt bin ich ein Franzose.«

Vorsichtig an die Flurwand angelehnt, verfolgte Fred ein kleines Streitgespräch über die Frage der Herkunft, in dem er, und das beruhigte ihn, als *Papa* und *Ehemann* auch vorkam. Er musste nur noch den rechten Moment für seinen Auftritt abpassen und herausfinden, wer diese liebe Lena war, die sein Sohn so gut zu kennen schien.

»Und Sie, Monsieur Wayne, fühlen Sie sich als Italiener, Amerikaner oder Franzose?«

Fred erstarrte.

Es gab noch einen *Monsieur Wayne* in der Runde?

»Lebe in Rom wie ein Römer«, antwortete Tom. »Egal, was Belle und Maggie von mir denken, ich habe überhaupt keine Sehnsucht nach unseren Wurzeln, noch falle ich, wie Warren behauptet, in die Verhaltensmuster unserer Vorfahren zurück. Meine Eltern hatten eine Menge Respekt vor dem Land, das sie aufgenommen hat. Und diesen Respekt haben sie mir auch beigebracht.«

Fred massierte sich die Schläfen und versuchte die Wörter »Eltern«, »Maggie« und »Wurzeln« einzuordnen. War es nicht Tom Quints Stimme gewesen, die sie ausgesprochen hatte?

»Das behauptet auch Ihr Sohn«, sagte Lena. »Aber wenn er sich die Olympischen Spiele anschaut, dann hält er nicht zu den Amerikanern, auch nicht zu den Franzosen, sondern zu den Italienern.«

Da musste ein Irrtum vorliegen. Der Monsieur Wayne, der gerade gesprochen hatte, war keinesfalls der richtige Monsieur Wayne, denn Monsieur Wayne, das war er, Fred, auch wenn er als Manzoni auf die Welt gekommen war, auch wenn er später Blake oder Brown hieß oder Laszlo Pryor. Derzeit war sein Name Wayne, ausgesucht vom FBI, und demnächst würde er vielleicht Clark oder Robin heißen, es gab so viele kurze und gängige Namen, aber in diesem Augenblick gab es nur einen einzigen Fred Wayne, und der war er. Nein, er war nicht verrückt, aber er würde es vielleicht werden, wenn er nicht bald begriff, welch absurde Farce sich an diesem Tisch abspielte.

»Eines Tages hat er mir gesagt, dass er am allerliebsten einen italienischen Vornamen tragen würde.« Lena ließ nicht locker. »Mir gefällt Warren sehr. Das klingt so schön: Warren Wayne. Haben Sie den Vornamen ausgesucht, Monsieur Wayne? Oder waren Sie es, Maggie?«

Um sich zu versichern, dass er sehr wohl der Vater seiner Kinder war, hielt sich Fred an einem Bild fest: Er hob die kleine Belle, die gerade laufen konnte, zur Wiege des Neugeborenen hoch und sagte: »Schau, das ist dein Bruder.« Gut, bei der Geburt war er nicht dabei gewesen, es hatte Schwierigkeiten mit dem Syndikat der Fischgroßhändler gegeben, diese Idioten hatten sich genau in jener Nacht geweigert zu liefern. Und man konnte ihm auch nicht die Schuld dafür geben, dass er kurz nach seinem Besuch in der Frauenklinik von Don Polsinelli den Auftrag erhalten hatte, für eine Woche nach Orlando zu reisen, gerade zu dem Zeitpunkt, als Livia ihn am meisten gebraucht hätte. Das änderte aber nichts an der Tatsache, dass diese Kinder seine waren.

»Die Antwort ist ganz einfach«, sagte Maggie, »ich habe ihn nach meinem Lieblingsschauspieler Warren Beatty genannt. Als ich so alt war wie ihr, war ich verliebt in ihn, wie sicher die Hälfte aller Amerikanerinnen. *Bonnie und Clyde, Der Himmel soll warten*, x-mal habe ich diese Filme gesehen …«

»Und Sie hatten kein Wörtchen mitzureden, Monsieur Wayne?«

»Man hätte nicht auf mich gehört. Dafür hatten Maggie und ich uns auf den Namen Belle schon vor der Geburt geeinigt.«

Fred spürte, wie er unsicher wurde, er musste hoch konzentriert nachdenken: Nein, niemals hätte er es zugelassen, dass Maggie ihren Sohn nach Warren Beatty nannte, diesem Schönling und Liebling der Damenwelt, dem die andere Hälfte der Amerikaner am liebsten die Fresse poliert hätte. Er hatte sich für Warren entschieden, weil es der Vorname seines Lieblingsschauspielers Warren Oates war, den man vor allem aus den Sam-Peckinpah-Filmen *The Wild Bunch* und *Bring mir den Kopf von Alfredo Garcia* kannte. Ein zäher Typ, der unbarmherzig zuschlagen konnte, wenn die Umstände es verlangten. Ja, so war es unbestreitbar mit der Namensgebung gewesen. Und deshalb war Fred auch der wahre Fred Wayne, der wahre Vater von Warren.

»Es ist noch etwas verfrüht, um davon zu sprechen«, sagte Lena, »aber wir haben vor, in zwei Jahren unsere Hochzeit zusammen mit der Einweihung des Hauses in Vercors zu feiern. Das wird dann das Fest des Jahrhunderts!«

So weit waren sie also schon.

Fred stellte sich das Hochzeitsfoto vor, das Fräulein im weißen Kleid, sein Sohn mit buttergelben Handschuhen und haufenweise Cousins und Cousinen, die niemand kannte. Sich selbst suchte er vergeblich auf dem Foto.

»Ich werde alles tun, um dabei zu sein«, sagte Tom. »Wenn ich es nicht schaffe, sind Sie mir hoffentlich nicht böse, liebe Lena.«

Fred stand niedergeschlagen im Flur, er hatte gerade den Sinn dieses Betrugsmanövers verstanden. Man hatte ihn aus der Familie ausgeschlossen, zugunsten eines Ersatzvaters, den man besser als ihn vorzeigen konnte. Selbstverständlich hatte man für diese Rolle seinen Erzfeind ausgesucht.

»Monsieur Wayne«, sagte Lena zum Abschluss, »in unserem Haus gibt es ein kleines Arbeitszimmer, in dem Sie gern in Ruhe arbeiten können. Und glauben Sie mir, dort oben wird niemand Sie stören.«

Fred schlich sich in die Küche zurück, er suchte etwas

Hochprozentiges zum Trinken und fand einen Rest von schlechtem Rum, den Maggie für die Desserts verwendete. Nach drei Schluck war die Flasche leer, dann ging er wieder nach draußen an die frische Luft und stieg in Bowles' Wagen. Noch vor wenigen Stunden war er allein über die Autobahn gebraust. Er hätte einen schönen Ausflug machen können, doch er hatte darauf verzichtet und war stattdessen in sein trautes Heim zurückgekehrt. Was für ein Aberwitz! Möglichst viele Kilometer zwischen sich und diesem Unglückshaus, das war jetzt sein einziges Verlangen. Er wollte weg von dieser niederträchtigen Familie und unter Polizeischutz gestellt werden! Die Killer der LCN waren Waisenknaben im Vergleich zu den vier da drinnen. So viele Jahre hatte er arglos an der Seite seiner Familienmitglieder gelebt, und nun betrieben sie derartige Machenschaften gegen ihn und behandelten ihn, Gianni Manzoni, wie ein Monster! Wie war man bloß darauf gekommen, in ihm einen Staatsfeind zu sehen und ihn unter strengste Beobachtung zu stellen?

Er startete den Wagen und fuhr die Allee hoch. Doch dann kamen ihm Zweifel, er schaltete den Motor wieder ab, er wollte in Ruhe nachdenken. Statt diese liebe Familie Wayne mit ihrem frischgebackenen neuen Papa sich selbst zu überlassen, könnte man ihr doch einen Streich spielen. Warum sollten sie nicht Blut und Waser schwitzen und gezwungen werden, ihr gemeines Spiel zu Ende zu bringen?

Er kehrte ohne weiter zu zögern ins Haus zurück und ging den Gang entlang mit der Entschlossenheit des Killers, der er einmal gewesen war. Dabei machte er so viel Lärm wie möglich, man sollte ihn von Weitem schon hören. Er ließ sogar, bevor er das Wohnzimmer betrat, seine schöne Bassstimme erklingen.

»Wo seid ihr alle abgeblieben? Maggie? Fred?«

Und wie ein alter Schmierenkomödiant, der seinen Bühnenauftritt zelebriert, betrat er endlich mit weit geöffneten Armen die Szene. Da saßen die fünf um den Tisch herum und sahen ihn entgeistert an, die Dessertlöffel wollten das Dessert nicht mehr finden.

»Was ist denn los hier? Geht niemand mehr ans Telefon? Ich habe drei Nachrichten hinterlassen, dass ich komme. Den ganzen Nachmittag habe ich darauf gewartet, dass ihr mich einladet, Maggie, komm in meine Arme!«

Mühsam kam sie auf die Beine und ließ sich von dieser Erscheinung umarmen, die die gesamte Runde in Schockstarre versetzt hatte. Mit einer unglaublichen Selbstverständlichkeit begrüßte er seine Familie, mit Quint tauschte er einen mannhaften Händedruck.

»Stellt mir niemand die junge Dame vor? Ich bin Tom, Maggies Cousin und Warrens Pate. Und wer sind Sie?«

»Ich heiße Lena, ich bin …«

»Sie ist meine Verlobte«, sagte Warren mit der Begeisterung eines lebenden Toten.

»Glückwunsch und toi, toi, toi. Gut, abgesehen davon, gibt es etwas Leckeres, was ich zwischen die Zähne bekommen kann?«

Maggie wich seinem Blick aus und ging, unglaublich langsam, einen Teller holen.

»Hat man Ihnen von mir berichtet, Mademoiselle Lena? Ich wette, nein. Ich lebe in Newark, aber ab und zu komme ich geschäftlich nach Europa. Import, Export. Ich verkaufe eine Menge französischer Ferkeleien an die Amerikaner, und eine Menge amerikanischer Ferkeleien an die Franzosen. Und wenn ich hier in der Gegend etwas zu tun habe, komme ich vorbei und sage meiner Familie Guten Tag. Hast du meine Mail nicht bekommen, Maggie?«

»... Doch.«

»Kann ich heute bei euch übernachten? Wenn nicht, gehe ich ins Empereur in Montélimar, die haben bestimmt ein Zimmer.«

»Fühl dich wie zu Hause.«

Fred klopfte Tom auf die Schulter.

»Und wie geht es unserem Schriftsteller? Gibt es schon was Neues?«

»Ich arbeite daran.«

»Dein letztes Buch habe ich im Flugzeug gelesen. Ein Leckerbissen. Ich habe es in einem Zug verschlungen. Du musst mich auch einmal in eines deiner Bücher einbauen. Ich habe eine Menge Geschichten auf Lager, weißt du das?«

»Ich kann's mir vorstellen.«

»Wie schön, wieder im Kreis meiner Familie zu sein«, sagte Fred und hob sein Glas auf das Wohl aller.

*

Warren und Lena verabschiedeten sich und kehrten zu den Delarues zurück. Fred wartete, bis Belle in ihrem Zimmer war, er wollte Maggie auf die sanfte Tour abfertigen.

»Das war ein anstrengender Abend für uns alle. Hoffentlich ist deiner zukünftigen Schwiegertochter nichts aufgefallen. Ich drehe noch eine Runde, ich will ein bisschen zur Ruhe kommen, bevor ich schlafen gehe.«

»Gianni, ich wollte dir sagen ...«

Aber was blieb zu sagen, wenn man jemanden derart verleugnet hatte? Noch eins draufzusetzen wäre beleidigend, und Maggie hatte keine Lust, auf die Demütigung noch eine Beleidigung folgen zu lassen. Sie befürchtete einen Wutausbruch von Fred, dem sie nicht gewachsen wäre. Wider Erwarten gelang es Fred, den unerträglichen Schmerz zurückzuhalten, seine Niedergeschlagenheit äußerte sich auf eine tiefere, stumme Art. Kein Drama würde sich mehr abspielen, keine Ruhe vor dem Sturm würde es mehr geben, weil es auch keinen Sturm mehr geben würde, es gäbe auch keine Rückkehr zur Normalität und keine Versöhnung mehr. Von nun an gäbe es einfach nichts mehr. Diese Gewissheit ließ ihn den rechten Ton finden. Und der überzeugte.

»Willst du, dass ich dir was sage, Livia? Du hast mir übel mitgespielt, aber ich weiß auch, warum. Ich bin so, wie ich bin, und wenn Warren Angst davor hat, mich seiner Kleinen vorzustellen, dann ist das mein Fehler. Und wenn Tom einen besseren Schwiegervater abgibt, dann liegt es ganz allein an mir. Wer weiß, vielleicht ist das eine Prüfung, die mich meinem Sohn näherbringt.«

Maggie hatte alles erwartet, nur nicht diese befremdliche Nachsicht.

»Warren ist groß geworden, Livia. Er ist jetzt ein Mann. Es wird Zeit, dass ich auch einer werde.«

»Gianni …«

»Ich bin es, der sich jetzt Mühe geben muss. Auch auf die Gefahr hin, dass ich Schläge mitten ins Gesicht bekomme wie heute Abend.«

Freds Worte nährten in Maggie eine falsche Hoffnung, der sie zu gern nachgab. Vielleicht hatte das Wunder doch stattgefunden. Vielleicht stellte sich ihr Mann endlich die richtigen Fragen.

Um sein Mea-culpa-Bekenntnis würdevoll abzuschließen, küsste er Maggie auf die Stirn, die es geschehen ließ, glaubte sie doch, dass er ihr mit diesem Kuss verzieh, und sie betete zu Gott, dass nach dem Verzeihen das Vergessen kam.

Er ging hinunter ins Erdgeschoss, dann hinaus in die kühle Nacht, die vom Schimmer des Vollmonds erhellt war und in der man den Wald riechen konnte. Er begegnete Tom, der unbeweglich auf den drei Steinstufen vor Bowles' Eingang saß. Das Hemd des Captains stand offen, darunter war er nackt. Mit halb geschlossenen Augen versuchte er, seine innere Ruhe wiederzufinden, die frische Luft sog er in sich hinein.

»Gibt es Neuigkeiten von Peter?«, fragte Fred.

»Er ist außer Gefahr, er kommt morgen zurück.«

»Umso besser. Ich mache einen Spaziergang zur Kapelle hoch. Du verstehst, dass ich allein sein will.«

Heute Abend war Tom nicht nur Maggies Beschützer gewesen, sondern auch ihr Komplize. Sein Sohn Warren, der ihn nicht mehr respektierte, hatte sich für eine andere Vatergestalt entschieden. Und Belle, die reine und unschuldige, hatte wie die anderen bei diesem verlogenen Spiel mitgemacht. Sie hatte Tom »Papa« genannt. Dieses kleine Wort fühlte sich jetzt klebrig an wie Spucke im Gesicht. Ach, was für eine hübsche Versammlung von Übeltätern! Die Kinder seiner Kinder werden vielleicht nicht mehr wissen, dass sie Manzonis sind. Und Freds Existenz wird zum bestgehüteten Familiengeheimnis, bis man ihn einige Generationen später vollkommen vergessen haben wird.

»Gute Nacht, Tom.«

»Gute Nacht, Fred.«

Der G-Man ließ ihn ziehen, ohne irgendeinen Vorbehalt. Er war schon stolzer auf sich gewesen als heute Abend, doch um zu entscheiden, ob man den Abend als Erfolg oder als Fiasko verbuchen konnte, dafür war es noch zu früh. Zu dieser späten Stunde würde er die äußere Welt am liebsten zum Teufel jagen und so lange in Tiefschlaf versinken, wie es seinem Körper gefiel. Doch er konnte erst beruhigt einschlafen, wenn er seine Frau angerufen und ihr gesagt hatte, wie sehr sie ihm fehlte.

Um 19.30 Uhr Ortszeit in Tallahassee, Florida, hatte Karen in ihrem Haus den Mantel über die Schulter geworfen. Sie wollte ausgehen und zögerte deshalb, ob sie das Gespräch annehmen sollte. Ihre Schwester hatte vor der Veranda geparkt, die beiden wollten essen gehen.

»Ich bin's, mein Herz.«

»Thomas? Geht's dir gut? Zu der Zeit rufst du selten an.«

»Ich wollte dir einen Kuss geben, bevor ich schlafen gehe. Störe ich dich?«

»Ich gehe mit Ann mexikanisch essen, aber ich freue mich, deine Stimme zu hören, mein Schatz. Wie läuft's bei dir?«

»Ich bin in Südfrankreich, morgen fahre ich aber nach Paris zurück. Nächste Woche habe ich eine heikle Sache zu erledigen. Danach komme ich für zwei Wochen nach Hause.«

»Hinter einer guten Nachricht verbirgt sich bei dir immer eine schlechte. Du redest von einer heiklen Angelegenheit, warum sagst du nicht gleich, eine gefährliche?«

»Oh, nein, keineswegs. Für gefährliche Unternehmungen habe ich meine Leute. Die Jungen brennen darauf, in die Schlacht zu ziehen, wie ich früher auch. Und dieses Vergnügen werde ich ihnen nicht vorenthalten.«

»Ich kann also bis zu deiner Ankunft ruhig schlafen?«

»Ich werde schneller bei dir sein, als du dir vorstellen kannst. Umarme deine Schwester von mir.«

»Das werde ich.«

»Was ich dir noch sagen wollte ...«

Aber das, was er noch sagen wollte, fand keine Worte, sein Herz gab es nicht frei: *Heute Abend, stell dir vor, habe ich mit einer anderen Frau Paar gespielt. Ich habe die Hand auf ihren Unterarm gelegt, während wir bei Tisch waren. Haargenau so, wie ich es bei dir mache. Geschickt habe ich Erinnerungen heraufbeschworen, die nicht die unseren sind. Aus Versehen habe ich sie*

»Schatz« genannt. Aber glaube mir, gefährlichere Aufgaben als diese erledige ich nicht mehr. Das ist das Maximum an Risiko, das ich noch eingehe.

»Was wolltest du noch sagen, mein Schatz?«

»Dass ich dich liebe.«

»Ich liebe dich auch.«

Er legte auf, besänftigt und beruhigt, jetzt konnte er sich richtig ausschlafen. In nur zwei Wochen würde er Karen wiedersehen und sie zu den x-ten Flitterwochen einladen. Die vielen langen Jahre in Europa ohne sie hatten aus Tom bei seinen Besuchen zu Hause einen Vollzeitromantiker und heißblütigen Liebhaber gemacht. Die Distanz zwischen beiden ließ die Flamme ihrer Liebe nicht ausgehen, sie brannte noch immer gleich stark. Das war allerdings auch die einzige Entschädigung für so viel Einsamkeit.

Er wollte sich gerade auf sein Feldbett legen, als sein Handy klingelte. Auf dem Display erschien der Name Alec Hargreaves. Das war der einzige Anrufer, den er unmöglich wegdrücken konnte, er kam aus dem Büro in Washington. Er stieß einen Seufzer aus Missmut und Lustlosigkeit aus und sprach als Erster.

»Alec, wenn du mich anrufst, dann um mich in Komplikationen zu verwickeln, und Komplikationen sind das Letzte, was ich heute Abend brauchen kann.«

»Miranda hat sich beim Training den Fußknöchel gebrochen.«

»Was?«

»Du kennst sie ja, immer will sie den männlichen Mitstreitern ihre Überlegenheit beweisen, so hat sie versucht, auf dem zweiten Parcours ihren Rekord zu brechen, und ist in einer Hecke gelandet.«

»Die dumme Kuh!«

»Ungefähr das habe ich auch gesagt.«

»Ich hole sie morgen Abend in Roissy ab.«

»Die Mission Costanza ist abgeblasen. Du kannst früher als gedacht in Urlaub gehen. Du kannst mir glauben, es fällt mir schwer, dir diese Nachricht zu überbringen.«

»Sechs Monate! Sechs Monate Vorbereitung, Scheiße! Wenn wir Jerry Costanza in Paris verpassen, bekommen wir ihn erst wieder in vier oder fünf Jahren zu fassen, falls er kein allzu großes Wagnis eingeht, aber das tut er nie.«

»Miranda traut sich nicht, dich anzurufen.«

»Sie fühlt sich wohl schuldig, die Arme.«

»...«

»Scheiße! Scheiße! Scheiße!«

»...«

»Ich denke über alles nach, Alec. Ich rufe dich morgen an.«

Beim Auflegen trat Peter mit einem Fuß gegen eine Schachtel mit persönlichen Dingen, die er bislang noch nicht einmal geöffnet hatte. Die Nacht würde nicht so erholsam werden wie erwartet.

*

Fred, der nie vorgehabt hatte, bis zur Kapelle von Mazenc hochzusteigen, blieb vor der Werkstatt des Keramikers stehen. Hinter der Gardine erahnte er seine Silhouette. Die beiden hatten einmal einige Gemeinsamkeiten zwischen der Arbeit eines Handwerkers und der eines Schriftstellers entdeckt. Seitdem grüßten sie sich stets von Weitem mit Handzeichen.

»Darf ich Ihr Telefon benutzen? Ich müsste nach Amerika telefonieren. Hier ist es spät, aber dort, Sie wissen ja, die Zeitverschiebung. Es kostet Sie nichts, es ist ein R-Gespräch.«

Freds Nachbar lebte allein und ging nie vor Sonnenaufgang schlafen. Jetzt konnte Fred endlich einmal die Einladung zum Kaffee annehmen, die schon so oft ausgesprochen worden war.

»Kommen Sie rein.«

»Ich wollte klug sein und habe selbst eine neue Steckdose in meinem Büro gesetzt, habe die ganze Installation allein gemacht. Der Kerl von der Telefongesellschaft hat mir versprochen, dass er am Montag vorbeikommt.«

»Sie sind wie ich. Sie haben auch kein Handy.«

»Ich hatte eines. Jetzt nicht mehr.«

»Wenn man von zu Hause aus arbeitet wie Sie und ich, geht es auch ohne. Der Apparat liegt neben der Ladestation, rechts von Ihnen. Soll ich uns einen koffeinfreien Kaffee machen? Ich habe auch einen ziemlich starken Mirabellenschnaps, wenn Sie wollen.«

»Ich glaube, ich habe für heute Abend genug getrunken. Trinken wir einen Koffeinfreien.«

Fred ging an den Ausstellungsregalen vorbei, berührte Teller und Vasen, machte seinem Gastgeber die obligaten Komplimente und wählte nach dieser Höflichkeitsübung eine Nummer.

»Ich hoffe, nichts Schlimmes?«

»Nein, ich rufe meinen Neffen an. Ich kann ihn nur zu dieser Tageszeit erwischen.«

Der Mann stellte Fred die Tasse hin, der sich mit einem Augenzwinkern bedankte.

»Hallo, Ben. Hier spricht dein Onkel.«

Benedetto D. Manzoni, Sohn von Ottavio Manzoni, Freds älterem Bruder, lebte in Green Bay, Wisconsin. Er war einer der Jüngsten in Manzonis Team gewesen, ein Spezialist für Sprengungen. Derzeit führte er ein ruhiges Leben, Tausende Meilen entfernt von seinem früheren Bekanntenkreis.

»Onkel? Als man mir gesagt hat, dass der Anruf aus Frankreich kommt, habe ich sofort an dich gedacht. Lebst du immer noch dort?«

»Ja.«

»Hört Quint uns zu?«

»Nein.«

»Geht's gut?«

»Ben, ich brauche dich.«

Wenn Freds Familie ihm heute Abend klargemacht hatte, was für ein missliebiger Vater er für sie war, dann musste er, aus Respekt vor ihnen, persönlich dafür sorgen, dass sie ihn loswurden.

»Erinnerst du dich an Laszlo Pryor?«

»Laszlo Pryor? Die Bedienung aus dem ›Bee-Bee‹? Wie könnte ich den vergessen!«

»Meinst du, der lebt noch?«

*

Normalerweise wäre Tom einen Tag länger in Mazenc geblieben, er hätte sich noch einmal mit Fred getroffen, um den Schaden des gestrigen Abends einzuschätzen. Doch es gab Dringenderes: Die Affäre Jerry Costanza brannte ihm unter den Nägeln.

So viele Flugstunden zwischen Paris, Palermo und New York waren investiert worden, um diese schwierige Operation vorzubereiten! So viele Videokonferenzen! So viele Informanten mussten betreut werden! Einen derartigen logistischen Aufwand hatte das Büro schon lange nicht mehr betrieben. Die Agentin Miranda Jansen würde heute Abend nicht nach Roissy kommen können, und ein anderes Mädchen vom Büro besaß weder die Physis noch die Ausbildung, um sie auf die Schnelle zu ersetzen. Wie ein Berserker hatte sie geschuftet, um zum rechten Zeitpunkt einsatzbereit zu sein, sie hatte sich die Haare blond färben lassen und sich einen sizilianischen Dialekt angeeignet. Sie hatte es kaum erwarten können, dass es losging. Und jetzt lag sie in einem Krankenhaus mit ihrem eingegipsten Knöchel, den sie gleichzeitig beweinte und verfluchte. Miranda kannte Paris nicht. Und deshalb hatte ihr Tom – falls die Operation Donnerstagabend planmäßig verlaufen wäre – eine einmalige Tour durch Paris by night versprochen.

»Tom? Stimmt etwas nicht?«

Belle fragte sich, warum Tom darauf bestanden hatte, denselben Zug wie sie zu nehmen, ja, er hatte sogar ihre Fahrkarte umgetauscht, damit sie beide erster Klasse reisen konnten. Doch wozu sollte diese Fahrt zu zweit gut sein, wenn er übel gelaunt dasaß und grübelte. Ob er sich Vorwürfe wegen gestern Abend machte?

»Mach dir keine Sorgen, Tom, der fängst sich schon wieder.«

Tom scherte sich einen Dreck um Freds Enttäuschung und Kränkung. Die Maskerade und die Erdstöße, denen die Familie Manzoni ausgesetzt sein würde, waren ihm egal. Jahrelang hatte er den Vater gejagt, danach jahrelang beschützt, bewacht, am Leben erhalten, ja sogar ersetzt, als sich die eigenen Kinder seiner schämten. Der Name Manzoni war für Tom gleichbedeutend mit Verbannung, mit Getrenntsein von seiner Frau Karen. Manzoni, das war sein größter Sieg, aber auch sein Fluch. Und jetzt drohte ein gewisser Jerry Costanza, ein ebenso widerlicher Gangster, ihm durch die Lappen zu gehen und ihn in seinem Kampf gegen das Verbrechen zurückzuwerfen. Tom hatte in der Nacht noch keine Lösung gefunden, es wurde also höchste Zeit. Eine Niederlage war der einzige Luxus, den er sich nicht leisten durfte.

In Toms Kopf lieferten sich unterschiedliche Triebfedern einen harten Kampf: Seine Intuition empfahl ihm etwas, was den Vorschriften widersprach, sein Instinkt schlug ihm etwas vor, was gegen alle Vernunft war, und sein Unterbewusstsein wollte ihn zu einem Coup verleiten, der gegen seine Moral verstieß. Doch ein starkes Verlangen, endlich die Würfel fallen zu lassen, trieb ihn weiter an.

»Belle, hast du den Namen Mauro Squeglia schon mal gehört? Das ist ein *capo* aus Palermo, der Verbindungen zu Polsinelli in Brooklyn hat.«

Belle war erstaunt, dass er in ihrer Gegenwart vollständige Namen nannte, und erst recht die von Mitgliedern der Mafia.

»Squeglia? Als ich klein war, hat man von ihm wie von einem Uropa gesprochen, eine Art Pharao. Lebt er noch?«

»Er wird künstlich beatmet und hat einen Herzschrittmacher. Sein Erbe ist bereits ernannt. Aber die Polsinellis hätten sich einen anderen gewünscht, und so ist der Ton zu beiden Seiten des Atlantiks schärfer geworden.«

Zum ersten Mal erzählte ihr Tom Quint Einzelheiten von seiner Arbeit beim FBI, und das war mehr, als sie hören wollte.

»Jerry Costanza vom Polsinelli-Clan hat es abgelehnt, nach Palermo zu kommen, um die Meinungsverschiedenheiten beizulegen. Und Giacomo Rea, der Squeglia vertritt, hat eine Einladung nach Brooklyn abgelehnt.«

Tom konnte nicht mehr an sich halten, und Belle fragte sich immer mehr: *Warum erzählt er mir das alles?*

»Nach mehreren Geheimverhandlungen sind sie übereingekommen, sich auf halbem Weg auf neutralem Boden zu treffen. Das wird nächsten Donnerstag in Paris sein.«

»...?«

»Der Hauptteil ihrer Unterhaltung wird hinter verschlossenen Türen in Costanzas Suite im Plaza stattfinden. Dann gehen sie im Restaurant des Hotels zu Abend essen. Jerry kehrt vor Mitternacht in sein Zimmer zurück. Er hat seine Gewohnheiten, von denen er nie abweicht.«

Ob ihr Vater wieder den Dienst aufgenommen und bereits ein paar Dummheiten begangen hatte, die Konsequenzen für sie alle haben würden?

»Bei diesem Essen möchte Costanza eine weibliche Begleitung haben. Wenn er unterwegs ist, wendet er sich immer an den besten Escortservice des Landes, das er bereist. Der schickt ihm ein oder zwei sehr schöne Mädchen, mit denen es sich angenehm plaudern lässt. Er spielt ihnen den gebildeten Patriarchen vor, der immer noch zu verführen weiß. Wenn der Kaffee serviert wird, bedankt er sich für ihre Gesellschaft und geht schlafen. Und die Mädchen? Noch nie sind sie so gut für ein Abendessen in einem schicken Restaurant bezahlt worden, und genau wie er liegen sie kurz vor Mitternacht im eigenen Bettchen und können mit der Fernbedienung in der Hand einschlafen.«

Allmählich kamen Belle Zweifel, dass diese Geschichte etwas mit ihrem Vater zu tun hatte.

»Wenn alles planmäßig verlaufen wäre, hätte Spezialagentin Miranda Jansen den Platz dieses Escortgirls eingenommen, aber das Dummchen hat sich den Knöchel gebrochen.«

»Tom, willst du mich wirklich das fragen, was ich glaube, dass du mich jetzt fragen wirst?«

»Habe ich dich um etwas gebeten?«

»Ja, ich soll für das FBI das Callgirl spielen! Das ist doch genau das, was du mit mir vorhast?!«

»Wie könnte ich dich, die Tochter von Gianni Manzoni, um so etwas bitten?«

Die Tochter von Gianni Manzoni. Wenn er ihr klarmachen

wollte, dass sie viel besser als eine Miranda Jansen für einen solchen Auftrag ausgestattet sei, dann würde er es bestimmt so und nicht anders versuchen.

»Hast du mich mal genau angesehen, Tom? Ich? Undercover?«

»Noch einmal, ich habe dich um nichts gebeten, und selbst wenn du bereit wärst, für Miranda einzuspringen, es wäre gegen meine Vorschriften, dich zu engagieren. Und was lässt dich glauben, du hättest die Vorzüge, die man braucht, um eine solche Operation zu meistern? Nun, du bist körperlich genau der Typ, auf den Jerry abfährt, du kennst die *wiseguys* in- und auswendig, du sprichst Englisch und Französisch und du verstehst auch das grausamste Sizilianisch.«

Belle griff nach ihrer Tasche und verließ das Abteil. Wie konnte Quint, ihr pedantischer und pingeliger Beschützer, ihr so etwas vorschlagen! Im Bahnhof von Lyon versuchte sie ihm zu entkommen. Doch schon spürte sie auf der Schulter seine Hand, die sie zurückhielt.

»Ich kann meinen Vater nicht zweimal in so kurzer Zeit verraten.«

»Wenn du das Bedürfnis hast, mich vor Donnerstag zu sehen, ich bin die ganze Woche in Paris.«

Plötzlich fühlte sich Belle sehr allein, ohne Familie, ohne Freunde, ohne einen Menschen, dem sie das Geheimnis der Manzonis, das sie noch immer mit sich trug, anvertrauen konnte.

*

Weniger als eine Stunde später lag sie in den Armen von François Largillière, beide wälzten sich auf einem kostbaren Teppich, der es nicht gewöhnt war, derart misshandelt zu werden. Nach dieser furiosen Wiedersehensfeier kuschelten sie sich aneinander, ruhig und unbeweglich. Dabei träumte sie von einer Zeit, in der die Unschuld nie zu enden schien.

François befreite sich langsam aus ihrer Umarmung, er zog sich an und setzte seine schulmeisterliche Miene auf. Belle hatte kaum Zeit, sich zu wappnen, denn die Phrasen wurden bereits gedroschen. Wieder einmal behauptete er, dass ihre Beziehung zum Scheitern verurteilt sei. Warum waren alle Männer in ihrem Leben, die ihr etwas bedeuteten, so verdreht? Ihr Vater, Tom Quint und der Übergeschnappteste von allen, François Largillière?

Unter dem Deckmantel von Lob und Komplimenten benannte er Belles kapitalen Fehler: ihre Schönheit. Ihre dauerhafte, überbordende, lässige Schönheit, der niemand sich entziehen konnte. Er fühlte sich verpflichtet, sie zu kommentieren, ihr eine Bedeutung zu geben, nur um sie ihr dann wieder zu entziehen.

»Die Schönheit liebt nur sich selbst.«

Wie konnte er so ungerecht sein? Belle hatte nie in sich ein Idealbild gesehen. Vor dem Spiegel war sie die Einzige, die noch nie jene Aura bemerkt hatte, die alle für ein göttliches Geschenk hielten.

»Die wirklich schönen Frauen beginnen erst mit vierzig zu leben.«

Warum hatte er solche Probleme mit ihren feinen Gesichtszügen, anstatt sich an ihnen zu erfreuen und stolz darauf zu sein? Was machte ihm solche Angst? Warum glaubte er, in Gefahr zu sein?

»Die kleinen Mädchen, denen man zu oft sagt, dass sie schön sind, glauben schließlich selber daran.«

Aus Mangel an anderen Ausdrücken nannte er sie mehrfach »Geschöpf« und warf ihr vor, immer darauf bedacht zu sein, im besten Licht zu erscheinen. Seine Anklage beendete er mit der Behauptung, dass die Frau seiner Träume niemals die Frau seines Lebens werden könne. Denn so etwas sei noch nie passiert, es gebe da keinen Präzedenzfall, weder im wirklichen Leben noch in einem anderen.

Belle war niedergeschmettert, sie zog sich schweigend an, verließ mitten in der Nacht seine Wohnung und nahm sich zusammen, bis sie draußen war. Dann brach sie in Tränen aus. Sie setzte sich auf eine Bank, die auf dem Grünstreifen Ecke Boulevard Saint-Michel und Boulevard Montparnasse stand, und rief Captain Thomas Quintiliani an.

»Tom, ich bin einverstanden.«

»Du wirst es nicht bereuen.«

»Aber ich will eine Gegenleistung.«

»Alles, was du willst.«

Fünf

Die Hand gegen ein Ohr gepresst, betrat Delroy Perez die Apotheke, die sich ein paar Meter entfernt von seinem Hauptquartier an der Tilbury Road in Newark, New Jersey, befand. Die ganze Nacht hatte er wegen einer Nebenhöhlenentzündung, die die Ärzte bisher nicht heilen konnten, wie ein Märtyrer gelitten. Bald glühten seine Augen, bald war seine Nase vollkommen verstopft, ganz zu schweigen von den Migräneanfällen, die auf die Schläfen drückten. Doch am meisten schmerzte das linke Ohr.

»Es ist, als ob mir jemand einen Nagel ins Trommelfell schlägt«, sagte er dem Apotheker. »Nein, eher eine Schraube, eine große Schraube, die angezogen wird und das Gehirn langsam zusammendrückt.«

Als ihm zwischen zwei und drei Uhr in der Nacht die starken Schmerzmittel ausgegangen waren, hatte er eine Schachtel Aspirin geleert und eine heiße Kompresse auf die Wange gelegt. Sogar das Mädchen, das an seiner Seite schlief, hatte er geweckt, um sie anzuschnauzen, weil es ihm so schlecht ging – genutzt hatte es nichts. Als seine Geduld am Ende war, hatte er die Unglückliche losgeschickt, in einem finsteren Viertel nach einer Apotheke zu suchen, die Nachtdienst hatte. Es überraschte ihn, dass sie nicht zurückkam.

»Es tut mir leid, aber für Naproxen brauche ich ein Rezept.«

»Das weiß ich, verdammt noch mal! Aber ich habe jetzt Schmerzen! Bis ich einen dieser Scharlatane aufsuchen kann, tut das andere Ohr auch noch weh. Ich muss sofort zwei Naproxen einnehmen, und ich verspreche Ihnen beim Leben meiner Mutter, dass ich tagsüber mit dem Rezept wiederkomme.«

Nach einer halben Flasche Wodka war er in einen unruhigen Schlaf gefallen; beim ersten Tageslicht war er mit dem gleichen heftigen Schmerz aufgewacht. Er hatte eine Tasse Kaffee getrunken, sich ein bisschen übergeben und war zur Apotheke gerannt.

»Das ist ein einfaches Schmerzmittel! Was denken Sie denn, was ich verdammt noch mal damit anstelle? Dass ich mir ein Gewehr schnappe und im erstbesten Fast-Food-Laden zwölf Leute niedermähe, nachdem ich ein Pfeifchen Naproxen geraucht habe? Glauben Sie, dass das passieren könnte, verdammte Scheiße?!«

Der Mann, der diese Worte schäumend vor Wut aussprach, hatte dreihundert Meter entfernt einen Packen von sechzig Kilo Kokain eingelagert, der am Vortag aus Kolumbien angeliefert worden war. Neben anderen Gründen, weswegen er unmöglich einen Arzt aufsuchen konnte, war der wichtigste ein geplantes Treffen mit seinem Hauptdealer, mit dem die Ware aufgeteilt werden sollte. Die Hälfte der Lieferung sollte noch am selben Tag nach New York gehen, wo die zehn wichtigsten Dealer, die die Leute im Showbiz versorgten, ihrer Klientel eine sofortige frische Lieferung versprochen hatten. Sein Chemiker wäre dabei, um die Qualität der Ware zu prüfen und den Preis pro Gramm festzulegen. Ebenso Paul »Demon« Damiano, der Vertreter des lokalen Bosses. Es versprach Streit zu geben, Paul würde sich garantiert in die Festlegung des Grammpreises einmischen, um seinen Prozentanteil zu erhöhen – von Mal zu Mal wurde er überheblicher, als wäre er der Boss selber.

»Mister! Ich brauche diese Tabletten dringend«, sagte er und zog eine Rolle Hundertdollarscheine hervor. »Ich zahle Ihnen den tausendfachen Preis, den tausendfachen, verdammt noch mal! Nur zwei Tabletten, und bevor es dunkel wird, bekommen Sie Ihr Scheißrezept.«

Für Delroy, der aus seinem Krankenbett gestiegen war, war das hier eine zum Himmel schreiende Ungerechtigkeit. In zwanzig Minuten könnten die Schmerzen abklingen, doch so würden sie nie nachlassen und ihm bei seiner Begegnung mit Damiano, dem blöden Sack, die Konzentration rauben, und das alles nur wegen dieser bornierten und böswilligen Arschgeige im weißen Kittel, die sich weigerte, ihm diese zwei Tabletten zu geben. Das war mehr als eine Ungerechtigkeit, das war vollkommen absurd! Dabei war die Erlösung nahe, sie lag griffbereit in einer Schublade! Der Schmerz wurde so heftig, dass seine Backenzähne sich jetzt auch noch meldeten, aber dieser Idiot hinter seiner Theke blieb unnachgiebig.

Delroy kannte sich mit Schmerzen beileibe aus. Er hatte vor zwanzig Jahren als kleiner Dealer im Viertel angefangen, hatte Hunderte von jungen Menschen gesehen, die nur noch ein Wrack waren und ihm dennoch die Hand entgegenstreckten, um ihre Dosis zu bekommen. Er hatte sie geschröpft und bis aufs Blut ausgenommen, bis sie in der Gosse verendeten. Er hatte Jugendliche gezwungen, alles zu verkaufen, was ihnen gehörte oder nicht gehörte, einige von ihnen hätten für einen Schuss Heroin sogar ihre inneren Organe oder ihre kleine Schwester verscherbelt. Delroy hatte seine Kunden haufenweise zu Dieben, Mördern, Kriminellen jeder Art gemacht. Sie taten alles, wenn nur der Schmerz ihrer ungestillten Sucht aufhörte.

»Hören Sie, ohne Tabletten gehe ich hier nicht weg. Ich habe Schmerzen, verdammt noch mal, begreifen Sie das nicht?«

Während der Apotheker seinen Kunden mit neuen Argumenten zu beruhigen versuchte, rief seine Frau im hinteren Ladenteil den Notruf an und gab einem Polizeiinspektor ihre Adresse durch. Solche Anrufe machte sie zwei- oder dreimal die Woche. Keine fünf Minuten später – Delroy stieß gerade einen Verkaufsständer für Halstabletten um – betraten zwei Männer in Blau den Laden. Wider Erwarten nahmen sie den Unruhestifter nicht mit, sondern wandten sich gegen den Apotheker.

»Sie sehen doch, dass der Mann leidet, oder?«

»...?«

Trotz seiner Schmerzen schaute Delroy genauso verblüfft drein wie der Apotheker.

»Geben Sie ihm sofort sein Medikament!«, befahl der Sergeant.

»Wie können Sie einen Menschen in einem derartigen Zustand sich selbst überlassen?«, fügte sein Kollege hinzu, als litte er mit ihm.

In dreißig Jahren Berufspraxis hatte das Apothekerehepaar manches schon erlebt: Junkies, die einen Schuss brauchten, Schwarzhändler von Amphetaminen, Jugendliche auf der Suche nach dem synthetischen Kick, Diebe jeder Art und Couleur, aber noch nie hatte ein Polizist in Missachtung aller Gesetze der amerikanischen Pharmazie einem Randalierer recht gegeben.

»Aber, Officer, ich bin nicht befugt ...«

»Diesmal machen Sie eine Ausnahme, und ich bin mir sicher, dass der Mister aufrichtig ist und Ihnen vor dem Abend sein Rezept vorbeibringt. Nicht wahr, Sir?«

Was für eine Sensation: Delroy glaubte tatsächlich, dass er das Mitleid eines Polizisten erregt hatte, der sich viel menschlicher verhielt als die, mit denen er normalerweise zu tun hatte. Zum ersten Mal hatte er nicht lügen müssen, der Schmerz hatte für ihn gesprochen, und der Rest der Menschheit hatte sich solidarisch mit dem Leiden eines Einzelnen gezeigt.

Eine halbe Stunde später hatte sein Körper dank des unerwarteten Eingreifens eines Polizisten seinen Frieden wiedergefunden. Delroy fühlte sich in Höchstform, um seinen Chemiker zu empfangen und Paul Damiano gegenüberzutreten.

Bei Beginn der Verhandlungen drangen sechs Agenten der DEA mit Sturmgewehren und in Kugelschutzwesten in den Lagerschuppen ein. Angeführt wurden sie von den Agenten Timothy Furlong und Bruce Ryckman, die Delroy seit zweiundsiebzig Stunden beschatteten und jetzt auf die Übergabe warteten, um alle Beteiligten geradewegs einzubuchten. Von ihrem Wagen aus, der vor der Apotheke gestanden hatte, war es Furlong und Ryckman im letzten Augenblick gelungen, die beiden Straßenpolizisten abzufangen; wenn sie Delroy eingelocht hätten, wäre die ganze Operation gescheitert.

»Sie geben ihm, was er verlangt«, hatte Ryckman gesagt, »und wenn er sein Medikament mit Earl-Grey-Tee einnehmen will, dann besorgen Sie einen Earl-Grey-Tee, haben Sie mich verstanden?«

Keiner der beiden Polizisten hätte es gewagt, eine FBI-Operation scheitern zu lassen, doch sie mussten sich schon sehr überwinden, um den kleinen Sketch vor dem verblüfften Apothekerehepaar aufzuführen.

Als man Delroy Handschellen anlegte, begriff er sofort,

dass ihn jemand verpfiffen hatte, und er fragte den Agenten Furlong, der ihm gerade seine Rechte vorlas.

»Wer war es, welcher Dreckskerl? War es Johnny-John? Natürlich war es Johnny-John, oder? Dieser Schweinehund. Oder war es der andere Scheißkerl, Bellini? Aber klar, natürlich, es war dieser Kotzbrocken!«

Paul Damiano, der überzeugt war, in eine Falle geraten zu sein, setzte sich in den Kopf, seinem Spitznamen »Demon« alle Ehre zu machen, und zertrümmerte in einem nie dagewesenen Wutanfall alles, was ihm in die Hände fiel, auf den Agenten des Einsatzkommandos. Zu dritt gelang es, ihn zu stoppen, doch das Gebrüll des gepeinigten Tieres, das sich nicht unterwerfen wollte, konnten sie nicht unterbinden. Ganz anders reagierte der Chemiker. Während der gesamten Aktion hielt er die Hände hoch und zeigte keinerlei Widerstand. Er bat den Agenten Ryckman lediglich, beim Anziehen der Handschellen vorsichtig zu sein, da er sich gerade von einem Schlüsselbeinbruch erhole, sodass bestimmte Armbewegungen wehtaten.

»Also, wer ist die Petze?« Delroy gab nicht auf. »War es Salma? Will diese Hure, dass ich für alles bezahle? Will sie mich im Knast sehen?«

»Das weiß ich nicht, aber wir wollen es«, sagte Ryckman, dem die Erleichterung anzumerken war. Nun musste er diesen Dreckskerl nicht mehr verfolgen, nicht mehr seine Telefongespräche abhören, seine Wohnung während seiner Abwesenheit durchsuchen, aber vor allem musste er nicht mehr stundenlang auf ihn warten, bis er aus irgendeinem Jazzkeller gekrochen kam.

Delroy wusste, dass man ihn für lange Zeit aus dem Verkehr ziehen würde, doch viel mehr beschäftigte ihn die Frage, wer ihn ans Messer geliefert hatte. Er nannte noch mehrere

Namen, doch der von Gianni Manzoni war nicht darunter. Der war vor zwölf Jahren von der Bildfläche verschwunden und inzwischen aus dem kollektiven Gedächtnis der großen Mafiafamilie gelöscht worden.

*

Einige Stunden später und fünfundsechzig Kilometer entfernt trank Melanie Fitzpatrick genüsslich ein großes Glas Zitronenwasser und erteilte dabei in der Küche ihrer prachtvollen Villa in der Centennial Avenue, Trenton, New Jersey, ihrer Hausangestellten ein paar Anweisungen. Da läutete es an der Eingangstür.

»Chiqui, mach auf, das ist bestimmt der Lieferant von Tyler.«

Melanie erwartete zum Abendessen vier distinguierte Gäste, darunter den Kompagnon ihres Mannes von der Beckaert-Bank, der für Chiquis Paprikahuhn und ihre Quesadillas schwärmte. Für das Dessert hatte Melanie ein Melonen-Pfeffer-Sorbet vom Feinkostladen Tyler vorgesehen. Doch Chiqui kehrte mit leeren Händen zu ihrer Chefin zurück.

»Da sind zwei Herren von der Polizei, Ma'am.«

»Von der Polizei?«

»Vom FBI.«

Melanie entging der beunruhigte Blick ihrer Köchin nicht, deren Hände zu zittern begannen.

»Keine Angst, Chiqui, deine Papiere sind in Ordnung.«

»Ich weiß, Ma'am, aber wenn mir einer dieser Männer in die Augen sieht, komme ich mir wie eine Illegale vor.«

In der Etage darüber suchte Ronan Fitzpatrick sein Hemd fürs Abendessen aus, nebenbei tippte er auf seinem Laptop, das auf dem Bett lag, herum. Er schickte die letzten E-Mails des Tages los, eine an seinen kanadischen Finanzpartner, eine an seine Schwester mit Fotos von Golfclubs, in die sie ihren Vater zu seinem Geburtstag einladen wollten. Die dritte ging an Amy. Die schöne Amy, Headhunter und selbst ein seltenes Juwel, mit der er gestern Abend von Angesicht zu Angesicht ein Glas getrunken hatte. Ronan gab als Betreff »Dry Martini« ein und begann seine Mail mit »Amy, dieses Glas in deiner Gesellschaft hat mir großes Vergnügen bereitet«. Dann suchte er nach einer einfühlsamen Formulierung, mit der er sie zu einem zweiten Rendezvous überreden konnte. Dabei nahm er das blassviolette Hemd vom Kleiderbügel, das er so gern mit seinem grauen Leinenanzug trug. Er gefiel sich in Grau und Blassviolett.

»Schatz!«

Ronan ging die Treppe hinunter und verlangsamte seinen Schritt, als er die beiden Männer im Eingang sah.

»Die Herren sind vom FBI, darf man erfahren, was hier los ist?«, fragte Melanie.

Zehn Minuten später war Ronan in Jeans und Pulli und im Begriff, in den Wagen der beiden Agenten zu steigen. In der Hand hielt er eine kleine Tasche, in der sich ein Pyjama, eine Zahnbürste und eine Lithium-Ampulle befanden. Zu Recht brachte er seine Verhaftung mit der Pareto-Affäre vor zwölf, dreizehn Jahren in Verbindung, seine einzige vollkommen illegale Unternehmung, die ihm riesige Gewinne beschert hatte, mit denen er sich unter anderem sein herrschaftliches Haus mitten in der City leisten konnte. Alles hatte mit einer Begegnung der feinen Gesellschaft von Trenton mit Louie Cipriani begonnen, einem angesehenen, aber gewissenlosen Geschäftsmann, der mit einigen Politikern, aber auch mit Leuten befreundet gewesen war, die regelmäßig in die Larry King Show eingeladen wurden. Louie hatte ihm nach einigen

Partien Squash seine »Freunde« aus New Jersey, die Manzonis und Gallones, vorgestellt, die einen Bankpartner suchten. Das war so lange her. In seinem Gedächtnis war die Sache schon längst verjährt.

Melanie durchlebte am helllichten Tag einen Albtraum und versuchte sich an irgendetwas Greifbares zu klammern, das ihr ihr Mann aber nicht bieten konnte.

»Sagst du mir jetzt, was hier los ist? Hat es etwas mit der Bank zu tun? Mit einem deiner Kunden? Jetzt rede schon!«

»Ich weiß nicht. Sie müssen ein paar Sachen überprüfen.«

»Sachen, welche Sachen?«

»Das weiß ich nicht.«

»Bist du zum Abendessen wieder da?«

»Das weiß ich nicht.«

»Was sage ich Brian?«

»Am besten nichts! Wenn jemand von der Bank anruft, egal wer, sag nichts! Erfinde irgendwas.«

»Und was?«

»Sag ihnen ... Keine Ahnung, erfinde was!«

»Aber was zum Beispiel?«

Fitzpatrick hatte keine Zeit mehr zu überlegen. Einer der FBI-Agenten fasste ihn mit der flachen Hand oben am Kopf und schob ihn auf den Rücksitz des Wagens. Jetzt war klar, dass er zum Abendessen nicht zu Hause sein würde.

Melanie ging wieder nach drinnen. Die Vorstellung, dass ihr keine plausible Lüge für Ronans plötzliches Verschwinden einfallen könnte, machte sie nervös. *Ronan wurde ans Krankenbett seines Vaters gerufen ... Ronan war Zeuge eines schweren Verkehrsunfalls ... Ronan musste dringend nach Europa!* Aber wieso gerade abends um sieben Uhr? Es musste bessere Entschuldigungen geben. Etwas Hieb- und Stichfestes. *Ronan spendet in Wyoming eine Niere ... Eine Gangsterbande hat Ronan als Geisel genommen ... Ronan ist schnell bei Tyler vorbeigefahren, um das Sorbet abzuholen. Seitdem ist er spurlos verschwunden.* Alles könnte sie sagen, nur eins nicht: *Ronan wird derzeit vom FBI verhört.* Melanie musste sich den Tatsachen stellen. Was deren Verschleierung betraf, so waren ihre Fähigkeiten noch ausbaufähig.

Während seines Verhörs wurde Ronan Fitzpatrick mehrfach mit jenem Namen konfrontiert, den er am liebsten aus seinem Gedächtnis gestrichen hätte: Louie Cipriani. In den vier, fünf Jahren nach der Pareto-Affäre hatte Ronan seine Beziehungen zu den »Freunden« von Newark nie bereut. Doch seine Freundschaft mit Louie war ihm lästig geworden, seitdem der anlässlich eines Prozesses wegen Erpressung, bei dem er aus Mangel an Beweisen freigesprochen worden war, seinen Namen bei der Presse ins Gespräch gebracht hatte. Die Squashpartien und die Wochenenden auf dem Boot wurden seltener, bis Ronan ihn bat, nicht mehr in der Bank anzurufen und schließlich, bitte, auch nicht mehr zu Hause.

*

Während Fitzpatrick die erste Stunde seines Verhörs, ohne groß unverschämt zu werden, hinter sich brachte, wartete Louie Cipriani geduldig vor der Lyndale-Grundschule in Minneapolis, Minnesota. Vor knapp einem Jahr hatte er sich vom New Yorker Trubel verabschiedet und war mit seiner Frau und seinem kleinen Sohn in diese abgeschiedene Ecke des Landes gezogen. Die beiden waren die einzigen Menschen auf der Welt, die noch etwas mit ihm zu tun haben wollten. Verfolgt vom Fiskus, Gläubigern und einigen Geschäftspartnern, die er hereingelegt hatte, lag er jetzt seiner jungen Frau auf der Tasche, die immer mehr Überstunden machte; ein Anwalt zweiter Klasse musste bezahlt werden. Louie hatte nur noch einen einzigen Wunsch: mit seinem Gaunerleben auf großem Fuß endgültig abzuschließen und seinen Sohn zu einem anständigen Menschen zu erziehen.

Hundert Meter abseits nahmen in dem Wagen, der ihn seit dem Morgen folgte, Agent Hall und Agent Esteban die Anweisungen des Büros in Washington entgegen.

»Er versucht im Moment, einen Bankangestellten aus Trenton weichzukochen«, sagte Hall. »Aber es ist nur eine Sache von Minuten, dann wird der Kerl ordentlich Muffensausen bekommen.«

Kaum hatte er den Satz beendet, bekamen sie per Telefon grünes Licht für Ciprianis Verhaftung.

»Wir werden ihn doch nicht vor den Augen seines Jungen festnehmen?«

»Wie alt ist der?«

»Acht oder neun.«

»Was machen wir?«

Die Tore der Schule öffneten sich und entließen einen Strom von Kindern. Louie empfing einen kleinen Mann von sechs Jahren in seinen Armen; jeden Tag holte er ihn nach Schulschluss ab, denn er liebte ihn über alles.

»Louie!«, rief Agent Esteban mit einem strahlenden Lächeln auf den Lippen.

Dann drückte er dem Mann, den er nie von Nahem gesehen hatte, einen Kuss auf die Wange und flüsterte ihm ein paar Worte ins Ohr. So viel unmittelbare freundschaftliche Zuneigung – Louie war geradezu gezwungen, seinem Sohn seine neuen Freunde vorzustellen.

»Sie kommen von weit her. Papa hat seine Kameraden schon lange nicht mehr gesehen.«

Die beiden Fremden flößten dem Jungen Respekt ein, und so klammerte er sich an den Jackenzipfel seines Vaters.

»Ich werde dich jetzt nach Hause bringen, und dann bleibe ich noch ein bisschen bei meinen Kameraden, das macht mir immer viel Freude. Willst du Papa auch eine Freude machen?«

Warum nicht? Nichts sprach dagegen. Und dem Vater eine Freude bereiten, das war geradezu eine Ehre. Nachdem Louie den Kleinen zu Hause abgegeben hatte, ließ er sich die Handschellen anlegen und sagte mit zusammengepressten Zähnen:

»Danke, Jungs.«

*

Das FBI hatte alle Verhaftungen, die mit Fred Waynes letztem Geständnis zusammenhingen, koordiniert. Nur Ziggy De Witt auf seinem Boot wurde mit internationalem Haftbefehl gesucht und konnte deshalb noch zwei Tage in Ruhe herumsegeln, ohne zu ahnen, dass Interpol ihn in Kap Verde erwarten würde. Nachdem die Verhaftungen in den USA über die Bühne gegangen waren, fühlte sich das Büro verpflichtet, sich mit dem Fall Harris zu beschäftigen.

Fred hatte die Wahrheit gesagt: Nathan war an dem Überfall auf den Farnell-Geldtransporter, bei dem es einen Toten gegeben hatte, nicht beteiligt gewesen. Doch eine Anzeige aus purer Rache und ein unglücklicher Zufall hatten dazu geführt, dass statt gegen Ziggy de Witt Anklage gegen Nathan Harris erhoben wurde, und keins der Bandenmitglieder hatte sich damals gerührt, auch Fred nicht. Nathan hatte die Tat immer abgestritten; bei seinem nicht gerade mustergültig geführten Prozess – der Gouverneur wollte Köpfe rollen sehen – hatte er sich nicht schuldig bekannt. Vier Jahre in

San Quentin wurden ihm aufgebrummt, immer wieder beteuerte er seine Unschuld und forderte die Wiederaufnahme seines Verfahrens, und das über die Monate mit einer nicht nachlassenden Vehemenz. Die Justiz- und Gefängnisverwaltung stellten sich stumm, und Nathan drehte durch. Nach einem gescheiterten Ausbruchsversuch bekam er noch zwei Jahre mehr, dann griff er einen Wächter an, und nach der Isolationshaft nahm er den Gefängnisdirektor in seinem Büro als Geisel. So wurden mit der Zeit aus vier Jahren vierzehn Jahre, die er in San Quentin absitzen musste, drei davon verbrachte er mutterseelenallein.

Und plötzlich sollte er auf freien Fuß gesetzt werden, wo er doch gar nicht darum gebeten hatte, keine Revision mehr verlangt und fast vergessen hatte, dass sein Leben wegen eines Justizirrtums aus den Fugen geraten war. Und jetzt marschierte er baff vor Erstaunen mit seiner Tasche in der Hand auf den Gefängnisausgang zu, hinter dem ihn der helle Tag erwartete, und am Horizont in weiter Ferne die Bucht von San Francisco. Eine Gestalt passte ihn ab. Sie hatte die Hände in der Hosentasche vergraben und sich gegen eine Autotür gelehnt.

»... Agent Hargreaves? Sind Sie das?«

Der Captain ging auf ihn zu und reichte ihm die Hand.

»Guten Tag, Nathan.«

»Nach vierzehn Jahren in der Hölle sind Sie der Erste, der mir über den Weg läuft?«

»Ich muss mit Ihnen sprechen.«

»Jetzt sagen Sie nicht, dass ich es Ihnen zu verdanken habe, dass meine Gerichtsakten wieder ausgepackt werden?«

Captain Alec Hargreaves hatte damals die Ermittlungen geleitet und dafür gesorgt, dass Nathan hinter Schloss und

Riegel kam. Ihn bei seiner Entlassung aus dem Gefängnis abzuholen, war allein seine Idee gewesen, niemand hatte das von ihm verlangt.

»Nein, das nicht. Sagen wir so, eine veränderte Informationslage ermöglicht es uns, den Überfall auf den Farnell-Geldtransporter in einem anderen Licht zu sehen.«

»Eine veränderte Informationslage ...«

»Sie waren nicht der vierte Mann.«

»Ach, wirklich? Gut zu wissen. Vierzehn Jahre meines Lebens ... Vierzehn Jahre, in denen mich diese Ungerechtigkeit irre gemacht hat. Vierzehn Jahre, und ich habe bis heute nicht begriffen, wie ein derartiger Irrtum möglich ist. Und was habt ihr mir jetzt zu bieten, was? Ein paar fade Entschuldigungen? Oder eine saftige Entschädigung? Eine einzige Stunde in San Quentin, wie viel ist die Ihrer Meinung nach wert? Ich kann Onkel Sam verklagen, ich habe mich informiert.«

»Das bringt Ihnen die vierzehn Jahre nicht zurück.«

Der Captain war augenscheinlich zerknirscht, und doch gab er sich kurz einem interessanten Rechenexempel hin. Vor dem Farnell-Überfall war Nathan von der Justiz immer verschont worden; es war Hargreaves nicht gelungen, ihn wegen der Entführung eines Milliardärs einzubuchten, dessen Kopf man im Wald in einer Plastiktüte gefunden hatte – und das nach Zahlung des Lösegelds. Außerdem hatte Nathan Harris wahrscheinlich eine junge Prostituierte ermordet, doch seine Anwälte hatten wegen eines Formfehlers eine Einstellung des Verfahrens durchgesetzt. Wäre er für diese beiden Verbrechen verurteilt worden, Strafmilderung mit eingerechnet, dann hätte er weit mehr als vierzehn Jahre im Knast verbracht.

»Für Onkel Sam kann ich nicht sprechen, aber ich persönlich möchte mich bei Ihnen entschuldigen, Nathan. Kann ich Sie irgendwo in der Stadt absetzen? Worauf hätten Sie Lust?«

»Ich hätte Lust auf ein Gläschen.«

Es war erst neun Uhr morgens, aber Alec brachte es nicht übers Herz, ihn allein trinken gehen zu lassen.

Sechs

Da das »La Parmesane« nun vor der Geschäftsaufgabe stand, waren Clara, Rafi und die Auslieferer nach Hause gegangen und beteten zum Himmel, dass ihre Chefin eine Lösung finden möge. Aber welche Lösung sollte sie finden in ihrem Dorf im Département Drôme, sechshundert Kilometer entfernt?

Fred glaubte, dass seine Frau aus Schuldgefühlen nach diesem traurigen Wochenende bei ihm geblieben sei. Sie war liebevoller als gewöhnlich, sie war zur Stelle, wenn er etwas brauchte, ja, sie fragte ihn zum allerersten Mal sogar, wie es mit dem Schreiben voranging. Fred spielte seinerseits weiter den Nachsichtigen, dabei gelang es ihm, Maggie glauben zu machen, dass er den Dolchstoß in seinen Rücken verwunden habe. Er spielte so gut, dass das Lügengebilde, in dem sich beide eingerichtet hatten, ihr Privatleben wieder auf sichere Beine stellte.

Nur die Schreibblockade wurde er nicht los, leidend saß er weiter vor einem leeren Blatt Papier. Maggie hatte ihn ermuntert, seine Geschichte vollkommen zu erfinden, nur das könne ihm weiterhelfen: *Du kennst die Noten, jetzt erfinde eine Melodie dazu.* Aber war Fred überhaupt fähig, irgendetwas zu erfinden, egal was? Damals, als er zum Boss aufgestiegen war, drückte sich sein Erfindungsgeist im Konzipieren von nie da gewesenen Finanzmachenschaften und Betrügereien aus, die von seinesgleichen als die verwegensten Unternehmungen an der gesamten Ostküste gefeiert wurden. All das hatte er in seinen ersten beiden Büchern großzügig verbraten, was eine Handvoll Leser aufgrund der hemmungslosen Gewaltdarstellung amüsiert hatte. Aber was alle für Spott und Ironie hielten, war für Fred ernsthafte Erinnerungsarbeit gewesen.

»Das ist alles Ramsch und Plunder«, behauptete Maggie. »Vergiss die gute alte Zeit, die Leser pfeifen auf deine Erinnerungen. Erzähl lieber, wie Ernie, der Schutzgelderpresser, es hier und heute anstellen würde, *sein Territorium um das Doppelte zu vergrößern* und *die Konkurrenz ruhigzustellen.* Und das unter den jetzigen Bedingungen in Frankreich und nicht in deinem alten Kiez in New Jersey, der seit unserem Weggehen nur noch eine Ruine ist. Und wenn du das glaubhaft und genau hinkriegst und wenn es dir vor allem gelingt, mich zu überzeugen, dann hast du's geschafft.«

Fred wusste, dass er zu den letzten Exemplaren einer Art gehörte, die dabei war, zu verschwinden. Er mochte es allerdings nicht, wenn man ihn daran erinnerte. Dennoch hatte Maggie recht: Mit einer Schutzgeldgeschichte im großen Stil könnte man auch von den anderen Arbeitsmethoden der Mafia erzählen, wie Erpressung, Bloßstellung, Gewaltandrohung, bis hin zur Geldwäsche. Fred sah die nächsten zehn, fünfzehn Kapitel seines Romans, der noch keinen Namen hatte, schon schemenhaft vor sich. Er konnte, falls man ihm gutes Rohmaterial lieferte und seine Inspiration wiederkam, eine Art Neues Testament des organisierten Verbrechens werden. Während seiner gesamten Zeit bei der LCN hatte er nie ein Talent für Drogenhandel und Prostitution an den Tag gelegt – das überließ er gern anderen –, dafür aber für Wucherdarlehen und die Unterwanderung der legalen Wirtschaft. Hatte er nicht das freie Unternehmertum erfunden, und schuldete nicht jeder Wirtschaftsboss ihm Copyright-Gebühren?

»Ich habe zwei Jahre für Ernie gearbeitet, er hat mir alle seine Geheimnisse verraten. Wenn sich jemand auf der Welt in dem Thema auskennt, dann bin ich es.«

»Beweis es mir. Nimm einen konkreten Fall. Wie hätte er zum Beispiel mein Geschäft erpresst?«

»Deinen Lasagne-Laden?«

»Auberginen auf Parmesan.«

»Du hättest für Ernie nie ein interessantes Opfer abgegeben. Wie sollte er auf deinem Rücken auch nur einen lausigen Dollar verdienen? Dich zu erpressen, das bedeutet, sich vor der Konkurrenz lächerlich zu machen. Dich zu erpressen, das bedeutet, zuzugeben, dass man sehr tief gefallen ist. Wie wenn ich früher plötzlich angefangen hätte, Handtaschen zu klauen.«

Maggie war beleidigt. Ihr kleines Geschäft war also für Schutzgelderpresser angeblich uninteressant, bereitete aber einem Restaurantkonzern große Probleme – und das konnte die anderen Raubtiere ebenfalls alarmieren. Sie war der spitze Stein im Schuh eines Giganten, der besessen vom Profit, mit ähnlich furchterregenden Waffen kämpfte wie die Jungs von der Cosa Nostra.

»Zugegeben, ich bin für Ernie Fossataro nur ein kleiner Fisch: von der Sorte, die man wieder zurück ins Wasser wirft, wenn man sie an der Angel hat. Aber nehmen wir mal an, er erweist mir die große Ehre, von mir Schutzgeld zu erpressen. Dann muss er mich doch auch beschützen.«

»Ja.«

»Und was passiert, wenn ein richtig fetter Fisch in mein Gewässer eindringt?«

»Wie fett?«

»Sagen wir, ein Hai, ein richtiger Hai, der alles verschlingt, was ihm vor die Schnauze kommt. Ein Tier, das sich überall auf der Welt breitmacht, weil es unbarmherziger ist als die anderen.«

»Keine Festung war für Ernie uneinnehmbar. Wenn Coca-Cola eine Fabrik in seiner Nähe aufgemacht hätte, dessen bin ich mir sicher, hätte er ihr seinen Schutz vor Pepsi verkauft. Erinnerst du dich an den Gemüsemarkt, der direkt bei uns aufgemacht hatte? ›Der Gemüsegarten von New Jersey‹ hieß er in der Werbung. Er gehörte Ricks & Brooks, einem Lebensmittelgiganten, der das Gelände gekauft hatte, für Zwischen- und Einzelhandel.«

»Ich habe dort immer eingekauft. Sommers wie winters gab es Lauch.«

»Aus der Firma Ricks & Brooks wurde von einem Tag auf den anderen die Firma Ricks & Brooks & Fossataro. Ernie hielt als Vertreter des Gallone-Clans einundzwanzig Prozent des Unternehmens. Wenn sie weiterhin florierende Geschäfte in der Region machen wollten, dann mussten sie mit ihm fusionieren. Und Ricks & Brooks, ich meine die gesamte Leitung von Ricks & Brooks, hat strammgestanden. Um so einen Coup zu landen, musst du mehr tun, als mit einem Baseballschläger auftauchen und drei Kisten Tomaten umwerfen.«

»Nehmen wir mal an, ein Pizzariese lässt sich vor meinem kleinen Laden nieder, ein international agierender Konzern, der Ausbund freien Unternehmertums. Wie reagiert er, dein Ernie?«

»Um dir das genau zu beschreiben, wäre es ideal, wenn es wirklich einen Pizzariesen bei dir gegenüber gäbe.«

»Den gibt es.«

*

Die Zukunft sah wieder rosig für ihn aus.

Warren und Lena telefonierten direkt nach dem Aufwachen, er in seinem gemieteten Zimmer auf dem Plateau von Vercors, sie in ihrem Kinderzimmer in Montélimar. Sie tauchten gemeinsam aus dem Schlaf auf, erzählten sich von ihren Träumen, ließen ihren geplanten Tagesablauf Revue passieren und verabredeten die Zeiten, zu denen sie sich anrufen konnten. Bereits donnerstags schmiedeten sie voller Ungeduld Pläne für das Wochenende.

Nach dem Telefonat rasierte er sich in aller Eile und betrat die Werkstatt, wo sein Chef einen Auftrag für ihn hatte.

»Du fährst nach Villard-de-Lans zu Herrn Griolat, der hat einen Stapel englischer Parkettdielen zur Seite gelegt.«

Warren wickelte eine Musterdiele in ein Stück Wäsche und machte sich, glücklich über diese überraschende Order am frühen Morgen, auf den Weg. Seit ein paar Monaten betrachtete er die Natur, die ihn umgab, mit anderen Augen. In jeder Unebenheit des Geländes sah er einen Bauplatz, in jedem Stapel Holz schlummerte schon ein Haus, und jeder Unbekannte war vielleicht ein zukünftiger Nachbar. Das Rascheln des Laubs machte aus ihm einen Poeten, der Blick auf das steil abfallende Dorf ließ ihn philosophieren, und ein Lichtstrahl, der zwei Felswände durchbrach, verwandelte ihn in einen Mystiker. Ein Nichts ließ ihn in Verzückung geraten, und alles, was er sah, nahm er für echt und unverfälscht.

Ihr Liebesnest würde einer Arche Noah gleichen, in der man auf die Sintflut wartete. Für die Tage mit viel Schnee würde er Huskies, keinesfalls weniger als vier, großziehen. Ein zahmer Rabe, prachtvoll und stolz, würde auf seiner Schulter Platz nehmen und so dem schlechten Ruf seiner Art hohnsprechen. Und natürlich fänden die beiden Wildpferde aus der Nähe von Villard-de-Lans auch ihren Platz in diesem Bild.

Warren ging durch die erste von Griolats Hallen, in der alte Möbel, die zur Restaurierung bestimmt waren, lagerten. In einer zweiten lagen in Schieberegalen alte Hölzer in den verschiedensten Brauntönen aufgeschichtet. Griolat setzte seine Brille auf und sah sich die Parkettdiele, die Warren ihm entgegenhielt, genau an.

»Genau den gleichen Farbton habe ich nicht, aber ich habe noch einen guten Quadratmeter, der dem hier sehr nahe kommt.«

Er suchte einen Augenblick, dann hielt er dem Lehrling das gute Stück zum Vergleich hin.

»Lackieren Sie es neu, schleifen Sie es ein bisschen ab, und die Sache ist gegessen«, sagte Griolat.

Warren nickte und zahlte mit einem Scheck, Griolat begleitete ihn zum Ausgang.

»Grüßen Sie den guten alten Donzelot von mir.«

Warren wollte gerade das Gelände verlassen, als ein seltsames Déjà-vu ihn umdrehen ließ, er eilte zurück, zu den alten Möbeln.

»Haben Sie etwas vergessen?«

Auf seiner Netzhaut hatte sich etwas eingebrannt. Sein Blick irrte eine Weile umher, bis er an einem Tisch hängen blieb, der von einem hellblauen Tuch abgedeckt war, unter dem nur die roten Schildpattbeine herauslugten. Er kniete sich nieder und sah sich an der Krümmung jedes Beines die vergoldeten Medaillons mit Frauengesichtern genau an. Um ganz sicher zu sein, zog er das Tuch herunter und betrachtete die feinen kupfernen Einlegearbeiten auf der Tischplatte aus Schildpatt.

»Das ist ein Tisch im Stil von André-Charles Boulle aus der Zeit Napoleons III.«

»Ich weiß.«

»Da hatte ich nicht viel zu tun, eine Grundreinigung und die Schublade abschleifen. Der geht nicht unter sechstausend Euro hier raus.«

Um die Sache aufzuklären, hätte Warren nur sagen müssen: »Dieser Tisch ist gestohlen worden. Ich weiß auch, wem. Rufen Sie die Polizei.« Den Tisch konnte man unmöglich verwechseln, er hatte den Delarues gehört. Sie hatten Warren sogar als Meister des Handwerks nach seiner Meinung zu diesem Boulle-Tisch aus rotem Schildpatt gefragt. »Ich bin Schreiner, kein Kunsttischler«, hatte er klargestellt. Trotzdem hatte er hiervon deutlich mehr Ahnung als von Mozart.

Die Polizei hatte den Delarues wenig Hoffnung gemacht, dass sie ihn wiederbekamen. Waren die Diebe Amateure, so bestand die Gefahr, dass sie ein zu wertvolles Stück nicht mit sich herumschleppen wollten und es deshalb in einem Container entsorgten. Waren es Profis, so wussten sie sehr genau, was sie suchten und wie sie das Stück wieder unter die Leute bringen konnten. Bestimmt würde dieser sehr seltene Tisch bei einem ehrlichen Antiquitätenhändler mit einwandfreiem Ruf sehr bald für sechstausend Euro einen Käufer finden.

Wenn Warren die Sätze: »Dieser Tisch ist gestohlen worden. Ich weiß auch, wem. Rufen Sie die Polizei«, aussprechen würde, dann bekämen seine Schwiegereltern ihren Tisch zurück, er würde als Held gefeiert, und Lena könnte ihren gemeinsamen Kindern noch davon erzählen.

Und so wie es im Moment aussah, würden sie Kinder in Hülle und Fülle bekommen. Warren würde Holzspielzeug für sie bauen, für Mädchen wie Jungen, das die älteren an die jüngeren und die wieder an ihre Kinder weitergäben. Er würde mit Lena eine ganze Dynastie von Weltenbummlern gründen, die alle Länder bereisten, dabei aber nie vergessen würden, woher sie stammten. Alles anständige junge Menschen, die nie und nimmer glauben müssten, dass sie sich außerhalb des Gesetzes bewegten.

Warren hätte zu Griolat nur sagen müssen: »Dieser Tisch ist gestohlen worden. Ich weiß auch, wem. Rufen Sie die Polizei.« Und schon hätte seine große Familiensaga beginnen können. Stattdessen hörte er sich sagen: »Ich habe vielleicht einen Kunden für Sie. Ein Zahnarzt aus Valence hat in der Werkstatt gefragt, wo er einen Tisch wie diesen finden kann. Ich kann ihn benachrichtigen, ich weiß aber, dass er ein Zertifikat verlangt.«

Der junge Wayne hatte sehr wohl einen guten Grund, den letzten Satz besonders zu betonen. Am Tag des Diebstahls wussten noch nicht einmal die Delarues selber, dass sie zwei Stunden am Stück außer Haus sein würden. Nur eine ihnen nahestehende Person konnte die Diebe so präzise informiert haben. Warren musste unbedingt herausfinden, wer das war.

»Ich habe eines, stellen Sie sich vor. Ich habe es von dem Trödler aus Die, der mir den Tisch verkauft hat. Er macht sonst Entrümpelungen und verscherbelt seinen Krempel auf Flohmärkten. Wahrscheinlich hätte er zehn Jahre warten müssen, bis jemand für das Stück richtig tief in die Tasche greift. Richten Sie Ihrem Kunden aus, er soll mich anrufen. Ich kann Ihnen auch ein Foto mitgeben.«

Warren stieg wieder in seinen Wagen und machte sich auf den Weg nach Die. Für die Schönheit der Landschaft hatte er nun kein Auge mehr.

*

»Muss ich ein Mikro tragen?«, hatte Belle gefragt. Tom hatte sich darüber amüsiert, wie ernst sie ihren Auftrag nahm. Sie war bereit, die Super-FBI-Agentin zu mimen, die ihr Leben riskierte, um die Geheimgespräche des internationalen Bandenwesens aufzuzeichnen.

»Nein, kein Mikro. Sie werden dich auch nicht durchsuchen.«

»Tom, ich weiß, du hast mir schon hundertmal gesagt, dass die Sache ungefährlich ist. Könntest du es mir trotzdem noch ein einziges Mal sagen?«

»Alles ist perfekt organisiert: Zwei von meinen Männern sitzen an einem Nachbartisch. Sie tragen ein Mikro und berichten mir, was an deinem Tisch mit Costanza und Rea passiert. Die zwei werden dich nie aus den Augen lassen. Ich sitze für niemanden sichtbar draußen in unserem Van, jederzeit eingreifbereit, was aber nicht notwendig sein wird.«

»Mir wäre es lieber, ich könnte dich sehen …«

»Verhalte dich so natürlich wie möglich, versuche zu lächeln, ohne zu zeigen, dass du dafür bezahlt wirst. Beteilige dich am Gespräch, ohne aufdringlich zu sein, lach über ihre Witze, aber nicht zu laut, genieß ihre Komplimente, aber lass dich nicht auf eine richtige Anmache ein, hör genau zu, was sie sagen, ohne deine Neugier zu zeigen, erzähl von dir, ohne wirklich etwas zu erzählen, und vor allem, gib dich geistreich, aber weniger intelligent als sie; das dürfte der schwierigste Part des Abends werden.«

Am Tag X wachte Belle spät auf und hing dann im T-Shirt herum, bis Tom ihr das passende Abendkleid vorbeischickte. Vor ihrem Spiegel überlegte sie, wie diese Mädchen, für deren Gesellschaft man eine Menge Geld bezahlen musste, sich wohl schminkten. Der einzige Mann auf der Welt, dem sie gefallen wollte, war – was für ein trauriges Paradox – der einzige

Mann auf der Welt, der sie für zu schön hielt. O Gott, wie war der Weg, der zu François Largillière führte, verwinkelt und verschlungen!

Sie zog sich gerade das blauschwarze Kleid über, das von einer Eleganz war, an der sie Gefallen finden könnte, da rief er an.

»Sehen wir uns heute Abend?«

»Ich bin zum Abendessen eingeladen.«

»Eingeladen? Sie? Was ist das für ein Abendessen?«

»Ich werde für das FBI ein Escortgirl spielen. Sie wollen Informationen über einen Boss der Cosa Nostra.«

»Nein, jetzt mal im Ernst.«

»Ach, ich bin nur bei ein paar Mädels aus meinem Kurs eingeladen.«

»Wann sehen wir uns?«

»Das weiß ich nicht.«

Abrupt beendete sie das Gespräch. *Ich mache das alles für dich, du Blödmann,* dachte sie bei sich.

Mit dem Taxi fuhr sie zum Plaza und bat den Herrn am Empfang, Jerry Costanza Bescheid zu geben, dass sie an der Bar auf ihn warte.

»Wen darf ich melden?«

»Asia.«

Tom hatte Nadia als Namen vorgeschlagen, aber Belle wollte wegen des Klangs die einmalige Gelegenheit nicht verpassen, einen Abend lang in die Haut eines Luxuscallgirls zu schlüpfen, das Asia hieß.

*

Weder Maggie noch Fred fanden es seltsam, dass jeder sich plötzlich für die Angelegenheiten des anderen interessierte. Seiner Schriftstellerei hatte sie bislang so wenig Beachtung geschenkt wie er ihrem Laden. Doch ein paar Stunden hatten genügt, und beide hatten sich gegenseitig wieder auf den neuesten Stand gebracht. Im großen Salon, der in ein Stabsquartier umfunktioniert worden war, hatte Maggie alle Dokumente, die sie über die größte Pizzakette der Welt besaß, auf dem Tisch ausgebreitet: das lückenlose Organigramm von Finefood Inc., eine Liste mit Fotos der Manager sowie eine Menge Zeitungsartikel. Einige Zahlen lösten bei Fred leichte Schwindelgefühle aus.

»In den USA haben sie bei dem letzten Super Bowl 1 300 000 Pizzen ausgeliefert.«

Maggie beindruckte viel mehr die Menge von 300 000 Tonnen Käse, die sie pro Jahr für ihre Pizzen benötigten. Für sie hatten all diese unglaublichen Mengenabgaben etwas Monströses. Da stieß Fred einen Schrei der Empörung aus. Laut las er vor: »Im letzten Sommer haben sie eine *Calzone Fiorentina* auf den Markt gebracht, mit Ricotta, ein wenig neapolitanischer Tomatensoße, Spinat, Eiern und Crème fraîche, all das umgeben von einer schmackhaften Kruste ...«

»Lecker, lecker ...«

»Allein schon wegen der Erfindung eines solchen Fraßes wäre Ernie ihnen auf die Pelle gerückt. Er mag es nämlich überhaupt nicht, wenn man mit unserem italienischen Essen Schindluder treibt. Und noch weniger mag er es, wenn arrogante nichtitalienische Oberschichtsprotestanten sich über unsere Pizza und Pasta hermachen, um damit Milliarden zu verdienen.«

Maggie hatte die Schlacht gegen den Restaurantgiganten verloren, sie fügte sich in die Niederlage, sie wollte nicht mehr kämpfen. Freds Buch könnte eine posthume Botschaft an die Totengräber des »La Parmesane« werden. Durch die Hölle, die Maggie ihnen erspart hatte, müssten sie jetzt im

Buch gehen. Und so betete sie zu allen bösen Geistern, dass Fred beim Schreiben genauso rigoros vorgehen würde wie damals, als er ganz allein einen gesamten amerikanischen Staat ausgenommen hatte.

»Um eine solche Geldmaschine anzugreifen«, sagte er, »braucht man Anfangskapital und einiges an Personal. Drei strategisch wichtige Posten in der Hierarchie müssen wir aufs Korn nehmen: deinen Francis Bretet, dann den Zuständigen für Paris/Grande Couronne und den Generaldirektor für Europa – um den Big Boss in Denver kümmern wir uns später. Ich möchte wissen, wo sie leben, mit welchem Zahlencode man in ihre Häuser kommt, wo sie ihren Wagen parken und was in ihrem Terminkalender steht. Ich möchte über ihre Gewohnheiten und ihre Familienmitglieder Bescheid wissen. Nach zwei Wochen könnte dir ein Privatdetektiv sogar sagen, wo ihre Frauen ihre Büstenhalter kaufen.«

Für diesen Teil der Aufgabe würde Maggie Sami und Arnold um Hilfe bitten. Die hatten genug unter *denen von gegenüber* gelitten, ihnen und ihren Motorrollern konnte man keine größere Freude bereiten, als sich hier nützlich zu machen.

Fred machte sich an die Arbeit, doch Maggie verkniff sich Anfeuerungsrufe wie: *Geh in die Vollen, mein Schatz! Jag ihnen eine Heidenangst ein! Tu es ganz allein für mich!*

*

Von unterwegs rief Warren seinen Chef an und schützte eine Wagenpanne vor, weswegen er erst spät am Abend zurückkommen könne. In Die war es nicht schwierig, den Trödler in seinem verstaubten Lagerschuppen ausfindig zu machen: Außen gab es kein Geschäftsschild, und innen stapelten sich Matratzenfedern, Schornsteinabdeckungen aus der Belle

Époque und kupferne Kochtöpfe, die von einem Pariser Publikum bestimmt bestaunt worden wären. In einer Büroecke, die er sich zwischen zwei Metallschränken eingerichtet hatte, feilschte er mit einem Kunden um den Preis eines Pfeifenständers. Warren wartete, bis sich die beiden einig geworden waren.

»Ich komme von Griolat. Sie haben ihm einen kleinen Tisch aus rotem Schildpatt verkauft.«

Warren musste ihm kein Foto des Möbelstücks zeigen.

»Ich hoffe, er hat ihn zu einem guten Preis verkaufen können.«

»Dieser Tisch ist gestohlen worden. Und ich weiß auch, wem. Wenn Sie mir sagen, von wem Sie ihn haben, haben Sie nichts zu befürchten.«

»Nichts zu befürchten?«

Warren hatte sich ungeschickt ausgedrückt, was er sofort bedauerte. Der Händler hatte nicht vor, sich von dem erstbesten Idioten, der sich in Sachen einmischte, die ihn nichts angingen, Angst einjagen zu lassen. Der junge Wayne wollte ihm auch nichts Böses, er wollte die Umstände des Diebstahls klären, auch auf die Gefahr hin, dass eine Wahrheit zutage trat, die schlimmer war als der Verlust eines Möbels, das ohnehin niemand brauchte. Ob dieser Mann ein Hehler war oder nicht, war unwichtig – Kriminelle funktionierten immer gleich, wie hätte Warren daran etwas ändern können? Diese Art von Geschichten hatten ihm bereits seine Kindheit gestohlen, in seinem neuen Leben hatten sie bestimmt nichts verloren. Die Welt war, wie sie war, er würde sie nicht ändern, aber denen, die er liebte, sollte sie auch keinen Schaden zufügen.

»Sie scheinen mir mehr über dieses Möbel zu wissen als ich. Ich höre.«

Warren formulierte seine Frage diplomatischer, erhielt aber nicht die gewünschte Antwort. Dennoch war sein Anliegen gerechtfertigt, und das Problem allein zu lösen, ohne im Umfeld Schaden anzurichten, war sicher die beste Lösung, auch für den Trödler, den er nicht kannte und der jetzt die Beherrschung verlor.

»Verpiss dich, aber schnell …«

Wut überkam den jungen Wayne. Wut, die den ergreift, der nicht verstanden wird, Wut, die vor allem den befällt, der nicht in Wut geraten will. Er packte den Kerl am Kragen, zwang ihn auf die Knie, zog ihn ein paar Meter hinter sich her und steckte seinen Kopf in die unterste Schublade eines Metallschranks. Der Mann schrie, japste, trommelte mit den Händen, ohne sich befreien zu können. Warren brachte ihn mit einem Fußtritt gegen die Schublade zum Schweigen; der Stoß schnürte ihm die Kehle zu.

In der wieder eingekehrten Stille wunderte sich der junge Wayne als Erstes über die Leichtigkeit, mit der er diesen kleinen Pas de deux auf die Tanzfläche gelegt hatte. Dann zog er die Schublade ein wenig heraus, nicht, damit sein Opfer besser atmen, sondern damit er sein Gemurmel besser verstehen konnte.

»Es war eine kleine alte Frau, die ihre Garage ausräumen wollte … Da war dieser Tisch dabei … Sie hatte keine Ahnung, was das Stück wert war, zum Glück … Das war nicht nett von mir, aber alle sind so … In einem Aktenordner gibt es ein Papier, das sie unterschrieben hat, direkt da oben …«

Warren war sich sicher, dass es dieses Papier gab, mit dem man ein falsches Zertifikat hatte ausstellen können – den Rest der Geschichte aber glaubte er nicht. Zum ersten Mal stand Warren vor der kniffligen Aufgabe: Wann sagt ein Mann, dessen Kopf in eine Schublade eingeklemmt ist, die

Wahrheit? Die große Schwierigkeit war, den Augenblick nicht zu verpassen, in dem der Eingeklemmte aufhörte, sich an seinem Geschwätz festzuhalten, und seinem Peiniger all das, was der hören will, ins Gesicht schleuderte. Zwischen diesen beiden Augenblicken lag der Augenblick der Wahrheit.

Eines war klar: Wenn sich ein gutes Geschäft auftat, spielte der Trödler den Hehler und bat die Einbrecher aus der Region, die Privathaushalte heimsuchten, zu sich. Ja, und dieser Tisch war gestohlen worden, der Händler wusste zwar nicht, wo, aber er konnte die beiden Typen kontaktieren, die ihn verscherbelt hatten.

Warren wies ihn an, die zwei dazu zu bringen, binnen einer Stunde hier zu sein. Sollte dies nicht gelingen, würde er ihn in eine bretonische Truhe einsperren und diese anzünden. Warren ging durchs Lager, auf der Suche nach eine Art Totschläger; er schwankte zwischen einem Abfallrohr und dem Metallpfosten einer Parkbank, die man in Einzelteile zerlegt hatte. Er probierte beide aus und entschied sich für das Bleirohr, das schwer genug war, um einen Schädel mit einem Schlag zu zertrümmern.

Jetzt war er gut gerüstet für den Empfang der beiden Einbrecher. Ihm fiel eine Passage aus *Blut und Dollar* ein, das sein Vater geschrieben hatte. Warum hatte er diese Passage nicht vergessen, und warum fiel sie ihm gerade heute wieder ein?

Zuzusehen, wie ein Schuldiger geschlagen wird, ist ein Vergnügen, von dem wir nie lassen können. Denn weder der Schläger noch der Zuschauer bekommt dabei ein schlechtes Gewissen. Das ist gleichwohl die einzige Art von Gewalt, die mir jemals Angst gemacht hat.

*

Jerry Costanza, ein gesetzter Herr in den Sechzigern, empfing Belle in seinem braunen Anzug wie ein Gentleman. Seine beiden Handlanger hingegen musterten sie von Kopf bis Fuß, wie sie es mit allen Frauen taten, vor allem mit denen, die unerreichbar für sie waren. Der eine entsprach vollkommen dem Klischee, er war kräftig wie ein Stier, genauso muskulös wie speckig, mit dem Gemüt eines Halbwüchsigen, seinem Boss in absolutem Gehorsam ergeben und zitternd vor dem weiblichen Geschlecht. Von dem hatte Belle nichts zu befürchten, wohl aber von dem anderen. Vor diesem Typ Mann, der eher eine Rarität war, musste sie sich in Acht nehmen, denn der setzte auch mit zunehmendem Alter kein Bäuchlein an, der trieb weiterhin Sport, um fit und flink zu bleiben, ließ aber trotzdem einen Teller Pasta nicht stehen. Der wollte weder von seiner Mamma noch von seiner Frau verhätschelt werden. Niemand hielt ihn auf den ersten Blick für einen etwas zu wohlgenährten Italoamerikaner. Dieser Typ Mann war der geborene Aufsteiger, meist wurde er zu einem Auftragskiller, den man wie einen Champion feierte. Eine Familie gründete er in der Regel nicht, er starb im Kampf und hinterließ ein Schlachtfeld mit Toten.

Beim Anblick der drei fühlte Belle sich in ihre Kindheit zurückversetzt, als das Erscheinen einer männlichen Tafelrunde in Beccegatos Restaurant noch von Bravorufen begleitet worden war. Damals wurde sie am Tisch von einem zum anderen weitergereicht, dann, gegen Ende des Essens, wartete sie darauf, dass die Herren ihre *Prinzessin* auf eine Spritztour in ihrem Chevrolet, ihrem Buick oder Cadillac mitnahmen. Die Erinnerung machte sie fast ein wenig melancholisch.

Von den dreien war sie nicht im Geringsten beeindruckt, sie selbst würde für eine entspannte Atmosphäre sorgen.

Wenn man wie sie unter Raubtieren aufgewachsen war, hatte der Umgang mit ihnen nichts Besonderes, sie konnte in deren Revier eindringen und mit einer Selbstsicherheit auf sie zugehen, was diese so schwer beeindruckte, dass sie sich sogar durch Tätscheln des Hinterkopfs geschmeichelt fühlten. Sie hatte mehr als einen dazu gebracht, sich ihren Launen zu fügen, und das waren stadtbekannte Gesichter gewesen, die den beiden hier mächtig imponiert hätten. Da war zum einen Rico Franciosa, den alle »Ricky the French« nannten, er gab den Aufräumer für den Gallone-Clan. Ricky konnte eine Leiche unidentifizierbar machen und ein ganzes Stockwerk in Flammen aufgehen lassen, ohne dass eine einzige Spur übrig blieb. Ricky war in die kleine Belle vernarrt gewesen, einmal im Monat ging er mit ihr samstags in den Zirkus. Für Stunden legte sie ihr Patschhändchen in Rickys Pranke und freute sich über den ersten Ritter, der ihr zu Diensten war. Einmal hatte er ihr wegen eines Auftrags, der in letzter Minute hereingekommen war, abgesagt, doch als er hörte, wie die Kleine neben dem Apparat in Tränen ausbrach, versprach er trotz allem, sie abzuholen. Während Belle noch schallend über die Clownnummer lachte, war Ricky in eine Anwaltskanzlei eingestiegen und hatte das Archiv niedergebrannt. Belle hatte noch nicht einmal bemerkt, dass er weg gewesen war. Sie gab ihm als Dank für diesen wunderbaren Nachmittag einen Kuss auf die Stirn. An diesem Tag legte Ricky ein Gelöbnis ab: Er würde erst sterben, nachdem er Kinder gezeugt hatte, darunter mindestens ein Mädchen.

Um mit seiner neuen Begleiterin allein zu sein, befahl Jerry seinen Schergen in einem New-Jersey-Italienisch, das sie bestens verstand, den Tisch bis zur Ankunft von Giacomo Rea zu verlassen. Jerry lächelte wenig, aber er verstand es, mit ein paar dezenten Gesten, die seine gute Erziehung verrieten, für seine Bekanntschaften, vor allem wenn sie weiblich waren, eine Wohlfühlatmosphäre herzustellen.

»Noch ein Glas, Asia?«

Trinke maßvoll, doch zumindest ein Glas Alkohol. Sie mögen es nicht, wenn jemand am Tisch einen klaren Kopf behält, während sie trinken. Das verdirbt ihnen den Abend und macht sie misstrauisch. Ein oder zwei Gläser Wein, nicht mehr.

Sie bestellte einen zweiten Jack Daniel's ohne Eis, der ihr so gut wie der erste schmeckte.

Konzentrier dich auf den capo, *beachte seine Handlanger nicht. Sie sind Luft für dich.*

»Sie gehen ohne Leibwache nie außer Haus?«

»Aus Sicherheitsgründen.«

»Sie müssen eine wichtige Persönlichkeit sein, Jerry.«

»So wichtig nun auch wieder nicht.«

Stell vor allem keine Fragen über seinen Beruf.

»Und was machen Sie beruflich?«

»Geschäfte. Nichts Aufregendes. Sie würden sich schnell zu Tode langweilen, wenn ich Ihnen davon erzählen würde.«

Und auch keine einzige Frage über seinen Aufenthalt in Paris.

»Sind Sie in Paris auf Durchreise?«

Costanza gab eine ausweichende Antwort und sprach stattdessen von seiner Freude, in Paris zu sein, vom Zauber der Straßen und von den Flitterwochen in der Lichterstadt, die er seiner Frau versprochen hatte, zu denen es aber nie gekommen war.

Und nichts, was zu persönlich ist. Erweck nicht den Eindruck, du willst in seinem Privatleben herumschnüffeln.

»Jerry, ich bin mir sicher, dass Ihre Frau auf diesen Liebesbeweis wartet, solange Sie ihn ihr vorenthalten.«

Belle war zweifellos kein Escortgirl, mit dem man sich in drei Sprachen über Voltaire unterhalten konnte und das man mit männlicher Höflichkeit beeindrucken konnte, doch sie kannte die komplizierten Beziehungen eines Bosses von der LCN zu seiner Frau zu gut. Während ihrer ganzen Kindheit hatte sie ein perfektes lebendes Beispiel vor Augen, keine Miranda Jansen wusste so viel darüber wie sie. Sie hatte die Frauen der *wiseguys* beobachten können, die gleichzeitig Gott und den Dollar anbeteten, für die alles billig und ordinär war (außer sie selbst), die kleine Prinzen und Prinzessinnen auf die Welt brachten, dabei aber ihre sentimentale Jungmädchenseele beibehielten. Für die *Omertà* waren sie weniger begabt als ihre Männer, dafür waren sie in der *Vendetta* unschlagbar: Sie vergaßen niemals.

»Ich bin zu alt, um den romantischen Ehemann zu spielen.«

»In ihren Augen hat die Reise heute mehr Bedeutung als damals. Sie wäre stolz, mit einem Mann zusammen zu sein, der auch noch nach zwanzig Jahren zu seinem Wort steht. Sie hätte so eine Freude an der brennenden Eifersucht ihrer Freundinnen, die nicht das Glück hatten, mit einem Mann gesegnet zu sein, der sie immer wieder erobern will.«

»…«

Drei Tische weiter nippten zwei FBI-Agenten, die sich mehr schlecht als recht als Wohlbetuchte verkleidet hatten, an einem Aprikosensaft; dabei taten sie so, als würden sie sich köstliche Witze erzählen. Tatsächlich sprachen sie mit Tom Quint, der mit Kopfhörern auf den Ohren in seinem »U-Boot«, das er in der Avenue Montaigne geparkt hatte, auf Informationen über das Treffen wartete.

»Seht ihr sie?«, fragte er.

»Ja, Chef. Ich habe den Eindruck, dass sie ein bisschen zu sehr dem Bourbon zuspricht.«

»Pardon?«

Jerry beglückwünschte sich; er hatte die richtige Agentur angerufen. Die hatte ihm ihr bestes Pferd im Stall geschickt, eine prachtvolle Blondine mit langen Haaren, die nicht auf den Mund gefallen war und exakt den gleichen Dialekt wie er sprach, denn sie stammte aus New York, ein richtiges *home-girl* also. Er beugte sich diskret zu ihr hinüber, denn er wollte ihren Duft einatmen, eine Mischung aus Luxus, Seide und der Zartheit ihrer Haut.

Bei seinen seltenen Reisen nach Europa waren die wenigen Stunden in weiblicher Gesellschaft wie das Tanken von Sauerstoff inmitten eines stickigen, unendlich erscheinenden Männeruniversums. Nach drei Tagen, in denen er mit seinen Leibwächtern immer auf grausamer Tuchfühlung gewesen war, hatte er große Lust, ihnen einen Stuhl überzubraten und sie zu einem mönchischen Schweigegelübde zu verdonnern.

Ihre Unterhaltung wurde durch das Erscheinen von Giacomo Rea unterbrochen, den Jerry »Jack« nannte. Er sah wie auf den Fotos aus, die Tom Quint ihr gezeigt hatte: ein Mann in den Vierzigern mit wettergegerbtem Gesicht, das er dem Wind und der Sonne des Südens verdankte. Er trug einen gepflegten Schnurbart, hatte feine Lippen und Schatten unter den Augen, die seinem dunklen Augenpaar noch mehr Gewicht verliehen. Wenn er lächelte, tat er das mit nach unten gezogenem Mundwinkel. Sein zeitloser Anzug und sein weißes Hemd mit schmalem Kragen schienen in einem Schrank voller Lavendel aufbewahrt worden zu sein. Nach einem langen Verhandlungsnachmittag hatte er Zeit gefunden, in sein Hotel zurückzukehren und einige Einkäufe für seine Schwestern in Palermo zu erledigen. Sein ständiger Gefolgsmann, der mit Einkaufstüten von Edelboutiquen beladen war, setzte sich zu Jerrys Leibwächtern an den Tisch. Giacomo gab Asia die Hand, ohne sie richtig anzusehen, er wandte sich unmittelbar seinem Gastgeber zu. Belle begriff sofort, an welchem Punkt die Verhandlungen angekommen waren. Sie erinnerte sich, wie ihr Vater mit vorgestrecktem Bauch und Zigarre zwischen den Lippen mit einem ebenso gut gelaunten Partner einst ein Nebenzimmer bei Beccegato verlassen hatte. Die beiden hatten sich dort eingeschlossen und waren erst herausgekommen, als sie eine für beide Seiten befriedigende Lösung gefunden hatten. Heute Abend hatten Costanza und Rea den gleichen Gesichtsausdruck, und man konnte aufseiten des FBI sicher sein, dass die Geschäfte zwischen Brooklyn und Palermo bald wieder florieren und die Safes sich bald wieder füllen würden. Anonyme Rechnungen würden ausgestellt werden, Tausende von jungen Leuten würden sich etwas in die Nase ziehen oder in die Venen spritzen, Investoren in Hemd und weißem Kragen würden ihre Optionsgeschäfte optimieren, die Konkurrenz würde sich nach und nach ihr eigenes Grab schaufeln, und geschniegelte Rechtsanwälte würden ihre Prozentsätze erhöhen.

»Was nimmst du, Jack?«, fragte Jerry.

Wenn Belle auch Personen wie Jerry Costanza mühelos durchschauen konnte, so tat sie sich mit jemandem wie Rea, der eine andere Art von Italiener war, schwerer. Selten hatte sie Gelegenheit gehabt, gebürtige Sizilianer kennenzulernen, und das Exemplar, das sie vor sich hatte, schien den gängigen Beschreibungen zu entsprechen: schweigsam, heimatverbunden und wenig zuvorkommend gegenüber Frauen.

Er wird dich an diesem Abend in Ruhe lassen. Er scheint die Gegenwart von Frauen schon zu schätzen, aber man weiß absolut nichts über sein Privatleben. Er besucht im Internet keine Pornoseiten, von einer Liaison ist nichts bekannt. Er bringt der sizilianischen Unterwelt mehrere Millionen Euro pro Jahr ein, also stellt man ihm keine unbequemen Fragen.

Tom saß mit dem Kopfhörer auf den Ohren und einer Tasse Kaffee in der Hand in seinem Lieferwagen. Er fragte sich, ob er diesen Beruf noch lange ausüben würde.

*

Gegen 22.00 Uhr teilten sich Maggie und Fred ein paar Sandwiches, ohne ihre ländliche Lagebesprechung zu unterbrechen, die noch bis tief in die Nacht dauern würde.

»Als Erstes müssen wir uns deinen Francis Bretet schnappen. Ideal wäre es, ihn außerhalb seines Restaurants, in einem Bistro zum Beispiel, abzupassen.«

»Gewöhnlich trinkt er am Spätnachmittag an der Theke des Fontenoy ein Bierchen.«

»Ich beschreibe dir die Szene. Ernie setzt sich neben ihn und beginnt das Gespräch: *Sie sind doch der Geschäftsführer der Pizzakette?* Sie plaudern auf nette Weise miteinander, bis Ernie ihn fragt, ob er Probleme mit der Konkurrenz hat. Nein, antwortet der Typ. Doch, sagt Ernie, mit der Chefin des ›La Parmesane‹. Bretet hält das für einen Witz, aber Ernie rät ihm, dich und dein aufblühendes Geschäft in Ruhe zu lassen. Der Ton wird rauer: *Sie versuchen wohl, mich einzuschüchtern.* Und genau in dem Moment holt Ernie aus seiner Hosentasche ein taufrisches Auge und versenkt es im Bier des Typen.«

»Was bitte?«

»Ein Ochsenauge. Ich kann dir versichern, dass ein Auge in einem Glas etwas hermacht. Der Gesichtsausdruck des Typen in diesem Moment ist unglaublich, das dürfen wir uns nicht entgehen lassen. Er wird dieses Auge von nun an überall sehen, an jeder Straßenecke. Und es wird ihn bis in den Schlaf verfolgen.«

Maggie konnte kaum glauben, dass sie seit fünfundzwanzig Jahren mit einem Mann zusammenlebte, der zu solch einer Grausamkeit fähig war.

»Wenn er zu dir kommt, spielst du die Erstaunte, auch falls er die Bullen einschaltet, aber das macht er nicht, er hat schon zu viel Schiss, schließlich kennt Ernie seine Kinder bereits mit Vornamen. In der Zwischenzeit haben wir einen Mann von uns in seiner Pizzeria installiert. In Läden wie diesen werden permanent Leute rausgeschmissen und neue eingestellt. Wir haben einen Computerfachmann eingeschleust, denn der kann sich Zugang zu den E-Mails, der Post und den Rechnungen der Firma verschaffen. Ein Mann von uns da drin, das ist wie eine entsicherte Granate. Jetzt müssen wir uns in der Hierarchie eine Stufe hocharbeiten und den Verantwortlichen von Paris/Grande Couronne zur Verantwortung ziehen. Dazu brauchen wir etwas Medienwirksames. Erinnerst du dich an den Skandal um die Hühnchenkette Taco Wings in den Neunzigern?«

»Dunkel.«

»Bakterien im Eisbergsalat hatten siebzig Menschen in vier verschiedenen Staaten vergiftet. Alle hatten bei Taco Wings zu Mittag gegessen. Das war ein Coup von Ernie.«

»Ernie hat Leute vergiftet?!«

»Nicht gleich so große Worte. Nur ein bisschen Fieber, Magenkrämpfe, Übelkeit und Durchfall. Das Ergebnis: Ernie wurde vom obersten Vertriebschef empfangen, der jeden Satz mit *Mein lieber Herr Fossataro* begann.«

»Wie ekelhaft.«

»Aber effektiv. Und noch lange nicht alles. In einer anderen Filiale könnte man Ratten zum Einsatz bringen. Ein absoluter Klassiker. Vier oder fünf Ratten in einer Küche, du rufst das Gesundheitsamt an und gibst dich als mies behandelter Angestellter aus. Um 8.00 Uhr in der Früh stehen zwei Beamte vor der Tür, um 8.10 Uhr wird das Geschäft bis auf Weiteres geschlossen. In der Gastronomie muss man das nur als Gerücht weiterverbreiten, und das ist mit den modernen Medien ein Kinderspiel. Wenn man dann noch ein drittes Lokal am äußersten Stadtrand anzündet, dann glaubt der Chef von Paris/Grande Couronne bald, dass er in einem früheren Leben eine Menge Unsinn angestellt hat.«

Nichts von diesem monströsen Plan würde in Wirklichkeit umgesetzt werden. Maggies Rache würde nur auf dem Papier stattfinden. Da das sicher war, konnte sie weiterhin unbedenklich Freds Horrorszenario lauschen.

»Jetzt ist der Moment gekommen, wo wir uns wieder eine Stufe hocharbeiten. Alle möglichen dunklen Verbindungen zwischen dem Generaldirektor Europa und Privatbanken zwecks Geldwäsche in den letzten vier, fünf Jahren müssen aufgedeckt werden. Falls es keine gibt, müssen wir welche erfinden. Und jetzt kommen wir zu meiner *Spezialität*. Ich bitte meinen Neffen Ben, einen ausführlichen Kurzvortrag über den Aufstieg des Unternehmens in den USA im Lauf der Jahre zu halten. Falls er, wie und warum auch immer, mit einer Familie der LCN eine Einigung erzielen musste – vielleicht um eines seiner Scheißlokale eröffnen zu können –, werde ich es erfahren und ziehe dann meinen Nutzen daraus. Die nächste Stufe ist zweifellos meine Lieblingsstufe, in der Praxis war sie ein Hochgenuss – wie könnte es beim Schreiben anders sein! Ich wähle ein paar Schlüsselfiguren aus der Generaldirektion aus und verwickle sie in einen Bestechungs-, Drogen- oder Sexskandal. Von fünf Schlüsselfiguren schmieren bei mir immer ein oder zwei ab. Deshalb hat Ernie so gern mit mir zusammengearbeitet. Und jetzt fehlt nicht mehr viel, und der Big Boss in Denver erklärt dieses Jahr zum absoluten Horrorjahr.«

Maggie sah mit Vergnügen bereits das folgende Bild vor sich: Ein internationaler Großkonzern beschwert sich bei den obersten Autoritäten über diese kleine Dame mit ihrem Auberginenrestaurant, die einfach nicht aufhört, sie zu ärgern!

*

Beim Eintreffen der beiden Einbrecher schien das Kräfteverhältnis klar zu sein. Warren war zu jung, um als Polizist durchzugehen, und so präsentierte er sich mit dem Selbstbewusstsein derer, die das Gesetz auf ihrer Seite wissen. Doch er war eben allein. Als er den Dieben das Foto von dem gestohlenen Tisch zeigte, wandten sie sich gegen ihren Hehler, der sich aus der Affäre ziehen wollte.

Wenn du als Erster schlägst, schlag ordentlich zu, hörte Warren es in der Ferne sagen.

Er zog aus seiner Jacke das Bleirohr hervor und zertrümmerte es auf dem Kopf dessen, der gerade fragte: *Hey, wer bist du denn?*

Sein Kumpel, der von Warrens heftiger Reaktion völlig überrumpelt war, vermochte weder dem einen zu helfen noch gegen den anderen zu kämpfen. Tatsächlich blieb es auch der einzige Schlag während der ganzen Begegnung, es brauchte keinen zweiten, so heftig war der erste gewesen. Warren hatte Gewalt sprechen lassen, allerdings keineswegs hemmungslos – und Spaß hatte es ihm auch keinen gemacht. Sein Puls hatte sich nicht erhöht, um keinen einzigen Herzschlag pro Minute. Er drehte sich zu dem, der noch auf den Beinen war.

»Ich habe schon Typen gesehen, die haben ihre Nasenknochen durch den Mund ausgespuckt.«

Der Satz erinnerte ihn an jemanden, aber an wen?

Es stellte sich schnell heraus, dass die beiden Gauner tatsächlich den Tisch *bei einem Großkotz im Großkotzviertel von Montélimar* vor ein paar Monaten gestohlen hatten. Es hatte dort nichts anderes zum Einsacken gegeben, nicht einmal etwas Hochprozentiges, nur diesen sperrigen Scheißtisch, der jetzt auch noch Ärger machte.

»Jemand hat euch den Tipp gegeben.«

»Woher willst du das denn wissen?«

Warren gab ihm zu verstehen, dass er ihnen nicht zutraute, ein Möbel aus der Zeit Napoleons III. zu erkennen, falls ihnen eines über den Weg liefe.

»Ich hab den Namen von dem Wichser vergessen.«

»Guillaume«, murmelte der Kerl am Boden. »Ich muss ins Krankenhaus ...«

»Guillaume, und weiter?«, fragte Warren.

»Guillaume, wie er weiter heißt, weiß ich nicht. Er war der Sohn der Familie, das kleine Arschloch brauchte Kies.«

Warren hatte mit seinem Bauchgefühl richtig gelegen. Ein Nachbar oder ein Gast konnte zwar von der Existenz des Tischs wissen, aber nur jemand aus dem nahen Umfeld konnte auch dafür sorgen, dass die Delarues im passenden Augenblick nicht zu Hause waren. Warren bereute seine Vorgehensweise nicht mehr. Hätte er die Polizei gerufen, wäre über Lenas Eltern ein schrecklicheres Drama als dieser Diebstahl hereingebrochen: Sie hätten erkennen müssen, dass ihr eigener Sohn ein Krimineller war und sie sein erstes Opfer. Warren schrieb sich die Nummern ihrer Personalausweise auf, nahm ihnen das Handy ab und schärfte ihnen ein, sich bedeckt zu halten.

»Von der Polizei habt ihr nichts zu befürchten. Aber von mir.«

Er stieg in seinen Wagen, verließ den Ort so schnell wie

möglich und nahm die Straße in Richtung Les Goules, die sich an einem Steilhang entlang den Berg von achthundert Meter Höhe hinaufwand. Er hielt an einer Leitplanke an, stieg aus, machte ein paar Schritte auf den Abgrund zu und rief Lena an, um ihr zu sagen, dass sie ihm mehr als jemals zuvor fehlte.

*

Asia, Jerry und Giacomo aßen ihren gegrillten Fisch, während am Nebentisch die drei Handlanger vor ihren sehr zarten Entrecôtes saßen und sich mit gedämpfter Stimme von ihren Heldentaten berichteten. Costanza schickte sich an, auf sein Zimmer zu gehen und vor den CNN-Nachrichten seinen Tee einzunehmen. Jetzt musste es ihm nur noch gelingen, sich zu verabschieden, ohne dass die anderen sich verpflichtet fühlten, den Tisch ebenfalls zu verlassen. Asias Gegenwart hatte ihn verzaubert. Wie ein gestandener Mann und Verführer hatte er sich gefühlt, als sie ihm verstohlen schöne Augen gemacht hatte. Volle zwei Stunden lang hatte er vergessen, dass er der Kunde war, der immer König ist. Er wünschte diesem wunderbaren Wesen von dreißig Jahren, es möge seinen Weg im Leben finden und im rechten Moment seinen Job als Escortgirl aufgeben, von dem es nur das Beste in Erinnerung behalten sollte. Bevor er vom Tisch aufstand, kam er nicht umhin, sich ein letztes Mal zu ihrem Hals zu beugen, er wollte noch einmal diesen Duft einatmen, zu dem sich im Lauf des Abends eine bittersüße Note hinzugemischt hatte. Dieser Augenblick der Verwirrung war so köstlich, dass Jerry ihn um ein paar Sekunden verlängerte, zweifellos um eine zu viel.

Giacomo war zum ersten Mal an diesem Abend schockiert über das Verhalten seines neuen amerikanischen Partners.

Was hatte er dem Mädchen ins Ohr geflüstert? Was hatten sie zu tuscheln? Hatte er sie auf sein Zimmer eingeladen? Wie oft hatte Giacomo gesehen, wie seine Geschäftspartner sich, sobald das Gebäck zum Kaffee gereicht wurde, auf die Mädchen stürzten wie auf eine Kriegsbeute und sich ihrer auf der Stelle bemächtigten. Dieses Verhalten hatte nichts Überraschendes für ihn, er hätte es ihnen gleichtun können, wäre er nicht der mysteriöse Giacomo, der Frauen gegenüber unglaublich schüchtern war, was man von ihm niemals vermutet hätte. Er, die harte Nuss, der Mann, der von den Lastern der anderen lebte, hatte die Begierden des Körpers und die Angelegenheiten des Herzens noch nicht voneinander trennen können.

Doch heute Abend hatte er keine Lust, den schüchternen Giacomo zu geben, so wie er auch keine Lust hatte, dass dieses smarte, außergewöhnliche Mädchen mit einem Jerry Costanza verschwand, der sich plötzlich wie ein alter Gockel aufführte. Und so legte er langsam, aber bestimmt die Hand auf Asias Unterarm und bestellte beim Kellner drei Limoncelli, in großen Gläsern mit Zuckerrand.

»Ein Digestif, Jerry? Damit schläft man besser als mit Kamillentee.«

Jerry war überrascht, stellte aber klar, dass er keinen wolle. Er solle sich zu nichts verpflichtet fühlen, entgegnete Giacomo. Was für eine formelle Antwort, dachte Jerry, der kann es wohl kaum erwarten, dass ich den Tisch verlasse.

»Sie nehmen einen Digestif«, sagte Agent Cole, den Finger an seinem Knopf im Ohr.

Tom runzelte die Stirn und wollte Genaueres über diese kleine Programmänderung wissen. Anstatt auf sein Zimmer zu gehen, hatte Jerry nämlich beschlossen, noch etwas zu bleiben, er wollte sich vergewissern, ob Giacomo tatsächlich ein derart dreistes Verhalten an den Tag legte. Der ließ sein Glas argwöhnisch in der Hand tanzen. Jerry hatte mit diesem Menschen einen Pakt wie vormals die Alten geschlossen, davon überzeugt, dass für beide Seiten ein einmal gegebenes Wort reichte. Hatte Jerry sich verrechnet? War er inzwischen so alt, dass er einen Menschen nicht mehr auf den ersten Blick einschätzen konnte? Giacomo streifte den Blick seines Sekundanten, der nichts von der plötzlich entstandenen Spannung verloren hatte, wie sie zwischen Gangsterbossen üblich ist: *Costanza braucht ein Zeichen des Respekts.*

Giacomo zuckte mit den Achseln. Er hatte sich nicht respektlos verhalten, im Gegenteil, er hatte alle Forderungen Jerrys für den Vertragsschluss akzeptiert. Was wollte er mehr? Wer war er eigentlich, dass er erwarten konnte, dass man ihm wie einem Mafiaboss die Hand küsste?!

»Paris bei Nacht, da kenne ich mich nicht besonders gut aus, da bräuchte ich einen Führer«, sagte Giacomo in Richtung Asia.

Im Klartext: *Costanza lassen wir hier, wir beide trinken noch ein Glas woanders.*

»Du willst uns deine Gegenwart schon vorenthalten, Jack?«

Im Klartext: *An diesem Tisch bist du mein Gast, und ich wäre sehr verärgert, wenn du vor mir Gute Nacht sagst.*

»Ich habe das Gefühl, dass der Ton zwischen Rea und Costanza rauer wird«, berichtete Alden seinem Captain.

»Und Belle?«

»Sie schlürft etwas Gelbes aus einem großen Glas.«

Asia fühlte sich eingeklemmt zwischen zwei Männern, von denen jeder einen ihrer Arme auf dem Tisch festhielt.

»Es war mir ein Vergnügen, mit dir einen Vertrag zu schließen«, sagte Jerry. »Wenn du aber denkst, das Mädchen sei inklusive, dann bist du auf dem Holzweg.«

»Vergiss nicht, wenn du wieder in Brooklyn bist, deiner Frau meine allerbesten Wünsche zu übermitteln, und schlaf gut.«

»Jack, willst du, dass ich unsere Vereinbarungen von heute Nachmittag schon bereue?«

»Du hast nichts zu bereuen, Jerry. Ich schon.«

Belle hatte ernsthafte Wortgefechte zwischen *wiseguys* miterlebt. Deshalb wusste sie auch schon, wie es weitergehen würde: Nach ein paar Sticheleien über das Geschäft sprach man über das Alter.

»Du hingst noch an der Mutterbrust, als Crack das Licht der Welt erblickte und ich die gute Nachricht in ganz Brooklyn verbreiten durfte.«

»Geh dich ausruhen, Jerry. Wir Sizilianer haben noch Respekt vor den Älteren.«

Der Ton wurde schärfer, die Beleidigungen wurden schwerer, ausgesprochen in einer sehr genau festgelegten Abfolge. So provozierte die Frage nach dem Alter unvermeidlich eine andere, die viel heiklere, nach den Wurzeln.

»Meine ganze Familie gehört seit dem 19. Jahrhundert der Bruderschaft an«, sagte Giacomo. »Und dein Großvater väterlicherseits war Notar, stimmt's?«

»Mein Stammbaum geht zurück bis ins Mittelalter, Jack. Besuch uns mal im dritten Jahrtausend. Mit dem Flieger schaffst du es schon in knapp fünf Stunden.«

Belle hatte Zeit, noch einen Schluck Zitronenlikör zu sich zu nehmen, bevor Fragen der Hierarchie angesprochen wurden.

»Jack, ist es wahr, was man sich erzählt? Du bist in den Clan aufgenommen worden, nachdem dein Vater acht Jahre für seinen Boss in den Knast gegangen ist? Und du verscherbelst noch immer deine geschmuggelten Marlboros? Oder täusche ich mich?«

»Nennt dich nicht alle Welt Jerry, die Geisel? In einem Bandenkrieg wirst du gern dem Feind untergejubelt, im Austausch gegen eine Spitzenkraft.«

Belle sah, wie Jerrys Hand sich einer Silbergabel näherte, während Giacomo sich für ein Fischmesser interessierte. Sie winkte einen Kellner herbei, um den Tisch abräumen zu lassen.

Hundert Meter weiter stellte Quint sich vor, was passieren würde, wenn sich die beiden Familien hier und jetzt entzweiten. Die Brooklyn-Gang bräuchte ohne die Unterstützung der Sizilianer einen Verbündeten im Osten, der ihr den Weg zum thailändischen Heroin freimachte. Jerry würde sich an seinen Freund Yuri Bikov wenden, der den Transport des Stoffes übernehmen, aber im Gegenzug verlangen würde, dass Jerry seine Waffen in verschiedenen südamerikanischen Ländern verscherbelte. Die Sizilianer ihrerseits könnten ohne die logistische Unterstützung einer amerikanischen Familie ihre Beteiligungen an diversen Spielkasinos nicht halten und würden sich der chinesischen Triade, die in New York Fuß gefasst hatte, zuwenden, die als Gegenleistung zwecks Geldwäsche in den europäischen Markt über Holdings aus Luxemburg eindringen durfte.

Am Tisch fragte sich Belle, was für einen Mafioso wohl noch mehr zählte als seine Position in der Hierarchie. Sie tippte auf die Blutsbande und lag damit richtig.

»Wie geht es deinem Bruder Bert?«, fragte Giacomo. »Lässt er sich noch immer in dieser Spezialklinik für das Tourette-Syndrom behandeln? Pass auf, mein Lieber, die Krankheit ist anscheinend genetisch bedingt.«

»Sag mal, Jack, die Alten behaupten, dass du Calogero dem Schlachter wie aus dem Gesicht geschnitten bist. Der war Leibwächter deines Vaters, soll sich aber mehr um den Leib deiner Mutter gekümmert haben.«

Quints Katastrophenszenario drohte immer mehr Wirklichkeit zu werden. Was Costanza nicht wusste, das FBI aber schon seit Monaten befürchtete: Bikov und seine Armee hatten eine Ladung angereichertes Plutonium abgefangen, aus der gerade Atomsprengköpfe hergestellt wurden. Allerdings war es schwer, sie zu verkaufen, ohne dass die russische Polizei Wind davon bekam. So hatte er, ohne seine amerikanischen Freunde zu informieren, seinen neuen Kontakten in Südamerika fünfzig Prozent des Gewinns versprochen, falls sie einen Käufer für seine Sprengkörper fanden. Und schneller, als man den Planeten in die Luft jagen konnte, würde man bei Terroristen oder einer der Weltmächte einen Interessenten auftreiben.

Costanza und Rea waren in ihren gegenseitigen Beleidigungen sehr weit gegangen, einer von beiden musste dem anderen jetzt den Todesstoß versetzen. Nach den Blutsbanden, sagte sich Belle, bliebe nur noch die Ehre übrig.

»Sag mal, Jerry, für den Einbruch in die Banco del Estero haben alle fünf Jahre bekommen. Doch du warst noch nicht mal zehn Minuten im Büro des Untersuchungsrichters, und schon wurdest du in einem Bullenschlitten nach Hause kutschiert.«

»Ist das Giacomo Rea, der da spricht? Der gefürchtetste Killer des Mittelmeerraums? Doch anscheinend findet man bei all seinen Opfern eine Kugel zwischen den Schulterblättern.«

Die drei Handlanger am Nebentisch hingen ihren Chefs bei ihrem Streit an den Lippen, sie waren bereit loszuballern und überlegten schon, wie sie das den Daheimgebliebenen schildern könnten. Der Worte waren genug gewechselt, alle gefährlichen Themen waren angesprochen und alle Bosheiten waren verspritzt worden. Nun würden endlich die Waffen sprechen.

Ein Tabuthema hatte man bisher allerdings umgangen. Und das stand über dem Alter, über der Herkunft, über der Hierarchie, über der Blutsbande und der Ehre. Es war die Männlichkeit.

»Versuch nicht, mit dem Mädchen wegzugehen, Giacomo. Du weißt eh nicht, was du mit ihr anstellen sollst.«

»…«

»Du liebst keine Frauen, das wissen alle. Ob du auf Männer stehst? Ich bin mir nicht sicher. Jedenfalls lasse ich es nicht zu, dass ein schönes Mädchen wie sie in die Fänge eines Typen gerät, von dem man nicht weiß, wen oder was er liebt.«

»Jerry, ich habe in meinem Leben nur eine einzige Frau geliebt: deine. Wenn ich dir sage, dass ich letzten September, während du mit den Familien von Miami verhandelt hast, einen Bungalow in Barbados am Strand von Cobblers Cove gemietet hatte, und wenn ich dich jetzt bitte, uns allen zu sagen, wo deine brave Annunziata im letzten September gewesen ist, was antwortest du dann, Jerry?«

Belle hätte alles dafür gegeben, wenn François Largillière sie genau in diesem Augenblick gesehen hätte, sie, zwischen zwei Männern, die bereit waren, wegen ihrer schönen Augen einen Weltkrieg vom Zaun zu brechen. Und er, dieser Idiot, vergnügte sich wahrscheinlich gerade jetzt mit einem seiner schwachsinnigen Videospiele!

Agent Alden zuckte zusammen, als Tom Quint ihm per Knopf ins Ohr schrie: »Seht zu, dass sie den Tisch verlässt, koste es, was es wolle!«

Belle genoss den Augenblick der Ruhe vor Jerry und Giacomos finalem Spielzug.

»Jerry, du hast einfach noch nicht begriffen, dass Giacomo ein großer Romantiker ist, der seufzen muss, wenn er eine Frau betrachtet. Ein Mann, der eine Frau nur begehrt, wenn er sie auch liebt. So jemand ist für die Welt, in der er sich bewegt, eine Schande, oder?«

»…?«

»Und du, Giacomo, richte Jerry aus, dass die Geschichte mit Barbados erlogen war. Jerry ist ein Herr, der seiner Frau treu ist, genau wie sie ihm.«

»Das stimmt, Jerry. Benny Pellegrini war derjenige, dessen Hochzeitsreise nach Barbados ging und der mir erzählt hat, dass er Ms Costanza dort begegnet ist.«

Jerry standen Tränen der Erleichterung in den Augen.

»Jack, mit allem, was ich über deine Familie gesagt habe, wollte ich dich nur aufziehen. Ich respektiere euch voll und ganz.«

»Gib mir die Hand, tu mir den Gefallen.«

Die beiden waren wieder ein Herz und eine Seele, und Belle sagte sich: Wenn man das ganze Theater, das die zwei Typen hier aufgeführt haben, wegdenkt, wenn man sie sich ohne ihre Knarren vorstellt, ohne ihre Luxuslimousinen, ihre Anzüge aus roher Seide, ihre Mütter im schwarzen Unterrock, ihre Leibwächter, ihre Schweigegelübde und ihre Jahre im Knast, dann werden sie wieder zu ganz einfachen Männern, die, wie alle ihres Geschlechts, bis zum Ende aller Tage miteinander streiten werden – denn sie wissen es einfach nicht besser.

Bevor sie die beiden verließ, umarmten Jerry und Giacomo Asia – sie würden sie nie vergessen. *Ein richtiges* wisegirl, *die Kleine.* Die Kleine klopfte ans Fenster des Vans, in dem Tom Quint einem Schlaganfall nahe war.

»Ich kenne den Namen von Mauro Squeglias Nachfolger, ich weiß, wo das nächste Treffen der beiden Familien stattfindet, ich habe mir mehrere Namen von Neumitgliedern und viele Einzelheiten gemerkt, die dich freuen werden. Aber vorher werde ich dir sagen, was du mir als Lohn für meine Arbeit schuldest.«

Tom machte sich auf das Schlimmste gefasst. Und das war auch gut so.

Sieben

Während Maggie und Fred weiter an ihren Maßnahmen gegen den ungezügelten Wirtschaftsliberalismus arbeiteten, während Warren mitten in der Nacht auf seinen Berg zurückkehrte und Belle ihr Agentinnen-Outfit vor dem Schlafengehen auszog, schickten sich zwei Individuen jenseits des Atlantiks an, an einem Tisch Platz zu nehmen.

Schlag 19.00 Uhr suchte Benedetto D. Manzoni, genannt Ben, eine stille Ecke bei »Zeke's«, einem Restaurant Ecke 52. Straße, 11. Avenue in New York, in das er bald fünfzehn Jahre keinen Fuß mehr gesetzt hatte.

»Früher war es ein französisches Restaurant«, teilt er enttäuscht seinem Gast mit.

Das Firmenschild war noch dasselbe, aber aus dem schicken Bistro war ein banales Schnellrestaurant ohne spezielle Note geworden. Da fiel Ben der nostalgischen Erinnerung anheim, und er sah sich wieder in der guten alten Zeit mit seinen Kumpels Frank De Vito, Greg Marchese und Will Fogel an einem runden Tisch sitzen, bei dem Versuch, die französischen Gerichte auf der Speisekarte zu entziffern. *Was das wohl sein mag, pom de teur à la layoneze ... layonazi?* Bis spät am Nachmittag probierten sie edle Weine für zweihundert Dollar die Flasche, bevor sie arbeiten gingen. Ihre Truppe kontrollierte mehrere Nachtlokale in Nobelvierteln, und ihre Arbeit bestand im Wesentlichen darin, von den Wirten Schmiergelder einzukassieren und Mädchen an ihren Tisch einzuladen.

Mit Ausnahme von ein paar Noteinsätzen, wenn etwa rivalisierende Banden zu sehr Präsenz zeigten, glich eine Nacht exakt der anderen.

»Ich war für dieses Leben wie geschaffen«, seufzte er.

Seitdem sein Onkel Gianni Manzoni ausgesagt hatte, war Ben auf einen Schlag an den Orten, die sein Jagd- und Vergnügungsrevier gewesen waren, unerwünscht. Er war nach Green Bay in Wisconsin entflohen, wo er seine Ersparnisse schnell durchgebracht hatte – eigentlich eine recht magere Summe nach so vielen Jahren treuer Dienste im Herzen der New Yorker Nacht. In einem kleinen Laden für Videospiele hatte er einen Posten als Kassierer angenommen. Wie gern hätte er wieder einen Job, bei dem er seine einzige wahre Begabung, nämlich die für Dynamit, hätte zeigen können. Diese Begabung ließ sich wie alle wirklichen Begabungen nicht erklären. Er hatte sich nie für Physik oder Chemie interessiert, trotzdem stellte er ein Nitroglyzerin her, dessen Qualität in den fünf Stadtteilen des Königreichs New York sehr geschätzt wurde. Ihn rief man an, wenn sich an einer Stelle ein Abgrund auftun sollte, an der eben noch mehrere Stockwerke einer Baustelle in den Himmel ragten. Wie viele Richtfeste mussten wegen einer nächtlichen Aktion von Ben und seinen Kameraden abgesagt werden! Doch leider, nur noch selten wurde sein Können verlangt, sodass er sich dazu durchringen musste, kleine Jobs, eigentlich Studentenjobs, anzunehmen. Heutzutage wurde er nicht mehr mitten in der Nacht wegen eines Notfalls geweckt, höchstens wenn ihn einmal sein Onkel Gianni aus mehreren tausend Kilometern Entfernung anrief, um ihm ohne Wissen des FBI eine delikate Mission anzuvertrauen.

Mit seinem Besuch im »Zeke's« ging Ben kein besonders Risiko ein, niemand aus früheren Tagen setzte noch einen

Fuß in den Laden. Im Übrigen hatte sich alles geändert, die Karte, die Einrichtung und vor allem die Kundschaft. Wo sich früher Gäste in Designerkleidern und -anzügen an Spargelcremesuppe und Kaninchenfrikassee in Weißwein delektierten, sah man heute nur noch Typen in T-Shirts und Baseballmützen, die mit Spareribs und Zwiebelringen ihren Hunger stillten.

»Es tut mir leid, Mister Dito«, sagte er zu seinem Gegenüber, »wie gern hätte ich dir *Pigeonneaux Villeroy* empfohlen – klingt barbarisch, schmeckt aber gut.«

»Das ist nicht schlimm, ich esse eh lieber Sachen, deren Namen ich kenne. Und nenn mich nicht Mister Dito, wenn du mir gegenübersitzt.«

Der, dem die Gauner von Newark den Spitznamen Mister Dito verpasst hatten, hieß in Wirklichkeit Laszlo Pryor, geboren unter dem Namen Laszlo Piros. Seine Eltern, eine ungarische Immigrantenfamilie, hatten ihren Nachnamen amerikanisiert. Er hatte in jungen Jahren auf der Suche nach einem Job, mit dem er seinen Lebensunterhalt verdienen wollte, das »Bee-Bee« betreten und seitdem nicht mehr verlassen. Seit über dreißig Jahren war er die Seele dieses Lokals, dazu verdammt, das Faktotum, die Putzfrau, den Kellner, den Wachhund und den Nachtwächter zu geben. Er schlief im Keller auf einem einfachen Nachtlager und führte tagsüber sein schicksalsergebenes Leben, zwischen lästigen Pflichten und dem Gespött böser Jungs, die das »Bee-Bee« zu ihrem Schlupfwinkel erkoren hatten. Aber nie wäre er bei den *wiseguys* zu einer Berühmtheit aufgestiegen, hätte er nicht auf seltsame Weise Ähnlichkeit mit einem der Bosse, dem furchtbaren Giovanni Manzoni, gehabt. Dieser Ähnlichkeit hatte er seinen Spitznamen *Mister Dito* zu verdanken. Eine Ähnlichkeit, an die Giovanni persönlich nie wirklich geglaubt hatte.

Der Erste, der damals eine Gegenüberstellung eingefädelt hatte, war sein Lieutenant Anthony de Biase gewesen.

»Gianni? Findest du nicht, dass der Kellner dir ähnlich sieht?«

»Lass mich in Ruhe damit …«

»Aber es ist Wahnsinn, er könnte dein Doppelgänger sein! Also, Jungs, gleicht der Kellner da drüben nicht unserem Chef?«

In dieser Nacht wurde Laszlo Pryors Albtraum Wirklichkeit.

»Aber jetzt schau doch genau hin, Gianni! Er hat die gleiche Gesichtsform, die gleiche Nase, den gleichen Blick. Man könnte ihn für deinen Bruder halten.«

»Dieser Kerl sieht unmöglich aus. Er ist dünn wie eine Eierschale, er hat keine Schultern, dafür aber eingefallene Wangen und krauses Haar. Willst du mich beleidigen?«

Gianni konnte sich noch so wehren, die Ähnlichkeit blieb, über die immer bösere Scherze gerissen wurden. In weniger als sechs Monaten war aus Laszlo Pryor für alle Mister Dito geworden, sogar für die andern Gäste, sogar für Bee-Bee, seinen Chef.

»Ich wollte dich hierher mitnehmen, damit du gute Sachen schätzen lernst«, fuhr Ben fort. »Morgen gehen wir in ein richtiges französisches Restaurant. Wird Zeit, dass du dich an ihre Küche gewöhnst, Alter. Du wirst sehen, die essen alles, sogar Tiere, die am Boden umherschleichen oder in die Luft springen. Selbst unsere Spezialitäten kriegen die dort besser hin.«

»Ich kann weder mit einem Fischmesser essen, noch weiß ich, was ein edler Wein ist«, sagte Laszlo.

Ben lud ihn zweimal am Tag in ein Restaurant ein, er sollte an Gewicht zulegen. Er war überzeugt, dass niemand der französischen Küche mit ihren feinen, erstklassigen Produkten und unbekannten Düften widerstehen konnte, auch auf die Gefahr hin, dabei dick zu werden.

»Lass dir alles schmecken, was dir Spaß macht, tu dir keinen Zwang an!«

Seit ein paar Tagen arbeitete Ben an einem drastischen Programm, um die natürliche Ähnlichkeit zwischen Laszlo und seinem Onkel Giovanni zu verstärken, dabei war die Gewichtszunahme nur ein erster Schritt.

»Was du für ein Glück hast, Laszlo. Wenn ich zehn Kilo zunehmen statt abnehmen müsste, mein Gott! Alles setzt bei mir an, ich bin noch nicht mal fünfunddreißig und habe schon einen Wanst. Deshalb gibt's bei mir abends keine stärkehaltigen Lebensmittel mehr. Und du, du zählst fünfzig Lenze und bist dünn wie eine Bohnenstange. Liegt das an Bee-Bees beschissener Küche? Oder daran, dass du dich von morgens bis abends für ihn abrackern musst? Hast du nicht Lust, ihn ein für alle Mal zum Teufel zu schicken?«

Und ob er das hatte! Aber nur eine gewaltige Erschütterung in Mister Ditos Leben könnte seinem vorgezeichneten Schicksal eine andere Wendung geben. Ansonsten würde er viel zu früh sterben, hinter der Theke, mit einem Spültuch in der Hand. Lange Zeit hatte er auf die eine Gelegenheit gehofft, aus seinem Sklavenleben auszubrechen, bevor es zu spät war. Am Telefon hatte Ben das magische Wort von einem Neustart in den Mund genommen, von einem Neubeginn in einem anderen Land mit genügend Geld in der Hinterhand. Ein bisschen psychologische und körperliche Vorbereitung wäre vonnöten, doch kein radikaler Umbruch mit Stumpf und Stiel.

Laszlo wählte als Entrée eine Guacamole mit Garnelen und danach einen Hamburger auf Salat.

»Salat? Hier gab's früher die besten Fritten der Welt.«

»Ich habe ein Problem mit allem, was frittiert wird.«

»Frittiertes hat meine Mutter ins Grab gebracht. Es war ihre große Leidenschaft, sie hat alles frittiert. Sogar Sandwiches hat sie in heißem Fett rausgebacken. Du mit deinen 1,8 Gramm Cholesterin und dem Magen eines Teenagers, du musst die Fritten bei ›Zeke's‹ probieren. Mach es in Erinnerung an meine Mutter.«

»Aber hast du nicht gesagt, dass das ›Zeke's‹ nicht mehr das ›Zeke's‹ ist, das du gekannt hast?«

»Wenn du nicht ein bisschen Entgegenkommen zeigst, wird das nie was!«

Laszlo stieß einen hörbaren Seufzer der Resignation aus. Sein Neustart würde nicht ohne Opfer seinerseits vonstattengehen.

»Diese zehn Kilo nimmst du viel schneller mit Pizza und Bier zu.«

»Bier schleppe ich den ganzen Tag herum, dem habe ich meine Hexenschüsse zu verdanken, und dann bin ich es, der das Pissoir reinigt, nachdem all die besoffenen Typen sich dort entleert haben. Also bitte, kein Bier. Und Pizza ist mir zu fett. Mit Ausnahme der unbelegten Pizza, die der Argentinier gegenüber der Bar macht.«

»Hör dir den an, eine Pizza ist zu fett! Dein Problem ist, dass du kein Italiener bist. Dann hättest du die zehn Kilo schon drauf.«

Laszlo tunkte große, rosafarbene Garnelen in die Guacamole.

»Garnelen sind nicht nahrhaft«, sagte Ben. »Und die Guacamole, das sind doch Avocados, oder?«

»Na und?«

»Das ist ein Gemüse. Auf der Karte hat es ein Omelett auf Toastbrot gegeben, das klang lecker.«

»Kann ich jetzt in Ruhe essen, oder willst du mir während der ganzen Mahlzeit auf den Geist gehen?«

Ben hielt den Mund und aß sein Pastrami-Sandwich auf. Dabei stellte er sich Laszlos Gesicht nach einem langsamen Umwandlungsprozess vor: Dunkle Kontaktlinsen, die ihm den finsteren Blick eines Gianni Manzoni verliehen; dünnere Augenbrauen, die Haare viel kürzer und nach hinten gekämmt mit einem Ansatz von Geheimratsecken rechts und links, und die Wangen runder und mehr herabhängend, wie es sich für sein Alter gehörte.

»Es wär meines Erachtens sicherlich ein Vorteil, wenn du etwas rundlicher aussähest. Die Frauen würden dich bestimmt knackiger finden.«

Die Frauen … Von allen Argumenten, mit denen Benedetto seinen Teufelspakt spickte, war das mit den Mädchen das hinterhältigste, aber auch das wirksamste. Das arme Arbeitstier hatte keine Frau mehr gehabt, seitdem er die Schwelle dieser verfluchten Bar überschritten hatte. Die einzigen Frauenzimmer, mit denen er zu tun hatte, schleuderten ihm Tag für Tag Sätze entgegen wie: *Mach uns noch eine Runde, Mister Dito* oder *Hast du mal Feuer, Mister Dito* oder *Dieser fette LKW-Fahrer geht mir gewaltig auf den Zeiger. Ruf Bee-Bee, bevor ich ihm selbst eine reinhaue.* Ben hatte auf den richtigen Knopf gedrückt, als er ihm eine Binsenweisheit verkündete, die alle Welt immer wieder begeistern konnte.

»Und dann, du wirst es sehen, Frankreich ist voller Französinnen.«

Laszlo war bekannt für seine Schweigsamkeit, die zu seinem tieftraurigen Blick noch hinzukam. Es war der Blick eines müden, mageren, fünfzigjährigen Mannes, der, bevor er eine Gefährtin finden oder sein Leben neu beginnen konnte, erst einmal seine Würde wiederfinden musste.

Eine Kellnerin räumte den Tisch ab und nahm die Bestellung für die Nachspeisen auf. Ben gab seinem Gast nicht die Gelegenheit, einen Wunsch zu äußern.

»Ich hätte gern einen Kaffee und für meinen Freund ein ordentliches Stück Blaubeerkuchen mit einer Kugel Vanilleeis obendrauf.«

Acht

Die Wörter waren wiedergekommen und drängelten und schubsten sogar, um sich einen Platz auf der Seite zu erobern. Den neuen Schwung hatte er einer neu entwickelten Erpressungsmethode zu verdanken, die Fred mit der gleichen Dreistigkeit aufs Papier brachte, mit der er einst seinen Nächsten ausgeraubt hatte. Früh am Morgen sprudelten die Sätze in Schüben aus ihm hervor, und er beschränkte sich nicht darauf, nur auf jeder Seite ein paar Detonationen loszulassen. Nein, es war seine Aufgabe, zu beschreiben, wie ein paar engagierte Menschen ein Paradeunternehmen der freien Wirtschaft ins Taumeln geraten ließen. Fred zeigte akribisch genau, wie hinter ansteigenden Erfolgskurven und in den Himmel wachsenden Wolkenkratzern sich Alleinherrscher versteckten, die man daran erinnern musste, dass auch sie nur unbedeutende Wesen aus Fleisch und Blut waren. Und dass in nur einer Nacht ihr schöner Traum von Geld und Reichtum platzen konnte. Seit er sich in dieses unmögliche Unterfangen gestürzt hatte, war er nicht mehr der Gangster, der zum alten Eisen zählte und immerzu die uralten Anekdoten wiederkäute, sondern er war wieder der Clanchef, der nichts von seiner Hartnäckigkeit und seinem Durchsetzungsvermögen eingebüßt hatte. Wenn er sich die Dialoge überlegte, die er mit seinen Männern führen würde, wenn er sich vorstellte, in welchem Zustand er seine Opfer hinterlassen würde, wenn er also sein vielfach verschlungenes Szenario von Verheerung und Verwüstung entwickelte und sich die brutalsten Metaphern und willkürlichsten Abschweifungen erlaubte – dann war das Gianni Manzoni, der diesen Roman schrieb, und nicht mehr Laszlo Pryor. Da gab es einen Bretet, an dem die Paranoia nagte und der, versteckt hinter Gardinen, seiner Frau zurief: *Da draußen sind sie, sie warten auf mich, mach das Licht aus!* Im nächsten Kapitel beschrieb Fred die Albträume des Generaldirektors Europa, die er abscheulichem Getier und Glasscherben im Mozzarella zu verdanken hatte. Einige Seiten weiter häuften sich Szenen, in denen Lieferanten in ihren LKWs entführt wurden, die sich dann alle in einer Bergschlucht aufeinandergestapelt wiederfanden – ein wahrlich großer Augenblick der Literatur. Sehr viel Spaß machte es ihm auch, ein Gespräch zwischen dem Leiter der Region Paris/Grande Couronne und seinen Computerleuten zu erfinden: *Können Sie mir bitte genau erklären, was mit »totalem Systemausfall« gemeint ist?* Im Lauf des Romans hatten sich die Alarmzeichen gehäuft, dass ein vielseitig begabtes Team wild entschlossen daran arbeitete, die gesamte Buchführung zu knacken. Um zwei aufeinanderfolgende Büroszenen etwas aufzulockern, hatte Fred sehr detailreich und ausführlich dazwischen eine Explosion in einer bis unters Dach gefüllten Lagerhalle stattfinden lassen – die dank der Unterstützung seines Neffen Ben zu einem atemberaubenden literarischen Feuerwerk geraten war. Zudem war es ihm gelungen, von Kapitel zu Kapitel zunehmend Angst unter den Angestellten der Firma entstehen zu lassen, es gab Gerüchte über Geschäftsaufgabe und Übernahmeangebote, ganz zu schweigen von den sinkenden Zinsen und der Sorge, dass die »Amerikaner« ihren Stammsitz Gennevilliers Hals über Kopf aufgeben wollten. In den Restaurants selbst bemerkte man einen nie enden wollenden Strom von Neukunden, die alles abscheulich fanden und das auch mit einer Menge Rabatz, eingeschlagenen Schaufenstern und Bombenalarm zum Ausdruck brachten. Wenn der Autor manchmal über eine von ihm ausgeklügelte Gemeinheit selbst in Verzückung geriet und bedauerte, sie in der Realität selbst nicht umsetzen zu können, dann ging er ganz schnell zur nächsten über. Fred arbeitete Tag und Nacht, und der Papierberg wuchs und wuchs. Er scheute keine Anstrengung, um sein Werk zu vollenden und damit ein für alle Mal mit seinen Mafiaerinnerungen abzuschließen.

Unlängst hatte er sich vorgestellt, wie es wäre, mit dem Stift in der Hand in seinem schönen provenzalischen Anwesen alt zu werden. Er würde in einem biblischen Alter sterben, und das geschähe so: Spät in der Nacht, über seine Schreibmaschine gebeugt, in einer Haltung, die derart zu einem Teil seiner selbst geworden war, dass weder Skoliose noch Arthrose ihn schmerzten, wäre er auf der Suche nach dem fehlenden Wort. Da er es noch nie benutzt hatte, müsste er lange danach suchen. Das Wort existierte sehr wohl, es hatte sich seit Ewigkeiten zwischen zwei Seiten eines Wörterbuchs versteckt und wartete darauf, dass ein Schriftsteller die Güte besäße, es zu finden. Schließlich würde er es entdecken, so, wie er einst die kleine Farbtaste entdeckt hatte, die jedem Absatz einen besonderen Glanz verlieh. Zufrieden, aber auch müde von der anstrengenden Suche, würde er einen Augenblick den Kopf auf die verschränkten Arme legen, um dann für alle Zeiten einzuschlummern.

Dieses Szenario würde sich so nie ereignen. Wie sein Leben weitergehen oder enden würde, das konnte Fred sich von nun an nicht mehr vorstellen. Kaum hätte er nämlich sein drittes Opus an seinen Verleger abgeschickt, würde er seine Brother 900 auf dem Dachboden abstellen – und gleichzeitig träte Laszlo Pryor von der Bühne des Lebens ab. Sollte Fred eines Tages wieder zur Feder greifen müssen, dann als wirklich freier Mensch, der weder Reue noch Sehnsucht empfand, hätte er sich doch endlich von seiner Vergangenheit losgesagt. Falls er noch einmal Landschaften beschreiben oder Figuren erfinden müsste, dann würde er es wie ein Pionier tun, der aufbricht, unbekanntes Land zu erobern. Und dann, vorausgesetzt, er entkam der Rache der LCN wie den Sanktionen des FBI, würde er versuchen zu verstehen, was aus dem Traum seiner Urgroßeltern geworden war, die einst ein Schiff bestiegen hatten, um in die Neue Welt zu gelangen. Dieser Traum hatte sich für den Rest des Planeten in einen Albtraum verwandelt. Falls Fred sich noch einmal vor ein leeres Blatt Papier setzen müsste, dann, um das, was er *seinen großen amerikanischen Roman* nannte, zu schreiben. Und wenn er irgendwo mit seinem Buch vor Anker gehen müsste, dann natürlich im Hafen von Nantucket, wo sich einst die Matrosen einschifften, um den Wal zu jagen. Da, wo Kapitän Ahab mit seinem Bein aus Walknochen auf der Brücke der *Pequod* ungeduldig aufstampfte, wenn er darauf wartete, dass endlich alle Leser an Bord gingen.

Jetzt aber musste er erst mal diesen Roman zu Ende bringen und auf Seite 241 die Fassade der europäischen Zentrale von Finefood Inc. in Gennevilliers beschreiben, die mit ihren verschlungenen, verrosteten Rohren wie eine moderne Skulptur wirkte. Er würde dies mit seinen bescheidenen literarischen Mitteln tun, so wie er alles andere auch beschrieb. Doch manches inspirierte ihn eben mehr, manches weniger.

*

Warren verbrachte das Wochenende bei den Delarues. Der Besuch galt aber weniger Lena, vielmehr wollte er sich mit ihrem

Bruder unterhalten. Guillaume, müde und etwas schmaler geworden, grüßte ihn mit der Linken und zeigte ihm die Rechte, die gebrochen war und von einer Schiene gestützt wurde.

»Eine verletzte Hand, und schon hat er grottenschlechte Laune«, sagte Lena.

Er fühlte sich bemüßigt, zum x-ten Mal die Umstände seines Unfalls zu erklären, doch Warren wusste genau, dass er log. Er wartete auf eine passende Gelegenheit, um mit ihm allein zu sein.

»Du bist nicht unglücklich hingefallen, das war ein Schlag mit dem Hammer.«

Guillaume, den Tränen nahe, erzählte ihm schließlich, dass es ein Fehler gewesen war, sich auf diesen Schwindel mit nachgebauten Decodern für Satellitenprogramme einzulassen. Seine kleine Unternehmung funktionierte nicht so recht, und so stand er schließlich mit 6000 Euro bei einem Geldgeber in der Kreide, den er überredet hatte, bei ihm einzusteigen. Doch anstatt mit seinen Eltern zu reden, war er noch einen Schritt weiter gegangen und hatte sie bestohlen. Das war seiner Meinung nach *der einzige Weg gewesen, um aus der Sache herauszukommen.*

Nach der Teilung der Beute – der Tisch und ein paar Kleinigkeiten – blieben Guillaume 2500 Euro, eine Summe, von der er geglaubt hatte, sie genüge, um seine Schulden zu begleichen. Bis ein Schlag mit dem Hammer ihm klarmachte, dass niemand ihm die restlichen 3500 Euro erlassen würde. Inzwischen hatte er immerhin 2000 Euro zusammenbekommen: Er hatte sich hier und da etwas geliehen und seinen Motorroller verkauft. In gut einem Monat würde er den Restbetrag aufbringen. Er würde als Kellner arbeiten und Nachhilfe in Mathe geben, er würde zahlen, das war alles nur eine Frage der Zeit.

Warren ersparte ihm eine Moralpredigt, und Guillaume fühlte sich plötzlich weniger allein gelassen. Von nun an war es *ihr* Problem. Guillaume vertraute gern einem Typen seines Alters, schüchtern und ohne Allüren, über alles verliebt in seine Schwester, der aber schon allein von seiner Statur her nicht zum Rächer der Enterbten taugte.

Guillaume hatte Mist gebaut, und Warren würde ihm da wieder heraushelfen. Als junger Mensch baut man Mist, als junger Mensch bedient man sich eher, als dass man selber etwas schafft, man fällt auf den letzten Schnickschnack herein und hält sich für cleverer als seine Altersgenossen. Kriminalität hält man für Rebellentum und die einzige Alternative zu einem anstrengenden und schlecht bezahlten Job. Und wenn man dann Mist gebaut hat und in zwei Tagen zwanzig Jahre älter geworden ist, sagt man: *Mein Leben ist im Arsch.* Doch mit der Zeit verschwindet natürlich dieses Schuldgefühl, und man betrachtet sich selbst mit mehr Nachsicht. Und der solide Herr steht dann zu dem Mist, den er in seiner Jugend gebaut hat. Schließlich ist er Beweis, dass er einmal jung war.

Wider Erwarten schlug Warren ihm vor, den Termin mit seinem Gläubiger vorzuverlegen und ihn auf der Stelle zu treffen.

»… Jetzt?«

Es war nicht schwierig, sich auf einen zusätzlichen Rückzahlungstermin zu einigen, ohne dass die zu zahlende Summe erhöht wurde. Warren ließ sich von dem Gläubiger nicht beeindrucken und versprach, er werde sein Geld bis auf den letzten Cent zurückbekommen, nur eben später. Er sprach wie jemand, für den der Einsatz von Gewalt kein Problem war, der aber lieber, aus Überzeugung, darauf verzichtete. Sein Verhandlungspartner sah bereits die ausweglose Situation vor sich, in die er bei einer Gewalteskalation geraten könnte, angesichts dieses seltsamen Knaben, der so redete, als würden seine Truppen ganz in der Nähe auf der Lauer liegen.

*

Belle hatte sich vor dem, was nun kommen würde, richtig gefürchtet. So ungeschickt, wie nur er sein konnte, hatte François Largillière um ein Treffen auf »neutralem Boden« gebeten. Er empfing sie zum Rendezvous im »Petit Parisien«, Rue du Val-de-Grâce, um zehn Uhr morgens. Zu der Stunde ließ er manchmal seine Tastatur im Stich, um ein bisschen in die Außenwelt hineinzuschnuppern, Luft zu schnappen, an Menschen auf der Straße vorbeizugehen, um dann wieder kehrtzumachen, weil das alles kein Spaß war. Sie küssten sich langsam auf die Wange, einmal – der schreckliche Kuss unter Liebenden, die nicht genau wissen, wie sie im Moment zueinander stehen, man vermeidet den Kuss auf den Mund, aber immerhin: bis zu den Küsschen, die sich Freunde auf die Wange schmatzen, war es dann doch noch ein Stück. Um Zeit zu gewinnen, ließen sie sich über die mittelmäßige Qualität des Tees in Pariser Cafés aus und über den kleinen verbalen Ausrutscher eines Ministers, der es in die Schlagzeilen geschafft hatte. Bis François nach vorne preschte: »Ich muss mit Ihnen reden.«

Jetzt hatte er die unangenehme Aufgabe, sich in einem beliebten Motiv der Genremalerei zu inszenieren: dem letzten Rendezvous. Und dabei gab es kein letztes Glas, keinen letzten Abend, keine letzte Nacht, es gab nur dieses Café am Morgen im Licht eines milden Junitags.

»Seit einigen Wochen spüren Sie sicher, dass ...«

Wie sollte sie es nicht spüren, nach diesen ewigen Vorträgen über seine Unfähigkeit zu lieben und über die Unfähigkeit des Menschen zu lieben im Allgemeinen?

Er war ein spezieller Fall, das gab er zu, doch auch die anderen Menschen hatten nicht viel mehr Begabung in dieser Sache. Wenn das Zusammenleben zu zweit ein zukunftsfähiges Konzept wäre, dann wüsste man das doch. Übrigens sei die leibhaftige Liebe tot, und so weiter und so fort.

»Ich habe richtig nachgedacht …«

Das Gegenteil von Nachdenken war der Auslöser für diese Verabredung gewesen, er wollte sich absetzen, er hatte Angst, seine anderen Ängste beiseitelegen zu müssen, Angst, seine Burg zu verlassen, sich auf etwas einzulassen, um sich dann vielleicht in einem kleinen, aufkeimenden Wesen wiederzuerkennen. Wie konnte er es wagen, einen Satz mit *Ich habe richtig nachgedacht* zu beginnen, als wäre Largillière ein Junge, bei dem der gesunde Menschenverstand zu Hause war. Wenn Worte ihn von diesem schrecklichen Redezwang hätten heilen können, mit dem er seine Unfähigkeit, glücklich zu sein, rationalisierte, dann hätte Belle auf derartige Argumente geantwortet. Doch das Gerede würde sie nur noch tiefer ins Schlamassel ziehen. Belle hatte genug von den Rechtfertigungen, Theorien und geistigen Höhenflügen, die diesem Idioten noch nicht mal mehr Charme verliehen.

»Es ist schwer auszusprechen, aber …«

Eine zu lange Rede würde jetzt abrupt ihr Ende finden, eine Rede, die er sich auch hätte sparen können, denn ihre Botschaft war von vornherein klar: *Ich liebe dich, aber ich habe Angst vor allem, was das Leben von mir als Mann noch erwartet.*

Er wurde immer zeremonieller, er legte die Hand auf ihre und fasste seine Lage in einer geschickten Formulierung zusammen, bei der er zwar als Schuldiger, aber nicht als hundsgemeiner Dreckskerl rüberkam. Sie war eben einem einmaligen Exemplar von Mann verfallen: Während jedes männliche Wesen, das eine Frau verließ, vorgab, es habe sie nicht verdient, war Belle dem einzigen Mann begegnet, der daran auch tatsächlich glaubte.

Er wich ihrem Blick aus und wartete auf ihre Reaktion. Doch die Stille, weitaus peinlicher für ihn als für sie, wollte kein Ende finden.

»Sie sagen nichts?«

»...«

»Sind Sie auf mich böse?«

»Nein, im Gegenteil. Ich bin erleichtert. Ich möchte Sie nicht unter unserer Trennung leiden sehen.«

»...?«

»Ich kann es nicht mehr verantworten, dass Sie solche Risiken für mich eingehen.«

»... Welche Risiken?«

Solange sie zusammen waren, hatte sie es für sich behalten: Sie zu treffen war nämlich gefährlich. Schon lange wurde sie auf Schritt und Tritt verfolgt und überwacht, und ihr Schicksal war mit einem Menschen verwoben, den niemand unbedingt kennenlernen wollte.

»Was soll das heißen, überwacht?«

»Er hat mich wiedergefunden. Ich werde wieder in La Reitière leben müssen.«

»Wo bitte?«

»So heißt sein Palais in Louveciennes.«

»Louveciennes, westlich von Paris?«

Sie hatte schon zu viel gesagt. Je weniger er wusste, desto besser für ihn.

»Aber von wem sprechen Sie? Wer hat Sie wiedergefunden?«

»Ich bin seine Trophäe.«

»...?«

Sie *gehörte* einem Mann, einem einflussreichen Mann.

Schon als Kind war sie für ihn bestimmt, ihr Leben lang hatte sie versucht, ihm zu entkommen, doch er hatte sie immer wieder eingefangen. Er hielt sich für ihren Beschützer, doch er war ihr Gefängniswärter. In seinem großen Herrensitz im Wald von Louveciennes, ihrem vergoldeten Gefängnis, verfügte er über sie, wie es ihm in den Sinn kam. Manchmal, gegen Abend, führte er sie aus, um sie seinen Freunden zu zeigen. Sie sollte seine rechtmäßige Ehefrau und Mutter seiner Kinder werden. Wie nur konnte Belle dieses Schicksal abwenden, das unabwendbar schien? Wie hatte sie sich überhaupt so lange außerhalb seines Einflussbereichs bewegen können?

»François, in unserer beider Namen und im Angedenken an unsere gemeinsame Zeit möchte ich Sie nur um eines bitten. Wenn ich nicht mehr Ihre Anrufe beantworte und niemand mehr von mir spricht, verständigen Sie niemals die Polizei.«

»Die Polizei?«

»Versprechen Sie es mir!«

»…«

»Versprechen Sie es mir, oder Sie bringen mich in Gefahr!«

»… Aber von wem, um Himmels willen, reden Sie denn? Wie heißt er?«

»In Ihrem ureigensten Interesse behalte ich das für mich.«

Der Mann hatte Verbindungen zur Mafia, die Politik stand hinter ihm, ihm war nicht beizukommen.

»Einmal hat er mich bis ins hinterste Ecke eines New Yorker Vororts verfolgt und mich zurück zu sich nach Hause gebracht. Als ich Sie kennengelernt habe, hatte ich geglaubt, nun sei der Albtraum zu Ende. Doch ich habe mich getäuscht.«

Fassungslos, wie er war, hatte François weder den grauen

Rover 4 × 4 bemerkt, der gerade vor dem Bistro parkte, noch die beiden Männer, die nun ausstiegen.

»Ich muss jetzt gehen. Vergessen Sie alles, was ich Ihnen gerade gesagt habe, und vor allem, vergessen Sie mich.«

Jetzt fielen ihm die beiden Männer auf, die mit gekreuzten Armen an einen Rover angelehnt standen. Für die Agenten Alden und Cole vom FBI war es keine besondere Herausforderung, den bedrohlichen Bösewicht zu mimen. Sie hatten nicht nur diesen seltsam starren Blick, wie er allen FBI-Agenten zu eigen war, sie besaßen obendrein noch schauspielerisches Talent. Wenn man alle Aufträge betrachtete, bei denen sie sich als hartgesottene Ganoven ins kriminelle Milieu hatten einschleichen müssen, alle Beschattungen, bei denen sie als Schaulustige, Touristen oder Kunden eines Coffeeshops agierten, alle Überwachungen, bei denen sie sich als Nachtwächter, Wachmänner oder Penner verkleideten, alle Verhöre, wo sie vor Zeugen oder Verdächtigen mal den guten, mal den bösen Bullen geben mussten, dann konnte man mit Fug und Recht behaupten, dass Alden und Cole mehr Theater gespielt hatten als jeder Star vom Actors Studio.

Diesmal mussten sie eine Rolle spielen, mit der sie überhaupt nichts anfangen konnten, doch über Captain Quints Befehle wurde nicht debattiert.

»Küssen Sie mich ein letztes Mal. Dann werde ich aufstehen, Ihnen zulächeln und diesen Tisch verlassen.«

Dass alles so endete, wollte er das? François Largillière war sich da nicht sicher.

»Wenn ich mit denen gehe, ohne Schwierigkeiten zu machen, passiert Ihnen nichts. Für die sind Sie nicht existent. Haben Sie also keine Angst.«

»...«

»Ich werde Sie nie vergessen, François Largillière.«

Nach ihrer Abfahrt brauchte er eine gute Viertelstunde, um sich daran zu erinnern, wozu seine Beine gut waren. Er ging nach Hause. Um seine Sprache wiederzufinden, würde er um einiges länger brauchen.

*

Nach der Konsultation von zwei Synonymwörterbüchern und diversen Versuchen, ein anderes Wort für *Pizza* zu finden, sah sich Fred gezwungen festzustellen: Es gab keines. Zur Pizza konnte man einfach nur *Pizza* sagen. Für jedes Nudelgericht hätte er die Wahl zwischen mehreren Ausdrücken gehabt, er hätte sogar ein oder zwei dazuerfinden können, aber die Pizza duldete keine andere Bezeichnung neben sich. So war er gezwungen worden, gut hundertmal das gleiche Wort zu tippen, was genau zur Mittagszeit die Frage aufwarf, wann er das letzte Mal eine Pizza gegessen hatte; keine, wie er sie in seinem Buch beschrieb, sondern eine, die nach den einfachen, aber strengen Regeln der Backkunst zubereitet worden war. Er überließ das angefangene Kapitel seinem Schicksal und ging ins Dorf, wo er zu seiner Freude nach mehreren Wochen der Abwesenheit den Lieferwagen seines Kumpels, des Pizzamanns, entdeckte. Ein Zeichen, dass hier auf Erden manche Dinge nicht dazu bestimmt waren, sich zu ändern.

Als er Fred kommen sah, verlor Pierre Foulon seine fröhliche Miene, als ob er sich vor dieser Begegnung fürchtete – hatte er doch erst jetzt wieder den Weg nach Mazenc gefunden.

»Eine Calzone?«

»Nein, eine Napoletana. Die Kapern und Anchovis können Sie sich sparen. Zu salzig.«

Der Pizzabäcker kostete den Pastis, den Fred auf seine Theke gestellt hatte, und bearbeitete in Ruhe den Teig.

»Sie haben sich in letzter Zeit rar gemacht«, sagte Fred.

»Es gab Dinge zu regeln.«

»Und haben Sie sie geregelt?«

»Sagen wir, sie haben sich von selbst geregelt, wie durch Zauberei. Ich hatte Schwierigkeiten, ich habe Ihnen davon erzählt, Sie erinnern sich?«

»Dunkel.«

»Aber Sie wissen doch … Ein gewissenloser Mieter, nicht bezahlte Mieten, Ärger mit den Banken, mein Lieferwagen, den ich beinahe hätte verkaufen müssen, und meine Familie, die den Gürtel immer enger schnallen musste. Jetzt sagen Sie nicht, dass Sie meine Problemchen vergessen haben!«

»Und, sind sie alle geregelt?«

»Ja, ein Wunder ist passiert. Der Mieter hat alle ausstehenden Mieten mit einem Zuschlag von 176 Prozent bezahlt. Ich habe es nachgerechnet. Er hat, ohne Geschichten zu machen, das Haus geräumt, seine Klage zurückgezogen und sich bei mir entschuldigt. Wenn das kein Wunder ist?!«

»Es muss eine vernünftige Erklärung dafür geben.«

»Sicher, doch von der will ich bestimmt nichts wissen. Für mich soll es für alle Zeiten ein Geheimnis bleiben. Falls Gott mir einen Schutzengel geschickt hat, um mich aus dieser Zwickmühle zu befreien, so hoffe ich, dass er dessen Anonymität wahrt. Und wenn's der Teufel war, ebenfalls.«

»Vielleicht handelt es sich um einen wirklichen Fall von Reue. Der Kerl hatte Probleme mit seinem Gewissen. Er wollte alles wiedergutmachen.«

»Vielleicht ist es so. Ich glaube lieber an den Schutzengel.«

In einem früheren Leben hätte Fred für den erwiesenen Dienst eine Zahlung in Naturalien bis zum Ende aller Tage verlangt. Egal zu welcher Stunde, ob Tag oder Nacht, hätte er ein Anrecht auf Pizza, wahlweise mit Bergen von Anchovis oder echtem Büffelmozzarella, gehabt. Er hätte ihn um drei Uhr in der Nacht aus dem Bett klingeln können: *Hör zu, wir feiern mit Freunden ein Fest und haben Hunger. Es wäre wirklich nett von dir, wenn du uns zwanzig Pizza Margherita in dreißig Minuten vorbeibringen könntest.* Aber die Zeiten hatten sich geändert, und Fred hatte nicht die Absicht, diesen Menschen zu seinem Schuldner auf Lebenszeit zu machen. Wenn man ihn nach dem wahren Grund für seine Intervention gefragt hätte, hätte er ihn für sich behalten oder zu bedenken gegeben, dass er einfach nur weiterhin in der Gegend eine ordentliche Pizza bekommen wollte.

Als er nach dem heißen Karton griff, an dem er sich fast die Finger verbrannte, stellte er mit Freuden fest, dass die Pizza Hawaii von der Karte verschwunden war.

*

Wenn das Paradies ein luftiges, grünes Plätzchen war, wo es nach Humus und Baumrinde roch und das so hoch lag, dass nur tapfere Herzen es erreichten, dann waren Warren und Lena heute Morgen an jenem Ort.

Sie breiteten die Decke genau an der Stelle aus, wo sie sich ihr Bett vorstellten; die übrigen Räume gruppierten sich wie von selbst darum. Das Badezimmer links, oder besser rechts, mit einem kleinen Fenster, durch das man, wenn man badete, den Schnee sehen konnte, so weit das Auge reichte. Hier der Kamin und ein paar Sofas, auf denen Freunde es sich gemütlich machen konnten. Doch hatten diese Freunde nicht auch Anspruch auf ein eigenes Zimmer, wo kam das am besten hin?

Im Handschuhfach von Warrens VW-Käfer lagen die notariell beglaubigten Urkunden zur Unterschrift bereit. Monsieur Delarue als Bürge wollte sie noch einmal durchlesen. Das Holz für das Chalet würde vor Ende des Monats geliefert werden, sodass Warren mit der wertvollen Unterstützung von Meister Donzelot sich ans Werk machen konnte. Im Endeffekt war der heikelste Teil der Unternehmung, eine Chalet-Form zu finden, die Lena zusagte. Warren hatte ihr verschiedenste Stile und Typen gezeigt, doch keiner hatte vor ihren Augen Gnade gefunden.

»Das soll ein Chalet sein? Willst du, dass ich in einer Saunakabine wohne?«

»Und das da?«

»Sieht aus wie eine Kuckucksuhr. Ich stelle mir gerade das Räderwerk innen vor.«

»Und das hier, das schwarze?«

»Du meinst das Vogelhäuschen, exklusiv für Amseln? Noch ein Architekt, der den Schlaf des Gerechten schläft.«

»Und hier, neben dem Sägewerk, das ist doch niedlich.«

»So etwas nennt man Puppenhaus. Ich kann mir gut vorstellen, wie sich Ken und Barbie darin von einer nervösen Depression erholen.«

Lena hatte sich gleich in das Gelände verliebt: hier und nirgendwo anders wollte sie leben. Begrenzt von einer Felswand, die in einen unermesslich tiefen Nadelwald hineinragte, fiel das freie Feld hinunter bis ins Tal – und das unter einem Himmel, der in den strengen Wintern immer blau war.

Warren nutzte den Gang durch ihr imaginäres Haus, um Lena zu einem Liebesakt auf der Wiese zu überreden. Nur so ließe sich mit Sicherheit die richtige Ausrichtung des Hauses bestimmen, nur so empfing man die unterirdischen Wellen unzweifelhaft und einwandfrei. Auch sei es der beste Weg, einen Ort in Besitz zu nehmen und ihn als solchen zu markieren. Zudem sei dieser Liebesakt die Basis für alle anderen. Lena ließ sich überzeugen und glitt mit ihm auf die Decke, als ihr Telefon läutete.

»Geh nicht ran! Jetzt nicht! Bitte!«

»Es ist Mama. Das muss ich annehmen.«

Als sie sich nach dem nicht enden wollenden Gespräch ihm wieder zuwandte, griff Warren mit Verlangen nach ihr, aber nur, um sofort wieder von ihr zurückgestoßen zu werden.

»Du hast mir nichts zu sagen, was Guillaume betrifft?«

»…«

»Er ist verhört worden. Es geht um eine miese Geschichte mit Satellitendecodern oder irgendetwas in der Art.«

»…«

»Er hat erzählt, dass du dich um einen Zahlungsaufschub gekümmert hast.«

Guillaume hatte seine Beteiligung an einem versuchten Betrug gestanden – so kam er um eine Strafe herum und war weiterhin nicht vorbestraft. Verschwiegen hatte er jedoch den Einbruch in sein eigenes Zuhause – davon sollte niemand, auch Lena nicht, etwas erfahren.

»Ich möchte jetzt gern von dir hören, warum du mir nichts gesagt hast. Und falls deine Antwort ist: ›*Ich wollte es ja die ganze Zeit tun*‹, steige ich sofort in den Zug.«

Was sollte er darauf antworten? Dass ihr Bruder sich für einen Manzoni gehalten hatte, aber der Job dann doch ein paar Nummern zu groß für ihn gewesen war? Warren wusste, was er getan hatte, und er hielt es nach wie vor für richtig. Diese fromme Lüge, die ihn mit Guillaume verband, war das geringere Übel, genau wie die Gewalt gegen die beiden Diebe legitim gewesen war, nur so hielt sich der Schaden in Grenzen. Dank ihm würden Guillaumes Eltern nie erfahren, dass ihr eigener Sohn persönlich ihre Ausraubung in die Wege geleitet hatte. Jetzt, wo alles wieder in Ordnung war, musste man vergessen, und zwar so schnell wie möglich.

»Ich hätte dir davon erzählen müssen, ich weiß. Verzeih mir.«

Verzeihen? Lena verbrachte die ganze Nacht in Warrens Zimmer sitzend in einem Sessel. Konnte sie das mangelnde Vertrauen ihres Verlobten verzeihen? Ihre Eltern hatten sie gelehrt, dass man mit der Wahrheit keine Spielchen veranstalten konnte; so wie auch die beste Absicht keine Gewalt rechtfertigte.

»Morgen wirst du ein Haus bauen, in das ich bald mit dir einziehen werde«, sagte sie. »Dieses Haus wird dir eine Menge Arbeit und Geduld abverlangen. Und wenn es dann fertig ist, dann ist es die Verkörperung all deines Könnens und deiner Fähigkeiten. Wäre es da nicht schade, wenn als Erstes die Lüge in dieses Haus einzieht?«

»…«

»Wenn du mir etwas sagen willst, was du mir verheimlicht hast, auch nur, um mich zu schonen, dann ist jetzt der Augenblick, um es loszuwerden. Bevor du dich dann an die Arbeit machst.«

Verlange das doch nicht von mir, mein Engel. Mein wirklicher Vater ist nicht dieser Captain vom FBI, den ich dir vorgestellt habe. Ich bin in Wahrheit der Sohn eines Gangsters, und es ist mir nicht gelungen, ein von ihm unabhängiges Selbst aufzubauen. Doch um dir meine Geschichte erzählen zu können, müsste ich zuerst die Geschichte meines Vaters, dann die seines Vaters und dann die seines Großvaters erzählen.

»Ich warte auf deine Antwort, Warren.«

»Ich habe dir nichts verheimlicht, mein Engel.«

Damit der Satz nicht zu lange nachwirkte, fügte er schnell hinzu: »Wir haben uns zwar nicht geliebt, aber wir hatten unseren ersten Streit. Und ohne Streiten ist wie ohne Lieben ein Paar kein Paar. Beides ist notwendig, um ein richtiges

Paar zu sein. Jetzt haben wir das Streiten zumindest hinter uns!«

Im ersten Morgenlicht ließ Lena sich von ihm in die Arme nehmen. Sie war glücklich, wieder ihrem Geliebten nahe zu sein. Nach vielen zärtlichen Augenblicken der Versöhnung standen sie spät auf und frühstückten bei den Donzelots. Dann kehrten sie auf ihr Stück Land zurück und machten eine erste Skizze von ihrem Haus. Am Spätnachmittag brachte Warren sie zum Bahnhof von Valence.

»Ich darf die Urkunden nicht vergessen«, sagte sie.

»Im Handschuhfach, mein Engel.«

Er fuhr auf den Bahnhofsparkplatz und holte Lenas Tasche aus dem Kofferraum. Doch Lena blieb wie angewurzelt sitzen, sie musste immerzu in das Handschuhfach starren.

»... Lena?«

Warren sollte ihr erklären, was eine Fotografie des Tisches aus der Epoche Napoleons III., der vor einigen Wochen aus ihrem Elternhaus gestohlen worden war, hier zu suchen hatte.

Warren sah eine Reihe von Bildern an sich vorüberziehen, darunter das Gesicht eines Mannes, dessen Kopf in einer Schublade steckte, und das eines anderen, dem er ein Bleirohr über den Schädel zog.

»Das ist jetzt vielleicht ein bisschen schwer zu glauben ...«

Dieses Mal würde es ihm nicht gelingen. Das las er in Lenas Blick.

*

Für einen Augenblick löste sich François Largillière aus seinem Zustand der Lähmung und Apathie und schenkte sich einen doppelten Whisky ein. Danach legte er sich wieder auf das Sofa und suchte mit den Augen erneut den Riss samt abgeblättertem Putz in der Zimmerdecke, den er bereits zuvor stundenlang angestarrt hatte. Eine Empfindung hatte ihn niedergestreckt, eine Empfindung, die in der Palette menschlicher Gefühle noch nicht aufgenommen worden, von keinem Dichter bisher besungen und von keinem Psychologen bisher analysiert worden war. François hatte ein Gefühl *erfunden*, eine Art Angst, die von der plötzlichen Erkenntnis zu lieben herrührte. Als Belle das Café verließ, hatte er die traurige Erfahrung von Leere und Abwesenheit gemacht; er bedauerte sein Trennungsgeschwafel bereits. Er verabscheute sich wegen seiner Geschwätzigkeit und wegen seines plötzlichen Schweigens beim Erscheinen der beiden Kerle, die sie mitgenommen hatten. Wie dumm musste man sein, um sich nicht vorstellen zu können, dass ein anderer Mann sich so sehr in sie verliebte, dass er sie besitzen wollte! Es war eine Frage der statistischen Wahrscheinlichkeit: Unter den paar tausend männlichen Wesen, die sich auf der Straße nach Belle umgedreht hatten, waren zweifellos einige, die davon träumten, sie wie einen Wertgegenstand zu besitzen, und unter denen gab es einen noch verrückteren, noch mächtigeren, noch hintertriebeneren, der dieses Ziel erreichen konnte. Eine *Trophäe*, diesen Ausdruck hatte sie benutzt. Wenn es einen Gutsherrn gab, der verrückt genug war, sich die schönsten Dinge, die die Erde hervorbrachte, anzueignen, war da Belle nicht der Haupttreffer?

Um die Situation begreifen zu können, musste François Largillière sie in einen Kontext übersetzen, der ihm geläufig war. In seinem Wortschatz, der aus der Welt der Märchen und Videospiele stammte, kamen Wörter wie »Wächter«, »Schloss«, »gefangene Prinzessin«, »böser König« und »Märchenprinz« vor. In diesem Fall war die Rolle des Märchenprinzen unbesetzt, dabei war der doch der Einzige, der das Problem lösen konnte. Doch François taugte eigentlich überhaupt nicht zum Märchenprinzen. Er verließ nie seinen Elfenbeinturm, er wartete darauf, dass die Prinzessinnen zu ihm kamen. Er strich durch die Straßen wie eine verängstigte Maus, und all seinen Heldenmut hatte er einzig in die von ihm entwickelte Software gelegt. Bevor ein François Largillière aufgebrochen wäre, eine Prinzessin zu retten, wäre die schon lange aus Kummer und Verzweiflung gestorben.

Wie hatte er sich mit einer so wunderbaren Frau immer wieder treffen können, ohne zu bemerken, welch schreckliche Wahrheit sie verborgen mit sich herumtrug? Belle hatte ihm gezeigt, was wahrer Mut war – und er hatte zusehen müssen, wie sie sich von ihm entfernte. Wozu taugten eigentlich seine ausgetüftelten virtuellen Kampftaktiken? Die Heldin, das war sie, die junge Frau in Not, die es verstanden hatte, ihre Tragödie vor dem Mann, den sie liebte, geheim zu halten.

François beendete endlich sein Lamentieren, jetzt sprach nur noch sein unstillbares Verlangen, Belle zu befreien, sie in seine Arme zu schließen, ihr eine Schar Kinder zu machen und sie nie mehr aus den Augen zu lassen. Aus dem hintersten Eck einer Abstellkammer kramte er eine Stabtaschenlampe hervor, die er noch nie benutzt hatte. Die Lampe war schwarz, wuchtig und lang, man konnte sie auch als Schlagstock einsetzen, was die Werbung ebenfalls als Verkaufsargument nutzte: *die meistverkaufte Stabtaschenlampe der USA für Freunde der Selbstverteidigung*. Er verteilte ein paar imaginäre Schläge auf imaginäre Köpfe, dann steckte er die Lampe zusammen mit der Whiskyflasche in seine Umhängetasche. Er ging zu einer Tiefgarage ein paar Straßen weiter und sperrte seinen Verschlag auf, der ihm als Lagerraum diente. Schließlich gelang es ihm, den Motor eines Motorrollers anzulassen, den er seit Jahren nicht mehr benutzt hatte. Er nahm Kurs Richtung Westen und hielt bei einem Waffenladen an der Porte d'Orléans an, um Tränengas zu kaufen. *Selbstverteidigungsspray* stand auf dem Etikett, das beim Käufer vor allem eventuell vorhandene Bedenken ausräumen wollte. *Wo ist man heutzutage noch sicher? Man sollte sich wappnen. Unser Spray macht den Angreifer unschädlich, ohne ihn zu verletzen. Die Handhabung ist kinderleicht, und das Spray passt in jede Hosen- oder Jackentasche. Das ausströmende Gas paralysiert den Angreifer sofort, er kann Ihnen keinen Schaden mehr zufügen. Die Brandschmerzen in den Augen machen es ihm unmöglich, seine Bewegungen zu koordinieren. Waffen der Kategorie 6 sind frei verkäuflich, dürfen aber nicht sichtbar getragen werden (außer mit Genehmigung und gesetzlicher Erlaubnis).* Offensichtlich hatte François das richtige Produkt erworben.

Er stellte sich dem aggressiven Stadtverkehr, wechselte auf die Ringautobahn und stieß in unbekannte Gegenden vor. Da er schon gar nicht mehr wusste, wie sich die Welt da draußen anfühlte, witterte er in den Vororten, durch die er fuhr, überall Gefahr. Aber er hatte eine Aufgabe zu erfüllen, und seine Angst, Belle zu verlieren, ließ ihn alle anderen Ängste vergessen. Nachdem er durch Saint-Cloud und Versailles gefahren war, brauchte er noch eine gute Viertelstunde, bis er nach Louveciennes kam. Das erste Etappenziel war schon mal erreicht, so hielt er auf einem Platz an, nahm einen ordentlichen Schluck Scotch aus der Pulle und fragte den erstbesten Passanten, ob ihm der Name La Reitière etwas sagte.

Keine zwei Kilometer entfernt, am Waldrand von La Freyrie, in einem prachtvollen Anwesen, das von einem französischen Park umgeben war, spielten vier Menschen in einem runden Zimmer, dessen Wände mit Leder aus Córdoba bezogen waren, Monopoly. Belle Wayne, Tom Quint und die Agenten Alden und Cole taten ihr Bestes, um die Zeit totzuschlagen.

»Was bei uns die Schlossallee ist, heißt bei euch …?«

»Weiß ich nicht mehr. Boardwalk?«

»Ich kaufe!«, rief Cole.

Nur Tom Quint konnte seine Ungeduld schlecht verbergen und warf Belle einen ärgerlichen Blick zu.

»Wo bleibt er denn, dein Retter?«

»Du hast mir bis morgen früh Zeit gegeben.«

»Ich habe einen Flug um 7.30 Uhr nach Zürich. Und den nehme ich, egal, ob er die Güte hat zu erscheinen oder nicht.«

Belle war sich nicht mehr so sicher. Aber irgendetwas sagte ihr, dass ihre Geschichte mit François Largillière noch nicht zu Ende war.

»Wie auch immer«, fuhr Quint fort, »morgen kommt ein Filmteam, und das bleibt für zwei Wochen.«

»Die Besitzer wohnen hier nie?«, fragte Cole. »Man muss schon verrückt wie ein Franzose sein, wenn man einen solchen Palast besitzt und woanders wohnt.«

»Die Agentur hat mir gesagt, dass viele Japaner hier Hochzeit feiern und große Firmen ihre Betriebsfeste veranstalten.«

»Ich glaube, ich habe schon mal einen Kostümfilm gesehen, der hier gedreht worden ist.«

»Wie ich eine solche Ausgabe gegenüber dem Büro in Washington rechtfertigen soll, ist mir schleierhaft«, sagte Quint.

»Boss, ich warte auf die Miete für die Mozartstraße.«

François parkte seinen Motorroller auf einem Weg an einem Schild, auf dem »La Reitière« stand, und ging zu Fuß zum Anwesen. Er leerte die Whiskyflasche in einem Zug und trat durch das Gittertor, ohne zu läuten.

»Ich glaube, der Wahnsinnige ist angekommen«, sagte Arthur Cole, als er mit einem Bier aus der Küche kam.

»Dann geht und empfangt ihn«, sagte Quint, »und zeigt ein bisschen Widerstand.«

François ging den Kiesweg entlang, stieg drei Treppenstufen hoch und blieb vor dem Säulenaufgang stehen, wo Agent Cole ihn in Empfang nahm.

Arthur, der ihn mit einem einfachen Handkantenschlag auf den Hals hätte niedermähen können, musste sich damit begnügen, den in sich ruhenden Zerberus zu geben. Erfahrung hatte ihn gelehrt, sich vor Dilettanten, die den hartgesottenen Burschen spielten, in Acht zu nehmen. Ihre Gesten waren zerfahren und ihre übergroße Nervosität machte sie unkontrollierbar. Nachdem François verkündet hatte, dass er den Ort nicht verlassen werde, bevor er eine Mademoiselle Wayne gesehen habe, entdeckte Arthur im Vorbeigehen in seiner Tasche einen langen Metallstiel und eine Spraydose mit Tränengas. Er betete zum Himmel, dass der Idiot sich für den Schlagstock entschied.

Tom Quint nahm in einem Sessel Platz. Er konnte es kaum erwarten, dass die ganze Chose vorbei war, andererseits war er darauf bedacht, seine Rolle gut zu spielen. Nachdem er für Warren einen ganz und gar ehrenwerten Vater gemimt hatte, wollte er nun für Belle einen glaubwürdigen Freier abgeben. Danach würde er ihr seinen Segen erteilen in der Hoffnung, dass sie glücklich werde und er sich nie mehr um sie kümmern müsse.

Belle versuchte ein ernstes Gesicht aufzusetzen, doch im Herzen jubilierte sie schon. François Largillière, der mysteriöse Einsiedler, hatte für sie seine Klause verlassen. Er hatte seinen inneren Schweinehund besiegt und sich mit der Idee angefreundet, eine Frau an seiner Seite zu haben.

In einiger Entfernung stieß Agent Alden einen übertriebenen Schmerzensschrei aus, nachdem er einen ordentlichen Stoß Tränengas abbekommen hatte. Cole hatte mehr Glück gehabt und ließ sich nach einem Schlagstockhieb auf seine rechte Schulter auf den Boden fallen. François betrat das Zimmer und war wie elektrisiert von dem Gedanken, eben zwei äußerst bedrohliche und keineswegs gemütliche Leibwächter beiseitegeräumt zu haben. Als Belle ihn kommen sah, stürzte sie in seine Arme und nannte ihn *mein Liebling*. Ihre Umarmung dauerte lange genug, um Tom zu überzeugen, dass die ganze Inszenierung nicht umsonst gewesen war. Endlich diente eines seiner Betrugsmanöver einem guten Zweck. Belle Manzoni, die er als kleines Mädchen schon gekannt und deren beschwerliche Schritte in das Leben einer jungen Frau er beobachtet hatte, hatte gerade einen Mann zu ihrem Helden erkoren – gab es eine schönere Liebeserklärung?

Tom spielte die Rolle des Empörten überzeugend. Er, der einen Anthony Parish, einen Fat Winnie und sogar einen Gianni Manzoni, allesamt brutalste Mörder, erfolgreich gejagt hatte, er, der sich psychopathischen Killern in den Weg gestellt und Massenmörder mitten in ihrem Tötungsrausch kaltgestellt hatte, stand heute einem gewissen François Largillière gegenüber, der beteuerte, sich an einem älteren Mann nicht vergreifen zu wollen. Aber der es, wenn nötig, tun würde.

Tom rief nach seiner Leibgarde, die ihm nicht zu Hilfe kam. In der Küche reichte Agent Cole Agent Alden gerade eine Kompresse für die Augen. Trotz der Eigenartigkeit der Situation ließ François sein Herz sprechen: Belle sei keine Frau, die man in einen Käfig steckte, auch nicht in einen goldenen. So im Dunkel gehalten, würde sie ihre ganze Pracht verlieren. *Er ist es, den ich liebe*, sagte sie und schmiegte sich an ihren Prinzen.

Tom erinnerte sich an einen Auftrag als frischgebackener Agent. Damals hatte er Karen, seiner Verlobten, noch nicht gestanden, dass er für das FBI arbeitete. Da sie sah, wie er nachts immer wieder das Bett verließ und heimlich Telefongespräche führte, hatte die Unglückliche sich in die Idee verstiegen, er betrüge sie. Eines Abends war er ihr sogar in Begleitung einer Prostituierten, die für Jimmy Bracciante arbeitete, über den Weg gelaufen. Dennoch glaubte sie ihm, als er seine Verteidigungsrede mit den Worten begann: *Mein Schatz, es ist nicht so, wie es scheint …*

Belle gab das Signal zur Abfahrt, und Tom legte zum Zeichen seiner Unterlegenheit die Hand auf die Stirn, und hielt es dann noch für eine gute Idee, ihr zum Abschied zu versichern, dass er sie nie mehr belästigen werde. Er wisse aber ohnehin, dass sie aus eigenem Antrieb zu ihm zurückkehren werde, und er werde immer auf sie warten.

Belle und François verließen ohne weitere Hindernisse das Grundstück. Sie schwang sich amazonengleich auf den Rücksitz des Motorrollers, und er trat voller Wut auf den Kickstarter.

*

Fred war schon hellwach. Er stellte den Wecker ab, bevor der Alarm losging, und drehte sich zum Fenster, hinter dem sich das erste Licht des Tages schon abzeichnete. Dann beugte er sich zur schlafenden Maggie, deren Hals er mit einem Kuss streifte. Er wusste zwar nicht, ob er sie eines Tages wiedersähe, aber er war sich sicher, dass er niemals mehr mit einer Frau in einer solch schönen Vertrautheit zusammenleben würde. Über die Krisen und Schmerzen hinaus, die sie einander zugefügt hatten, verband sie, so lange sie auf diesem Planeten lebten, ein unzertrennliches Band. Ein Band, das sie in einem früheren Leben geknüpft hatten und das immer wieder durch die Gewalt, die manchmal sogar bis in die eigenen vier Wände vordrang, auf eine Zerreißprobe gestellt worden war. Wie oft hatte die Livia von damals ihren Gianni in einem bemitleidenswerten Zustand nach Hause kommen sehen, verprügelt von einer gegnerischen Bande, verletzt in einer offenen Schlacht, zu Boden geschlagen aufgrund einer Abrechnung – er hatte wieder einmal einen hinterhältigen Angriff überlebt. Wenn er keine Kugel und auch keinen Messerstich abbekommen hatte, ging er weder in die Notaufnahme noch zu dem Kurpfuscher, der sich diskret um die Mitglieder der LCN kümmerte. Stattdessen ließ er sich zu Hause absetzen und präsentierte sich Livia als ein Häufchen Elend mit nässenden Wunden am ganzen Körper, die sie wieder heilen sollte.

Zunächst hatte sie aus dem Stegreif Erste Hilfe geleistet, die Wunden ihres Mannes und zugleich ihre Tränen getrocknet. Auf die tausend Fragen, die sie ihm stellte, bekam sie immer nur die eine Antwort: *Das ist noch gar nichts. Du müsstest mal die Visage des anderen sehen …* Giovanni spülte die entzündungshemmenden Tabletten mit einer halben Flasche Bourbon hinunter. Am nächsten Tag wechselte sie die Pflaster und musste zusehen, wie er neuem Ungemach entgegenging, als hätten die Schläge, die man ihm gerade erst versetzt hatte, in ihm die Lust geweckt, sie hundertfach zurückzugeben.

Nach ein paar Jahren waren Livias Tränen versiegt, aus ihr war eine richtige kleine Krankenschwester geworden, die genau wusste, wann es ratsam war, dass der Verletzte auf seinen Gürtel biss, die eine Kopfhaut an den richtigen Stellen zu nähen wusste und die einen einfachen Bluterguss von einer Blutung unterscheiden konnte. Da sie den Mann, den sie liebte, immer wieder zusammennähte, machte sich in ihr irgendwann der Gedanke breit, dass er ihre Schöpfung sei.

Später, als Giovanni *capo* geworden war, holte er selbst keine Kohlen mehr aus dem Feuer. Er steckte nicht mehr ein, sondern teilte aus. Die Schläge, die er jahrelang erhalten hatte, hatten ihn abgehärtet.

Fred strich ein letztes Mal über das Haar seiner Frau, dann verließ er das Zimmer, tappend und tastend im Dämmerlicht. Wie oft war er, aus guten wie aus weniger guten Gründen, erst in aller Herrgottsfrühe schlafen gegangen – doch so früh aufgestanden war er noch nie. Mit einer Tasse Kaffee in der Hand sah er zum Wohnzimmerfenster hinaus und bewunderte zum letzten Mal die Provence im ersten Morgenlicht. Sich selbst gab er das Versprechen, im nächsten Leben die Stunden bis Mittag nicht tatenlos verstreichen zu lassen. Er nahm eine Dusche im unteren Badezimmer und überlegte, was er auf seine lange Reise anziehen sollte. Von seinen T-Shirts wollte er keines zurücklassen, dennoch musste er sich entscheiden. Dann schlüpfte er in eine beige Cargohose mit aufgesetzten Seitentaschen. Im Arbeitszimmer griff er nach seinem Manuskript, das nun den Titel *Heidenangst* trug, dreihundertfünfundfünfzig Seiten dick, und steckte es in einen Umschlag. Dann spannte er ein Stück Papier in seine Brother 900 und tippte fünf Worte für seine Familie darauf:

`Ihr kommt ohne mich zurecht.`

Vor einem Foto mit Maggie, Belle und Warren blieb er stehen, er ließ es aber auf dem Regal, denn falls man es bei ihm fand, könnte er sie damit in Gefahr bringen. Er ging wieder ins Wohnzimmer auf der Suche nach Malavita, die auf der Steinplatte zur Speisekammer schlief, als müsste sie sich schon jetzt vor der Hitze schützen, die mit dem Tag kommen würde. Sie öffnete ein Auge und war erstaunt darüber, dass ihr Herrchen ihr zu so früher Stunde frisches Wasser gab und sie streichelte.

»Von allen Häusern, in denen du und ich gelebt haben, werde ich das hier am meisten vermissen. Hier ging es uns gut, oder? Vor allem in der ersten Zeit, als Maggie und die Kinder noch da waren.«

Der Hund sah ihn ungläubig an und wartete auf die Fortsetzung.

»Früher war ich eine Gefahr für euch, jetzt bin ich der Schandfleck der Familie. Und du, Mala, hast du dich nie für mich geschämt? Selbst meinem Hund traue ich das zu ...«

Fred packte sie unterm Kinn und brachte sie dazu, sich auf die Pfoten zu stellen. Sie ließ sich den Kopf von ihm kraulen, überrascht von so viel Zuneigung.

»Was würdest du sagen, wenn ich dir vorschlagen würde, ins Land deiner Vorfahren, in den australischen Busch, zurückzukehren? Würdest du trotzdem bei mir bleiben? Natürlich nicht. Du würdest den Herden hinterherlaufen, du würdest in die Wüste rennen, und du würdest dich wohlfühlen, denn du bist für diese Landschaft gemacht, sie ist dein Zuhause. Mala, und ich gehe jetzt auch nach Hause.«

Der Hund blickte ihm in die Augen und verstand keine Silbe von diesen gut gemeinten, bedächtig ausgesprochenen Worten, die an ihn gerichtet waren.

»Bestimmt wirst du mit Maggie nach Paris gehen. Da ist es nicht so gut wie hier, ich weiß. Sei nicht sauer auf sie, wenn sie mal vergisst, dir zu fressen zu geben. Sie ist mit dem Kopf manchmal woanders, du kennst sie ja. Sie ist immer am Rumwirbeln und hat immer einen direkten Draht zu Gott oder jemand anderem von dem Kaliber.«

Fred nahm die Schnauze des Hundes in seine Hände und flüsterte ihm ins Ohr: »Adieu, meine Kleine.«

So ließ er sie stehen, auf allen vieren, unbeweglich, beunruhigt und besorgt wie schon lange nicht mehr.

Er ging wieder ins Wohnzimmer und griff zum Telefon. Das kurze Klicken, mit dem Bowles sich zuschaltete, ließ länger als gewöhnlich auf sich warten.

»Sag nicht, dass ich dich aufgeweckt habe, Peter. Zu der Zeit kommst du doch immer vom Joggen zurück.«

»Du setzt mich in Erstaunen. Wieso bist du schon auf?«

»Irgendetwas hat mich am Schlafen gehindert. Ich muss mit dir reden. Kann ich vorbeikommen?«

»Komm.«

Fred überquerte die Allee ohne Namen, die Morgenluft war noch kühl und frisch. Ohne anzuklopfen trat er bei Peter ein, der noch im schweißdurchnässten Jogginganzug steckte, in der Hand hielt er eine Teetasse.

»Wie viele Meilen heute? Drei, vier?«

»Vier.«

»Beeindruckend. Meiner Meinung nach ist Laufen die dämlichste und langweiligste Beschäftigung, die der Mensch erfunden hat. Das sage ich nicht, um dich zu …«

»Was hast du mir so früh zu sagen?«

»Ich nehme an, du hast noch kein Auge auf den Pool geworfen?«

»…?«

»Ich weiß, du bist einiges gewöhnt, aber es ist ganz und gar nicht schön anzusehen.«

Peter stürzte zum Fenster, blickte in Richtung Becken und sah nichts. Er lehnte sich nach vorne und suchte mit zusammengekniffenen Augen intensiv den Garten ab, als ein fester Faustschlag ihn am Nacken traf und er das Bewusstsein verlor. Fred war nicht unzufrieden damit, wie er Peter Bowles einen allerletzten Schrecken eingejagt und ihm auf seine unmissverständliche Art Auf Widersehen gesagt hatte.

Da er gerade einen FBI-Agenten körperlich angegriffen

hatte, war der Bruch mit dem Zeugenschutzprogramm für alle Zeiten besiegelt. Genau von dieser Sekunde an war er nicht mehr Fred Wayne, der Kronzeuge, um dessen Wohl und Unterkunft sich das FBI kümmerte, sondern er war wieder Giovanni Manzoni, auf den die Justiz Zugriff hatte und den man ins Gefängnis stecken konnte, denn niemand beschützte ihn mehr, keine Firma, keine Organisation, man würde ihm die Bürgerrechte aberkennen.

»Bowles, es gab Schlimmere als dich.«

Er zerstörte alle Geräte, die der Überwachung dienten, den Computer und das Handy, das er in die Teetasse tauchte. Dann band er Peters Hände und Füße an den Bettpfosten fest, damit die Suche nach ihm so spät wie möglich beginnen würde. Schließlich steckte er seine Wagenschlüssel ein und drehte sich ein letztes Mal zu ihm um.

»Auch für dich, Peter, ist die Sache gelaufen. Du fährst wieder nach Hause.«

Fred ging den Hügel hinunter Richtung Stadtmitte, wo ein erster Cafébesitzer seine Stühle unter eine Laube stellte. Vor der Post blieb er kurz stehen, adressierte den Umschlag mit seinem Manuskript an seinen Verleger, warf ihn in den Briefkasten und brach Richtung Paris auf.

*

Der Aufzug des Eiffelturms fuhr direkt zum Restaurant in der zweiten Etage. Obwohl er nicht ganz schwindelfrei war, war Fred neugierig auf diesen Ort, den er nur aus einem James-Bond-Film kannte. Doch vor allem wollte er seinen Gast blenden und beeindrucken.

»Ich habe einen Tisch für zwei Personen auf den Namen Laszlo Pryor reserviert«, sagte er dem Oberkellner, der in seinem dicken Buch nicht nachsehen musste.

»Ein weiterer Monsieur Laszlo Pryor erwartet Sie am Tisch, Monsieur Pryor.«

Ohne sich auf das verbale Verwirrspiel einzulassen, das auch schwer zu erklären gewesen wäre, folgte Fred dem Chef de Rang zunächst zu einer Treppe, die die metallenen Strukturen des Turms wiederholte, dann zu einem Tisch, der in silbriges Licht getaucht war und von dem aus man einen prachtvollen Blick auf Paris bei Anbruch der Nacht hatte. Ein Mann wartete auf ihn, das Gesicht platt gegen die Scheibe gedrückt, so entzückt und begeistert war er. Der Chef de Rang, der Fred seinen Platz zuwies, bemerkte keine auffällige Ähnlichkeit zwischen den beiden Herren, doch die Kellnerin, die ihnen eine Flasche Wasser brachte, hielt sie für Zwillinge.

Der echte Laszlo Pryor brauchte eine Ewigkeit, um zu bemerken, dass er nicht mehr allein am Tisch war.

»Du siehst anders aus, Laszlo …«

»Wenn, dann nur deinetwegen. Du hast dich überhaupt nicht verändert, Monsieur Manzoni.«

Jetzt, da sie seinen Interessen diente, akzeptierte Fred die Ähnlichkeit. Ben hatte ganze Arbeit geleistet: die eingefallene untere Gesichtshälfte, die Augenfarbe, die implantierten Haare, all das sorgte dafür, dass Laszlo jenem Passbild glich, das Fred ihnen geschickt hatte. Und dieses Foto des echten Fred Wayne prangte nun auf dem Pass, den Laszlo sich hatte ausstellen lassen, um amerikanischen Boden zu verlassen. Der erste Grenzübertritt war problemlos verlaufen, der zweite wäre nur noch eine Formalität.

»Nennt man dich noch Mister Dito?«

»Auch nach deinem Prozess ist dieser bescheuerte Spitzname an mir hängen geblieben. Meine Ähnlichkeit mit dir hat allerdings bei den gegnerischen Banden auch ganz schönen Unmut ausgelöst. Einmal hätte Nick Bongusto, dieser

Schweinehund, mir beinahe das Gesicht zertrümmert, weil ich ihn zu sehr an dich erinnert habe. Als ich voriges Jahr von seinem Tod erfuhr, habe ich eine Flasche Champagner bei Bee-Bee mitgehen lassen, um das große Ereignis ganz allein in meinem Keller zu feiern.«

Zu Zeiten, als Gianni Manzoni sich im »Bee-Bee« besoff, hatten seine Lieutenants Anthony Parish und Anthony De Biase ihm eine Liste der Verwendungszwecke für einen Mister Dito vorgelegt. An oberster Stelle stand *Double*, das für ein mögliches Attentat – kein *capo* war dagegen gefeit – herhalten könne.

»Das Treffen der fünf Familien wird im Juni stattfinden. Auch der Hurensohn Sal De Santis wird dort sein. Er kann dich nicht riechen, seitdem du unser Boss bist, Giovanni. Ihm traue ich eine aufsehenerregende Aktion zu, um bei den Bossen Eindruck zu schinden. Besser also, wir nehmen Mister Dito, stecken ihn in einen deiner Anzüge, schicken ihn auf einen Spaziergang durch die Stadt, und schon landen die Kugeln in seinem Schädel. Man kann nie vorsichtig genug sein.«

Die Fülle an Möglichkeiten, die sich ergab, wenn man an verschiedenen Orten gleichzeitig sein konnte, beflügelte mit der Zeit ihre Fantasie.

»Deine Frau glaubt, du bist beim Footballspiel. Doch auf deinem Sitzplatz hat für alle gut sichtbar unser Ersatzmann, Mister Dito, Platz genommen. Sodass du dich heimlich, still und leise deiner Geliebten widmen kannst.«

»Und dann all die anderen Gelegenheiten, bei denen du dich zeigen solltest, wozu du aber keine Lust hast. Zum Beispiel das lästige Händeschütteln mit den Unternehmern auf unseren Baustellen. Oder die Runden hinter dem Steuer deines Toyota durch die Viertel. Damit die kleinen Schlauköpfe nicht auf die Idee kommen, du interessierst dich nicht mehr für das Territorium. All das könnte diese Pappnase für dich erledigen.«

Gianni hatte ihnen damals zugehört, ohne sie ernst zu nehmen. Laszlo hatte seine Bar im Endeffekt nie verlassen, um den Doppelgänger zu spielen. Dennoch hatte Gianni heimlich und auf schändliche Art und Weise von dieser Ähnlichkeit profitiert. Während seine Schergen ihre Hirngespinste produzierten, sah er, wie dieser arme Typ sich zwanzig Stunden am Tag in der Bar abrackerte, und so machte er aus Laszlo sein Alter Ego, den albtraumhaften Gegenentwurf zu sich selbst. So wie jeder König ein Anrecht auf einen Hofnarren hatte, so leistete sich Giovanni Manzoni, der über Newark herrschte, diesen traurigen Klon, der ihn daran erinnerte, wie schnell man in null Komma nichts wieder im Rinnstein landen konnte. Dieses seltsame Duplikat weckte in ihm Vorsicht und Vernunft und warnte ihn vor zu großem Machthunger. Wenn er einmal Laszlo zehn Dollar Trinkgeld gab, dann beschenkte er eigentlich sich selbst mit dieser milden Gabe. Und wenn er Laszlo die Hand schüttelte, dann war das ein Respektbeweis, den niemand anderer ihm zollte. Und als er dann Jahre später nach einem Pseudonym suchte, da musste er nicht lange überlegen: Seine Bücher würden unter dem Namen Laszlo Pryor erscheinen, um dem, dessen Seele verdammt war, die Ehre zu erweisen.

»Und Paris?«, fragte er seinen Gast. Die Leere, die die beiden umgab, lähmte ihn noch immer.

»… Paris?«

Laszlo wusste nicht, was er dem hinzufügen sollte. Er schwebte zweihundert Meter über der schönsten Stadt der Welt, das machte ihn benommen. Dreißig lange Jahre hatte er in einem seelenlosen Laden in Newark gearbeitet, im Nebenraum einer dreckigen Bar, die von Typen ohne Manieren besucht wurde, für die er der Prügelknabe war. Ab und zu kamen auch Frauen vorbei, die ihn aber nicht einmal anschauten. Er hatte ja auch die rot karierten Tischdecken aufzulegen, täglich ein neues Bierfass anzustechen, die Getränkekisten aufzufüllen, Streitereien zu schlichten, Erbrochens wegzuwischen und allen möglichen Spott über sich ergehen zu lassen. Mehr von der Welt kannte er nicht, das »Bee-Bee« war sein Universum. Und obwohl man ihn schlecht behandelte und demütigte, fürchtete er, dass sein Chef oder einer seiner Söhne ihn hinauswerfen und ihn durch einen Jüngeren ersetzen könnte. Ohne Bleibe und ohne Geld stünde er dann auf der Straße.

Bis ihm eines Tages Benedetto Manzoni ein seltsames Geschäft vorschlug. War das ein Märchen, oder steckte eine perverse Machenschaft dahinter? Unmöglich, das herauszubekommen, Laszlo sagte ganz einfach zu. Und seit knapp drei Stunden war er nun in Paris, mit genügend Geld für eine unbeschwerte Zukunft. Irgendwann würde er auch seine Cousins in Ungarn besuchen, die schon auf ihn warteten, aber eigentlich könnte er auch hier auf der Stelle vor Glück sterben, er hätte nichts dagegen.

Er probierte einen Margaux, der ihm besser schmeckte als das gezuckerte Zeug, das er sonst in randvollen Gläsern servierte.

»Wenn dir ein Wein wie dieser vom ersten Schluck an schon schmeckt, wirst du dich in Frankreich schnell einleben.«

Während des Essens sprachen sie kaum von der guten alten Zeit, die ja für Laszlo nie eine solche gewesen war. Stattdessen hatte er tausend Fragen über die Sitten und Gebräuche des Landes, von dem er nun schon seit Monaten träumte. Nach einem klaren Schnaps zückte Laszlo seinen nagelneuen

Pass und sein Rückflugticket, das für den morgigen Tag ausgestellt war. Fred betrachtete das Passfoto, dann Laszlo, dann sein eigenes Spiegelbild in der Fensterscheibe und entdeckte dabei in der anbrechenden Nacht das Gesicht eines Mannes, der auf der Flucht war, dabei aber unglaublich heiter und gelassen schien.

»Ich schicke ihn postlagernd an dich zurück. In spätestens zehn Tagen hast du ihn wieder.«

»Und du?«

»Ich hab noch einen drüben, der wartet auf mich.«

Beide Männer würden verschwinden, jeder auf einem anderen Kontinent, und sich nie wiedersehen. Keiner von beiden wusste, was der morgige Tag bringen würde, doch beide hatten es so gewollt. Aber bevor sie sich trennten, hatte Fred noch ein Geschenk für Mister Dito.

»Übrigens, was ich noch sagen wollte, sei nicht überrascht, wenn du auf Bücher mit deinem Namen stößt.«

»…?«

»Ben hat es dir nicht gesagt, aber du bist ein Schriftsteller. In ein paar Monaten gibt es sogar ein neues Buch von dir.«

»…?«

Fred musste mehrere Anläufe nehmen, bis Laszlo verstand, dass er der Autor von drei Büchern war, alle drei gut recherchiert, die beiden bisher erschienenen standen zwar im Ruf, unbarmherzig und wild zu sein, wurden aber von ihren Lesern geliebt.

»Mein Verleger würde Laszlo Pryor zu gern kennenlernen.«

Schriftsteller? In Paris? Laszlo fragte sich, ob die vielen Jahre Knechtschaft nicht durch diesen einen Augenblick des Glücks aufgewogen wurden.

»Auf was hast du Lust, Onkel?«

»Auf eine Nachtbar, aber such die richtige aus.«

Ich wünsche mir eine richtige Lasterhöhle. Ich werde mit den ersten drei Lastern beginnen. Für die anderen habe ich alle Zeit der Welt.

Nachdem ich in JFK den Flieger gewechselt habe, lande ich auf dem Austin Straubel International Airport in Wisconsin, wo Ben mich erwartet. Ich bemerke Erleichterung in seinem Gesicht, als ich die Sicherheitsschleuse hinter mir habe. Auf der achtspurigen Autobahn, die uns in die Stadt bringt, habe ich endlich das Gefühl, angekommen zu sein. Bevor ich in die Bar gehe, lehne ich mich eine Weile an den Wagen an, in meinem Kopf dreht sich alles. Ich möchte den Passanten zurufen, dass ich wieder da bin. Jetzt geht's zum Saufen, doch vorher will ich noch eine ordentliche Brise amerikanische Luft einatmen.

»Wie heiße ich, Ben?«

Er gibt mir einen auf alt getrimmten Pass, der aber noch nach Klebstoff riecht.

»Christian Malone? Wenn mich ein Mädchen nach meinem Kosenamen fragt, werde ich Chris sagen.«

Ich habe vor, diese Identität so lange wie möglich zu behalten. Und wer weiß, vielleicht stolpert eines Tages am Arsch der Welt irgendjemand über einen Grabstein, auf dem steht: »Hier ruht in Frieden Christian Malone.«

»Und wo verstecke ich mich?«

Ich brauche einen Ort, wo ich in aller Ruhe den Rhythmus des Landes wiederfinden kann. Schon wieder muss ich untertauchen, es nimmt kein Ende. Nach zwölf Jahren WITSEC bin ich Experte darin. Wenn man es schafft, ein gesichtsloses Nichts zu werden, an dem die anderen vorbeigehen, ohne einen zu bemerken, dann hat man das Endstadium in dieser Disziplin erreicht. So werde ich noch ein gutes Weilchen, wenn ich durch die Straßen gehe, auf meine Treter schauen, auch wenn ich gern sehen würde, ob in meiner Abwesenheit die Häuser in die Höhe geschossen sind.

»Was willst du in einem Fischereihafen, wo du dich in Vegas prächtig amüsieren könntest?«

Es gibt Sachen, die versteht selbst ein Neffe nicht. Nicht in Las Vegas beginnt man seinen großen amerikanischen Roman, sondern ganz, ganz woanders, in Nantucket.

»Drei Stunden habe ich gebraucht, um deine bescheuerte Insel abzulaufen. Schließlich habe ich eine Pension mit allem Komfort ausfindig gemacht. Die Wirtin quasselt ein bisschen viel, dafür ist ihr Zackenbarsch allererste Sahne.«

Ob das FBI eine »Operation Manzoni« starten wird? Das ist die Frage. Ist das Büro noch an mir interessiert? Wenn sie mich in den Knast werfen, ist das mein Todesurteil. Keine zwei Stunden wird es dauern, und man findet mich auf einer Pritsche mit einer Spiegelscherbe in der Halsader. Oder soll ich weiter Leute für sie verpfeifen? Auch das wäre möglich. Eines ist sicher, die Option »Manzoni in Ruhe lassen« ist nicht vorgesehen.

Ich lege einen Hundertdollarschein auf die Theke, damit der Barmann uns unaufgefordert Jack Daniel's nachgießt. Warum haben Barmänner hier mehr Stil als in Frankreich?

»Wie viel Bargeld ist übrig, Ben?«

»25000 hat Laszlo bekommen, 5000 habe ich für meine Unkosten einbehalten, bleiben 20000.«

Einen Notgroschen braucht man immer. Einer der wenigen, der damals zur Zeit meines Prozesses von Glück sagen konnte, dass ich ins Zeugenschutzprogramm entschwand, war der alte Gauner Alvy Metcalf. Er war der größte Buchmacher von Illinois, ich hatte für ihn Pferdewetten manipuliert (Besitzer bedroht, Trainer erpresst, Jockeys geschmiert, das Übliche halt). Inzwischen hatte mich das FBI geschnappt, und Alvy konnte die 50000, die er mir schuldete, nicht an mich auszahlen. Das habe ich Ben gesteckt, als er Mister Dito bezahlen musste. Alvy war nicht schwer zu finden, er hatte einen riesigen Baumarkt vor Chicago aufgemacht.

50000 waren nichts für ihn, Ben musste ihm noch nicht einmal drohen. Er hat nur im Scherz gesagt, dass alles, was er bräuchte, um seinen Baumarkt in die Luft zu jagen, im Geschäft schon vorhanden sei. Alvy hat ihm die Summe, ohne Geschichten zu machen, ausgehändigt. Er war sogar froh, dass er für die zehn Jahre keine Zinsen zahlen musste.

Mit den 20000 werde ich in Nantucket eine ganze Weile richtig gut leben können.

Da nun alle Angelegenheiten geregelt sind, kann mir mein lieber Neffe das Neueste aus seinem Leben berichten. Je älter er wird, desto mehr sieht er wie ein Manzoni aus.

»Ben, sag, hast du eine Nichte gefunden oder nicht?«

Das war ein alter Joke zwischen uns: »Falls du eines Tages eine Frau heiratest, vergiss bitte nicht, dass ich damit gleichzeitig auch eine Nichte bekomme. Also pass auf, dass sie keine Null ist.« Doch was diese Fragen betrifft, war er schon immer zurückhaltend.

»Ich habe jemanden kennengelernt, Zio.«

»Ist es was Ernstes?«

»Das weiß ich noch nicht. Es ist etwas Spezielles.«

»Wie, Spezielles? Was kann an ihr schon Spezielles sein? Ist sie verheiratet?«

»Nein, aber es ist kompliziert…«

»Wie, kompliziert? Wer ist kompliziert? Ich merke schon, wie ich anfange mich aufzuregen. Du bist ein Mann, sie ist eine Frau, ihr seid frei, was ist daran kompliziert?«

»Sie hält mich für einen netten Kerl. Jemand, den man gern zum Freund hat.«

»Zu was hat?«

»Zum Freund.«

»Was soll der Unsinn?«

»Ich habe schon mehrmals bei ihr übernachtet. Beim ersten Mal hat sie gesagt: ›Du bist einer der wenigen Männer, mit denen man ein Bett teilen kann, ohne dass eine banale Vögelei daraus wird.‹ Was hätte ich da noch machen können?«

»Sie von hinten nehmen, du Idiot.«

»Ich hatte eine derartige Angst, etwas Falsches zu tun und dann die Enttäuschung in ihren Augen zu sehen... In der zweiten Nacht hat sie mich überzeugt. Vielleicht, dachte ich mir, gibt es sie doch, die Freundschaft zwischen Männern und Frauen, da könnte ich ja nur so aus Spaß mal meine Hand auf ihren Oberschenkel legen. Aber als ich dann gesehen habe, wie sie ganz zusammengerollt, vollkommen weggetreten neben mir geschlafen hat, da habe ich mich nicht mehr getraut.«

Zwölf Jahre habe ich keinen Fuß in mein Heimatland gesetzt. Aus der Ferne habe ich die Krisen, die die Vereinigten Staaten heimsuchen, beobachtet. Das Fundament unserer Nation wackelt, überall auf der Welt stellt man Amerika infrage, auf allen Kontinenten werden antiamerikanische Spruchbänder hochgehalten und das Sternenbanner verbrannt. Ich habe zu verstehen versucht, warum, und nichts gefunden, was mich überzeugt hätte. Bis zu dem jämmerlichen Gespräch mit meinem Neffen an diesem Abend. Wenn ein Mann, in dem das heiße Blut der Manzonis fließt und der aus sich etwas gemacht hat und sicher auch einen guten Ehemann und Vater abgibt, wenn ein solcher Mann also mit so einem Scheiß konfrontiert wird, dann braucht man nicht weiter nach Gründen zu suchen, warum es Amerika so schlecht geht.

»Zio, ich werde dir eine Frage stellen, auf die noch niemand eine Antwort gefunden hat: Frauen und Männer, sind sie sich gleich oder nicht gleich?«

Er hat recht, niemand hat diese große geheimnisvolle Frage bisher beantwortet, nicht einmal die größten Geister, nicht einmal Melville. Und weder Gianni Manzoni noch Fred Wayne noch der Schriftsteller Laszlo Pryor, ja nicht einmal der in Green Bay, Wisconsin, ins Leben getretene Christian Malone haben etwas zur Lösung der Frage beizutragen.

»Als ich ein dummer Teenager war, habe ich mir gesagt: Männer und Frauen, das ist wirklich nicht das Gleiche. Wir, die Macker, wollen unseren Schwanz überall reinstecken. Das eine Mädel ist einverstanden, die andere muss man ein bisschen bearbeiten, und so weiter. Und die Mädels, jedes Mal wenn sie einen Typen kennenlernen, fragen sie sich, ob das der Richtige ist. Sie wollen Romantik, wir die Muschi. Das habe ich gedacht.«

Beim Erzählen dieses Unsinns beginnt der Jack Daniel's seine tolle Wirkung zu entfalten. Der Abend geht weiter wie auf Luftkissen gebettet, mit eingeschaltetem Autopilot.

»Und dann, wenn du erwachsen bist, sagst du dir: Männer und Frauen stimmen hundertprozentig überein. Beide wollen das Gleiche. Ein Job, für den wir gern in der Früh aufstehen, und ein Haus, in das wir abends gern zurückkehren. Und dann wollen wir jemanden kennenlernen, an den wir denken, wenn er nicht da ist, und den wir, wenn er da ist, gern berühren. Also, keinerlei Unterschied.«

Ob man in Green Bay, in Paris oder am Arsch der Welt ist, mit einer Flasche Jack Daniel's kommt immer irgendwann der Moment, an dem es keine Rolle mehr spielt, wo du bist.

»Dann lass noch ein paar Jahre verstreichen, und du begreifst, dass Männer und Frauen nichts miteinander gemein haben. Die Frauen haben einen Bauch, und um den dreht sich alles. Du kannst sagen, was du willst, sie wollen Kinder auf die Welt setzen, zur Not auch ohne dich. Und du, du sagst dir: Hätte ich nicht ein anderes Leben verdient als das eines bescheuerten Familienvaters?«

Das hört sich doch aus meinem Mund ganz gut an, oder? Auf einmal muss ich an Maggie und die Kinder denken.

»Und nicht viel später wird dir klar, dass Frauen und Männer doch gleich sind. Alle wollen alles oder nichts. Alle haben Angst davor, etwas zu versäumen, und finden es gleichzeitig bescheuert, sich über falsche Entscheidungen den Kopf zu zerbrechen.«

Es fällt mir zusehends schwerer, nach meinem Whiskyglas zu greifen. Es leert sich, doch eine gute Seele füllt es immer wieder auf.

»In dem Alter könnten Männer und Frauen zufrieden auf ihr bisheriges Leben zurückblicken. Versöhnt und in Frieden. Aber nein, sie, sie sagt sich: Er wird mich für eine Jüngere verlassen. Und er, er überlegt sich: Von Zeit zu Zeit wäre es nett, fremdzugehen und danach sofort wieder nach Hause zu kommen. Und alles fängt wieder von vorne an.«

»Sag mal, Onkel, falls mir eines Tages die Frau meines Lebens begegnet, woran erkenne ich sie?«

»Vertrau auf meine Erfahrung: Such dir eine Frau aus, mit der du problemlos Hühnchen essen kannst.«

»…?«

»Wenn du vom Huhn die Brust am liebsten magst, dann nimm eine, die die Keule bevorzugt, oder umgekehrt. Wenn ihr beide die Brust am liebsten mögt, wird es nichts mit euch.«

»Es ist Zeit, dass wir heimgehen, Zio.«

*

Wenn ich nach Nantucket fahre, werde ich darauf achten, dass dieser Christian Malone sich nicht in die Nesseln setzt. Letztendlich kenne ich den Typen überhaupt noch nicht, ich muss mich also auf einiges gefasst machen.

»In deinem Alter den Beatnik zu spielen, Zio…«

Ich habe ein Flugticket via Boston und einen

Pass, der einem Vietnam-Veteranen gehören könnte, den man nicht reizen sollte. Außerdem habe ich einen Packen frisch gedruckter Scheine. (Woher kommt bloß dieses Bedürfnis, die Taschen voller Geldscheine zu haben, sobald man dieses Land betritt?)

»Dein Flug ist um 8.50 Uhr. Machen wir uns auf den Weg, bevor wir rasen müssen.«

Im Wagen erzählt er mir Neuigkeiten von den alten Herren der Bruderschaft. Einige sind tot, viele im Knast gelandet, manche wieder draußen, und ein paar haben versucht, sich beruflich umzuorientieren.

»Es wird dich nicht erstaunen, dass Little Paulie an Zirrhose gestorben ist. Amadeo Sampiero ist als Lieutenant bei Ettore Junior gelandet, der ihn wie eine kleine Nutte behandelt. Romana Marini macht weiter in Zirkon, ihr kleines Geschäft läuft immer noch gut. Die Gebrüder Pastrone hängen wie gehabt aufeinander, beide stehen vor ihrer dritten Scheidung, und beide fragen sich, warum. Lucca Cuozzo sitzt für zwanzig Jahre auf Rikers Island. Joe Franchini haben Auggie Campanias Männer plattgemacht, Joey D'Amato ist vorzeitig entlassen worden. Art Lefty arbeitet immer noch als Killer für den Gilli-Clan und Curtis Brown hat ...«

»Joey d'Amato ist vorzeitig entlassen worden?«

»Wie ich gesagt habe. Man fragt sich, wo diese Vollidioten ihre Psychologen hernehmen.«

Glaubt man den Experten des Strafvollzugs, so leiden die meisten von uns unter »schweren psychischen und nervlichen Störungen«, die das Schlimmste befürchten lassen. Von jedem von uns gibt es diagnostische Gutachten, so dick wie der dickste Schmöker. Warum also entlassen sie D'Amato in die freie Wildbahn? Sind diese Typen selbst so beknackt, dass sie nicht merken, dass der Kerl einen Hau weghat? »Ein vorbildlicher Gefangener.« Natürlich war er ein vorbildlicher Gefangener, daran gibt es keinen Zweifel. Er hat sich um die Bibliothek gekümmert, Streit geschlichtet und sogar den Boden gekehrt – all das, um so schnell wie möglich wieder rauszukommen und weiterzumachen. D'Amato jagt uns allen Angst ein, sogar mir. Niemand möchte mehr mit ihm Geschäfte machen.

»Es ist nicht das erste Mal, dass die amerikanische Justiz einen Verrückten freilässt. Was kümmert's dich?«

D'Amato hat geschworen, dass er, sobald er aus dem Knast kommt, sich an dem rächt, der ihn reingebracht hat, und das ist Agent Thomas Quintiliani. Jeder von uns hat irgendwann einmal eine ähnliche Drohung ausgesprochen, aber aus dem Mund von Joey D'Amato – Tom kann schon mal in Stellung gehen.

»Was quält dich, Zio?«

Ich weiß nicht, warum ich so verstimmt bin; eine Art Besorgnis vielleicht, je mehr ich versuche, Quint aus dem Kopf zu kriegen, desto mehr setzt er sich fest; nicht siegreich und in Topform sehe ich ihn vor mir, im Gegenteil. Um wen macht man sich denn Sorgen, außer um seine Familie?

Oder um einen... Freund.

Quint? Dieser Dreckskerl? Ein Freund? Wie könnte ich der Freund von einem Typen sein, der x Dezimalstellen von Pi benennen kann, der eine Gruppe Gauner mit bloßen Händen entwaffnet und der die vierhundert Meter Lagen in weniger als sechs Minuten schwimmt? Nein, Quint ist mein Feind, ganz und gar, da gibt es nichts zu deuten, er ist an meinem Unglück schuld. Eher mache ich mir Sorgen um meinen Hund Malavita, um irgendeinen Passanten auf der Straße oder um die Gesundheit der fiesesten Diktatoren auf dem Erdball als um Tommaso Quintiliani, den Nachkommen italienischer Einwanderer, der glaubt, auf der richtigen Seite zu stehen, nur weil er einen Ausweis hat, auf dem der selbstherrliche amerikanische Adler prangt!

Auf dem Flughafen rufe ich von einer Telefonzelle aus das FBI-Büro in Washington an und gebe mich als Informant aus, der Tom ein paar heiße Tipps zukommen lassen will – diese Nummer beherrsche ich perfekt, ich verlange Kohle und zeige, dass ich den Laden gut kenne. Man sagt mir, dass Captain Quintiliani in den USA ist, derzeit aber unerreichbar.

»Sie können feststellen, von wo du anrufst, Zio.«

»Mach dir keine Sorgen.«

Ich bin einer der wenigen, der Toms Durchwahl hat, und falls er mich lokalisiert und sieht, dass ich wieder im Lande bin, ist es dumm gelaufen. Ich hinterlasse die Nachricht, dass ich in zehn Minuten wieder anrufe. Genau die Zeit, die es braucht, um herauszufinden, woran man einen Freund erkennt. Auch dafür muss es Kriterien geben.

»Ben, was ist für dich ein Freund?«

»Du stellst vielleicht Fragen…«

Ich muss gestehen, dass ich in dieser Angelegenheit auch kein Spezialist bin. Als Kind habe ich mich mit einer Bande von kleinen Gaunern umgeben, als Erwachsener ein Team um mich versammelt. Ich hatte Kunden, Partner, mit denen ich einen Pakt geschlossen habe, ich hatte Horden von Kompagnons, aber unter all denen nur einen Einzigen auszumachen, der den Namen »Freund« verdient, bringt mich in Verlegenheit.

»Willst du eine Zeitung für die Reise?«

Ich muss mich an einen wahren Freund erinnern, nur an einen einzigen, dann kann ich besser vergleichen.

Jimmy Lombardo?

Wir sind beide einen Steinwurf voneinander entfernt zur Welt gekommen. Von Beginn an waren wir Kumpel. Wir haben viel Schönes erlebt, aber auch viel Schlechtes gemeinsam durchgestanden. Das macht vielleicht Freundschaft aus: Man kann dreißig Jahre lang dieselben

Barhocker drücken, Gläser leeren, Witze reißen und Bündnisse schließen, das bedeutet noch gar nichts, das ist keine Freundschaft, denn schon bei den allerersten Scherereien bricht das Ganze auseinander. Ich kenne mich nicht sonderlich gut aus, aber ich bin mir sicher, dass wahre Freunde füreinander durchs Feuer gehen. Die ersten großen Coups haben Jimmy und ich gemeinsam gelandet, nie hat einer den anderen verraten. Ich bin mitten in der Nacht aufgestanden, um ihm beim Leicheneinbuddeln zu helfen, ich habe falsche Zeugenaussagen gemacht, auf die Gefahr hin, mit ihm untertauchen zu müssen. Nach einer Auseinandersetzung mit einer gegnerischen Bande saßen wir hundertachtzig Tage in derselben Zelle, den Direktor und die Wärter haben wir gemeinsam bestochen. (Mit wem kann man hundertachtzig Tage und Nächte zusammen sein, ohne dass man ihm eine reinhaut? Mit einem Freund, oder?) Jimmy hat mir so viele Gefälligkeiten getan, er war der Einzige, der mich nach meinem ersten Knastaufenthalt abgeholt hat. Er war sogar mein Trauzeuge. Wenn also jemand auf der Erde von sich behaupten kann, einen Freund zu haben, dann bin ich es.

Als Jimmy dann aber *capo* geworden war, stieg ihm die Macht zu Kopf, und er hat mehr als einmal den Bogen überspannt. Wie oft musste ich ihn zur Ordnung rufen!

»Hör auf, Don Polsinelli auf die Nerven zu gehen. Er ist von der alten Schule, und er ist absolut überzeugt davon, dass du Roddy Trigger abgemurkst hast.«

»Aber ich hab Roddy Trigger ja auch abgemurkst!«

Alle Goodfellas baten mich inständig: »Willst du deinen Kumpel Jimmy nicht mal beruhigen?« Jimmys Freund zu sein, war unerträglich und auch anrüchig geworden, und als man mich um zwei Uhr in der Nacht anrief, um mir mitzuteilen, dass man meinen Kameraden aus Kindertagen gerade mit einem Eisendraht um den Hals gefunden hatte, da habe ich einen Seufzer der Erleichterung ausgestoßen und bin wie ein Baby wieder eingeschlafen.

»Du wirst deinen Flug verpassen, Zio.«

Tom ruft nicht zurück. Er geht nach meiner Flucht wahrscheinlich schon auf dem Zahnfleisch und wünscht sich nichts mehr, als mich für das, was ich getan habe, zu zerrupfen.

»Zio?«

»Ich tausche mein Ticket um.«

»Wo fliegst du hin?«

»Nach Tallahassee.«

»Wo ist das?«

»Das ist die Hauptstadt von Florida. Obwohl alle denken, es wäre Miami.«

*

Während all der Jahre, in denen er mich persönlich beschützt hat, verbrachten Quint und ich, wenn wir uns nicht gerade stritten oder aus gegenseitiger Verachtung anschwiegen, großartige nostalgische Abende miteinander, an denen wir von unserer Heimat wie zwei Heimatlose sprachen, die wir ja auch waren. Er beschrieb seine Hütte wie ein Schloss, aber vor allem konnte er nicht aufhören, von seinem Gemüsegarten zu sprechen, von Karens Kopfsalat, von Karens Kartoffeln und von Karens Paprikaschoten. Ach, man musste ihn von den Paprikaschoten seiner Frau reden hören. Überhaupt versetzte ihn alles, was mit seiner Frau zu tun hatte, in helle Begeisterung. Alles in allem ist das auch normal, wenn man seine Frau nie sieht. Mit der Zeit verwandelt sie sich in die vollkommene Ehefrau, was mir auch passieren könnte, jetzt, da ich zehntausend Kilometer von Maggie entfernt bin.

Tallahassee ist eine von den Universitätsstädten, bei denen sich alles Treiben rund um den Campus konzentriert. Es gibt kein Stadtzentrum, keine Stadtviertel, es gibt nur diese riesige Universität, eine Stadt innerhalb der Stadt, und der Rest sind Straßen mit kleinen Einfamilienhäusern, in denen die Professoren und die Uni-Mitarbeiter wohnen; die Häuser haben einen großen Keller, aber keinen ersten Stock, weil es im Sommer sehr heiß wird, und deshalb gibt es auch eine großzügige Veranda, die ganz schnell wichtiger wird als alle Zimmer. Da steht es, sein weißes Haus, zwischen der presbyterianischen Kirche und dem Friedhof; am Straßenrand stehen riesige Eichen und Kiefern, die sich im Wipfel berühren und so eine Art Gewölbe über dem Asphalt bilden. (Quint benutzte zur Beschreibung am liebsten das Wort »Kronenschluss«. Ich habe in einem Lexikon nachgesehen, doch die Definition des Wortes war unverständlich, und Fotos gab es auch keine.) Hier will er also eines Tages als Rentner leben und beobachten, wie auf lange Sommer kurze Winter folgen. Sicher der ideale Ort, um Rheuma zu behandeln und nach neuen Gartengewächsen Ausschau zu halten. Aber, so frage ich mich, während ich diese bescheuerten Kronenschlüsse entlanggehe, ist das ein Leben für Quint? Ob man jetzt Räuber oder Gendarm war, wenn ein Leben wie unseres immer aus Action bestand, wer will da das Gras wachsen und die Insekten bumsen hören? Auch wenn wir unseren Familien etwas anderes versprochen haben. Ich bin der lebende Beweis.

Ich habe mich mit Dauerklingeln und Hey-Tom-Rufen angemeldet, doch es hat eine Ewigkeit gedauert, bis die Tür aufging und er seinen Kopf durch den Türspalt steckte und mit Grabesstimme sagte: »Ah, du bist es, Fred.«

Mehr sagte er nicht, er bat mich auch nicht herein, er machte kehrt und ließ die Tür offen. Im Wohnzimmer finde ich ihn, er sitzt in einem Sessel, er ist unrasiert, sein Blick ist leer, in der Hand hält er eine Flasche Rye Whiskey.

Wenn man bedenkt, dass ich WITSEC geschmissen und Frankreich verlassen habe, ohne dass er etwas dagegen unternehmen konnte, dann ist es erstaunlich, dass er nur ein »Ah, du bist es, Fred« von sich gibt. Ich hatte erwartet, dass er entweder toben oder mich beglückwünschen würde - nichts von alledem. Nur er kann mir derart auf den Schlips treten.

Jetzt ist es an mir, den großen Soldaten Quint, den Captain, auf Trab zu bringen, diese Kriegsmaschine wieder anzuwerfen, die heute wie ein Häufchen Elend daherkommt. »Komm wieder auf die Beine, Tom«, sage ich. Was für ein dummer Satz, aber er erinnert mich an etwas, was er vor Jahren zu mir gesagt hat: »Fred, nimm dich zusammen, wenn du sehen willst, wie deine Kinder groß werden.« Als ich dann den Namen D'Amato erwähne, bricht er vor meinen Augen zusammen. Was war geschehen? Das Erste, was der Schwachkopf nach seiner Entlassung aus dem Knast getan hatte, war, in den Gemüsegarten der Quintilianis zu marschieren und Mrs Quint in einen Kofferraum zu werfen, um sie weiß Gott wohin zu entführen. Und der arme Tom fragt sich nun, wie D'Amato an seine Privatadresse gekommen ist.

»Dieser Verrückte hat schon am ersten Tag in der Versenkung begonnen, Informationen zu sammeln, Tom. Um an einen Typen aus dem Büro heranzukommen, der für ein Bündel gebrauchter Dollarnoten bereit war, die Adresse eines Kollegen herauszurücken, auch wenn es sich dabei um den berühmten Quint handelt, dafür war ihm nichts zu aufwendig, nichts zu teuer. Ich will dir nicht noch mehr wehtun, aber in deinen eigenen Reihen gibt es sicher mehr als einen, der dich hasst.«

So wie ich Quint kenne, wird er, wenn er diese Prüfung übersteht, mit allen aufräumen, die Joey dabei geholfen haben, bis zu ihm vorzudringen. Jetzt aber war etwas anders wichtig. Quint kannte D'Amato nur vom Beschatten oder in seinem orangefarbenen Overall hinter Gittern. Ich aber habe mit ihm mehr als einen gehoben, ich habe gesehen, wie er wie ein Psychopath auf andere eingedroschen, und gehört, wie er uns komplizierte Deals vorgeschlagen hat, bei denen es dann vollkommen sinnlose Tote gab, was ihm aber offensichtlich einen Heidenspaß bereitet hat – er wollte immer noch mehr Opfer. Genau das wollten wir nicht, wir wollten sofort ans Bargeld, ohne erst Mittelsmänner einschalten zu müssen, schlimmstenfalls wollten wir ein paar Wächter betäuben, aber keine Blutbäder anrichten, wie sie Joey uns vorschlug. Vielleicht hat er Toms Karen schon in einen Kanal geworfen, auch wenn er dafür auf dem elektrischen Stuhl landen sollte. Aber das werde ich Tom nicht sagen, ich möchte nicht sehen, wie er endgültig zu Boden geht. Joey ist der Typ, der einem Wettermoderator die Fresse poliert, weil es regnet. Da kann man sich vorstellen, was er wohl mit einem FBI-Captain anstellen mag, der ihn ins Gefängnis verfrachtet hat.

Quints Beruf ist es, auf solche Situationen zu reagieren, aber wie immer, man ist nur dann Herr seiner selbst, wenn es um Fremde geht, ist aber die eigene Familie betroffen, hält man sich mit klugen Vorschlägen zurück. Er hat noch nicht einmal seine Kollegen beim Büro um Hilfe gebeten – was richtig war, will er eine Chance haben, seine Frau lebend wiederzusehen. Hätte er Washington informiert, so hätte sich sein beschaulicher Platz an der Sonne inzwischen schon in ein logistisches Kriegshauptquartier verwandelt. Was Tom jetzt braucht, ich weiß es genau, ist ein Verbündeter ohne Glauben und Moral, der die LCN von innen kennt und der D'Amatos nächste Schritte voraussehen kann. Aber wo einen solchen Himmelsgesandten finden?

All das hält mich von meiner Arbeit ab. Dieser Umweg über Tallahassee, dieses Kümmern um Quints kleines Unglück, das ist in etwa genau das Gegenteil von dem, was ich mir literarisch vorgenommen habe. Darf ich das hinausschieben, darf ich meinen großen amerikanischen Roman auch nur vierundzwanzig Stunden warten lassen, nur um diesen Typen hier tatkräftig zu unterstützen? Meine Aufgabe ist es, weite Landschaften zu beschreiben und der Jugend von dem alten Traum zu erzählen, den so viele Immigranten, darunter meine Großeltern, geträumt hatten. Uns jetzt sitze ich hier in einem Wohnviertel in Florida fest, bei einem FBI-Agenten, der sich mit kanadischem Whiskey zu beruhigen versucht. Ich könnte ihn im Stich lassen und geradewegs nach Nantucket auf die

Spuren von Melville entschwinden. Allerdings gibt es hier eine einzigartige Möglichkeit, mich zu rächen.

Quint hat sich gut hundertmal an der Vaterrolle vergriffen, die mir als Familienoberhaupt zustand. Er hat Entscheidungen getroffen, die eigentlich meine waren. Er hat meine Frau in ihren Plänen bestärkt und meine Kinder auf ihrem Weg ins Erwachsensein begleitet. Und eines schönen Tages hat er sich im Familienkreis sogar für meine Person ausgegeben. Diesem Typen würde ich zu gern sagen: »Ich bringe dir deine Frau zurück, du Arsch. Doch ich werde mich für alle Demütigungen rächen, denn du wirst dich bis zum Lebensende bei mir bedanken müssen.« Wie eine derartige Gelegenheit links liegen lassen? »Jetzt kommt die Endabrechnung, Tom. Ich werde dafür sorgen, dass du und deine Frau am Leben bleibt, dass dein kleines zukünftiges Rentnerglück nicht in Gefahr gerät. Doch du wirst auf MEINEN Schutz angewiesen sein. Du wirst sehen, wie riesig dankbar man seinem Beschützer ist und wie sehr man ihn deswegen hasst.«

Der alte Sadist D'Amato hat gesagt, dass er am Abend wieder anruft. Er hat keine Forderungen gestellt, kein Lösegeld gefordert, damit man sich schön die schlimmsten Horrorszenarien ausmalen kann. Genauso hätte ich es auch gemacht. Aber wir dürfen nicht warten, bis der Verrückte geruht, sich zu melden. Wir müssen sofort handeln und ihn womöglich noch vor Morgengrauen stellen. Man kann sicher sein, dass Joey mit Karen im Kofferraum nicht Kilometer um Kilometer zurückgelegt hat. Bestimmt hat er im näheren Umkreis ein Versteck. Er operiert allein, denn niemand wäre so blöd, bei einem privaten Rachefeldzug gegen einen FBI-Agenten mitzumachen. Aber jemand muss ihm helfen, heil da herauszukommen, und dafür kommt nur ein Typ wie Rick Bondek aus Miami infrage.

»Wer?«, fragt Tom, als sei er mit einem Schlag aus dem Schlaf erwacht.

Natürlich sagt ihm der Name nichts, Rick Bondek ist bei der Polizei unbekannt, und gerade deshalb nimmt die LCN gern seine Dienste in Anspruch, denn er lässt sich nicht mit jedem ein, seine Spuren lassen sich nicht zurückverfolgen, und er wurde noch nie erwischt. Ein kleiner Kokskurier, der auf eigene Rechnung arbeitet, neben seinem Job für die Schiffszulassung von Miami. Mit seiner Frau hatte er damals ein Liefersystem ausgeklügelt, in das er niemanden einweihte. Er transportierte nie mehr als zwei Kilo auf einmal, aber der Weiterverkauf an Ort und Stelle funktionierte nicht, deshalb hat er sich mit Joey zusammengeschlossen, der den Stoff über sein New Yorker Netz in Umlauf brachte. Joey d'Amato hat ihn mir einmal vorgestellt, als es darum ging, einen von uns nach Kolumbien einzuschleusen und ihm dort neue Kontakte zu vermitteln. Das hat uns eine Menge Kohle gekostet, doch die Sache hat funktioniert.

»Er war einer der Knaller, die ich für nächstes Jahr in petto hatte. Er gehört zu den Glückspilzen, die ich dir auf dem Tablett servieren wollte.«

Jetzt rief Tom das Büro an, Captain Quintiliani war wieder unter den Lebendigen.

Er bat um eine Routineüberprüfung und in null Komma nichts hatten sie Rick und Martha Bondek in South Beach lokalisiert, dazu die Liste der letzten dreißig eingegangenen Telefongespräche. Eines kam aus einem kleinen Motel an der Straße nach Woodville, zwanzig Meilen von Tallahassee entfernt.

»Du machst den Lotsen, ich sitze lieber hinterm Steuer«, sagte ich zu Tom.

Hinter Tallahassee wurde die Wohngegend bescheidener, es gab weniger Geländewagen und Japaner, dafür aber mehr alte Oldsmobile und alte, aufgepäppelte Fords aus den Siebzigern, dann ein Stück weiter, nach einem Autofriedhof mit roten Pick-ups – alle vom gleichen Modell! –, kamen wir an einem Campingplatz vorbei, auf dem Familien ein bisschen Abkühlung von den 34 Grad Celsius suchten. Und dann, mit einem Schlag, gab es keine Zivilisation mehr, ich sah nur noch ein endlos langes Asphaltband, das in der Sonne glänzte, mit schlammigen Gräben zu beiden Seiten.

Zwei, drei Meilen später stoße ich einen Schrei aus, denn ein längliches, dunkles Lebewesen mit aufgesperrtem Maul und unendlich vielen Zahnreihen überquert die Straße.

»Quint! Um Himmels willen! Ich habe ein Krokodil gesehen!«

Doch Quint bemerkt gar nichts, es ist ihm auch egal, er bleibt reglos wie das Tier. Schon die ganze Fahrt ist er still, auch wenn das Schweigen jetzt ein anderes ist.

»Ich schwöre dir, Tom, es ist wahr!«

Eine Menge von dem Getier schläft am Straßenrand, zwei Meter von meinen Reifen entfernt, die meisten haben einen bräunlichen Panzer, der sich mit dem Rotbraun der Sümpfe vermischt.

»Das sind keine Krokodile, das sind Alligatoren.«

Jemand, der dir das sagt, will dir in der Regel den Unterschied erklären, nicht so Quint. Früher wär mir der Unterschied auch egal gewesen, aber seitdem ich *Moby Dick* gelesen habe …

»Was ist der Unterschied?«

»Die Krokodile haben einen äußerst beweglichen Oberkiefer, beim Alligator ist es der Unterkiefer. Wie bei uns Menschen also.«

Ein Vergleich zwischen Mensch und Alligator, Melville hätte genau über solch eine Kleinigkeit drei Seiten geschrieben. Und zehn Jahrzehnte später hätten Hochschullehrer in überfüllten Hörsälen von diesen drei Seiten geschwärmt und ihnen sogar noch eigene Beobachtungen hinzugefügt. Ich meinerseits versuche Tom aus seinen finsteren Gedanken zu reißen, aber er schert sich einen Dreck darum.

»Zwischen deinem Platz an der Sonne und den

Alligatoren wünschst du dir doch bestimmt einen gewissen Sicherheitsabstand.« Meine Feststellung bleibt unkommentiert.

Nach einigen Meilen betretenen Schweigens, mit versteinert dreinblickenden Alligatoren am Straßenrand, sehe ich einen Wald vor mir und hoffe, dass das nun die Straße nach Woodville ist. Doch Tom bittet mich, am Autobahnzubringer in Richtung Golf von Mexiko zu wenden, denn kurz vor der Abzweigung steht das Sunstar Motel. Bevor wir aussteigen, erinnere ich ihn daran, dass er seine Dienstwaffe dabei hat, ich aber nicht.

»Ein vorbildlicher Mafioso wie du trägt bestimmt einen stumpfen Gegenstand bei sich.«

»Du machst wohl Witze. Im Flieger hat man mir sogar meine Nagelfeile abgenommen.«

»Umso besser, denn wenn du D'Amato gegenübertrittst und er sieht, dass du bewaffnet bist, dann glaubt er, dass du ihn verarschen willst.«

»Das glaubt er wohl eher, wenn ich unbewaffnet vor ihm auftauche.«

Der Wirt steht hinter dem Empfang, und Tom knallt ihm seinen FBI-Ausweis vor die Nase. Zu unser aller großen Erleichterung, aber vor allem zu Toms, sagt er, »Zimmer 31«, nachdem ich ihm Joey beschrieben habe.

Ich frage den Wirt nach seiner *home gun*, denn in Gegenden wie diesen hat jeder Haushalt, auch der friedfertigste, eine Waffe zu Hause, genau wie eine Kaffeemühle, die Bibel oder eine Metalldose für Kekse. Manchmal ist die Hauswaffe auch in der Keksdose versteckt.

»Ich habe keine.«

»Keine *home gun*?«

»Nein...«

»Sie führen ein Motel und haben keine Waffe? Wollen Sie uns verarschen?«

Aber nein, es ist die Wahrheit, wir stehen hier vor dem einzigen Geschäftsmann in den Vereinigten Staaten, der jeden Tag vierundzwanzig Stunden geöffnet hat, sich aber nicht verteidigen kann. Dieser Typ wird uns ganz schön in die Scheiße reiten.

»Haben Sie zumindest eine *Saturday night special*?«

Einmal habe ich einem Nachbarn in der Normandie zu erklären versucht, was eine *Saturday night special* ist. Der Kerl hat geglaubt, ich mache Scherze. Die Vorstellung, dass Amerikaner, wenn sie samstagabends zum Partymachen weggehen, stets eine billige Knarre bei sich tragen, hielt er für ziemlich unglaubwürdig. Und ich kann es nicht glauben, dass dieser bescheuerte Motelbetreiber nichts da hat, womit man einen Schädel einschlagen oder zumindest einen Appell an den guten Willen richten kann. Schließlich meint er: »Ich habe zwar einen Baseballschläger, aber den kann ich Ihnen nicht geben, er hat eine Widmung von Babe Ruth aus dem Jahr 1926.«

»Was schlägst du vor, Fred?«, fragt mich Tom.

Wir haben jetzt keine Wahl mehr, wir müssen da hinein, und ich leite die Aktion. Und das wird die einfachste Aktion, die man sich vorstellen kann. Ich habe in meinem Leben immer auf den Überraschungseffekt gebaut, und von allen Überraschungseffekten wird der hier ein echter Klassiker werden.

»Wie willst du vorgehen?«

»Ich werde an die Tür klopfen und sagen, wer da ist.«

»...?«

Und genauso mache ich es: Ich klopfe an die Tür von Zimmer 31, und ich höre, wie der Ton des Fernsehers leiser gestellt wird.

»Wer ist da?«, grummelt Joey.

»Ich bin's. Gianni Manzoni.«

Wenn es einen Namen gab, den er nicht erwartet hatte, dann war es meiner. Ich war der berühmteste Kronzeuge der USA, zwanzig Millionen Dollar hatte man auf meinen Kopf ausgesetzt, für die Cosa Nostra war ich der Albtraum; und dann blieb ich für zehn Jahre verschwunden, aber genau in dieser Sekunde stehe ich hinter dieser Tür, in diesem Scheißflorida, in diesem Motel ohne Pool, genau um zwei Uhr nachmittags, bei einer Hitze, bei der man auf einem Kotflügel Eier braten könnte. Die Tür öffnet sich einen winzigen Spalt, und im Halbdunkel sehe ich das Weiß in seinen Augen. Seit ich wieder zu Hause bin, besitze ich diese Fähigkeit, Gesichter bleich werden zu lassen.

»Heilige Scheiße, heilige Scheiße...«

Er greift nach seiner Waffe, die in seinem Gürtel steckt, und geht einen Schritt Richtung Gang, als wollte er Witterung aufnehmen. Dabei sagt er immer wieder: »Heilige Scheiße…«

»Ich freue mich auch, dich zu sehen, Joey«

»… Manzoni? Bist du nicht tot?«

»Und das fragst du mich?«

»… Was hast du in den USA verloren?«

»Und was du in Florida?«

»Und was hast du in diesem Motel verloren?«

Bevor ich ihm antworten kann, zerreißt ein Knall beinahe mein linkes Ohr und ich sehe Joey mit einem Riesenloch im Bauch gegen die Wand fallen.

Ich habe noch nicht einmal die Zeit, Quint zu seinem Schuss zu gratulieren, denn der stürzt ins Bad, wo Karen mit Klebebändern geschmückt in einem Zustand der Schockstarre verharrt, in den sie das Arschloch versetzt hat. Doch sie lebt.

*

Tom hat sich als Captain neue Autorität verschafft, und schon, sieh an, will er mir wieder Befehle erteilen. Seine Dankbarkeit hebt er sich vielleicht für später auf. (Wird der Dreckskerl meine Akte überarbeiten, sodass ich in aller Ruhe meinen großen amerikanischen Roman schreiben kann?) Tatsache ist, die Arbeit ist noch nicht getan. Natürlich ruft er weder die Polizei noch das Büro an, um hier reinen Tisch zu machen, natürlich will er sich allein hier durchkämpfen. Gut, das ist sein Problem, aber es ist nicht das einzige …

»D'Amato atmet noch«, sage ich.

Aus dem spitzen Schusswinkel konnte Tom nur den Unterleib treffen, was bedeutet, dass es bis zu Joeys letztem Atemzug noch Stunden dauern kann. Bei den Blutmengen allerdings, die er verliert, müsste man nur Geduld haben, in Ruhe einen Kaffee trinken und nett plaudern, und schon hätte Joey sich vollständig in die Badewanne entleert. Aber die Zeit drängt, und Joeys Körper müssen wir sowieso loswerden. Tom, der keinerlei Erfahrung in dieser Disziplin hat, fragt mich, was zu tun ist. Er wird es allerdings nicht selbst tun, er macht lediglich sauber, bevor er geht, dann wird er seine Frau nach Hause begleiten und sich um sie kümmern. Ich dagegen behalte den Wagen, ich werde die Sache zu Ende bringen und meinen großen amerikanischen Roman beginnen.

Allerdings bin ich nicht auf meinem Territorium in New Jersey, wo ich die Stellen kenne, an denen man Leichen gut verscharren kann. Dennoch, ich habe da eine kleine Idee, man kann sogar sagen, dass sie mir bereits auf dem Weg hierher beim Anblick dieser reglosen Panzer am Straßenrand gekommen ist. Am einfachsten werde ich Joey los, indem ich ihn diesen Bestien zum Fraß vorwerfe. Das ist eine saubere Angelegenheit, und es besteht nicht die Gefahr, dass die Typen von der Spurensicherung die Leiche fünfzehn Jahre später finden und sie anhand eines Stückchens Fingernagel oder eines Schildchens im T-Shirt identifizieren. Außerdem ist es logisch, Joey an diese Tiere zu verfüttern, schließlich stand er sein Lebtag auf Krokoschuhe und Krokogürtel - so kehrt alles zu seinem Ursprung zurück.

Tom spielt erst einmal, um die Form zu wahren, den Empörten, doch die Vorstellung von Joeys Umwandlung in Tierfutter gefällt ihm ganz gut. Er befürchtet nur, es sei zu riskant, Joey am Straßenrand abzulegen, denn es könne Tage dauern, bis eine Alligatorenfamilie ihn findet. Er erklärt mir den Weg nach Wakulla Springs, einem Naturschutzgebiet dreißig Meilen von hier, das das ganze Jahr über besucht wird. An der Südspitze des Sees befindet sich ein sumpfiges Gelände, das nie jemand besucht, denn es ist weder gut zu erreichen, noch gibt es dort irgendetwas Interessantes zu sehen; die einzigen Tiere, die sich in dieses stinkige Moor wagen, seien Alligatoren, somit also der ideale Ort, um Joey loszuwerden.

Der röchelt brutal, als ich ihn in den Kofferraum schmeiße. Mir bleiben drei Stunden, bis es dunkel wird.

Ich verlasse den Wald von Woodville, nehme die Route 363, und schon bin ich wieder umgeben von den Sträuchern mit ihren abgestorbenen Ästen und vor allem von den Gräben, in denen diese dunklen Mäuler nur darauf warten, gefüttert zu werden. Mitten im Niemandsland taucht ein Schild von Seafood Wilma Mae auf, einem Fischlokal, und ich überlege anzuhalten, um meinen Kopf in einen Eimer Eiswürfel einzutauchen, ein Bier zu trinken, frittierte Garnelen hinunterzuschlingen, und, warum nicht?, ein Schwätzchen mit den braun gebrannten Einheimischen zu halten und ihrem seltsam näselnden Akzent und ihrem nicht enden wollenden Redefluss zu lauschen. Aber ich biege nach Westen ab und verschiebe das alles auf später, wenn ich den Spinner losgeworden bin, der ab und zu von innen an den Kofferraumdeckel haut, was mich an den Schlag eines einsamen Herzens erinnert.

Dreißig Minuten später sehe ich, wie das gelbliche, staubige Niemandsland in der Ferne allmählich grün wird, und endlich taucht das Schild »State Park of Wakulla Springs« auf. Touristen besteigen mit dem Fotoapparat im Anschlag Pendelbusse, in der Hoffnung, einen seltenen Vogel oder eine Meeräsche, die in die Luft springt, zu erwischen.

Der Wakullasee liegt kühl und klar am Rand des Naturparks, gegen Süden hin wird er immer zähfließender, bis er sich in einen Sumpf verwandelt. Ich fahre am Wasser entlang und lasse mich vom Geruch und den Mücken leiten, bis ich an den Ort komme, den Quint mir beschrieben hat und an dem es angeblich nur so von Alligatoren wimmelt, die darauf warten, dass ihnen das Futter ins Maul fällt. Ich parke den Wagen auf einem noch festen Vorsprung und suche die Gegend nach diesen prähistorischen Tieren ab, die hier in Familienverbänden leben sollen.

Vielleicht ist ein optischer Effekt schuld daran, dass ihre Tarnung noch besser funktioniert: Man sieht sie nicht. Sind es hundert oder nur ein einzelner? Sie sind unauffindbar, die Landschaft hat sie aufgesogen. Wenn ich daran denke, dass ich mich noch gestern damit gebrüstet habe zu wissen, wie man verschwindet... Ich muss mein Herz in beide Hände nehmen und da hineinsteigen, auch auf die Gefahr hin, ein Bein zu verlieren. Diese Viecher erinnern mich an bestimmte Killer, denen ich während meiner Zeit bei der LCN begegnet bin. Schweigsam und vollkommen emotionslos konnten sie stundenlang in einem Sessel sitzen, mit starrem Blick. Aber kaum bewegten sie sich, schon lag ein Toter auf dem Boden. Von den Alligatoren der LCN habe ich einige kennengelernt. Aber hier in dieser Scheiße, die mir bis zum Knie geht, gibt es keine. Es ist das erste Mal, dass ein Tipp von Quint nichts taugt. Dutzende würde ich sehen, hat er mir versprochen, und in fünf Minuten hätten sie Joey untereinander aufgeteilt. Stimmt nicht! Und dass es zu heiß ist und sie ein lauschigeres Plätzchen gefunden haben – wer mag daran glauben? Es gibt tausende verfressene Insekten, Wasserschlangen, Vögel, die sich auf Ästen niedergelassen haben, aber keinen einzigen verdammten Alligator. Ich wate weiter durch den Schlamm, die Mücken stechen mich, und die Angst sitzt mir im Nacken. Dieser Trip, das rede ich mir ein, ist mein privates Vietnam. Von nun an sehe ich in mir einen richtigen Veteranen.

Ehrlich gesagt, diese Art von Natur möchte ich in meinem großen amerikanischen Roman nicht beschreiben.

Und erst recht nicht diese Mäuler, die einen *wiseguy* verschlingen wollen. Einen Augenblick lang war ich versucht, Joey in diese Kloake zu werfen, aber als ich gesehen habe, dass die Brühe nicht aus Wasser, sondern hauptsächlich aus Dreck besteht, seine Leiche also vielleicht tagelang an der Oberfläche treiben und ein Ranger sie entdecken könnte, da war mir das Risiko dann doch zu hoch.

Wütend gehe ich zum Wagen zurück. Unmöglich, ihn in dieses scheußliche Moor zu werfen, ihn am Straßenrand auszusetzen oder ihn zu verscharren. Außerdem macht das Arschloch weiter Lärm, es scheint wieder zu Kräften gekommen zu sein.

Ich bekomme einen kurzen Müdigkeitsanfall, habe mich aber schnell wieder im Griff. Ich kenne viel schlimmere Situationen. Mit einem Sterbenden im Kofferraum bei 34 Grad im Schatten keinen Alligator zu finden, gehört nicht zu meinen kompliziertesten Übungen. Da bin ich ganz andere Sachen gewöhnt.

Auf der Straße, ich weiß nicht recht, in welche Richtung ich weiter muss, erblicke ich ein Schild, das den Golf von Mexiko anzeigt, es sind noch vierzig Meilen.

Der Ozean. So nah ist er, und ich hatte ihn nicht gerochen.

*

Nach der trockenen Erde, in der man unmöglich eine Leiche verschwinden lassen kann, brauche ich nichts mehr als frisches, kühles Wasser. Der Ozean, mein Freund. Es ist nicht der, den ich kenne, doch der Unterschied dürfte nicht allzu groß sein. Wo ein Meer in der Nähe ist, finde ich mich zurecht.

»Siehst du, Joey, du kehrst dahin zurück, woher wir alle kommen, aus dem Meer. Erinnere dich, vor langer, langer Zeit warst du nur eine Amöbe. Nach Millionen Jahren der Evolution wirst du den Kreis schließen.«

Goldene Reflexe lassen die Sonne sacht und langsam untergehen. Seit geraumer Zeit ist mir kein Wagen mehr begegnet, ein Leuchtturm in der Ferne weist mir den Weg. So fühle ich mich nicht mehr allein.

Ich bin es aber sehr wohl. Ich parke am Fuß des Leuchtturms und hupe drauflos wie ein Nebelhorn, keine Seele rührt sich. Der Rest der Menschheit versteckt sich wohl in Bars, wo es bei voll aufgedrehter Klimaanlage kalte Cocktails zu schlürfen gibt. Um sicherzugehen, brülle ich derart obszönes Zeug in die Landschaft, dass auch der Allerletzte aus seinem Loch kriechen würde.

Ich lenke den Wagen über einen Sandweg und halte an, das grelle Licht des Ozeans blendet mich. Ich steige aus, ich will zum Meer, und höre, wie unter meinen Füßen eine Unzahl von roten Krabben zerbricht, die wie ich zum Wasser wollen.

Nicht mal ein Schwimmer, der sich verirrt hat, oder ein Fischer auf einem Boot, niemand ist da, ich bin ganz allein mit den silbernen Wellen, die sich hinter dem Horizont verlieren. Der Tag geht langsam zu Ende, und auch etwas anderes endet hier. Melville hat recht, das Wasser hat den Menschen schon immer angezogen. Ich setze mich in den Sand, nach all der Gewalt und Raserei schlägt mein Herz wieder ruhiger. Die Schwüle des Tages vergeht und macht einer Meeresbrise Platz, die mein Gesicht sanft berührt. Ich schließe die Augen, um besser zu spüren, wie die Anspannung aus meinem Körper weicht, doch das Schauspiel der Wellen, dem niemand widerstehen kann, lässt sie mich wieder öffnen.

Als ob so viel Schönheit noch nicht genug wäre, entdecke ich inmitten der sanften blauen Wellen einen silbrig glänzenden Schein, eine Form, die spitz zuläuft und auf dem Wasser mehrere schöne symmetrische Achter zeichnet. Es ist eine Art Dreieck, die in einem atemberaubenden Tempo, aber stets gleichförmig über das Wasser tanzt. Ich kann meinen Blick nicht abwenden, und mein Herz beginnt wild zu schlagen, als die dreieckige Flosse sich in die

Luft schwingt und das ganze Tier mitreißt. Es springt wie ein Delphin, der spielt, aber es ist kein Delphin, und dieses Tier spielt auch nicht.

Vor mir ist das gefährlichste Lebewesen, das die Natur geschaffen hat. Es ist das mörderischste und faszinierendste Geschöpf der sieben Meere. Ein großer Weißer Hai – und das keine hundert Meter von mir entfernt.

Schon lange hatte ich das Bedürfnis zu weinen, hier übermannte es mich. Nie hatte ich, aus dieser Nähe, einer solch majestätischen Mordgier in die Augen blicken können. Die Alligatoren, denen ich früher am Tag begegnet bin, das waren nur kaltblütige Killer, aber dieser hier, das ist der *capo di tutti i capi*. Wie könnte man einem Wesen, das fähig ist, so viel Schrecken zu verbreiten, keinen Respekt zollen? Herman, eines schwöre ich dir, wenn du den hier mit eigenen Augen gesehen hättest, Moby Dick wäre nie und nimmer ein Pottwal geworden. Der Hunger hat ihn in den Golf von Mexiko getrieben, und so muss er hier, so nah am Ufer, Jagd auf Beute machen, die seiner unwürdig ist.

Aus der Ferne höre ich ein Röcheln, das aus dem hintersten Kofferraum kommt. Joey hat es jetzt auch eilig. Und so, wie er sich noch bewegt, wird er bald den größten Menschenräuber, den die See je hervorgebracht hat, auf sich aufmerksam machen. Insgesamt gesehen tue ich allen einen großen Gefallen: Den durchgeknallten Verbrecher führe ich einem würdigen Henker zu, steht der doch seiner eigenen Grausamkeit in nichts nach. Ich befreie die Menschheit von Joey D'Amato. Und ich verleihe diesem Tier, das nie schläft und dessen einzige Leidenschaft das Töten ist, wieder Kräfte. Der Hai wird sein Abenteuerleben wieder aufnehmen und den Menschen an allen Küsten der Erde weiterhin die schlimmsten Albträume bescheren.

Mein großer amerikanischer Roman, er kann hier und jetzt beginnen. Und in den ersten Zeilen wird es um diese seltsame Überlegung zum Lauf der Dinge gehen, die ich gerade am Ufer des Ozeans anstelle. Ein bisschen ist das Leben doch so: Man ist darauf gefasst, einem Alligator zu begegnen, trifft dann aber auf einen Hai.

Ich weiß nicht, was das bedeutet, doch es scheint wirklich wahr zu sein.

Epilog

Maggie übergab das Haus in Mazenc wieder den Besitzern, sie selbst behielt keine Möbel, kein Erinnerungsstück, außer Freds Arbeitsmaterialien, seine Manuskripte, seine Wörterbücher und seine Schreibmaschine. Malavita, die Hündin, bliebe die einzige wahre Zeugin all der verschiedenen Häuser und all der verschiedenen Identitäten, die darin gelebt worden waren. Und so kümmerte sich Maggie intensiv um sie. Freds Abwesenheit hatte die beiden einander nähergebracht.

Seit dem Verschwinden ihres Mannes klammerte Maggie sich an eine Überlegung, die ihr half, besser damit zurechtzukommen: Fred hatte eine einzigartige Kindheit, sein weiterer Lebensweg verlief ebenfalls außergewöhnlich, denn er hatte sich für ein Leben außerhalb der Gesellschaft entschieden. Wie konnte er da im Alter das Leben eines Rentners führen, der sich vor dem Winter fürchtet? Oder noch schlimmer, das eines schlechten Schriftstellers, der nichts mehr zu erzählen hat? Nach zwölf langen Jahren, in denen er auf seine Freiheit verzichtet hatte, hatte er sich wieder auf den Weg gemacht. Und auf diesem Weg waren Frau und Kinder auch nur eine Etappe gewesen. Diese Gedanken ließen sie seine Abwesenheit leichter ertragen.

Von Tom erfuhr sie Neuigkeiten: Fred lebte und war an einem sicheren Ort. Bald würde er Maggie anrufen, und bald würden sie wieder regelmäßig miteinander telefonieren.

Und dann, wer weiß, in einem Jahr oder in drei, fünf Jahren würden sie sich in Paris, New York oder anderswo wiedersehen.

Drei Monate nach seiner Abreise erhielt sie per Post ein Exemplar von *Heidenangst*.

Ich widme dieses Buch meiner Livia, die ich immer lieben werde, wo sie auch sein mag.

Das Buch erzählte die Geschichte einer tapferen kleinen Geschäftsfrau, die sich an eine Handvoll Gangster wendet, um einen bis dahin unangreifbaren multinationalen Konzern in Stücke zu schlagen. Dabei kommen alle Techniken und Methoden, die die jahrhundertealte Cosa Nostra entwickelt hat, zum Einsatz, wie Schutzgelderpressung, Gewaltandrohung, Bloßstellung, Bestrafung und Geldwäsche. Jede Phase dieses gewaltigen Zerstörungswerks wurde mit einer derartigen Genauigkeit beschrieben, dass selbst Maggie eine ganze Anzahl dieser akribisch geschilderten Passagen übersprang – sie wollte sich einige schreckliche Details ersparen. Wer sonst als Fred mit seinem Talent, seinem Fachwissen und seiner Unbefangenheit konnte der Öffentlichkeit ein derartiges Dokument vorlegen?

Maggie konnte es sich nicht verkneifen, die Hauptbetroffenen an dem Werk teilhaben zu lassen. Arnold und Sami machten sich eine Freude daraus, gute hundert Exemplare an *die von gegenüber*, an ihre leitenden Angestellten und Direktoren, zu verteilen. Auch *wenn alle Ähnlichkeiten mit lebenden Personen rein zufällig waren*, so erkannten sich die meisten doch wieder.

Francis Bretet erklärte mit fahlem Gesicht und tonloser Stimme, wie sehr er die Schließung des »La Parmesane« bedaure. Die Lieferanten fanden den Weg zum Laden wieder, die Schikanen der Behörden hatten ein Ende, der Mietvertrag wurde wieder in Kraft gesetzt, und Maggie konnte die Pforten des »La Parmesane« wieder öffnen.

Malavita hielt auf der Außentreppe Wache.

*

»Nimm dir allen Platz, den du brauchst«, hatte François gesagt.

Doch Belle brauchte nicht viel. Vom Kleiderschrank und den Schubladen belegte sie nur einen Teil, dann überlegte sie, welches von zwei leeren Zimmern in der zweiten Etage sie zu ihrem Arbeitszimmer machen wollte. Er fragte, warum sie sich für das dunklere, seltsam asymmetrische Zimmer entschieden habe. Um seine Reaktion zu testen, antwortete sie: *Das andere ist eher ein Kinderzimmer.* Ein schlagendes Argument hinter dem gesunder Menschenverstand stand, meinte François Largillière.

Jeder lebte in seinem abgezirkelten Bereich, sie kommunizierten per E-Mail miteinander, manchmal luden sie einander zu einem Überraschungskaffee oder zu unsittlichen Berührungen ein. Jeden Abend aber trafen sie sich und trennten sich erst bei Morgengrauen.

François' Sätze waren kürzer geworden, er war nun in der Lage, weniger wortreich zu erklären, warum die Welt dem Untergang geweiht war. Es gelang ihm jetzt auch öfter, sich von ihren kleinen Wundern bezaubern zu lassen. Und wenn Belle ihn manchmal ihren Helden nannte, dann tat er das ironisch ab, doch in Wirklichkeit war er zutiefst geschmeichelt.

*

Das Angeborene und das im Leben Erworbene, das Erbgut und der Rückfall in überwunden geglaubte Verhaltensweisen, die Gene und das Verhängnis – der junge Wayne quälte sich nicht mehr mit Fragen, die zu kompliziert für ihn waren. Er hatte seine Willensfreiheit ausgekostet und sie dabei verloren, warum diese Tatsache nicht akzeptieren? Warum zärtlich sein, wenn man für die Gewalt geboren war? Warum mit Holz umgehen, wenn das Metall deine Bestimmung ist? Warum sich in einen kleinen privaten Glückskokon einspinnen, wenn man sich die ganze Welt untertan machen will? Warren war ein geborener Manzoni, und das würde er bleiben. Mit zwanzig Jahren wollte er nicht länger seine großen Ziele verraten.

Bevor er seinen Berg verließ, sagte er Monsieur Donzelot, dass er ihn nie vergessen werde. Der alte Mann fragte ihn: »Und dein Meisterstück?«

Aus Angst, seinen Meister könnten Gewissenbisse plagen, weil er vielleicht den Teufel persönlich unter seine Fittiche genommen hatte, behielt Warren es für sich, was bald sein Meisterstück werden würde. Doch bevor er damit anfangen konnte, musste er zu den Ursprüngen seiner Kunst zurückkehren und ihre tiefen Geheimnisse ergründen.

Er wollte in den Süden, so stieg er mehrmals um, bis er auf einem Bahnsteig stand, von dem der Zug nach Palermo abfuhr.

*

Vom Cockpit des Hubschraubers aus blickte Fred auf ein endloses türkisfarbenes Meer mit Inseln, die kleiner waren als sein Zehennagel. Es waren so viele, dass sicher nur wenige von ihnen einen Namen hatten.

»Jetzt sag mir verdammt noch mal, wo wir hinfliegen.«

Zur Zeit seiner Zeugenaussage war Fred sehr oft mit dem Hubschrauber des FBI unterwegs gewesen. Damit der Gallone-Clan seine Spur verlor, hatte man ihn alle achtundvierzig Stunden in ein anderes County gebracht.

Wie konnte er glauben, dass er sich von nun an frei bewegen durfte? Für immer und ewig, mit Tom Quints Segen und dem des Büros? Was für ein netter Traum.

»Tom, ich habe dich schon zwanzigmal gefragt, wo sind wir hier?«

Aber Tom schwieg, und Fred musste warten, bis sie auf einem provisorischen Rollfeld gelandet waren. Die Insel war so klein, dass Fred ihr Ausmaß vollständig erkennen konnte, wenn er sich um sich selbst drehte. In der Mitte der Insel stand ein Bungalow mit einem Vordach, an der Seite entdeckte er so etwas wie einen Eisschrank, der an ein Stromaggregat angeschlossen war.

»Sag mir endlich, warum in Gottes Namen wir hier sind!«

»Ich bringe dich zu deinem neuen Wohnsitz.«

»Hör auf, Schwachsinn zu reden. Wo sind wir?«

»Um die Wahrheit zu sagen, ich weiß es selbst nicht.«

»...?«

»Fred, du musst uns verstehen. Seit zwölf Jahren haben wir dich immer wieder umgesiedelt, und seit zwölf Jahren fällst du immer wieder unangenehm auf, jetzt bist du uns sogar durchs Netz gegangen und vor unserer Nase in die USA zurückgekehrt. Du bist der lästigste Kronzeuge aller Zeiten.«

»...«

»Deshalb sind wir zu folgender Erkenntnis gekommen: Wenn du selber nicht weißt, wo du bist, wird dich auch niemand suchen kommen.«

»...?«

»Du musst die guten Seiten sehen: keine Überwachung mehr, niemand weit und breit, der dich bedrohen könnte, keine Probleme mit der Nachbarschaft, du kannst endlich frei atmen.«

»Was du da machst, ist nicht legal«, sagte Fred, der endlich begriffen hatte, dass Tom es ernst meinte.

»Legal? Das Wort klingt aus deinem Mund etwas deplatziert. Aber letztendlich hast du ja recht. Du hast immer geglaubt, dass für dich keine Gesetze gelten, jetzt ist es endlich so weit. Hier ist alles erlaubt. Tu, was dir in den Sinn kommt. Du hältst dich für einen Schreiberling, schreib deine eigene Verfassung, niemand wird dir widersprechen. Erlass deine eigenen Gesetze, wende sie an, und brich sie wieder, eines nach dem anderen, denn das ist deine natürliche Veranlagung. Organisiere Verbrechen, ruf dich zum *capo di tutti i capi* oder zum unumschränkten Monarchen deines Territoriums aus. Deiner Fantasie sind keine Grenzen gesetzt.«

»Gehört dieser Landstrich zu den Vereinigten Staaten?«

»Keine Ahnung.«

»…«

»Ich erspare dir so ein Gefängnisleben auf Rikers Island, wo niemand hätte etwas für dich tun können.«

»Tom, ich könnte dir alles unterstellen, aber bestimmt nicht, dass du undankbar bist.«

»Wie viele Menschen würden alles, was sie haben, dafür geben, einen solchen Traum wahr werden zu lassen. Einsiedler sein auf einer verlassenen Insel! Alle Welt redet davon, aber wer hat es bisher gewagt außer Robinson Crusoe?«

»…«

»Du wirst jede Woche mit Lebensmitteln versorgt. Du kannst uns sogar per Funk kontaktieren, aber missbrauch das nicht.«

»…«

»Ist das nicht der ideale Ort, um deinen großen amerikanischen Roman zu schreiben?«

Um die Größe seiner Insel abzuschätzen, drehte Fred sich erneut im Kreis. In fünf Minuten oder weniger müsste man sie abgehen können. Irgendetwas sagte ihm, dass er das noch oft überprüfen würde.

»Gut. Es ist Zeit, dich allein zu lassen«, sagte Tom. »Zum Abschied willst du mir bestimmt nicht die Hand geben.«

»…«

Fred sah ihn in seinen Hubschrauber klettern, der langsam im azurblauen Himmel verschwand. Ein leichter Wind wehte, die Gischt roch etwas unangenehm. Es war sehr still, selbst die Brandung änderte daran nichts.

Er setzte sich ans Ufer. Warum hatte er nichts zum Lesen mitgenommen?

So musste Fred sich wohl oder übel bald wieder an die Arbeit machen.

Tonino Benacquista

Malavita

Eine Mafia-Komödie · 304 Seiten

Familie Blake steht unter dem Zeugenschutzprogramm des FBI und wird in dem beschaulichen Dörfchen Cholong-sur-Avre in der Normandie angesiedelt. Fred Blake alias Giovanni Manzoni, ehemaliges Oberhaupt der italoamerikanischen Cosa Nostra in New Jersey, seine Frau Maggie und die beiden Kinder Belle und Warren sind sehr darum bemüht in der neuen Heimat Fuß zu fassen, tun sich aber schwer mit der französischen Lebensart – sind sie doch in ihrem Herzen nach wie vor Amerikaner. Fred, von Langeweile geplagt, entdeckt das Schriftstellerdasein für sich und beginnt mit dem Niederschreiben seiner Memoiren – für ihn eine Methode, endlich die Wahrheit über seine Herkunft publik machen zu können. Doch da man zwar den Mafiosi aus seinem Gaunerleben verbannen kann, ein Ganove aber doch immer ein Ganove bleibt, steht in Cholong schon bald kein Stein mehr auf dem anderen …

»Dies ist eines der Bücher, bei denen man sich beim Lesen bremst, damit es nicht zu schnell zu Ende ist. Wie ein Glücksmoment, der die Zeit überdauern soll.«

TV Magazin

»Die lesenswerte Mafia-Komödie überzeugt vor allem durch Humor mit einer großen Portion Selbstironie.«

Die Rheinpfalz